U0478855

有一种力量,叫文学;
有一种美好,叫回忆;
有一种感动,叫青春;
有一种生命,在鲁院!

内伤

鲁迅文学院「百草园」书系

江 北 ◎著

NEISHANG

小说以当下社会生活为题材，反映普通人在社会生活中的困惑迷茫，希冀和渴望，以及美好的憧憬。

江西高校出版社

图书在版编目（CIP）数据

内伤/江北著.—南昌：江西高校出版社，2017.6
（鲁迅文学院"百草园"书系）
ISBN 978-7-5493-5680-5

Ⅰ.①内… Ⅱ.①江… Ⅲ.①短篇小说—小说集—中国—当代 Ⅳ.①I247.7

中国版本图书馆CIP数据核字(2017)第158245号

出版发行	江西高校出版社
社　　址	江西省南昌市洪都北大道96号
总编室电话	（0791）88504319
销售电话	（0791）88595089
网　　址	www.juacp.com
印　　刷	北京一鑫印务有限责任公司
经　　销	全国新华书店
开　　本	700mm×1000mm　1/16
印　　张	17
字　　数	210千字
版　　次	2017年6月第1版 2020年7月第2次印刷
书　　号	ISBN 978-7-5493-5680-5
定　　价	46.00元

赣版权登字-07-2017-771

版权所有　侵权必究

图书若有印装问题，请随时向本社印制部（0791-88513257）退换

目录 Contents

如斯老范……………………………………… 1
内　伤……………………………………… 16
杀　羊……………………………………… 34
狗肉老徐…………………………………… 54
生日快乐…………………………………… 71
小城春秋…………………………………… 85
十九点三十分的约会……………………… 103
月光村……………………………………… 117
谋　生……………………………………… 128
马小乔的貂………………………………… 147
牡丹花被…………………………………… 164
苹果心……………………………………… 178
青年武二在叶赫…………………………… 194
蝴　蝶……………………………………… 216
歌　剧……………………………………… 230
白月光……………………………………… 248

如斯老范

老范，佝偻着腰，拄着媳妇蒸饼用的长擀面杖。擀面杖九十厘米，以前恰好可以把一张大约五十厘米圆的面饼挑进平底锅里，现在恰好适合老范的身体高度，支撑他走在枝叶遮盖的山路上。他的肩膀一高一低，身体的重心几乎都偏向了低的一侧，从背影看走得颤颤巍巍的，好像随时都要摔倒一般。

比起前几日的阴霾，这是个难得的好天。阳光洒下来，落在绿叶上，落在积存的枯枝败叶上，也落在老范曾经合身的，现在却肥大空荡的蓝色工装上。光影随着移动的身躯跳动着，这倒映衬那瘦削暗黄的脸有了一丝生气。等到哧啦哧啦的喘息平稳些时，老范抬起了头，敞开的领口显露了突出得如同颈圈般的锁骨。

老范得了癌症，是肺癌。短短三个月，癌细胞吞噬了健壮的同时，也吞噬了曾经拥有几十年的外貌。现在他脸上的肌肉全部向后拉伸着，颧骨显得更加前凸，尤其是牙齿凸出得如同要挣脱般让人触目惊心。这样子是丑陋的，令人觉得恐怖的，但是，只要看他忧郁而绝望的眼神，这一切不良都会消失了。

这山不高，像背篓形状，故叫背篓山。老范很小就在这山上掏鸟蛋，采糖李子。他熟知那些俊秀挺拔的树从冬眠中醒来，伸个懒腰，打个哈欠，枝繁叶茂的样子；熟知那些隐藏山泉流向江里的秘密通道；熟知鸟儿羽毛在阳光下的五颜六色。可是，现在山泉消失了；那些漂亮的鸟儿越来越少了；还有那些挺拔的树，矮了，驼背弯腰了，不但枝叶稀疏，而且一副忧伤的、颓废的样子。反倒是山路看上去好像越来越曲折了。

望着山路，老范实在不敢相信自己曾经矫健得如同公鹿，顺着这条山路一口气跑到鹰嘴岩上。那时他三十岁，现在五十二岁。时间过得真快，老范叹息地想：跑是不行了，只要能走到鹰嘴岩就心满意足了。

一阵风吹过，树叶有了簌簌声，可是这声音听上去懒洋洋的，如同没睡醒一般。倒是随风而来的鸟儿的叫声，听起来脆生生的。老范揪起嘴，用力吐气。可是，没有高亢嘹亮的哨声，而是如同声嘶力竭般地嘶嘶声，以及随之而来的咳嗽。那咳嗽里带着撕裂的哧啦声，这声音惊动了鸟儿，于是，脆生生的鸣叫越来越远了，树林又慵懒地静下来。

咳嗽声一点点地弱了，慢慢地消失了。但是，心情却糟糕极了，老范有了怨恨般冷不丁地往前迈了一大步。却用力过猛了，擀面杖也无力支撑摇晃的身体，眼看着九十四斤体重的老范，倒在了山路上。

与地面接触的瞬间，疼痛有了一丝苏醒的端倪。老范知道不能让疼痛苏醒，不能让它给身体里其他疼痛发信号，召唤所有疼痛。如果那样，他就真的走不到鹰嘴岩了。想到这，老范立即重新握住擀面杖，划船般地使劲撑，身体起来的同时右肩胛骨像插了一刀般，痛了。老范赶紧这边扔擀面杖，那边掏口袋里的药瓶，拧开，倒出白色药片，然后数都没数灌入口中。

一小会儿，嘴角有了白色，再过一会儿白色就里里外外铺在嘴唇上了……

三个月前，医生跟老范媳妇说老范得了肺癌，说最多活一年，最少活三个月。当时，老范媳妇觉得医生那一张一合的嘴如同抽气桶一般，把她身上的力气一下子吸走了。她整个人就像发大劲的面团，噗的从椅子上出溜到地上，脸上依次出现了类似电闪雷鸣、疾风骤雨，以及山崩地裂的表情。随着这些表情的出现，呼吸也从一呼一吸，到一吸两呼，最后是呼，呼，呼。医生赶紧蹲下身摸她的脉搏，可手指尖刚刚触到手腕，就如同打开了闸口般地打开了她的喉咙，海豚音般的尖叫声和号啕大哭声冲了出来。而那声音不但冲进医生的耳膜，而且横冲直撞地出了门，直接穿过人群，奔向候诊区坐着的老范。

猛然地，老范如同被打了一拳般地晃了晃身体。从昨天医生说让家属来一趟，就开始突突跳的眼皮，一下子从跳变成了蹦。在这蹦里，呼吸困难、气短、头晕脑胀，以及身体僵冷随即出现了。他闭了一下眼睛，咬了咬嘴唇，疼痛让他倏地睁开眼睛。眼前一群人正快速地围在前面诊室的门口，老范如同被召唤般，不由自主，跟跟跄跄地跟了过去。透过人缝，看清了坐在地上的媳妇，脑海里一下子浮现出他妈出殡那天的情景。顿时，老范觉得自己如同置身在风箱里，什么都听不见了。

阳光在光滑的地面反射出刺眼的亮，老范不得不眯起眼，眼前的一切变得扁而飘忽了。随着看热闹的人一个个地离开，老范媳妇如同一张纸飘了过来。老范觉得胸腔湿漉漉的，好像胸腔里的血全流了出来似的，霍地，口干了，失了元气般，没了力气。

老范是那种能少说话绝不多说，能不说话绝不开口的人。有时候，跟他说半天话，他只回答一个字，"嗯"，或者"行"，要么"好"。他的语言简洁到让人失去交谈的兴趣。在车间，老范总处在听的状态，不管谁说什么，即使所有人都笑得前仰后合，老范也就是咧咧嘴。当然了，即使不高兴，老范也就是咬咬后牙槽。外人自然是辨不清老范高兴还是生气，但是老范媳妇知道，老范生气或者心里有事，晚上睡觉时会咬牙、说梦话。那天晚上，老范把牙咬得"嘎嘣嘎嘣"响，梦话说了一宿，几乎把这一辈子的话在那一夜都说了。当然，这是后来的事。

当时，老范媳妇仰头看见丈夫腮帮子鼓着圆溜溜的疙瘩，就轻轻地放了手。而老范则虚虚地说了句，回家。

就这样，老范没有像其他癌症患者那样，被隐瞒着直到死亡来临，而是在这个光线刺眼的下午，隐隐约约地看见横在眼前的终点了。一路上，老范只是觉得冷，他抱着膀、缩着肩走着，阳光投射在地上的身影看上去比平常小了很多。老范不明白为什么阳光如此冰冷，冷得他全身打颤。于是，他停下来，抬头看蓝天、白云，蓝像画上去的，白像贴上去的，如同假的一般。老范低下头来，鼻子里辣辣的。这辣让他醉酒般走得深一脚浅一脚的。媳妇去握老范的手，可是握住的却是一团冰凉。

进了家门。老范的儿子正坐在电脑前，手脚并用，起劲地敲打着键盘。老范媳妇扶着老范进了屋后，喊了儿子两声，自顾自玩得高兴的儿子，没有应声。见老范躺下，老范媳妇低着头，拐进厨房。瞬间，泪水在脸上挂上了两道水帘。以前，没占地建化工厂时，老范媳妇在村子里是数一数二的能干，种地、采蘑菇、晒干菜、喂猪养兔，样样不落后。后来，占了地建厂，按规定一家可以有一个人进厂当工人，老范进了厂，她在市场蒸发面饼。老范三班倒也帮不上什么，她自己搬炉子，搬面案，发面。不管冬夏，刮风下雨，一天都不耽误，日子过得也不错。

要不是逐渐长大的儿子越来越让她操心，着急上火睡不好吃不好的，后来得了心肌炎，又得了风湿。总是关节痛，有时痛起来一宿宿睡不着，尤其近几年关节变形了，蒸饼干不了，只能在家里做做饭。家里的开销全靠老范的工资，虽然不宽裕但是也吃得饱穿得暖。

水龙头一滴一滴地滴水，接水的是个红色塑料桶。厨房有好几个这样的红桶，挨排摆在狭窄的地上。老范媳妇把自己蜷缩在红桶旁的小板凳上，脸上的神情说明悲伤绝望已经让她成为一个软弱而无任何抵抗的人了。儿子出现在门口，瞧着妈妈的神情，不祥的、大难临头的感觉让这个二十四岁的大小伙惊慌失措起来。

老范儿子初二时迷上了网吧，初中没念完就辍学了。十六七岁天天在网吧泡着，要不是一天晚上网吧里有人打群架，被无缘无故地捅了两刀，还不能断了网瘾。后来，进了美发学校学美发，学费和买工具花了不少钱，可是学了不到三个月，不学了，说教美发的老师厉害，总让站着，不让坐。之后又去学厨师，可又嫌累，最后也没学成。老范媳妇让儿子跟着她蒸饼。可儿子说我又不是武大郎，干吗要卖蒸饼！边说边比量自己一米七的身高。一晃过了三四年，老范儿子也二十出头了，眼看以前的同学要么考大学，要么进厂，他也嚷着要进厂。进厂必须是高中以上学历，而且得考试。儿子进不了厂，怨老范没能耐,说自己倒霉生在这样的家庭。别看老范老实,在外面别人说什么都能忍,可儿子说老子,老范来了脾气,把儿子推倒在门外,吼道,滚。当时老范儿子光着脚,走不了,又进不了屋,又恨又怒,站在走廊呜呜地哭。老范媳妇也在屋哭得鼻涕一把泪一把的,眼睛看着咬着后牙槽的老范,不敢给儿子开门。

前年,老范儿子跟人到外面打工去了。结果,被骗了,几十个人被关在一处平房里,每天有人给讲课。一天晚上,老范儿子趁看管的人不注意逃跑,平房外面是个大院子,院墙很高,往下跳时,脚跟摔成粉碎性骨折,就这样留了残疾,走路瘸了。之后,整个人变了,天天猫在家,很少出门,像猪似的,吃了睡,睡了吃,要么玩电脑游戏。

太阳西斜在地平线上,金黄的光亮也如同到了穷途末路般暗淡下来。老范儿子知道了一切后,呆呆地说不出来话,眼神空空地瞧着妈妈,而老范媳妇也瞧着儿子。在这逼仄的厨房,母子俩就这样一声不响地对视着。

夜幕一点点地拉开了帷幕,灰暗慢慢地蒙上来。随着灰暗越来越浓,悲伤、悲痛、悲哀也徐徐地呈现在夜色里了。

老范躺在一对木箱子拼成的床上。眼睛盯着天花板,盯着盯着,恍惚感觉天花板旋转起来。在这旋转里,老范看见了他妈,看见他妈拉着他的手说,"儿啊,妈不进火葬场,害怕炼,害怕被火烧",说完,"嘤嘤"地哭起来。难过一下子涌上来,接着,是无能为力了。

几天后,工友们陆陆续续地来看老范,家里堆满了水果和营养品。老范跟在厂子里一样,不说话,垂着头,听着工友说着各种安慰的话。听来听去,老范突然听明白了,工友们说了这么多话实际就是一句话,那就是永别了。于是,不管来人走没走就躺下了。工友见了迅速地把钱交到老范媳妇手里,告辞了。老范媳妇把人送出门,等回来却见老范坐起来了,直直地盯着窗外,而且莫名其妙地问她,"外面怎么了?怎么一股苦森森的味儿。"老范媳妇冲着敞开的窗户抽抽鼻子,说了句,"是酸味,酸溜溜"。说完,鼻子真的酸了,而且一直酸到头顶。

医生的意思是化疗。可老范坚决不化疗。他看见过化疗的病人，没了头发，没力气走路，可是依然几个月就死了。老范固执地认为既然都是死，那么化疗不化疗又有什么用呢！所以，他每天只到医院吊两瓶营养和止痛的药水。

四五月份是北方最好的季节，风是柔情万种的，阳光是活跃可爱的。这个被外面称为"沟里"的地方，因为化工厂而有了很有意思的景象：站在沟口，往沟外望，成片的玉米地，农家的院落，一片乡村景色；往沟里望，高耸的设备群，整齐规范的厂房，林立的管线，直冲云霄的大烟囱，以及空中传来如同飞机起飞的嗡嗡声；而接着再往里走，又会惊讶地发现，里面藏了座城市，有广场、热闹非凡的商业街、医院、学校以及公共汽车站，还有依山而建成片住宅区。在这小小的地方，不需要一刻钟就能见证农业、工业、商业的三大社会生产。所以，沟里是一个既同于外面又不同于外面的一个特殊的地方。从沟里坐公共汽车，坐三站到了城郊，城郊有大集。集上的农民最喜欢沟里的住户，而且他们也如同火眼金睛似的，一下能辨别出谁是沟里的。沟里人也纳闷，怎么身上就像有标签似的呢？集上的人说沟里人身上有一股味，说不好什么味，可就是有一股味。

化工厂在沟里建了二十多年，沟里人习惯了各种气味，就如同习惯了那些架在空中的机器彻夜发出来的嗡嗡声，习惯了盘绕整个沟里的黑粗大管子。有一年大管子周围种上了树，看上去如同包了一层蕾丝边，挺好看的。只是树活的少，大管子热，而且连接处或者阀门冬夏都呼呼冒着蒸气。刚开始建厂时，小青年谈对象约会都会说在几号大管子下见面，而那些大管子因为地势的原因，有的是在地面，有的离地很高，最高的地方下面成了一个休闲聚会的地方。当然，那是刚开始建厂那些年，现在厂子周围不但建了广场，还建了很多休闲的、健身的地方。虽然不在大管子下面，可也避不开。所以沟里的特色，几乎是被大管子围起来的。

家属住宅在坡上。如果在坡下往上看，坡路如同挂下来的一条带子，这带子两边有路灯、绿化带、石子路、亭子、回廊、假山和休息的椅子，怎么看都不逊色城里的任何高档小区。厂区那面没有坡路，是建的时候把北山几乎炸平了，厂区宽阔，平整。

现在，老范每天上坡，都会在亭子、回廊停下，看下棋、打扑克、拉胡琴、唱京剧，或听张家长李家短的闲聊。老范依然不说什么，只是听人说这说那，例如谁打牌作弊了，谁儿子考大学了，谁找后老伴了，谁工伤了、儿子进厂了。以前，老范听什么都是左耳听右耳出，现在却都在耳朵里灌着。

一连听了两三个星期，灌在耳朵里的话涨得他难受，不想听了。可是，每天都要上坡，每次都要经过亭子，认识的人会老远地喊他，"老范坐会儿"。他心里不想，可是脚还是拐了过去，坐下来，让耳朵灌满了家长里短，儿子女儿的话题。说起自家的儿子女儿孙子孙女，每个人都像吃了甜蜜素，有时给大家看手机里的照片，不管别人怎么样，自己笑得跟葵花似的，又是点头又是弯腰的。看着听着，老范心里隐隐地难受，接着闪出一个古怪的想法，所有的话和笑好像都在嘲笑他。

那天阴天，黑沉沉的，眼看着要下雨。老范儿子给老范送伞，儿子走路的样子很滑稽，如同鸭子一般，一晃一晃的，老范仿佛能听见儿子鞋子摩擦地面发出的"嘶喇嘶喇"的声音。当儿子站在他面前时，有人问道："小子，在哪上班呢？"老范被扎了一般，后背痛了。

回家后，老范让媳妇揉背。老范媳妇揉了一会儿，见老范闭了眼睛，就喊儿子过来揉。儿子刚揉了几下，老范猛地睁开眼睛，锥子一般的目光盯在儿子脸上，儿子一哆嗦，身上发毛，连滚带爬地跳下床，到了厨房说，"妈，我爸那眼神太吓人了，好像要杀了我似的。"老范媳妇听了，只是叹口气，继续用那双变形的手淘米。儿子不知道妈妈心里想什么，可是看着妈妈失魂落魄的样子，住了嘴，默默地看了一会儿，拖着脚进了屋。老范媳妇听见儿子的脚步声，停了手，眼泪流了下来，心里突然想跟老范一起去了。

夜里，老范做了个梦，梦见他妈在饭店讨饭，醒后发现自己流泪了，心里想自己好久没给妈送钱了，就起来想跟媳妇说明天给他妈买些纸钱。可不知为什么出了屋，到了儿子房间。这是个很小的房间，大概十平方米，床、写字台、衣柜，仅此而已。没有窗帘的玻璃窗把青白的月光铺在这小小的房间里，铺在儿子身上。儿子的头掉在枕头下面，歪向右侧，左脚耷拉到床边，赤裸的、瘦瘦的胸脯看上去可怜兮兮的。突然间，老范有些恍惚了，恍惚中他好像看见了儿子死在街头的样子。老范的心像被踢了一脚，又被掐了一下般痛得他上不来气。

墙上的钟，发出叹息般的噗噗声，而这轻微的声音唤醒了僵直盯着儿子的老范，他猛地抓住儿子肩膀拼命地摇晃起来。儿子在惊醒瞬间，朦胧中看见父亲的脸，吓得一边往里面缩，一边喊："妈，我爸要杀我。"儿子这一喊让老范松了手，盯着儿子缩成一团的样子，心头忽地憎恨了，再次扑过去。恰在这时，老范媳妇在后面抱住老范，哭着喊："要杀就杀了我吧！杀了我吧！我也不想活了。"那个时刻，老范突然有了同归于尽的念头，觉得倒是死了一了百了。可是，这样一想，他就有了第一次的口干，失了元气般无了力气。

从那天起，家里的气氛变了，只要老范进门，小心翼翼、大气不敢喘笼罩了房间。

端午节那天，老范病房多了个病人，是个三十出头的男人，床边坐着一般年纪的女人，还有一个五六岁的小男孩拿着一把塑料剑在地上挥舞。见老范进来，嘴里一边发出噗嗤噗嗤的声音，一边竖起剑对老范摆了个造型。女人对男孩说："没礼貌，叫爷爷。"小男孩不但没叫爷爷，反倒说了一句"不可饶恕"。老范对着小男孩笑了，可他这一笑把小男孩吓得一下子跑回床边，畏缩在妈妈身后，偷看老范。女人跟男人说接到电话吓坏了。男人说："吓啥，死不了，就是死了，也是工伤，你和儿子下半辈子也有着落了。"女人轻轻打了男人一下，嗔怪地说："别瞎说。"男人呵呵笑了，青黄的脸有了血液流动的颜色，接下来小声地说："安全员说了，这次检修没有人员的重大伤亡，安全奖不受影响，而且我们班组还有额外奖励。"说完又再次压低声音说："奖金给你买貂。"女人惊呼了一声，刚才的担心被这惊呼掩盖了。

老范仔细看着男人搭在床头的工作服的标号，是七。那么应该是苯酚车间。老范的工装上是三，他们车间是臭氧，大概五年前，车间一号线冒白烟，远看丝丝绕绕的如同白线一般，老范看见了往总阀门跑。可还没等到跟前就吸了几口臭氧，一下子昏了过去。等醒过来，已经被工友抬到外面了，老范恶心得一个劲地干呕。到职工医院时，血液的白细胞高达十几万，用了解毒剂后，四十八小时后才降下来些。在厂子里，吸入一点有毒气体不是什么稀奇的事，所以，职工医院经常有轻微中毒的工人，有时是一个班组，也有像老范就一个人的。一般的情况下，四十八小时清醒的基本就没什么事了，如果超过七十二小时还处在昏迷状态，而九十六小时还没清醒的就要做工伤鉴定了。

老范也不知道为什么突然想起以前的事，也不知道为什么想起这件事心里像被坠上了石头一般沉。然后胸闷了，接下来头晕了，再接下来恶心了，喉咙也干哕了，当年的感觉莫名其妙地出现了。

看着输液壶里一滴一滴地滴着药水，老范有点恍惚，恍惚从五年前到现在，自己一直躺在这床上。老范忽地出了一身冷汗，看看周围，他分不清是在梦里还是在现实中。

"啪"的一声门响，医生进来了。这个医生态度挺好的，每次说话都面带笑容，而且爱说话，有时查房还坐下来跟老范唠唠家常。老范一般都是听，不怎么说。可是医生也不在意，跟老范说这说那，说不能抽烟，不能喝酒，多休息，多吃有营养的。老范心里说烟酒早戒了，可嘴上只管嗯嗯。有时候，老范也到医生办公室找医生开药，这些药基本都不是老范用的，而是媳妇用的。医生办公室的桌子靠墙摆放，左右两侧各三张，所以，老范每次进屋都感觉医生在面壁思过一般。医生从来不驳老范的要求，笑眯眯地开好药方，递给老范，老范拿着药方自己划价取药。所以，老范还挺喜欢医生的。

见医生进来，女人赶紧站起来，问男人的脸色怎么这么黄呢？医生说得等一段时间，血液中的有毒物质彻底清除才能好，说到这，又叮嘱地说千万别忘了吃药，最起码得吃一个月，不要觉得没什么症状了就停药了。女人点头，又问会不会留什么后遗症？对以后有没有影响？医生依然笑着，说不抽烟，不喝酒，多增加营养，多休息。这话更让老范恍惚，恍惚中看着医生的笑脸，突然有了古怪的感觉，觉得医生的笑里隐藏了不可告人的阴谋。老范眨眨眼睛，眼前涌现着男人青黄的脸、医生的笑脸、小男孩的眼睛、女人担心的神色，老范突然有了一股抑制不住的，说不上哪里来的强烈冲动，这冲动撞击他的胸腔，到了忍无可忍的地步了。老范觉得自己是在梦里，说了一堆梦话，他说，自己不抽烟、不喝酒，平常连吊针都很少打，可是怎么就得了癌症呢？

医生的话遥远而又清晰地在耳边响起，说引起癌症的因素有很多，例如压力、心情、个体差异、生活环境、大气、劳累、烟酒、免疫力缺欠、遗传以及药物、有毒物质、放射线……老范说臭氧就能致癌。医生说什么，老范没听清，只是在恍惚中看见医生不笑的样子比笑好看。

老范迷迷糊糊的，居然做了个梦，梦见一棵棵挺拔的树围绕在房前屋后，自己被埋在一片碧绿里。忽然醒来，老范发现自己还躺在医院的病床上，旁边的床已经空了。老范努力想都不能确定这床上是否有个男人躺过，一个挥剑说不可饶恕的孩子、一个担心的女人是否来过，还是这些都是自己的梦境。可是，脑海里却清晰地盘旋着，"有毒物质致癌，臭氧致癌"。

白天还好好的天，到了晚上下起了雨，一个闪电接一个闪电的，震得老范耳朵痒痒。他让媳妇掏耳朵，老范媳妇拿个掏耳勺，轻轻地一下一下地掏。老范就觉得好像蝴蝶在耳边飞，飞啊飞，一会儿飞进了脑袋里，忽上忽下，忽左忽右。咔嚓又是一个闪电，老范媳妇的手一抖，蝴蝶没了。老范脑海莫名其妙地出现了一条路。

半夜，老范的老毛病犯了，牙咬得嘎嘣响，梦话说得如同吵架。老范媳妇被惊醒了，听了一会儿，摸黑起来把刀、剪子什么的藏了起来。早上，儿子上早市买了条鱼，回来到处找剪子。老范媳妇把手放在嘴上，之后小声说藏起来了。儿子呆了呆，突然冒出句，"我爸真要杀我？"老范媳妇一把捂住儿子的嘴。

从敞开的房门看，老范已经起来了，正如同傻了般看着窗外。他的脑海里的路在召唤他。那是条平坦、笔直、宽阔的路，路的两边架着闪着白光粗细不一、走向不一的管子。太阳照下来时，路上的倒影看上去如同几何图形。要是有风，图形会被树影破解得七零八落了。树是从别的地方移植的，看上去总是冷冰冰、格格不入的样子，仿佛瞧不起沟里这个小地方。倒是以前拔掉的那些树，虽然不好看，树干弯曲不直，可是看上去亲近。突然间，老范心里涌动出柔柔的情感，迫切地想念那条以前上班下班走的路了。

就这样，老范踏上了那条路。

路依旧平坦，树依旧冷傲，只是路上没有几何图案，天空也没有阳光。老范走了很久才看见灰色办公楼，这个办公楼在厂大门的前面，从这里进厂门骑车还得骑上十分钟。以前，老范上班下班都要经过办公楼，可是从来没觉得自己跟这办公楼有什么联系，所以他从来没仔仔细细地看过，当然也从没进去过。现在，他站在那看，看着看着，有了畏惧和胆怯。

他蹲在地上，如同怕被别人看见似的把自己紧紧地缩着。刚才还乌蒙蒙的天空，露出一点太阳的头，之后慢慢地露出了全脸。在看着地上盯着它的老范，老范的身影如同胆怯般缩得更小了。老范想起那晚儿子缩成一团的样子。在这一刻，他发现自己是如此憎恨这缩成一团的样子。忽地，憎恨伴随着愤怒，让他站起来，如同被一股力量推着向前走去。

老范只知道安全科。而老范的出现，对于安全科来说如同没有应急预案的突发事故。不过，大厂子有大厂子的好处，各部门有各部门的职责。安全员在经过详细的汇报后，老范被领到了一个中年女人的办公室。中年女人穿着灰白的工装，衣服的颜色跟屋里的光线很是相配，尽管知道了事情的经过，但是还是和颜悦色地让老范说。老范不擅长讲话，更不擅长长篇大论，但是还是用因果造句般地说出了心里的想法。因为工作中吸入臭氧，所以得了癌症，理所当然应该是工伤。化工厂大约有职工二万多人，每年体检都能检出一个两个或者几个得病的，那么也就是说老范不是第一个得癌症的，也不是最后一个。可是，老范却是第一个找后账的。当然，老范并不知道自己是找后账的，而是脑袋里一直盘旋着"有毒物质致癌"。而且当他走上这条路上时，那盘旋着的已经如同木桩钉在脑袋里了。

中年女人静静听老范说，期间给老范倒了杯水。等老范说完，她轻声说了一句："喝点水。"之后总结地说："范师傅，你在五年前因为不慎吸入了臭氧。"老范点头。"而现在你得了癌症。"老范点头。"所以，你觉得你的病是因为吸入臭氧得的。"老范点头。他觉得这个中年女人是个明白人。于是，眼神里有了期望，期盼，期待，之后一并移注在中年女人的身上了。

屋里很安静，中年女人声音很温和地给老范念工伤条例。老范觉得那声音轻飘飘，如同催眠曲让他迷糊，他抱着双肩，低下头，看上去如同睡着了一般。老范不懂四十八和九十六小时的区别，不知道人也跟商品一样过了保质期，就没了售后服务了。

回了家，老范把中年女人给的工伤条例递给儿子，示意儿子念，儿子接过来脸就红了，念了开头，越往下越吭哧瘪肚的，就像盗版光碟般地卡。老范听来听去脑袋乱哄哄的，伸手把那几张纸夺过来，整整齐齐地压在枕头下面，躺在上面脖子有了悬空感。

第二天，老范又到了中年女人的办公室。临进屋前，老范抬头看了一眼门牌，上面写着工会（3）。老范放眼望去，发现不但有3，还有4、5、6。老范心里琢磨，按数字的大小，1应该是最大的，那么在1的房间里的一定是最大的。这个逻辑让老范折到1的门口，敲门。可是，最终，老范还是被带到中年女人的办公室。老范不信任地问："你管事吧？"中年女人笑了，像昨天一样给他倒了一杯水，说："范师傅，我们到医院复印了你当年的住院记录。"老范每年体检对那些箭头和图形见过，可是不知道是什么。中年女人指着这些说："这是你住院和出院的病志，你看看最后一栏。"最后一栏写了"治愈"两个字。可是，下面又写了两行字，上行写随时复诊，下行写建议增加营养，按时服药，休养一个月。老范看着看着就纳闷了，治愈了干吗还按时服药。医生的笑脸浮现在眼前了，老范觉得那笑真的难看。

一连几天，老范从中年女人的办公室拿回各种各样的文件。这些文件上都有红章章，环境鉴定，污染指数测定，空气质量测定，有毒气体的安全测定等等。老范看不懂，可是整齐地摞成一摞，枕头底下是放不了了，就放在枕头边。文件跟枕头一边高了，老范睡觉时，就时不时地把头放在文件上，那些字就印在老范的梦境里了。老范睡觉有了长篇大论般的梦话。老范媳妇被梦话吵得睡不着，腿痛了，在屋里如同拉磨般地来来回回走。

从坡下到坡上，老范的事传得沸沸扬扬的。只要老范弓着腰走在路上，准保有人指指点点，也有人会喊："老范，你去告状了？告赢没？"老范现在的耳朵是什么也听不进了，那些话在耳边像蜜蜂般嗡一下就飞走了。老范的心思只有他自己明白，他不是告状，他也不会告状，至于这个那个红章章跟他也没关系，他就想着要是工伤了，儿子能进厂。中年女人总是和颜悦色的，对他态度倒是很好，可是就是不提工伤的事。老范要是提，她就打开柜子拿出一摞纸，给老范念。老范有点恨那个柜子，怎么这么拿也不见少呢？

晚上，老范看着那一摞文件，就拿起来像摆扑克一样摆成两排。之后，如同对峙般盯着这些红章章管辖的黑字。盯着盯着，老范恍惚觉得那些黑字动了起来，之后变成了一张张嘴，七嘴八舌地对着他说着什么。老范晃晃头，又闭了闭眼，听清了，这些黑字一齐证明，癌症跟臭氧、工伤、空气、环境都没关系。老范张了张嘴，想辩解，可是又不知道怎么对付这么多嘴，急得什么也看不清了，眼前模模糊糊的。他闭上眼睛，耳朵里灌满了声音，这些声音都在向他证明，证明，证明。老范双手抱头，堵住耳朵，他不想听了，可是那声音从缝隙钻进来，尖尖地嚷："你用什么证明？用什么证明？"老范突然发现，他没有，什么也没有，没有任何可以证明的白纸黑字。这个发现让他惊慌了，让他内心中有了坍塌，那木桩般地念头摇晃起来，之后被白纸黑字的证明砍得七零八落。

一连几天晚上，老范睡觉时都在梦里一边咬牙一边反反复复地喊"蒸饼，蒸饼"。老范媳妇跟儿子说："你爸想吃蒸饼了。"说着用关节变形的手拿起擀面杖，落下泪来。儿子拿过擀面杖，说了句："发面。"这句话，让老范媳妇一下子想到了老范年轻时的样子，收了眼泪，眼看着儿子和面，揩了眼角，告诉儿子放点热水，再放酵母，两勺，小勺……老范醒来时，一直充斥在屋里的悲伤被麦香代替了。屋里屋外，都是甜丝丝的麦香味。

儿子把切好的蒸饼放在老范面前，说："爸，你放心吧，我以后蒸饼养活我妈，不会让我妈冻着饿着的。"老范突然有想摸摸儿子头的冲动，就像儿子小时候那样摸摸儿子的头。他抬起那瘦骨嶙峋的手，伸向儿子。儿子吓得后退，嘴里讨饶地说："爸，以后我好好的，我一定好好的。"老范媳妇手里拿着擀面杖站在走廊，看着老范说："儿子懂事了，给你蒸饼了。"老范听了，又有了想上去抱抱媳妇的冲动。于是，半垂着手，往外走。可是到了媳妇跟前，不知为什么却把手伸向了那根擀面杖。老范媳妇莫名其妙，跟儿子相互对视了一眼，之后看着老范环视了一下屋子，拿起工装，掏出名牌挂在脖子上，出了家门。

老范在沟里转了一圈，蜷缩地坐在马路牙子上，擀面杖抱在胸前，远远地看上去，滑稽得像猴子攀在木棍上。他不知道自己要上哪里，突然间，他觉得自己无处可去了。于是，鼻子有了酸酸的味道，他站起来，随着这酸来到了背篓山下。

站在山脚，老范想起好多年前，曾在鹰嘴岩开了块地，种了西红柿、辣椒、小葱，还有向日葵。当时，有人说这有污染，种的菜不能吃，离这有几里的八家子种的菜上都有白点。老范就说风不往他的菜地刮，污染不到他的菜上。听的人哈哈大笑，说："老范，你还能管住风啊？"想到这，笑意挂在老范脸上，之后立即有了迫不及待的感觉，想看看已经抛弃多年的菜地了。

这样一来，擀面杖派上了用场，支撑他走在山路上了。

风在脸上逗引地打个转，疼痛终于在药片作用下再次昏昏睡去了。老范动了动身体，慢慢站了起来，继续迈步向前走。

走了一会儿，山路拐了个弯，看见大大小小的石头了。而那块像鹰嘴样的巨大石头，远远地看上去，好像小多了，竖在蒿草中，有点弱不禁风的感觉。老范心里隐隐有些失望。

停下来又喘了几次，才到之前看见的地方。靠在石头上，看着周围的灌木和蒿草，哪里有丝毫菜地样子。飞走的鸟儿又飞回来了，脆生生的鸣叫着，老范抬起头寻找鸟儿的身影。阳光在眼前如同一块火炭灼得老范眼前一黑。

　　老范不想往前走了，想回去了。可是，低头看着来的山路，他知道他回不去了。鸟儿叫得欢，老范转过头，看见了鸟儿在前面召唤般地欢叫。于是，有了勇气般迈步向前。

　　站在崖边时，远处的厂区一览无余了，老范心里感叹这几年厂子的变化，那些管线密密麻麻的搅在一起，看上去如同迷宫一般。还有下面的处理池，一块一块的如同田字格。当初种地时，为了省时间，老范经常从这上山，下山。每次排污车间的工人见了，就说注意点，别掉池子里，掉下去就算你工伤，也没命了。现在，阳光照在这些田字格的池子上，在这池子上方呈现很漂亮的七彩光带。老范觉得奇怪，脚一点点地下蹭，当初炸山的时候，把这也炸了，所以往下不陡，只是灌木和草稀少，越往下越是光秃秃的石头。

　　伴随着撕裂的喘息声，老范站到了暗红色的围墙上，那围墙如同一条红色的警戒线，老范站在上面就如同他到了头，到了终点一般了。现在，老范能清清楚楚看见脚下处理池的水了，浑浑的。老范盯着那浑浑的水，说不清是辣还是苦，酸涌了上来。心里想，自己这辈子活得就跟这水似的，浑江江，混沌沌的，好像从来都没清晰过，而且注定没机会改变了。

　　一阵风吹来，老范觉得身体被风往前推了一下，之后如同要融入七彩之中般地飘过去。他闭起眼睛，脑海里出现了村前的壕沟，壕沟里清亮的水，自己在水里狗刨的情景。于是，他情不自禁地往后一刨，一直握在手里的擀面杖，直直地向后落去，之后有了"咣啷"声。老范松了口气，就恍惚又闻到了甜丝丝的味道了。

　　太阳很热，热得处理池溅出的水瞬间就被吸干了。

内　伤

现在，我极怕听到来电铃声，极怕听到"太想爱你，却害怕失去……"的旋律。只要那个沙哑的男中音响起，心就咯噔一下，条件反射地心悸。

然而，即使就算这样，我也要在"想告诉你，我所有委屈……"没有唱完前接起电话。不论我多么地心跳如鼓，也要用最温柔的声音说声"你好"，然后就像等待宣判一样，等待电话的内容。

这是因为我的女儿——彤彤，正处在像仙人球一样，碰哪哪扎手的时期。"正处在心理专家说的青春性意识崛起时期，这种崛起的首先表现在人性中的独立自主的觉醒，这种觉醒导致了反抗，直接表现在行为和语言的驳他（她）性：这个阶段无论家长老师说什么，这一时期的孩子都本能地产生疑问甚至是排斥。这种抗争是成为独立人的开始，作为家长要给予理解……"这是一个白白净净的老头在电视上讲的，我不知道他的孩子怎么样，是不是逆反，他是不是能理解，反正我知道彤彤的逆反，能让我面目狰狞，歇斯底里，可又无计可施。

初中的班主任，总劝我，孩子这时期逆反也正常，慢慢来，度过这个时期就好了，最重要的是要抓学习，这是关键。实际上，我已经用了全身力气逼迫女儿学习。可是，彤彤就是不学，最后中考打了四百多分，好学校进不去，只能进了二类学校，庆幸的是进了实验班。

本来以为万里长征已经走得差不多了，可以松口气了。可是，就在半个月前军训结束后的新生家长会，我才知道我才到沼泽地，能不能过去都是个问题。起因是高中的班主任老师在不认识任何家长的情况下，毫不留情地在家长会上点名批评彤彤，列举的症状跟初中有了不同，初中的刺头型现在转变成散漫不严肃型。当时，我坐在下面脸烧得就像火炭，不敢抬头看那探照灯似的眼睛。

老师说，她问班上的学生，为什么到这个学校读书，愿不愿意来到这个班级。全班所有的学生，除舒彤以外，都说愿意、喜欢。"唯独，"老师说到这停住了，扫视了一眼在座的家长接着说，"唯独问到舒彤，说'不喜欢，不过校园还行'。"

话音一落，我的五脏六腑就烧灼般地热辣，不自觉地低头认罪状。老师又说，"我问既然不喜欢为什么还来这个学校。舒彤说'我妈让来的'。"听听，也不怪老师生气，我听了都觉得别扭。

顿了一秒钟，老师说，"各位家长如果孩子不愿意在这个学校读书，不喜欢我的班级就请走，我同意。"说这话时，老师眼神犀利得就像雷达，扫射每一张屏声静气的脸的同时也要揪出隐藏的罪魁祸首一般。

我想，那一刻，我的状态一定是做贼心虚，如同过街老鼠的表情，所以，老师的目光才会在我的脸上，左一下，右一下地狠狠地扫了两遍。开完家长会，我主动走到老师面前，做了深刻的检讨，老师又说了类似的话，于是，我就更加递进地表达了我的歉意。

从学校出来，心就进入了悬起状态，而且比之前更是有过之而无不及，心里一方面埋怨女儿，这不是自找苦吃吗？一方面担心，担心有了芥蒂。

回到家，看见彤彤还跟没事人般地看电视，心里堆积的气就像高压锅开始嗤嗤地冒气一般，对女儿嚷："你怎么说不愿意到这个学校？"彤彤听了这话，瞥了我一眼，说本来就不愿意。我说不愿意也不能说。彤彤又瞥了我一眼，说为什么不能说。

"为什么，你说为什么？"我没好气地反问。我的样子已经告诉彤彤家长会发生了什么。于是，她说，"老师说让说心里话，我就说了心里话。"

这把我气的，像跑了四百米，呼哧呼哧地喘着粗气。顾不上考虑，张口就说，"心里话的意思就是只能放在心里，不能随便说的话。"这属于自相矛盾的话，女儿是不会认同的，她"哧"了一声，说："可真奇怪，既然不能说，干吗要让说心里话。"说完又"哧"了一下。

她不认同的事都会用"哧"表示，这个"哧"惹起了我的怒火，我经常觉得彤彤对我不敬就是从这个"哧"开始的。这也是我数落女儿的按钮，啪的一下就把我关在胸腔的怒火，咔嚓地放了出来。我怒吼地说："你傻啊！那么大了怎么一点心眼没有，心里话不能随便说。"

"我就纳闷了，让说心里话我说了，可是反过来说我错了……"女儿质问我。

这质问让我觉得我应该解释一下大人的处事。可是，我怎么解释？是举例说明，说她姥爷在大鸣大放的时候，说心里话被打成右派？还是学会掌握反义词的灵活应用或者说要学会掌握一种书本不教的相对词？还是利用童话故事，说天使和魔鬼的不同？说在天使面前可以任性甚至可以为所欲为，但是在魔鬼面前就要老老实实，谨小慎微，如果把在天使面前的所作所为搬到魔鬼面前，结果就是自取灭亡。

再说了，有些东西是本能，根本不用教，对自己好坏利弊就连只猫都能分清，拥有正常智商的彤彤怎么弄不懂。想到这，我霍然警觉，有一种可能，就是她故意的，故意的原因一是确实不喜欢这个学校，二是潜意识地想引人注目。不管什么原因对她都不利，这是事实。正因为这个事实让我焦躁起来，我吼道："以后能不能别冒虎气，别人怎么说，你就怎么说还不会？"

彤彤说："当时老师一个个找谈的，我也不知道别人说什么。"说心里话，我也对老师不满，既然是单独谈话，还让说心里话，就不应该作为把柄，当小辫子。可是，老师自然有老师的想法，刚开学，班级的学生来自全市各个学校，思想上是什么状况她也是要了解一下。当然，在家长会上说了也不能说不对，老师也是跟家长汇报。可是，我心里就是别扭，就是担忧。

沉默了一会儿，我缓和了口气说："彤彤以后注意了，凡遇到这情况就过过脑，想一想，不要什么话都说。"

显然，这不能让彤彤服气，她说："真是有意思。"说完又"哧"了一下。这声"哧"，还是不屑或者说根本不听，再或者根本觉得她没错。细想想，彤彤也没错，说了心里想的。但是，就是这种没错才可怕，会让她成为老师眼里的刺头学生。

打个比方，这有点像面试，直接决定可不可以录取。也就是说彤彤以后在这个班级受到什么样的待遇，我说的待遇是当学生有毛病或犯错误所受到的惩罚轻重。一般地说，对于一个正常的学生，如果犯错，老师就会批评一下让其改正，但对在思维里就有不良印象的学生，即使一个可能不大的错误，都会因潜在的不良印象而放大。不是说老师不好而这是潜意识里的人性所在，是不由自主的一种本能表现。就像一匹烈马，驯马师总想驯服是一个道理，还有一个道理就是这样的马可以起到杀一儆百的作用，对于刺头，老师肯定盯得紧，违反纪律处罚得就会重也是自然而然的。也许，这是我的多虑思维，也许不会有我想的那样，但愿。

从那时开始，内心总是隐隐的不安，没来由的整天提心吊胆。这也是听见电话铃就心惊胆战的主要原因。

现在，这个电话，是妈妈打来的。妈妈问："最近怎样？"语气里的关切让我的心一暖，悬着的心就像吊起的水桶，随即"噗通"一声，落到了井里，这个动作过于急促，以至于水花四溅的声响让妈妈感觉到了。妈妈："说怎么了，累了？"这个语气较之上一句有了担忧，这担忧让我的鼻子一酸，内心的愧疚就像水草蔓延到全身。

自从离婚，妈妈三天两头给我打电话，但是很少到我家来。说心里话，我也不愿意让她来，我怕看见她的神情，怕看见她那尽量迎合我而又充满怜悯的眼神。那眼神是不自觉的，而恰恰是这种不自觉伤害了我，让我觉得全身疼痛，但是到底痛在哪里，却说不出道不明。而同样，她也怕看见我焦头烂额和日渐憔悴，尤其看见我的白发时，她的眼神哀愁，甚至是有些绝望。

所以，她的电话多于来的次数。有时候，她来，会提前问我有没有时间，来了也坐不了一会儿，总说不耽误你了，你该干什么干什么吧！我明白她的意思，她期望我重新开始，至少有个男人陪我。

可是，我太疲惫了，婚姻所带给我的是无休止的吵架，无休止的怨恨，无休止的指责。这些东西源源不断地侵蚀着女人的美好，一点点地磨损，直到面目全非。有点像石磨豆腐，开始是新鲜的饱满的黄豆，先用水浸泡膨胀，然后倒在石磨上就那样一圈一圈地磨，直到磨成粉末，直到粉身碎骨。而我，就在还一息尚存的情况下离婚的，可已经像被折断翅膀的鸟，怎么也不敢轻易飞了。

可妈妈说："这女人不能没有男人的照顾，就像锁和钥匙，一把锁总要有一把钥匙，如果这把锁没有钥匙，不是废弃就是锈死，别无选择。"我说："什么锁、钥匙的，又不是锁匠。"说完，我就拿出给她买的衣服让她试。妈妈就不说了，暗暗地叹了气，看看衣服，动了动嘴唇，想说话又咽下去了。我知道妈妈一定是要说关于节俭，关于怎样过日子的教导。所以，我故意不看她，不给她说话的机会，可这并没奏效。

过了一分钟，妈妈开口了，说："你瞎买什么，你要攒点钱。"说到这，无限忧愁地看着我，接着说，"你不攒钱以后孩子上学怎么办？就业怎么办？你病了怎么办？"这几个怎么办，基本都是老生常谈的必经程序。以前，会打击我的情绪，我会口干舌燥，肝火上升，解释说："我的工资负担生活没问题，我说你们别担心我，我说……"说了几次重复的话，我就越说越泄气，内心也越来越悲哀，语气从激动到虚软，那副样子就像说谎的人，没有底气没有力量且心烦意乱了。

所以，每次回到家里我都是虚弱的人，就像肺结核的胸闷气短阶段。我的样子让父母说话变得小心翼翼了。有一次，爸爸妈妈商量买洗衣机，我听见了就说："我来买。"话音刚落，爸爸妈妈迅速地相互对视，表情就有了一丝悔意，那种老夫老妻间的默契让他们同时闭了嘴，然后就像什么也没发生一样地转了话题。我又强调了一遍，可这一遍说完，爸爸妈妈谁也没应声，一前一后去了厨房。这让我尴尬，僵在那，好一会儿才缓过来，然后，颓然地坐在床上。

而与此同时，妈妈和爸爸正在厨房相互埋怨，爸爸说妈妈说话不分场合，一辈子都这样。妈妈说爸爸就能做好人。俩人你一句我一句地小声吵着，那声音透过门缝顺着屋里的晾衣绳，匍匐到我的跟前，爬到我的身上，心如刀绞的痛和禁不住的泪水，顷刻席卷了我后又肆意地践踏着全身的每处关节，痛痒难忍，就像有无数条爬行的蛇。

人生的失败莫不如此。于是，我转身走到走廊的门前，想打开房门离开，就在我抬手的瞬间，听见厨房的门吱扭一声。这一声让我迈出的脚步收了回来，用手捂了一下脸，然后蹲下身，假装整理鞋架。

离婚带给我的改变之一就是变得比较敏感，谨小慎微。这种谨小慎微贯穿了我整个神经，走在路上会时不时地回头，看后面是不是有人指指点点，大家在一起会时不时地观察自己说话是不是让人不快，躺在床上回忆自己的表情是让人怜悯还是面目狰狞、怨气冲天。好多时候，我会霍然回头，看看身后到底在发生什么，看看我的背影在阳光下是不是越来越颓废，越来越萎靡，越来越有轰然倒塌变成断壁残垣的危险。那么，在这些没有到来前或者防止这些到来前，我就该让自己变成演员。就像此时，我低头整理鞋架的每一双鞋，就像哑剧演员尽量演得逼真和形象，尽量让人看不出做作。

妈妈说："别弄了，歇一会儿。"我说，"没事。"沉默了一会儿，我又说拖鞋该换了。妈妈说，有新的，你爸不让用。我抬头，把准备好的笑容呈现在脸上，那笑容肯定带着凄楚的线索，带着虚假的端倪。所以，妈妈瞧了我一小会儿，说："我和你爸商量了，你工资不高，买洗衣机不用你拿钱了，"顿了一下，说："你也不容易。"说完叹了口气。

这叹气声就像抽水的机器，把我身体里的水抽掉，于是口干舌燥虚弱了我的喉咙，堵住了我的肺部，甚至违背了我的意愿，把想说的话全部死死地扣住，然后挤压我的声带任其发出嘶哑的"嗯哪"。这一声"嗯哪"之后，妈妈舒了口气。

过了一会儿，还是细想了一下，我喘了口气，看着妈妈又说："妈，要不我拿点，你们再少添点……"没等说完，爸爸从厨房冲出来，大声嚷嚷："不要，不要，你怎么听不懂呢！有钱你就留着。"

每次都是这样，在表达好意的方式上爸爸另类了些，但是我知道，爸爸是关心爱护，只是他那个神情真让我担心他的血压。我马上闭嘴，瞧了瞧妈妈，恰好妈妈正在小心翼翼地看我，那小心翼翼有着让我心酸的慈爱。

这慈爱勾起了我心底凄凄的灰和委屈的暗，于是，我低下头。就这样，妈妈开始又一轮的埋怨爸爸，这次他们的声音很高，大有争个是非曲直的架势。

刚才虚弱的喉咙配合着蹿上来的酸，蔓延和充斥般地塞住了全身每个细胞。每个细胞紧紧抿住嘴，可却开始暗暗地哭泣，暗暗地抽搐，暗暗地呐喊："说着，我真的难过，真的难过。"

静下来，我反思，总结自己活了四十年基本上属于曲线波动型，这个波动向上的少，而像股市一路下滑的多，跟着下滑的还有我与日俱增愈演愈烈的失败感。

这种失败感会随着时间演变，演变成没有固定的伤口，甚至没有固定的病灶，但是，会随时随地地痛。这种痛是内伤，跟爱有关，跟亲人有关，跟内疚有关，就像现在，就像现在妈妈问我，怎么样一样。随着这声"怎么样"结束，水草般的愧疚慢慢蔓延开来后，我虚弱了，然后说："没事。"妈妈叮嘱，要注意休息，别太累了。我说知道了。妈妈又问："彤彤怎么样，好些没？"提到彤彤，愧疚就起了化学反应，从酸性变成了碱性，嘴里涩涩的，轻轻地说："好些了。"

我不敢说出我的担心。

妈妈说，好些就好。停了一会儿，妈妈又说："我昨天上你赵姨家打麻将，你赵姨一个劲地夸你。"说到这，我就明白妈妈要说什么，这基本上是妈妈让我相亲的前奏。于是，我就转了话题，说："妈，打麻将赢没？"

"没赢。"妈妈回答。"你总也不赢。"我说。顿了一下，妈妈说："你赵姨说她侄子在吉化……"我立即打断，说："妈妈，我这边还有事，就不说了。"咔嚓撂了电话。

妈妈就是这样，总是让她的那些老同事给我介绍对象，这让我很是烦恼。有时在街上看见认识的阿姨，都很关切地拉着我的手，表达着带怜悯的好意。这怜悯潜伏到我身上，把我的不幸感闸门打了开来。人的不幸福感是有记忆的，当感到不幸时，隐藏在身体的不幸记忆就会启动，就会释放出更多的不幸的信息。那一刻，我真的觉得我不幸。

而这些不幸的根源是从我的婚姻开始。当年，妈妈坚决反对我的婚姻，说："你脾气暴躁，不肯让人，小舒也是那种狗肚子里装不了二两酥油的男人，你们不合适。"我当时认为，男人直率就是耿直、正义、磊落，在跟妈妈进行过无数次反抗后，义无反顾地嫁了。

婚后一年，身怀六甲的我，因为一点小事，跟彤彤的爸爸抱怨。实际上，安慰我两句可能就没事了，可是他偏偏说我不对。那么，吵架就不可避免了，而且吵得翻天覆地，把我气得开门就跑，本来想吓吓彤彤爸爸，让他着急，然后哄我。可是，我在楼下车棚子里待了一个小时，彤彤的爸爸也没出来。

当时，车棚子里的电视里正在演小品，其中有这样一段话：婚姻是烙饼，那得吃啊！不能火大，也不能火小，要不不是糊了就是夹生了。听了这话心里就酸了，嘴里就有了火里煎着，糊粑烂啃的无法下咽的感觉了。

生完孩子，我们的吵架就有了升级，不但针尖对麦芒地吵个天翻地覆，而且开始动手厮打。那时候，就有了离婚的念头，可没想到的是，妈妈反过来坚决反对我离婚。说婚姻对女人来说就像挑担子，一边挑着孩子，一边挑着丈夫，也就是说想要平衡地走下去就要忍耐。我不赞同这话，嚷嚷着说："凭什么，凭什么。"

现在，我的女儿彤彤开始说凭什么，说："你凭什么管我，凭什么我要听你的，凭什么我就不能自己做主。"这一连串的凭什么让我愤怒和绝望，就像身中剧毒一样剧痛。

有一次，妈妈来，听见女儿说了一连串凭什么之后，神情复杂地默默地看着。过了一会儿，妈妈说："凭什么，就凭是你妈。"这话就像一把棉花把我的嘴堵上，眼前一下子浮现出当年我不服气的样子。于是，就像被人打了一巴掌一样，说不出的酸辣。

过了一会儿，我转过身，对妈妈说："对不起，真的对不起，当年让您伤心惹您生气，真的对不起。"说到这，泪水磅礴。

我想，这情景在女儿看来是不真实，所以她虽然默不作声了，可眼睛里的不屑，跃然地呈现在脸上，那种坚冰铁甲般地漠然，让我心寒，这说明，我作为母亲的失败。

就在女儿回屋的同时，妈妈的眼圈红了，小声说："过去的事别说了，"叹口气又说，"那时你真的很气人，可还不是都过去了。"又说，"一切都会过去的。"

这个过去包含着无奈，我想，我四十岁了，经历到了撕心裂肺的伤痛才知道自己当年的行为错了，是不是晚了点？是不是这个过程的代价过于漫长和无法弥补？我想，如果当年，我不是那样的任性，是不是现在的生活会不一样？是不是我的人生会改写？我想最起码我不会跟彤彤爸爸结婚，最起码，最起码可能不会离婚。这些让我更加地痛哭流涕，更加痛恨自己，甚至痛恨彤彤的爸爸。

彤彤的爸爸跟妈妈说的一样，什么事都必须发泄出来。不管是在单位还是家里，不高兴绝不能忍耐，所以在单位跟同事和领导关系不是很好，有好几次，他们单位的领导都跟我说："小舒人挺好，工作没个挑，就是脾气需要改。"我也说他，说急了，他就跟我吵。后来，彤彤跟我吵架时，我才发现他们父女是如此的相似，都是既单纯又固执。如果，光是这样也不会离婚，最主要的是彤彤爸爸生气会动手打我。心理学家说："打人是有惯性的，有第一次，以后就会控制不住。"开始，我还跟他撕扯，后来我基本不敢动手，再后来我就是动嘴也会遍体鳞伤。那些伤就像一条条耻辱的封条，这些封条封住和冰冻了我的情感，让所有的热情消失殆尽，包括对性的欲望。

一度，我不能跟他做爱，每到晚上，我们都是在我空前剧烈的挣扎和他空前盛怒的动作度过的，这样的结果使本来的美好，蒙上了怨恨的阴影。不止他对我，还有我对他，就像吹起的气球，越涨越圆，如果不及时放气缓解，结果就是爆炸。我们选择了让气球爆炸后各自捡起自己的残骸离开。

说来也是奇怪，离婚后，我和彤彤爸爸没有了婚姻没有了性反倒相互客气了很多，尤其他再婚以后，基本断了来往。有时，我打电话，激动地大吼大叫数落他不来看女儿，他也不再跟我吵了。这时候，我反倒希望他跟我吵，那样我就可以像泼妇似的，根本不用含沙射影，直接把他的祖宗八代大骂一遍，从遗传基因到家庭教育，反正，把我的委屈一样不少地抛给他。告诉他，我很不幸，因为他的女儿比他还让我心力交瘁，而且我不能避开，不但不能避开，还得迎战。

所以，刚才跟妈妈说："彤彤好些了"，也是咬着牙说的，不这样说怎么办，难道让母亲担忧。

就在昨天，彤彤回家跟我说老师对她不好，说别人上课迟到老师就说一句，轮到她就让她站着上课。说老师看她不顺眼，找她茬。这话，让我心惊，我故意轻描淡写地说："那你就不迟到，遵守纪律老师不就找不到茬了嘛！"彤彤不吱声，一副心事重重的样子，看她这副样子我就想：阿弥陀佛，千万别出什么事。

可不知为什么，从早上开始就是莫名的心慌。放下电话，看看墙上的石英钟，现在是下午四点。心想，看样子，不会有什么事了。想到这，苦笑了一下，数落自己瞎想什么。于是，准备收拾收拾走人，可"太想爱你"又来了。我以为还是妈妈，也没看屏幕就按下接听键："说什么事？"

对方沉默了一下，不确定地问"是舒彤的妈妈吗？"这一问我就有了大祸临头的感觉，说："是的。"语气明显的慌。

"请你马上到学校一趟。"对方说。我的胸闷气短随着"趟"字的落下就出现了，颤抖地问："出了什么事情？"对方不客气，说："来了就知道了。"啪的一声就如同有人驱赶般地挂了电话。

刚才的心惊胆战又回来了，甚至更加剧烈，从头到脚地颤。攥着电话的掌心全都是汗，手指冰凉，如同进入了南极冰川。

看样子，我一直以来的担心不是没有道理的，出事了。

原因是彤彤上自习课玩手机，让老师抓了个现行。当时的情景是老师伸手夺过手机，一声脆响就把手机摔在地上。这一摔把彤彤摔得眼泪汪汪，马上就蹲下捡手机。也是在这个当口，老师说："我们开了班会，发现玩手机的同学应该怎么处罚？"全班同学被刚才的啪嚓声弄得不知怎么回事，听见老师这么问，就明白了，眼睛齐刷刷看着老师，老师说："我们是不是规定凡是发现不遵守班规的就要离开这个班。"说完，对彤彤说，"舒彤，你不要在这个班级了，一会儿我给你家长打电话，把你领回去。"

正在蹲地上捡手机残骸的彤彤，听见老师这样说。忽地，就站起，激动地对老师说："凭什么摔我手机？"又说凭什么让她离开，又说学校不是老师开的，想让谁走就让谁走。

这话当时就让班级的气氛凝固了，这实在是出乎老师的意料，所以，老师有点愣，可随即就被全班六十几双眼睛唤醒，被唤醒的还有恼，打击彤彤的嚣张气焰是必然的。

老师说："为什么摔手机你自己不知道吗？还凭什么，就凭我是老师有权利开除学生。"说完，老师就把彤彤拽出教室。在拽的过程中，遭到了彤彤的反抗，用手把老师的手狠狠地甩开，自己走出了教室。

我一进老师办公室，就看见站在墙角的彤彤，心突地酸，眼泪就要下来。想起她小时候，有一次上幼儿园看见她独自可怜巴巴地在角落里坐着，其他的小朋友跟老师玩游戏，那时跟现在一样心酸。

看样子，老师是真生气了，根本不看我，冷冷地说着："学校三令五申不让带手机，为什么还带？"我检讨地说："家住得远，所以……"老师打断了我的话，说："别说了，我们班不能要这样的学生，你领回去吧！"又说："高中不是义务教育了，可以开除学生。"我说："那也不能因为玩手机就开除学生。"老师看看我说："玩手机是不能开除学生，但是不好管的学生，哪个学校都不爱要。"

老师的话让我意识到我说错了，立马低声下气地又开始检讨自己的不是，同时用着可怜巴巴的语气，可怜巴巴的表情，可怜巴巴的眼神。我的这个样子让老师的脸色有了冰雪消融的迹象，尽管有了缓解老师并没说话。

于是，我就弓着腰等着老师开口，老师不看我，看着桌上的作业本。我舔舔嘴唇，开始挖空心思地想着自己学过的所有词汇，然后一个一个地从前到后排列一遍，筛选出最谦卑的词准备出口。

就在这时，站在墙角的彤彤，她走过来，突然开口，说："妈妈你求她干什么，不让念就不念，这破班我还不愿意待呢！"

这突然的插曲，让事情开始恶化了。就在彤彤话音落下的同时，老师缓解的脸，又变得冰冷了，放在桌面的手，就势把桌上的作业本一推，大声地说："你也听见了，这个班也容不下你女儿，你另找学校吧！我这个班不要了。"说完站起来，就要走。

这把我吓得，脸色煞白，一把拉住老师，语无伦次地颤声说："老师别呀，求你原谅彤彤，我给您道歉，您千万别撵孩子走……"说到这，泪水就流了出来。我的这副样子让彤彤的情绪更加激烈，说："妈妈，你能不能有点骨气。"

这话就像一把火把我内心的悲愤轰然燃起，我猛地转过身，抬手就一巴掌扇在彤彤脸上，说："跟老师道歉。"我的这句话说得疾速而严厉，并且声音也升高了。

彤彤捂着脸，瞪大眼睛，那种又惊异又委屈又说不出来是什么的表情掺杂在一起，让我盛怒的心一抖，举在空中的手，就那样僵僵地擎着，眼见着彤彤的泪水一对一双地流了出来。

这泪水召唤着我的泪水，于是，我也泪流满面。我们母女的这情景，在别人看来就是受了委屈受了冤屈的样子，这副样子让老师不高兴不舒服，所以，老师误会了，说："行了，你领孩子回去吧！要教育回家教育。"

这话相当于逐客令，相当于事情坏到极致。这不行，我必须挽救，于是，我还用抖声对彤彤说："你跟老师道歉。"说完，我转过身，又开始跟老师道歉。

好话说了一土篮。终于，老师开口了，说："舒彤妈妈，你跟我道歉没用，你也没错。"说着，眼睛看着彤彤。

一下子，我就明白了，老师虽然表情还是很冷，但是已经开始让步了。这个转机让我对彤彤焦急地吼道："你赶快跟老师道歉，跟老师保证以后不再违反纪律了。"

从刚才挨打到现在，彤彤一直捂着脸，姿势没变，可表情变了，脸上的肌肉绷得紧紧的，上下嘴唇死死地抿着。几秒钟过去了，一声不吱。这时，老师看看我，对彤彤说："舒彤，我们是不是刚开完班会，所有的同学都说了手机的危害，我们班级也规定了玩手机的处罚，可你为什么还要明知故犯？"彤彤依旧不吱声，于是，老师转过脸对我说："这说明什么，说明她心里根本没有我这个老师，根本没把班规放在眼里。"

这话很严重，我赶紧说："不是的，孩子怎么会没把老师放眼里呢！"说完，我推了彤彤一下，可彤彤一扭身，死死地抿着嘴，抿得更紧了，就像被焊住了一样。

我又气又急，气的是彤彤太犟，急的是老师好不容易缓和了，给了台阶，如果道歉，事情就会迎刃而解。看看彤彤的样子，把我恨的，牙根直痒痒，没办法，也不能僵着，于是，我又把说过的话重说一遍，刚说了两句，老师就说："舒彤妈妈你这人怎么这么糊涂，舒彤根本不承认错误，也根本没意识到错了，那么我也没办法留她，请走吧。"

看看女儿，看看老师，那种不知如何是好的无助让我声音哽咽，让我本来想好的话，在经过口腔时不知不觉地就拐弯了，我说："我是单身母亲，拉扯孩子不容易"……说着说着泪水又不受控制地流下来，自己就忽然有了绝望和无助的感觉，忽然双膝就软弱，就有了给老师跪下的冲动。

这时，我突然理解"跪"这个动作了，那是极端绝望，极端的无可奈何，最后一丝挣扎，尽管这些都是徒劳和让人讨厌的甚至是可耻的，可是，我不由自主。

最终，我还是抖着双膝站直了，后来，我真的庆幸，我没给老师跪下，如果那样，会成为彤彤一辈子的心理阴影。

老师脸色变了，看了看我，说："我也理解像你们这种家庭孩子不同于正常家庭，"顿了一下，"当然了，孩子在行为上偏激，性格上缺欠，但是我们学校毕竟要维护正常的秩序……"老师的话没说完，边上的彤彤就像小豹子一样吼了起来，说："妈妈，你还赖着不走干嘛！你还在听她侮辱咱们嘛！她把我的手机摔了，她不向我道歉，上午有同学玩手机为什么她不摔，而偏偏摔我的，妈妈，你还求什么……"彤彤说到这，我转头注视着老师，又说，"你不是不想让我念了吗？那我就随你心愿，不念了。"说完，伸手拉我，我一甩她的手，厉声说："舒彤，你说什么呢！老师管你是为了你好。"

彤彤转过脸，说："妈妈，你别傻了，什么为了我好，她摔我的手机是因为你没给她送礼，同样的别人玩手机，为什么不摔。"

屋里的气氛一下子就僵了，其他几个同屋的老师也开始张望这边。有两个老师还站起来，准备过来。

这情景是我想不到的，于是，没等老师说话，我说："彤彤，你怎么这样，不承认错误，还强词夺理。"

说完又赶紧对老师说："小孩子瞎说，别生气。"我本来是息事宁人，可彤彤听了我这话，又说："我没瞎说，是同学跟我说的。"这话一出，老师的脸煞白，我就知道坏了，给老师送礼也是正常的，从上幼儿园到初中我也给老师送礼，关于现在的老师我也是想等到教师节给老师送一千块钱。

听彤彤的话，我就有点后悔，要是那次家长会之后就送，可能老师在处理这件事上就会温和些，就不会这么激烈，有了这个想法，心里咯噔一下，就不是滋味了，看老师的目光就有了说不出的感觉。

就在这个节骨眼上，旁边的老师说了一句："王老师，把那个学生叫来问问不就完了嘛！"彤彤老师一听，就打开门，对着班级喊了一个学生的名字。

这时，窗外已经暗了，配合着屋里不正常的静，让我一直提在嗓子的心愈发地慌乱。而就在这个时候，一直没动的彤彤，却拿出那个摔坏的手机轻轻地用手指擦拭着已经破裂的屏幕，然后，泪水就滴到那屏幕上，那伤心的样子让我一下子醒悟了，那个手机是她爸爸给她买的。

彤彤爸爸再婚后，很少来看她，可彤彤从来没表示不开心或者想爸爸的样子。此时看来，她内心中一直有着我所不了解的情感，那么，我一直责怪她，甚至刚才我还恨她，是不是我错了，是不是女儿心中也有难言的苦楚,说不出来,不能宣泄,是不是她内心比我还无助,甚至迷茫。想到这,我一惊,心随即颤抖起来,而且越抖越剧烈,剧烈得鼻子被吊起般的酸,眼泪又涌了上来。我真的想抱住女儿,就像小时候打雷时,紧紧抱住她一样,告诉她别怕,有我。

就在我愣神的时候,老师领着一个高高的男孩走进来,说:"你跟舒彤说你家长给我送礼是不是,现在,你就给你家长打电话让他们来说清楚。"那个男生显然被吓坏了,惊恐地说:"别别,老师。"顿了一下,神情复杂地看着彤彤,说:"我什么也没跟舒彤说。"说完,就低下头。

这话打击了彤彤,在伤心的脸上出现了惊讶和不相信,呆呆地看着那个男生,随即,被出卖的愤怒跃然脸上,从兜里掏出一个玩偶,扭得破碎,然后抬起双臂狠狠地丢到那个男生身上,说:"还给你,你的礼物。"那动作带着不止悲愤交加还有失望甚至绝望。这反应属于纯真时代的特有反应,"我知道,我的女儿没有撒谎而是遭到了背叛,遭到了当头一棒,这一棒砸到女儿身上的同时也砸在我那潜在的病灶上,就这样,如同千万只蚂蚁撕咬我,痛覆盖了全身。更可怕的是我看见我的痛正慢慢地向女儿身上转移。我一定要止住这痛侵袭我的女儿。"我想。

于是,我一下握住那个男生的手腕,眼睛直视那个还很年轻的瞳孔,说:"你真的没有跟彤彤说过那样的话,是彤彤撒谎对吗?"我突然的举动让男孩和老师以及屋里所有的人有点措手不及,尤其是那个男生惊慌失措,使劲地往回抽手,肩膀倾斜的就要倒下的样子。

旁边的老师也有些结巴地说:"舒彤妈妈你干嘛!"听了老师的话,我把手放开,逼近老师,说:"老师你自己拍拍良心,你敢说你没有收礼,你敢理直气壮地说你没有撒谎也没有逼那个男生撒谎?"老师一下子就目瞪口呆,我喘了口气,又说:"你敢说你相信这个男生真的没跟彤彤说过那样的话,是彤彤撒谎。你是老师,你敢说你做的这些对一个孩子没有伤害,你可以找家长对质证明你的清白,但是事情真假你心里会像明镜一样……"我的声音很高，屋里的老师全都围过来了，有老师指着我说："没见过你这样的家长，老师管学生有什么不对，单亲家庭都没教养……"

顿时，七嘴八舌谴责我的话迎面向我砸来。这些石头一般的语言激起了我内心积压的怨和悲愤，我觉得我就像点燃了导火索的炸弹一样，嘶嘶地响了起来，不受控制本能地毁灭性爆炸。一直以来的谨小慎微和怯懦荡然无存，就像一头红眼的母狮子或被长久以来的痛折磨的病人。

我说："我女儿违反纪律是不对，但是学校是教书育人的地方，学生违反纪律应该耐心帮助，而不是推卸责任让家长领回去。"我说的这话引起了更大的不满，可我不管这些，我大喊大叫，说："老师有什么权利摔手机，有什么权利撵学生。"我的喊声，把学校的副校长喊来了，一进门就对老师挥手，原先站在我周围的老师就回到了自己的座位，副校长简单地问了一下经过，对我说："学校有规定，上课玩手机的同学要处分。"我说："处分是应该的。"话刚说到这，副校长又说："作为家长要配合学校和老师的，怎么能纵容孩子。"这时，站在旁边的老师说："舒彤，这不是第一次了，别的同学早就反映过，我只不过一直没抓着。"又说："而且拒不承认错误，所以，我才找家长。"老师在避重就轻，不想扯到送礼的话题。

我说："事实上，当时根本没给她道歉的机会，你当时夺过手机就摔了，然后你就宣布把彤彤撵出班级。"说完，不等喘息就接着说："我觉得，老师除了教授知识以外，还有教育学生的责任。因为自习课玩手机没有遵守纪律，不是耐心地讲道理而是粗暴地摔手机，撵出班级，这种简单粗暴的办法是不是违背了教育的宗旨，是不是会对心智还处在朦胧阶段的青少年是个伤害，是不是会诱导学生的暴力倾向……"副校长立即打断了我，说："老师摔手机固然不妥，但是也不能上升到这个层面，这样说起来，老师不是变成教唆犯了，再说了，你家孩子犯错在先，老师管孩子的出发点是好的，如果你们家长有一点事就上纲上线，这老师以后还怎么管。"我辩解地说："老师态度粗暴所以孩子没认错。"老师插话说："我当时粗暴我不对，但是就在刚才舒彤也没承认错误。"

这话我有点语结，老师又说："摔坏的手机我会赔偿，但是你的孩子犯了错误不改正是不行的，学校有权对拒不认错的学生限期回家反省一个月，如果一个月还没意识到错误就开除。"

这才是关键，不承认错误学校就不让上课，我就算是告到教育局，也顶多说老师的方法不对，顶多给家长道个歉，但是学生就要按学生守则行事了，也就是说，我和彤彤是处在劣势的。

就在我一筹莫展时，事情就忽然出现了转机。一直站在后面的彤彤，快步地走到我身边，把我往后一拉，上前一步挡在我身前，大声说："老师，我自习课玩手机违反了纪律，是我不对，以后我保证改正，请老师原谅。"

这突然的转变，让在场的所有人都愣了，过了两秒，副校长说："实际上，老师也是为了学生好，也不是真的要撵学生回家。"又说，"既然这样，王老师你看呢？"

彤彤的老师，看看彤彤、看看我、又看看周围，说："明天开班会，要当着全班同学检讨。"说完，又补充说，"老师也检讨。"

回到家里，我力气全失，瘫软无力。此时，我就想靠在一个有力的肩膀上休息一下，让我刚才惊恐的心安静下来，让我刚才耗尽的力气重新回到身上。这时，一只温暖的小手握了过来，我看见彤彤清澈的眼睛，心里忽地一暖，泪水就流了下来，举起手臂把那小手贴在我的脸上。

我说："为什么道歉了？"彤彤说："我就是心里痛，很痛很痛，看见那么多人，而妈妈就一个人，我不想再看那个场面，也不想看着妈妈伤心。"

女儿的话让我更加泪流满面，我紧紧地抱住她。哽咽地说："妈妈也是，心很痛，很痛。"女儿的泪也落下来，一滴一滴地滴在我们紧握在一起的手上。那泪水就像黏合剂一样把我们长久以来的裂缝粘上，粘牢。

我抬起搂她肩膀的手，抚摸她稚嫩的脸颊说："不管妈妈是打你，还是骂你，爱你的心是不变的。"彤彤像小兔子似的在我怀里点头，一下一下地捣得我直痒痒，让我想起彤彤刚出生时嘬不出奶用小脑袋捣我乳房的样子，当时，妈妈就说："这小家伙脾气真大，跟你一样。"

想到这，霍然想起妈妈今天的电话，心里倏地内疚。暗暗告诉自己，明天，明天一定跟妈妈说说，说说什么呢？就说说关于赵姨的侄子在哪上班，人怎么样吧！

杀 羊

安虎坐在屠宰场院里的土堆上,望着此时正尘土飞扬,直冲院里的那条土路。心里想着师傅的话:想想你最恨谁,恨到想杀了的地步。整个下午,安虎把所有认识的人如同过筛子一般在大脑里过了一遍,然后把属于恨的人揪出来,像上学时按大小个站队一样站成一排。这样一来,平常空空的大脑就膨胀起来,这让安虎不适应的同时,又多多少少地生出害怕。

妈妈临死前告诉他,害怕时千万别哭,越哭越怕,要笑,只有笑,怕才会被赶走。有了继母以后,安虎经常挨打,有一次他的头磕在水缸上,血顺着额头流下来,经过眼睛、鼻子、嘴、滴到地上,他又痛又怕,想起妈妈的话,就把哭强挤成了笑。看见他笑,继母"啊呀"一声,转身奔出门。后来,继母跟父亲说,一看见你儿子笑,浑身簌簌地起鸡皮疙瘩。所以,从上学时住校,到现在这个屠宰场学徒都是继母威胁父亲,有他没我,有我没他的结果。

可安虎不敢杀羊。他想跟师傅说,他不敢看羊眼睛里的泪水,他害怕任何流眼泪的眼睛,那些泪水让他意志溶解,全身颤抖。他做不到像师傅那样,干净利落地手起刀落,一下让羊毙命,而且根本拿不稳刀。但是,这些话只能放在心里,不能说出来,因为师傅会皱着蜡黄的如同干枯树皮般的脸说:"你要是不能杀羊,别在这吃闲饭,我已经养了一个吃闲饭的了,不能再养一个。"这是最后通牒,他知道的。当然,他也知道,就是为了父亲脸上那几条被继母挠得如同蚯蚓般的血道子，他也无法选择。

于是，安虎按照师傅教的，一边在心里默念超度的经文，一边举刀，可越念手越颤，颤得如同筛糠，那簌簌作响的声音已经盖住师傅指着下刀位置，喊"动手"的声音。看着他的样子，师傅叹气地说："这是个坎。"之后，又说："杀羊是让羊进入轮回，也许下一世就是人了，所以是善事……"这些安虎都知道，来的第一天师傅就说了，甚至他都能背下全部经文和这些道理，可是他依然不能杀羊。

既然所有的方法都用了，既然他无处可去也不能不吃饭，既然念经文和把这当成做善事都不行，那么，就剩最后一个办法了。师傅说，想最恨的人，恨到杀了的地步，杀羊时想这个人，就能下去手了。

中午，师傅和哑巴的背影消失在土路上，安虎开始想最恨谁。

六岁时，他恨一个不认识的男人。记得那天和妈妈从医院出来，在马路上站了一会儿之后，妈妈领他进了县城最有名的冷面馆。冷面馆人多，没地方坐，妈妈让他在靠窗台的一张桌子边等座位。也是巧，在妈妈去买冷面时，桌子另一边有人吃完站起来，安虎就像小猫似的钻过去。可是，没等到椅子跟前，一个男人坐了上去，安虎急了，扑过去扯那男人说椅子是他先看见的。那男人被安虎弄恼了，很凶地把他甩到一边。安虎不敢再上前扯了，就站那哭，妈妈远远看见他哭，着急过来，手抖得厉害，冷面一路洒，挤到了安虎跟前时手里只剩下一只空碗了。

那天，安虎哭着和妈妈坐在冷面馆的门口，心里恨那个男人更恨自己的父亲，父亲总是和妈妈吵架，而且拦着门不让妈妈进城看病，妈妈为了进城，天不亮就拽安虎起来，所以，他肚子很饿。安虎说："长大以后先把这个男人杀了，再把爸爸杀了。"妈妈一下子捂住他的嘴，眼泪如同线一样流下来，说："虎子，你要做个好人，听见没？一定要做个好人，听见没？"安虎说："电影里好人都挨欺负，所以我不做好人。"妈妈抬手打他一巴掌，之后抱住他哭，泪水湿了安虎一后背，弄得安虎哭得更厉害了。妈妈抬起身，给他擦眼泪说："虎子，你要答应妈妈，以后不能哭，不管什么事都要笑。"安虎记住了，也记住妈妈线一样流出的泪水和当时半明半暗的天色以及阴郁的风。

上小学时，他最恨也最怕的人是二胖。有一次，上自习二胖学青蛙叫，全班哄堂大笑，老师推门进来问是谁，二胖立即举手说："安虎。"老师让他上外面站着反省，当时正下着雨，他在房檐下淋了一身雨。下课后，二胖和几个男生围着叫他"没妈的野孩子。"他低着头，左躲右躲地躲避二胖戳在他身上的手指，可脸上却挂着笑。二胖说他笑得像癞蛤蟆。整个小学他就是这样对着二胖笑，二胖虽然依然欺负他，可是也会在别人欺负他时挺身而出，也会在他被继母撵出家门时留他到家里过夜。想到这，安虎抬头看着天空，几朵云慢悠悠地飘着，看上去惬意而又悠闲就像吃饱饭的二胖，安虎笑了。

上了初中，他恨一个老师，同学们都喊"老狼"的老师。中学后，安虎依然很蔫，几乎独来独往，可是不知为什么，"老狼"总盯着他，他经常被"老狼"叫到办公室搜身，训话。"老狼"每次都恶狠狠地把手掌展开，猛地一收，说："你逃不出我的手心，所以给我老实点。"安虎心想，我一直挺老实的。后来，被"老狼"盯烦了，他就拔"老狼"自行车的气门芯，然后躲在暗处看"老狼"气急败坏的样子。后来，他从部队回家探亲，在县城碰见"老狼"，"老狼"见到他居然很亲的样子，说："安虎，现在是解放军，不拔气门芯了吧！"说完，哈哈笑，又说，"我就不明白，你那时为什么兜里总带刀。"安虎也不知道自己为什么对刀那么感兴趣，就如同女孩对各色头花感兴趣一样，他经常流连于各种刀具商店，对各种刀爱不释手。到现在也是如此。想到这，不由自主地摸摸兜，那把小巧的弹簧刀安静地躺在衣兜里，如同睡着了一般。只要有把刀在兜里，就不那么怕了，安虎想。

当兵的时候，安虎一反上学时的蔫，变得极其活跃，那时候，部队领导给他的评价是积极肯干，认真好学等等褒奖。他也从普通士兵到通信员再到宣传员。那时，他仿佛变了一个人，每天都兴致勃勃的，脸上洋溢着灿烂的笑容，他会写，会画，还会编快板，有时候他还写诗。一次也是唯一的一次，父亲到部队看他，看见他写诗，就说:"别写这没用的,复习复习考军校,争取留在部队。"可是,就在父亲说完这话不久,他要求转业了,实际他也可以等一年转业的,可是,他莫名其妙想转业。回到家,看见父亲唉声叹气的模样和继母拉长的脸时,安虎知道自己的莫名其妙就是为了看见这个场景。没多久,父亲通过各种关系和努力,让他成功的再次离家,到县煤场上班。

到煤场报到的那天,下着毛毛细雨,天气却很闷,黏黏糊糊的汗和雨丝粘稠地贴在身上,如同糊了一层浆糊。煤场厂长是个胖子,一边看调令一边用肥厚的手掌一个劲地在脸上一把一把的抹,每抹一下,嘴就"嘶"一声,如同牙痛一般。他说:"厂里三个月没发工资了,你得有个准备。"安虎不明白准备什么,但是他知道"嗯嗯"地点头。厂长说:"上面打过招呼了,说你会画画,写板报。"他又"嗯嗯"地点头,厂长说:"那上工会吧!"就在这里,安虎就从在部队的开朗活跃身不由己地回到以前蔫蔫的状态。

厂子处在半停产状态,有一半工人放假。工会除了工会主席每天上班,其他人基本看不见身影。工会主席说:"小安,现在也没什么活动,你就负责门口的那块黑板吧!把新闻和通知写一写,再画一些花啊鸟啊的,看上去要欣欣向荣的。"安虎按主席说的欣欣向荣开始画花画鸟画蓝天。两个月后,父亲来厂里送生活费。看见安虎正在欣欣向荣的黑板前画鸟。父亲说:"虎子,你应该画雄鹰。"安虎心里说,画什么都没人看,厂里不开工资,根本没有几个人上班。虽然这样想,可表面上还是笑着点头答应。父亲没话了,他更没话。于是,他们父子一声不吱地坐着,眼睛看着院子里稀稀落落的几辆车和吊在半空的机器,脸上都是心事重重的样子。

大约过了半年,厂里的第一批下岗名单贴在欣欣向荣的黑板上,一群人围在黑板前七嘴八舌地嚷着,对着名单指指点点。有人愤怒地要撕名单,有人拦着,这样一来,更乱了,人人都往黑板前挤。一小会儿,名单片甲不留了,而欣欣向荣也一塌糊涂了。安虎不是为自己委屈,而是为那些花和鸟委屈。他不看了,跟着一部分人进了办公楼。领头的敲厂长门,厂长躲在里面不开门,几个人把门踹开了。厂长在一群人的质问下，脸又红又白，他说："深化改革，减员增效，下岗再就业是大势所趋，不是工厂不要大家了，而是厂里已经快一年没发工资了，下岗也是让大家更好地寻找出路……"没等说完，被大家七嘴八舌的话语盖住，这个说："凭什么我们找出路，你们不找，你们不下岗。"那个说："现在下岗了，以后怎么办？"还有人说："为什么我们干了快三十年下岗？"厂长被逼得急了，站在凳子上喊："下岗按工龄给下岗费，一年给一个月工资，厂里考虑工龄长的下岗，下岗费多还能做买卖。"说到这，一个女人打断了厂长，说："厂长，你拿几个破钱糊弄我们下岗，以后连劳保都没有，老了喝西北风啊！我不下岗，谁爱下谁下。"厂长说："现在不是爱下不爱下的事，定岗定编，一个岗位只需要一个人，那么多余的人就要下岗。"女人说："既然定岗定编，我们老职工都没岗，厂子干嘛还要进人，难道把我们减下去腾地方？我们没饭吃，然后你们吃香的喝辣的。"她的话如同油滴进了锅里，炸开了，有人嚷着，有人骂着。厂长的脸从红白变成紫青，指着女人说道："闫琼思，你瞎说什么，谁吃香喝辣的了，厂子一年多没开工资了你不知道啊！下岗还给下岗费，不下岗说不上什么时候开工资呢！"闫琼思立即反驳道："厂长，你这意思是我们下岗还占便宜了呗！那我们不占便宜，宁可不开工资也不下岗。"说完，看看大家说："我说的对不对？"所有人一起喊："我们不占便宜，不下岗！"这时，厂长说话的声音听上去像电击般地颤，说："闫琼思，你三天打鱼两天晒网的让你下岗不应该啊！"闫琼思冷冷地一哼，说："厂子不开工资，我不自己找点活路，你给我养孩子啊！"话音一落，有人起哄地说："闫琼思你要是年轻二十岁，厂长就给你养孩子了。"闫琼思说："我要是年轻二十岁还看不上他呢！"说完，眼睛一抹搭，说："你要是让新进厂的下岗，我就下。"厂长反问："谁新进厂的？"闫琼思说："你装什么糊涂，厂里谁不知道，工会那个转业兵是你安排的。"厂长吼道："闫琼思，你瞎说什么。"

站在走廊最里面的安虎实在没想到事情会转到自己身上，想走已经来不及了，闫琼思转过身，指着安虎说："论工龄，论贡献，论功劳苦劳，我都比他强吧！为什么我下岗，他不下。"她这一指，所有的眼睛剑一般刺了过来。安虎觉得自己如同被砸了一棒子般地晕，心如同受惊的兔子四处乱撞，他怕极了，脑袋嗡嗡地如同钻进了蜜蜂。

现在，这些情景又在眼前，隔了两年以后居然如此清晰，让他依然能感到那些目光和自己的慌张，依然能听见心嘭嘭地跳。这个下午，安虎终于知道自己最恨的人了。目标锁定以后，恨也开始发酵，安虎觉得恨已经涨满胸膛，让他窒息的头晕。

师傅和哑巴出现在院子里时，天色已经朦胧。哑巴拼命地把他摇醒，指着蹲在院子里的他爹——安虎的师傅比画着。师傅扭曲的五官和干柴般凹陷进腹部的手以及脖子上如同要爆开的青筋和黄豆大的汗珠使整个人看上去很恐怖。

安虎和父亲来的那天，师傅也是这样蹲在地上的。见到他们进来，挥手示意进屋。当时，安虎进了院就像猴子般地跳到院里土堆上。父亲喊他下来，之后小声跟师傅解释："虎子，本来在县城上班，可是赶上下岗，这么大小子也不能总屋里屋外地晃悠。"说到这，瞄了安虎一眼，安虎假装没听见，微笑地看着前面一个虚无的点。师傅按着腹部站起来，喘着气，指着哑巴说："我儿子。"这一指让正探头探脑的哑巴如同受惊的乌龟，一下子缩回门后。师傅说："哑巴也是从小没了妈，五岁那年发烧，灌药灌哑了，以前那小嘴叭叭的，现在，"说到这叹了口气，说，"总受欺负，怕人。"说完，佝偻着如同英文字母C的身躯走在前面，安虎的父亲跟在后面朝屋子走去。

这个小作坊式的屠宰场跟普通农家小院没什么区别，院子是干净的，杀羊的牲口棚也是干净的，没有屠宰的血腥和杀戮的气息，只有挂在杖子上的羊皮说明这里不是农家小院。安虎感觉自己好像饿得慌，他想用什么盖住或者压住这慌，他瞧见哑巴像耗子一样偷看他，就招手让哑巴过来。哑巴没有马上过来，而是辨别真伪般地注视安虎一会儿，才畏畏缩缩的一点点地蹭过来，那样子有不情愿的情绪，也有随时掉头跑的架势，更有好奇和探究。安虎指着杖子上的羊皮说："这是公还是母。"哑巴正过身，眼睛亮了，有了十八九岁男孩的爱玩的天性，嗖地跑到杖子边把羊皮翻过来，呵呵地笑，手比画着，嘴里咿呀说着听不懂的如同另一个星球的语言。安虎不知道哑巴说什么，但是被哑巴的手舞足蹈逗笑了，这一笑，慌就消散了很多。

安虎东张西望地看了一圈，说："这次咱们赌烟。"说完，指着土路上的一辆马车说："马车上面装了什么？"哑巴转过身，要跑出去的架势，安虎不怀好意地嘿嘿笑，说："不能动，就站这猜，如果动一步就算输。"哑巴耳朵不聋，脚下是不动了，可身体几乎倾斜，盯着越来越近的马车，没等张口，安虎就说："我猜是羊。"又说："我放了一年多羊，不用看就知道。"又指着哑巴说："你输了，这是抢答，你没抢上。"哑巴像猴子一样抓耳挠腮，之后又手舞足蹈地又比画又"咿呀"地说，这次安虎居然懂了，哑巴说他耍赖。后来，无数次，安虎都纳闷，为什么自己能明白哑巴的话。而除了他和师傅，谁也听不懂哑巴"咿呀呀"。

安虎说："我赢了，拿烟。"哑巴有点怒地盯着安虎。安虎脸一沉，说："不拿拉倒，不跟你玩了。"说完，把脸转到土路上。哑巴愣了几秒，嗖地火箭一般冲回屋，又火箭般回来，手里拿着烟笸箩。

师傅看见哑巴把烟笸箩递给安虎。若有所思地说："一物降一物，哑巴见谁都躲，可见安虎不躲，那么是缘，留下吧！"

那天开始，安虎就跟哑巴打各种赌，自然都是哑巴输，即使他输了也等于哑巴输，哑巴大叫地表示不满，安虎不理，笑嘻嘻地坐在土堆上看着哑巴上蹿下跳地呀呀叫，之后从各种旮旯掏钱，安虎说："哑巴是耗子，到处打洞。"师傅说："哑巴好容易攒点钱都给你买烟了。"安虎笑，不反驳，依然如故。学徒每月二百块钱，以前安虎的退伍费和下岗费都自己留着，自从那天安虎望着父亲瘦瘦的背影在土路上越来越小，最后变成个黑点消失在尘土里后，安虎的逆反和恨就彻底地消失了。父亲再来时，安虎把自己攒的钱给了父亲，父亲惊讶地看着他，好一会儿才说："自己留着吧！买点吃的，别太苦自己。"安虎不说话，只是把钱塞进父亲的上衣兜。父亲愧疚地看着他，说："虎子，给你办工作时该求的人都求尽了，现在我是一点办法也没有了，"唉了一声后，又说，"但凡有一点办法也不会让你在这。"又唉了一声说："现在到处都下岗，不管怎么说这能吃口饭。"安虎笑了笑，点点头，自从继母进门，安虎跟父亲就没了话，即使想说，也在心里说，因为更多的时候，安虎知道即使把话说出来也没用，那么就不如在心里说。妈妈曾告诉他，说得多，错的就多。所以，不管在家里还是在外面，安虎话少，即使心里憋屈也就是自己在心里说，心里骂，就像当年下岗。

当年，倒是厂长有点愧疚，说："安虎，你到厂里半年了，连工资都没开一回，就下岗了，要不是闫琼思到燃料公司告状，公司说都下，都下，厂里也不会让你下岗，你这孩子挺好的，不声不语的。"安虎笑了笑，什么也没说，拿着领钱的条子往门口走。厂长在他身后，说工龄按当兵算一共三年半，厂子按四年算的。安虎本来想回过身，对厂长说声谢谢。可是心里这样想着，人却直径地出了门。下岗回家，安虎放羊，让羊自己吃草，而他躺在山坡上看云，辨别这云是男人还是女人，是狗还是猫，是说话还是吵架，是情侣还是敌人，是快乐还是忧伤。他在心里劝忧伤的，挑唆吵架的，鼓励快乐的，他在心里把该说的，该骂的都说了，骂了，心里就好受了。可是，继母怕他，他一进家门，本来正有说有笑的，一下子就没了声音。继母和父亲悄悄说："他是狼，说不上什么时候咬人。"父亲说："别那么说，虎子可怜，从小没妈。"这话说完，继母的压低声音的吵闹开始了，父亲低声下气地哄和吓唬也开始了，说："你再闹，虎子醒了又过来踹门了。"继母声音小了，可威胁地说："你要是不把他弄走，就离婚。"安虎在西屋听得清清楚楚的，心里就说不出来的空，空得没着没落的。

后来："父亲说，虎子，你都二十三了，不能总放羊，要不连媳妇都找不到，学手艺吧！"安虎立即点了头。于是，父亲带他到了这里。

因为这里位于县界，所以离县城不远，客户是县城的饭店，都是长期的老主顾，没什么意外的话隔一天到县城送一次羊，所以早上四点杀羊，六点进城送羊。空闲的时候，下去收羊。哑巴识字不多，可是字写得工整，把订货的和收羊的地址、姓名以及欠账都记得清清楚楚，师傅让安虎看看这些，说："心里有个数。"安虎不看，他说："哑巴都能干了。"师傅说："哑巴是都能干，但是得有人领着。"说到这，师傅叹口气，撩起衣服让安虎摸他肋下，说："你摸摸，这是不是有个包。"安虎摸了一下，说："像鹌鹑蛋。"师傅说："等长到鸡蛋那么大，我就死了。"

现在，此时，师傅蹲在地上开始呻吟，而且声音由小到大，越来越有节奏。安虎突然觉得好笑，咧咧嘴，可看见哑巴惊恐得如同小耗子般的表情，马上又闭上了。安虎私下给哑巴起了个外号，叫"耗子"。他觉得哑巴从表情到行为都像耗子，可是在师傅面前他不敢叫。

早上，阳光一丝丝的如同抽开的蚕茧，网般地铺在牲口棚上。安虎拿着刀，看见羊眼睛里的泪水，开始手颤，心颤。他把脸转到一边，不敢看。师傅在一旁捂着肚子厉声说："你想想谁把你饭碗抢了，想想你最恨谁。"安虎不动，师傅说："你要是不杀羊，就没饭吃了。"师傅在旁边叨咕得安虎乱乱的。仿佛有一把钩子使劲地在脑袋钩，钩得头晕晕的，鼻子酸酸的，羊眼睛里的泪水就被乾坤大挪移一般移到了自己眼睛里，安虎眼前模糊了。就在这模糊里闫琼思咣当一下出现了，恶狠狠地指着他，嘲笑他的懦弱。这让安虎又怕又怒火中烧，于是，他猛地抓住闫琼思，手起刀落。瞬间，血涌出来了，安虎如梦初醒地抛下刀，奔出牲口棚，蹿上土堆，身体里每个细胞如同逃命一般地奔跑着，他支撑不住了，仰面瘫在那。

过了一会儿，师傅过来，拍拍他肩膀说："这个坎过去了。"顿了一下，说："祖师爷赏你这口饭吃。"说完，拿出那时时刻刻都不离身的酒壶喝了一口，之后递给他。安虎抖着手接过来，顾不上什么地灌了一口，热辣冲进胃里的同时，那些逃跑的细胞回来了。

师傅说："哑巴怕一切动的活的东西，只要是不动的不活的他都不怕。"牲口棚里的哑巴正给羊剥皮，哑巴很灵，不但会算账，捆羊，剥皮，还会修东西，现在他们这辆三轮车就是哑巴东拼西凑修理的结果，除了这他还会修小家电，前提条件是得让他先拆个稀巴烂。哑巴还喜欢捡破烂，之后在破烂里做发明创造，例如现在用的电风扇，就是他自己的发明。师傅讨厌乱，说一看见乱，心里就堵，所以，禁止哑巴在他看见的地方摆弄破烂。哑巴就把捡的破烂整齐地放在院墙下面的小棚子里，没事就钻进去。他还鼓动安虎进去看看，安虎摇头，坐在土堆上看见哑巴汗流满面地在不通风的小棚子里捣鼓，想想浑身都粘粘的。师傅喜欢安虎干净，说哑巴要是像你这么干净利索就好了。安虎心里说，小时候怕挨揍，才干净利索的。师傅说："安虎，你怎么这么不爱说话？哑巴是不能说，你是不说，你们俩真是天生一对。"安虎差点笑喷了，心里说师傅，你可真能糟蹋"天生一对"。师傅又说："安虎，答应我照顾哑巴，帮哑巴娶个媳妇。"师傅说这话时，浑浊的眼睛就蒙上了一层水气，安虎低了头，慢慢地开口，说："我这辈子都会把哑巴当亲弟弟，可是娶媳妇，还是你给娶吧！"过了一会儿，师傅又撩起衣襟，说："你摸摸这包有鸡蛋大没有。"安虎伸手摸，说鹌鹑蛋。

自从他能杀羊以后，师傅基本在炕上躺着，但是从城里收回的钱，必须交给他。师傅把这些钱放在枕边的小匣子里，小声跟哑巴嘀咕："以后要管好钱。"安虎坐在土堆上望天，哑巴一会儿就把他爸说的全告诉他，包括以后怎么防着他。安虎的工资已经涨到五百，他依然分毫不动交给父亲。买烟都是哑巴买，师傅躺在炕上担心，怕哑巴把钱都给安虎花了，就教哑巴这样那样地长心眼，还把小匣子看得紧紧的，不给多余的菜钱，哑巴就熬白菜，炖萝卜。安虎鼓动哑巴半夜偷钱，哑巴不干，啊啊地嚷，他爸说钱留着娶媳妇的。安虎听了，忍不住上去一脚，说就是娶媳妇才要身体好。也不知道，哑巴是觉得在理还是怕他不理他。半夜真就偷了一百块钱。安虎买了只烧鸡，还顺手买了啤酒。害怕师傅闻到味，不得已躲进哑巴的小棚子，可是哑巴还担心他爸闻到怎么办？自从师傅生病就不能闻任何油味，所以，哑巴熬菜，不放油。安虎心里说，离这么远还能闻见，那就是狗。正想着，传来师傅断断续续地骂声。

一个星期后，师傅死了，安虎内疚，觉得要是不让哑巴偷钱，师傅也不至于气成那样，所以也不一定那么快死。还有一个内疚，就是师傅死的时候，他和哑巴没在家。那天，送完羊路过农贸市场门口，安虎突然看见了煤场厂长。安虎莫名其妙地想起了那块欣欣向荣的黑板。于是，他来了兴趣，破例跟厂长聊了起来。厂长比以前平易近人，而且话多，把厂里的事说了个清楚。厂子一年前黄了，剩下的人办退休的退休，分流的分流，买断工龄的买断工龄，厂长办了退休。这时，安虎才明白，原来自己属于买断工龄。心里好笑，买断这个词就像自己把自己买了的感觉。在一旁的哑巴就像闹人孩子一样一个劲地拽他走，拉得他胳膊生痛。安虎跟厂长道别，之后推搡哑巴，说："你急个屁。"哑巴气嚷嚷地比画，埋怨安虎没完没了地唠嗑，耽误时间。安虎挥了一下手，心里骂，耽误个屁时间，你又不赶着死。哑巴看见他挥手，吓得一缩脖，可神情焦躁得被什么烫屁股一般。

那天，安虎的莫名其妙又来了，不知为什么不想回去，所以总是借故磨蹭。磨蹭到家已经下午了，进了院子，看见师傅趴在屋外的地上，脖子上的青筋抻得如同要崩开一般，眼睛瞪得很大，手如同鹰爪向前伸着，脸青黄青黄的。安虎第一次看见人死的样子，怕，心里更内疚。后来，邻居来给师傅穿衣服时，安虎站在一旁，心里哭得稀里哗啦，边哭边给师傅道歉，请师傅原谅。师傅腹部的那个包很明显地凸出，安虎心里说，像鹌鹑蛋，不是鸡蛋，真的不是鸡蛋。

安葬完师傅，那个小钱匣成哑巴的了。等到父亲来，见安虎依然拿五百块钱工资，小声说："这个屠宰场都是你撑着，你得跟哑巴说涨钱。"安虎想说，自己想买什么哑巴都掏钱，例如买烟、买酒、买牙膏肥皂，包括上次买墨汁、粉笔什么的都是哑巴拿钱，所以，不用涨钱。可是，最终还是什么也没说，而是笑着点头答应。

日子依然平静地过着，跟师傅在时的唯一不同，就是安虎和哑巴不下去收羊，而是在对着土路的那侧墙上刷了墨汁，他们有了一块黑板。安虎在黑板中央用红色的粉笔，写了两个端端正正的字"收羊"。除了那两个字不变以外，剩余的地方，每天都会不同，有花有草有鸟有蓝天还有安虎写的名言警句，时而还会有一首他自创的安体诗。那段时间，哑巴把对摆弄破烂的痴迷转到对黑板的痴迷，每天做完事不再往小棚子跑，而是在黑板前看，之后开始学着画，再之后跟安虎抢黑板，回来时几乎是飞奔到黑板前，用手画个圈，意思这一块归他。安虎心里说这又不是采蘑菇，看见一片蘑菇喊这是自己的。哑巴不管，只要他画圈的范围，不许安虎画任何东西。哑巴对画画很有天赋，一段时间下来，画得有模有样。后来，安虎跟哑巴商量，说他画，自己写字，这样才好看。哑巴想了想，同意了。

　　哑巴最喜欢画花，画各种花，他经常在黑板上画满颜色各异的大小不一或盛开或待放的花。他比画着让安虎在花中间写字。安虎说："写个屁，还有地方写吗？"哑巴笑，依然像快乐的小耗子似的笑。安虎觉得就这样过一辈子也挺好。

　　安虎二十五岁那天，领哑巴到城里的百年冷面馆吃冷面。人依然多，但是有座位。安虎让哑巴在座位上坐着，自己去厕所。厕所要排队，好一会儿安虎才出来，到座位上一看，哑巴正在哭。安虎以为是旁边两个跟他年龄差不多的小伙子欺负哑巴了，当时也不知道哪里来的那么大怒气，冲着那两小伙就吼。对方急了，站起来要揍他。哑巴冲过来，一下子拽住他，往外拖，一直拖到门外，哑巴可怜兮兮地比画着说，以为他走了，不要他了，所以才哭的。安虎听了，心里一酸，说："我怎么会不要你呢！"眼睛望着车来车往的街道，心想，丢下你，我无处可去。

　　那天，他们坐在街边吃了两个煎饼烙。哑巴要买粉笔和墨汁。安虎告诉哑巴自己去，等买完东西到农贸市场找他。他要买肉和啤酒，晚上大吃一顿。放羊和杀羊这几年他除了喝下水汤，没有吃过真正的羊肉，所以，他想买一块最好的羊肉。他来来回回地在羊肉摊位转悠，卖羊肉的摊主把案上的肉翻给他看，说："今早杀的。"安虎心说昨晚杀的。可是嘴上什么没说，看着摊主想咧嘴笑。可是，在他刚要展开笑容还没展开时，就如同被点穴般僵住了。

　　这个农贸市场是简易的大棚，有四个出口，每个出口都有对应的摊位车道，而摊位的设置又有点像种地的垄，一共三排，每排的三个摊位有一条通道。所以，顺着看是三条垄，横着看就如同大田字格里无数小田字格。安虎站的位置正好对着卖菜的一个摊位。就在这个摊位的后面，安虎看见了一张脸，一张让他手起刀落杀了无数次的脸，此时，就活生生的而且有说有笑地出现了。这突如其来的，意想不到的震惊让安虎头晕，他闭了一下眼，不信地甩了甩头，之后又睁开眼睛，千真万确的，那张刻在脑海里抹不去的脸正在眼前。忽地，安虎背上冒出了冷汗，头晕得已经招架不住了，他踉跄着往外走，心里只有一个念头，逃。

就这样，安虎逃出农贸市场，逃出县城，奔上土路。跟在他后面逃的还有哑巴，哑巴的脸比安虎还青白，比安虎还慌张，他不知道发生了什么，可是他知道跟着安虎逃。

进了院，惶惶不安就如同一根刺扎在身上，可又不知道具体扎在哪里。整个下午，安虎的唯一期盼就是时间快点过去，他过一会就看看表，之后怀疑表慢了，就问哑巴。哑巴躲在小棚子里捣鼓一个奇形怪状的东西，对他比画着说："有了这个，画出来的花就有了不同的层次。"安虎吼道："别废话，几点了。"哑巴脸上的兴奋就抖落了，用手敷衍地比画一下，低头不看他。安虎第一次感到时间如此漫长，漫长到他渴望、盼望、期望天快点黑，黑到伸手不见五指，黑到理所当然地睡到第二天太阳出来的时候。到那时一切就是新的了，一切都烟消云散了。

事实是，一切没有烟消云散，反而更糟了。早晨阳光跳跃在羊身上时，安虎脑海中出现了两个闫琼思，一个在眼前，一个在大脑深处，在眼前的是一动不动如同蜡像一般的，而在脑海深处的是在市场那个又说又笑的闫琼思。这两个闫琼思仿佛不是同一个人，又好像是同一个人，安虎努力地把她们重叠在一起，可是怎么也无法重叠，他气急了，拿起刀刺了过去。眼前的消失了，可是脑海深处的依旧有说有笑，甚至还轻蔑地看着他，安虎心烦意乱，不管不顾地刺了一下又一下，可是一切无济于事，脑海深处的闫琼思依然存在。一种被愚弄的感觉涌了上来，一个声音嘲笑地说："他刺死的是哄哭闹孩子的布娃娃，是假的，是哄骗的道具。"这声音抽去了他的力道，他瘫了下来，而同时被蒙骗的感觉像一只手捏得他不能呼吸，他被窒息逼得无路可逃，只能如同一张纸或者一片树叶般地瘫在地上。于是，那些不怀好意的血就恶毒地围住他，并且一点点地侵蚀他的心，之后遍布全身，他怕极了，仰起头，咧咧嘴，想做出笑的样子。可是，他刚把嘴咧个小缝，声音狼嚎一般从喉咙直冲云霄。

哑巴惊恐地看着这失去屠宰道德的行径，屠宰变成了屠杀，惊恐他把善行变成了暴行，惊恐他瘆人的嚎叫。于是，他比圈里的羊还要惊慌，仿佛下一个被杀的不是羊而是他。

安虎几天没起炕。哑巴把饭端到他跟前，他不吃，就是睡觉。不睡觉也不睁眼睛，一睁眼睛就天旋地转的。父亲来的时候，吓坏了，站在门口小心翼翼地喊了一声："虎子。"安虎勉强地睁开眼，看见双影的父亲，咧咧嘴，努力做出笑的样子。父亲走过来，扶起他，迟迟疑疑地问："虎子，你吐血没？"安虎摇头。父亲不信地看着他，过了一会儿，说："虎子，我对不起你，知道你委屈，也知道你恨我，可是，我也没办法，真没办法，你别记恨我，也别记恨你继母。"安虎在心里说我不记恨，我谁也不记恨。父亲抹了一下眼泪，说："虎子，你想吃什么想要什么？还有什么愿望？你说，爸爸拼了老命也给你办到。"安虎觉得父亲说这些话，像是临终道别。当初妈妈死的时候，爸爸就是这样说的。他又笑了笑，他这次笑露出了牙，父亲直直愣愣地看着他，又问："虎子，你别吓唬爸爸。"父亲惊骇得让安虎内疚。于是，不笑了，把头转向窗外。此时，天空的云朵一团一团的像刚出锅的馒头，热气腾腾的，又白又大的馒头。安虎就饿了，喊哑巴拿饭。哑巴乐颠颠地端了一碗他擀的手擀面，安虎吃了几口，开了口，骂："猪食一样难吃。"他突然地开口，哑巴乐了，父亲也松了口气。

父亲走后，哑巴就抱着钱匣子在他面前拍，然后又指指牲口棚，安虎明白，是说没钱了，收的羊太多了。师傅曾告诉安虎，收的羊不能留时间长，会掉分量。

安虎摇摇头，说他需要解决一件事才能杀羊。说如果不解决这件事他什么也干不了。哑巴看看钱匣又看看安虎，不甘心可又无可奈何。安虎要进城，哑巴就跟着往外走，安虎吓唬哑巴说好好喂羊，要是掉分量就不回来了。哑巴哭丧着脸，瘪着嘴，不敢动了，可眼睛依然瞄着安虎。安虎又安慰哑巴，说逗他玩，一会就回来。就这样，安虎在哑巴眼巴巴的眼神里，被什么拽着、牵引着、控制着，身不由己地消失在土路上。

　　他再一次到了农贸市场。这次他有备而来，于是没有慌乱。他冷冷地站在市场中门的楼梯边。看着上次吓得他魂飞魄散的闫琼思，这个闫琼思一边摘菜一边招呼顾客，时不时还跟对面摊位的中年男人斗嘴，之后哈哈大笑。这是安虎第三次看见闫琼思，而且是很仔细地看，看着看着，安虎觉得这个闫琼思很陌生，在这一刻，安虎有些迷惑了，那迷惑让他觉得一切不真实，感觉像踩了棉花般地虚软。他心里有了疑问，疑问自己是不是看错了，这个根本不是闫琼思。他走出了农贸市场，坐在上次看见厂长的地方，上次厂长说："这农贸市场有好几个咱们煤场的职工下岗再就业。"当时，安虎没在意，可现在，他想问问都是谁。

　　可是，天擦黑安虎也没等到厂长，安虎饿了，决定回去。刚站起来准备转身时，闫琼思推着小三轮车从中门出来正顺着马路走，安虎停住转身的动作，眼睛直视了几秒，脚转向了闫琼思的方向，跟了过去，走了一段直路，拐进辅路走到十字路口左侧，闫琼思在一家家大排档前停下时，安虎也停住了脚步，蹲在一棵树下。眼睛看着闫琼思从车里拿出摘好的菜，到中间一家大排档，扯出水管洗了起来。闫琼思洗菜的速度很快，一会儿几大盆就满了，老板给闫琼思结了菜钱。她临走时还大声问周围的摊主："明天要菜不？"安虎听得一清二楚。

　　此时，天黑透了，人多起来，闫琼思边喊"让开"边推车往外走。出了夜市，闫琼思走完县城最宽的马路，右拐过了县医院，进了没有路灯的杂乱无章的平房，这些平房又组成无数胡同，闫琼思走在一条相对较宽，两边有排水沟的路，可路依然是坑洼不平，所以能听见车子咣当咣当的声音。走了一会儿，闫琼思并没有停的意思，而是出了平房区，过了一条窄窄的柏油路在一栋破旧五层楼房第三个单位门口停下，然后开始稀里哗啦地把车子锁在一个木架上。

　　这是很老的楼，没有楼门，也看不见每层的窗户上的玻璃，好在楼门口有一盏灯，一眼可以看见到处堆着的蜂窝煤。闫琼思进了楼门后，站在一楼的楼梯前掏什么，细细碎碎的声音，听起来痒痒的。就在这一刻，安虎莫名其妙地有了冲上去的冲动，冲上去干什么他不知道，可是就是想冲上去。于是，他的脚步开始移动了，就在这时，他听见了说话声，于是，他立即后退，身体紧贴水泥墙，屏住呼吸，一动不动。过了一会儿，说话声消失了，又过了一会儿，响起咣当的关门声。他突地松了口气，动了动身体，才发现心狂跳不已。

　　回来的路上，安虎心里的一个声音在责备自己。可是，心里的另一个声音却帮自己辩解，就是想确认一下是不是闫琼思，真的就想确认一下而已，自己没想干什么。这个理由和借口，越来越占上风。于是，第二天，第三天，安虎在这借口和理由的蛊惑下重复着跟踪。他很快掌握了闫琼思的走路速度，计算出从这边到胡同那边的时间以及锁车，进楼门的时间，肯定分秒不差地闫琼思刚进去，他就出现了。他躲在楼门口暗处听着闫琼思上楼的脚步和最后的咣当关门声。然后，他感觉什么东西放下般地心满意足。在或灿烂或阴郁的夜空走在空无一人的路上。也不是空无一人，因为哑巴一直跟踪他，他第一天就知道，但是只要回头看，哑巴就像耗子一样倏地没了，安虎也懒得管了，当然也没心情管，他已经顾不上哑巴了，他完全沉浸在这种行径中，就像一个有偷窥癖的人，偷窥才会有某些满足。他也讨厌自己这个心理，甚至痛斥自己，可是一到那个时间，就仿佛有人拽着他一般身不由己了，如果不听到咣当的关门声，他会一夜无眠，辗转反侧。

　　立秋那天晚上，月亮特别的亮，亮得仿佛故意让安虎无处躲藏一般。再加上闫琼思走得比平常慢很多，而且一瘸一拐的，显然是腿或脚受伤了。这慢让平常算计好的时间和掌握的速度都成了作废数据，于是，闫琼思走这条路需要多长时间，安虎需要在哪里躲起来，在哪里开始出现就成了未知，这让安虎很烦，尤其有两次闫琼思回头，吓得安虎心怦怦跳。心里恨不得赶快了结什么的念头涌了上来，这个念头一出来，安虎吓了一跳，心里对自己说，就是个念头而已，什么也不会发生。

　　在这个心理状态下，到了平房区，安虎站住了，静静地看着闫琼思一瘸一拐的背影。在这个背影里，安虎知道接下来闫琼思走的所有路，通过平房区，过道，进入楼前放车，之后在一束光后面上楼，砰砰的脚步声消失在咣当的关门声里。而他要往回走,从市区柏油路拐向土路,在土路昏黄的灯光下,如同一条疲惫的流浪狗一样走着。想到这,安虎突然有了崩溃的感觉。于是,心里那个声音又说一定要了结了,一定要了结了,他不确定这了结是什么,可是他确定自己没有耐心了,他的耐心被闫琼思的拖拖拉拉耗费掉了。他扬起脸对着夜空,对着亮得耀眼的月亮,他想闭上眼睛想想。

可是,就在他的眼睛还没有完全闭上时,听见胡同里稀里哗啦的声音和本能的哎呀声。这声音让安虎倏地睁大眼睛,同时嗖地把安虎拽进了胡同。可能是胡同的路坑坑洼洼不好走,再加上闫琼思腿脚不方便,所以三轮车在一处坑处侧翻了,闫琼思结结实实地摔在地上。借着月光,安虎看见了闫琼思仰躺在地上,月光照在她的脸上身上,好像一幅静止的画卷。这情景让安虎一下子恍惚了,在恍惚中脑海里的两个闫琼思终于重叠一起,变成了一个,变成了眼前这个。突然间,安虎知道自己要了结什么了,明白一直以来就是为了这一时刻。

顷刻间,身体里涌出一股气,冲到胸口,一鼓一鼓的要冲出来。他把手伸进兜里,握住了那把从不离身的弹簧刀,在握住弹簧刀的那一刻,他霍然明白实际那股要出来的气一直在身体里藏着,从六岁时就藏着,就等着机会出来,现在,这个机会来了。他轻轻一按,弹簧刀带着渴望噗的打开了,安虎能感觉到刀尖碰到他腿的尖锐。他使劲地握了握,一点点地往外抽,他能感觉刀子在月光下泛着幽蓝的光。这是一把好刀,跟安虎心意相通的,刀子跟随着安虎的心跳在微风中铮铮作响,那声音如同战鼓灌满安虎的大脑,让他听不见任何声音甚至听不见自己的心跳声。他把手臂弯成九十度,刀尖紧贴胯部,他轻如狸猫地一步两步逼近。这时,闫琼思开始两手抠地,脸微微上扬,脖子前伸,一拱一拱地要起来,嘴里发出"吭吭"的声音。安虎放轻脚步,一点一点地接近。此时,闫琼思已经停止了徒劳的拱,双手依然抠地,上半身已经离开地面,她先是重重地叹口气,之后不动了。安虎停下脚步,仔细地注视着。

就这样,安虎看见了泪水,看见了让他心惊胆战如同线一样的泪水,无声无息地流下,而且越来越多,如同泛滥的湖水,在闫琼思的脸上肆意地流。于是，闫琼思的脸就布满了无数条溪流，这些溪流让闫琼思无法顾忌周围，也无法看清眼前的同时，也卸去了安虎脑海里的念头和身上的力气，他不自觉地手松了，刀子顺着裤子"噗嗤"地掉在地上，安虎转身逃走。

安虎奔回到屠宰场，钻进被窝，把头用被子包住。那天晚上，他做的梦都是妈妈，他梦见妈妈临死前，跟他说嗓子咸咸的，想要喝水缸的凉水，安虎给妈妈端过去，妈妈喝了一口，血就喷了出来，水瓢的水变成了红色。梦到这，安虎醒了，发现哑巴在他身边，他看了看睡相惶恐不安的哑巴，想哑巴什么时候回来的？

警察是第二天下午来的，当时，安虎正坐在土堆上，望着那条土路。土路出现的几个小黑点，之后小黑点变大了，越来越大时，他看清走在前面的是父亲，后面是三个男人。安虎有点懵，跳下土堆，站在院里。父亲到了院门口就站住了，对着他喊："虎子。"那眼神说不出来是什么感觉。三个男人快速走到安虎身边，问："你是安虎？"安虎刚点了一下头，双臂就被抓住了，紧接着就往后使劲一背，安虎痛得啊呀一声，膝盖就弯了，身体也跟着弯了。他努力地扬头想看看父亲，可是眼睛被挡住了，一个塑料袋，塑料袋里躺着一把刀身敞开，刀刃上有红色血迹并且一直延伸到刀子的刀尖，血迹很整齐也不宽，有点像女人描眉那么细细一道红。这是他的刀，刀柄上还有他的名字，当时他怕刀子被同宿舍的人拿去，所以刻了自己的名字。拿着塑料袋的人问："这是你的刀吧？"安虎点头。那个人吼道："说话。"安虎说："是。"可是，脑袋里乱乱的，心里想到底发生了什么，他努力回想昨天晚上的事，努力想每个情节，可是那些情节就是不听话，不在脑海里排列，而是飞啊飞。安虎心里很怕，东张西望地找，他想找个依靠。他看见父亲惨白的脸，之后又四处找哑巴，奇怪的是哑巴不在小棚子里，也不在任何看得见的地方。安虎觉得心里有好多话要说，可是找不到说的头，就像写文章不知道怎么开头一样。

那个人又问他："昨天几点出去的，到哪里了？"安虎说："两点出去的，到农贸市场了，之后，之后，之后，"安虎说不下去了。那个人说："之后你到了平房区拿这把刀把一个女人的颈动脉割开了，而这个女人是你原来单位的，你原先单位领导和同事证明你对她怀恨在心。"安虎本能地辩解说："没有，真的没有。"抓他胳膊的人"啪"的在后背把他的双手铐住。安虎拼命地挣脱，嘴里喊："不是的，不是的。"他越挣，胳膊越痛，如同要断了一般地痛。安虎跪在地上，喘着气，他就想起了案板上的羊。

　　阳光炙热地刺到安虎身上，他又头晕了。脚步踉跄地被推搡着往外走，路过父亲身边时，父亲喊："虎子，虎子。"安虎看着父亲，想跟父亲交代几句话，可是还没等开口，哑巴"嗖"地冲出来，扑到他身上。这一扑，把安虎痛得嘶嘶地吸气。哑巴抱着他，哭得稀里哗啦的，安虎鼻子酸了，眼泪也在眼圈，可是他不哭，而是笑着说："哑巴，这下没人欺负你买烟了，黑板也没人跟你抢了。"哑巴松开他，可怜兮兮地站在他面前，神情真的如同一只受伤的耗子。哑巴比画着说，他只想捡起掉在地上的刀，因为他知道这把刀是安虎最喜欢的，从不让他碰，所以他只想把刀子捡起来拿回去给安虎。可是，就在他捡起刀，拿在手里看时，闫琼思看见了，啊啊地叫。哑巴听见叫就转身看，刀子也转向了闫琼思。于是，闫琼思抱住还斜挎在身上的包，喊："抢钱啊，抢钱啊。"哑巴吓坏了，他想告诉闫琼思，他不是抢钱，不是抢钱。他摇手，手里的刀子随着他的摇动闪着一道一道的寒光。可是，哑巴越摇，闫琼思越喊，这让哑巴又委屈又慌，尤其看见不断亮起的灯光和开门的声音，哑巴又怕又想不让闫琼思喊，他想让闫琼思明白他不是抢钱的。于是，他就奔到闫琼思跟前，更加猛烈地摇手，可闫琼思又抓又挠。哑巴说："我不是故意的，我就是告诉她，别喊，我不抢钱，可是，不知道怎么回事，刀子就划在她脖子上，血'咻'地窜出来了。"说到这，哑巴惊恐地双手摇动，说我不是故意的。安虎能想象哑巴当时拿着刀手舞足蹈的样子，也能想象闫琼思的恐惧，安虎看看父亲和抓着自己的三个人莫名其妙的神情，他知道谁也没懂。

　　于是，他在父亲和其中一个人问："哑巴说什么？"时，安虎的表情里有了躲不过去的绝望。他没有回答，而是盯着哑巴，那眼神让哑巴僵住了，泪水还挂在脸上，神情里有末日来临的恐惧。

一秒两秒三秒，好像有一个世纪那么漫长，安虎在心底叹了口气，收了目光。好像看着哑巴，又好像没看地说："哑巴，把黑板上的字擦掉，然后你画满花，如果黑板不够画，你就在院子里种花，把院子种满花，反正任何能种的地方你都种上花，给自己留一块睡觉的地方就行。"哑巴的恐惧变成了吃惊的愣，安虎把身子往前探了探，轻轻说："等我回来。"说完，看看父亲，立即转身。他知道父亲肯定跟哑巴站在一起看着他的背影，而他的背影会变成小黑点，最后消失，也许会消失得无影无踪了。这让安虎很怕，就想回头，可是，他知道不能回头，于是，他死死地低下头，让脑海里想象种满花的院子和站在花丛中的哑巴。

狗肉老徐

老徐来的那天，风大，楼顶的条幅就有点晒脸似的挣脱了一侧的立杆，迎风起舞。

于是，所长问单位仅有的几个男同事："谁能上去？"大家面面相觑，把头摇得像拨浪鼓，不是说恐高，就是说血压高。

所长肥胖且年过半百，挺着如同即将临盆的肚子，挥着蒲扇般的巴掌一下一下地抹着跟季节不相适宜的热汗，嘴里磕磕巴巴一个劲地说："这这这，这这……"也就在"这这这"的时候，老徐猫一样地出现了，三下两下地就到了楼顶，用手逮住条幅的边角，扬起胳膊向上拽着。那条幅不情愿地扭来扭去，就像一个玩疯的孩子，寻找着各种可以钩住自己的东西，哪怕一小块凸出的水泥。

楼下的人七嘴八舌的胡乱地指挥着，这个喊向左，那个喊向右。老徐弯着腰，抻着脖子，下巴刚好在条幅上方，冷眼一瞧好像挂了条红红的长舌头，有点像《倩女幽魂》里的姥姥。所长眯着眼看着，嘴里说了一句："这，这人哪来的，还挺灵巧。"旁边的人说："是灵巧，灵巧得有点像铁掌水上漂。"

下来后，大家才看清楚，老徐走路脚跟不沾地，真有点飘的感觉。

老徐是来烧锅炉的。

可是，不凑巧的是就在两天前，单位刚雇了一个锅炉工。这个消息让老徐悔得肠子都青了，心里骂老婆非让他卖猪，误了时间。本来就黑瘦，矮小，脸上的皱纹细密，尤其是下眼睑的肌肉明显地突突地抖动，使人觉得不舒服。可此时平添的焦急和可怜巴巴，多少让这副模样有了让人怜悯的感觉。

怜悯归怜悯，大家还是觉得只能这样了。好心的还劝道，明年早点来。尽管这样，老徐却不甘心，跟准所长屁股后面说："楼顶的木杆稀松稀松的，不固着点，掉下来会砸着人的。"说："俺会做铁钩，牢固又耐用，俺家的大棚架都是俺自己弄的。俺还会砌墙抹灰，俺家盖房子的地面和墙面也是俺抹的……"边说边手舞足蹈地做着示范，冷眼瞅上去就如同电视台《我比画你猜》的游戏。

旁边的人就笑了，所长也笑了。这笑，把老徐弄毛了，不知道大家是不相信他的话，还是不相信他的手艺。声音急切得有点走音了，听起来如同风灌进了嘴里，含含糊糊的。他说："门前的台阶，楼上的窗户得用水泥遛一遛，要不就酥了，这些活我都会干。"接着又用手指着门前说："以后清雪的活他也包了。"

说到这，就把眼睛转向周围，求救地看着大家，很无助的样子。又说："家里盖房子欠了八千块钱，二分利，还有一个孩子小脑萎缩，十几岁了还不能走。"

后来，一次闲聊时，老徐说他有三个孩子，一儿两女，最大的女儿五岁就死了，后来生的一儿一女是双胞胎，三个孩子都是小脑萎缩。前两年双胞胎的女儿死了，儿子还活着。我们是科研单位，所里的人就连档案员都是大专毕业。所以，听了老徐的话后，震惊是难免的，大家都从科学角度对老徐说这种情况应该查一下基因遗传。也有人说需要检查是不是免疫缺欠。而女同事就会联想到怀孕的饮食和接触的射线。大家说的这些老徐不懂，也不相信，他有他的一套解释，说请："村里的大神跳神、请神了，是坟茔地的事，小鬼'作'的。"大家听了又好气又好笑，就给老徐讲关于生命的形成，讲着讲着，就发现老徐固执得要命，属于给豆包不换馒头的主。知识分子和农民老徐的思维显然不是一个水平线上的。当然了，这是后话。

那个时候，一个锅炉工的工资每月六百元，采暖期是六个月，那么这三千六百块的工资，对于冬天没有营生的农民老徐无疑是充满诱惑的。

于是，不达目的不罢休的性格就在他身上体现出来了。不知是因为他磨磨唧唧的絮叨，还是因为小脑萎缩的孩子，所长动了恻隐之心。但是挺为难的，那个锅炉工用什么理由把人开了呀！总不能没有理由啊！

所长就让老徐先回去，然后跟后勤主任老赵在办公室嘀咕了很长时间。

临下班，赵主任拖着有脉管炎的右腿，一瘸一拐地往后院走。不一会儿，就听见妈、爸、爷爷、奶奶满堂会地叫骂，配合这骂声的嘎嘎踹门声，让人觉得那个锅炉工肯定把锅炉房的破门当成仇人老徐了。尽管老徐听不见他的骂声，但是耳朵也得像喝了半斤地瓜烧一样，热得能烙饼。

就这样，赵主任成了老徐的恩人。

说来也怪，老徐来的第二天就下雪了。大家都眼看着院子，心里想着老徐的许诺。

老徐倒是不含糊，不一会就扫出一条麦穗图形的小路，而他呢，就像麦穗上结的人参果。老徐终于用行动让大家见识了他的勤快。

事情就是如此，只要开了头，以后想收就收不住了。农民老徐深谙此道，这说明老徐的智商绝不低，甚至还比一般人高。

于是，所有杂活，老徐是随叫随到，非但没有吱吱扭扭的不情愿，而且始终保持一站式的微笑服务。最可贵的是对大家说深说浅，一律不反驳不争辩。

几年下来，相互间就熟了，老徐也有了牢骚，说："锅炉房环境太差，四面漏风。"知道底细的人就告诉老徐，说："这几年所里一直想进行锅炉改造，迟迟没动就是没钱。"老徐嘴里就说："改造好，改造好。"

实际上，老徐并不知道什么是锅炉改造，但心里一下子就想到了劳动改造。年轻的时候，他有劳动改造的经历，这个经历让他觉得所有的改造就是干活，出苦力。没事的时候，他就看着那全身铸铁的黑家伙琢磨。琢磨来琢磨去的也没有个所以然，就骂一句脏话。老徐喜欢骂脏话，觉得就像给地里催肥，特解劲特解嘎。可在单位人面前从不敢说脏话，一次开工资，数钱时说了句唧当（脏话），旁边出纳员狠狠地用眼睛剜他，嘴里还说："要注意文明。"

老徐领完工资，下楼时看左右没人，就扇了自己一个嘴巴。以后，不管说什么都是极小心不带一点"唧当"。这些对于楼里的知识分子们不算什么，但对于农民老徐就是一个不小的挑战。一来二去的，老徐就觉得自己变成了晒干的黄瓜，蔫蔫的。这些大家都不知道，就是觉得老徐脾气挺好的，有人就愿意逗他，说："老徐，你在我们单位干不少年了，我们单位有啥好的，工资不高环境还差，你家钱是还完了嘛！就别干了呗！"这时，他绝对是诚惶诚恐地说："你们单位人贼好，真的贼好。"

看他的样子，大家就笑了。他怕对方不信，还补充地说："俺最实诚，真的，有啥说啥，你们单位到月就这个，贼好。"说着手就不自觉地做捻钱的动作。大家笑得更欢了。

老徐从不喜欢大家笑，一笑心里就咯噔咯噔地，他不明白有什么可笑的。

这是个事实。那个年代到处都是三角债，到处都是拖欠农民工工资，到处都是下岗停产的，像这样按月结算到月开工资的单位老徐知足啊！

即便这样，要是问大家老徐这人怎么样？有的人说好，有的人说不好，而多数人都觉得不好说。

事情都跟赵主任有关。

赵主任是总务主任，除了跟所长关系密切以外，在单位没见谁跟他亲近。不亲近也就算了，大家还对他不满。

赵主任也许知道也许不知道，反正都不影响他像电影里腰里挂一串钥匙的管家，管该管的、不该管的所有杂事。例如单位福利、劳动保护、食堂伙食等等。除了这些，他还兼管劳动纪律。以前劳动纪律是分管政治思想工作的李书记管，后来不知道怎么就落到他头上了。

而他呢！基本上属于铁面无私型。脸一耷拉，跟谁都没有情面可讲，就是所长、书记早走都跟他言语一声。那么普通同事就更没什么可投机取巧的了。迟到、早退、病假事假，都被清清楚楚地记录在案。月底的时候，就给财会送去，谁要是找他问，例如哪天哪天没迟到，赵主任也不解释，急眼了还骂对方一顿。被骂的一方表面上不敢回嘴，可在心里把赵主任骂得像喷了狗血一样，面目全非的。

大家无奈，可也说不出来什么，赵主任对所有人一视同仁。

这个世界有偶然性就有必然性，从一开始老徐就跟赵主任亲近，这里面既有把赵主任当成恩人的心理，也有要仰仗的意思，反正，一段时间两人好得不行。这种好，多数体现在老徐对赵主任的话唯命是从上。

有的人就气愤得要命，说赵主任作威作福。当然，说的人都是赵主任得罪的人。所以，越是生气就越是用眼睛盯着赵主任，不论大事小事只要跟赵主任有关，就会说三道四的。

一天上午，赵主任和老徐带着工具出去了。这本来是小事，谁没有个私事呢！换作别人也就过去了。但是放在赵主任身上，就有不满，说："老徐没在，暖气不热。"说："屋里也就十五六度。"总之，几个人就站在走廊喊冷，说："手里拿不住笔。"

所长听见动静就从办公室出来了，问跟赵主任一个科的人，回答说："主任家暖气坏了，让老徐去修了。"所长就没吱声，但是把小杜叫了过去说了几句话。

不一会儿，小杜就过来招呼大家上档案室点电炉子取暖。小杜是所长的红人。如果说赵主任也是所长的红人，那是因为赵主任跟了所长很多年了，可谓忠心耿耿。小杜不同，会来事脑瓜活办事麻利，单位对外的事都是小杜一手承担的。可以这么说，他们俩一个是左膀一个是右臂。

但是，两人不和，大家都知道。倾向小杜的就你一句我一句煽风点火。表面上小杜没接茬也没说话，但是赞同却挂在脸上。趋炎附势的人就更起劲了，话里话外都有了不着边际的夸张，一时间，变成了控诉大会。从以前说到当前，从扣钱说到冤屈，说着说着，就有了这事也得扣钱的共识。

有些事需要有人推，就像划船，在岸边的人推一把，小船才能顺势漂出去。说话也是这样，需要有人捅一下，话才能开，要不怎么叫话匣子呢！就是先把关得不太严的，至少没上锁的匣子，抽开。然后，大敞四开地把里面的东西倒出来。倒出来以后，才发现原来积攒的东西还挺多的，呼啦啦就堆了一桌面。

说的人可不是说说就算了的，心里拧着劲呢！就等着呢！可不尽人意的是并没有任何大快人心的消息。不服气的，就找小杜。小杜呢！就把出勤表摆在明显的地方，拉长脸不说话。有人问他，他就说风凉话。心领神会的马上就开始迎合，本来心里就不甘又加之有人支持，就毫无顾忌地抱怨起来。即便心里觉得没什么的也要假装成受害者的样子。单位的人都明镜似的，赵主任毕竟快到点了，小杜不同啊！

这时，所长推门进来问这个月的拨款数额。看见这么多人，就随嘴开句玩笑说："开会呐？"大家立即就静了，眼睛看着小杜。小杜顺势就说："大家问呢！老徐给赵主任修暖气，算不算空岗。"这是暗示也是提示，大家就七嘴八舌地说开了。

开始，所长还行，就是笑。后来，就不行了，眉头拧成了麻花。知趣的马上就把话硬生生地咽了下去。知识分子是敏感的群体，对于一丝风吹草动，就会有连锁反应，不是说谁的城府深，开句玩笑地说是长期斗争经验的养成。

大家都不说话了，所长开始为赵主任解释。解释的理由大家细想也对，赵主任这么多年没休过职业假，五一、十一、春节的串休也没休过，这是无可辩驳的实情。

听话听音，大家就相互用眼神示意着一个个离开了。

人都走了，所长就拿小杜开批。小杜就想辩解，刚说两句就被所长制止了，临了，还说如果再有下次绝不客气。至于怎么个不客气，可能所长都没想出来，但是这话说出来，让小杜憋屈。憋屈得就像鱼刺卡在喉咙一样，吐也吐不出来，咽也咽不下去。

这件事不知怎么就让老徐知道了。在帮小杜修车时，就跟小杜表达了自己身在曹营心在汉的意愿。

小杜没在意，但也没说什么，就是笑了笑。

从那以后，老徐真的跟赵主任疏远了些，主要体现在不主动上前院干活，就窝在锅炉房不出来。没办法，赵主任有事就得一遍一遍地上后院。就算这样，赵主任吩咐的事情，老徐还是干得很认真的。这里也包括赵主任的那几只鸡。

老徐来的那年春天，赵主任养了几只鸡。单位后院的空地挺大的，别说养几只鸡，就是办个养鸡场也够用。以前，打更的老张在后院开过小片荒，老张不干了，留下的小片荒赵主任就种点葱、小白菜之类的。有了鸡之后，就有点田园风景了。大家经常看见赵主任在后院不是拔草就是铲地，那几只鸡就在他周围叨来叨去的。这景象挺让人恍惚的，仿佛是乡下的"小园含晚趣，割草弄鸭雏"。

中午的时候，食堂的饭桌上，都会有新鲜的小菜熬汤，或是凉拌。所长说："咱们单位本来就在城乡接合部，既没商店又没菜市场，种点地养两只鸡大家还吃了新鲜！"大家听了不反驳，心里却不领情，觉得要不是种那点破地，食堂的伙食还能好点。这下倒好，所长是满意了，省钱了，可大家都被动地变成素食主义者了。

有的人没事还开玩笑说："应该杀只鸡给大家改善伙食。"听的人就说："那几只鸡是赵主任的命根子，有一次大公鸡把赵主任的手都叨坏了，主任都没舍得踢一下。"最有意思的是张姐说："有一天下雨，几只鸡躲到一块板子底下，地方小，一只芦花鸡就被挤了出去。可不一会儿，漂亮的大公鸡从板子底下出来，让地方给芦花鸡避雨，自己则站在外面淋雨。"讲完还感叹大公鸡的有情有义，说比人强。有人就接茬说比赵主任强。这是埋汰人的话，也是玩笑。

可有的人说了："不对啊！大公鸡护母鸡正常，那些母鸡都是它的媳妇嘛！"又说："你要是赵主任媳妇，他也护着你。"张姐就不乐意了，说："你才是他媳妇呢！要不上回你早走，主任怎么没记你呢！"这话一出，两人就呛呛起来了。

这时候，小杜推门进来，听了一会儿，就说："两位真不值得吵，这一切的罪魁都是大公鸡不是东西，六个媳妇，明显地对抗一夫一妻制嘛！"又假装佩服地说："这大公鸡真有本事，六个媳妇都相安无事。"这话一时间，让人反应不过来，就不好接茬，但是觉得怪怪的。也不知道，小杜是无意还是有意，接着又说："大公鸡叨人，肯定是有人不怀好意想摸它媳妇，它急了。"又说："摸谁媳妇谁干啊！"

等他走后，两个女同事仔细琢磨，觉得连自己都给埋汰了。就气得要命，本来跟赵主任不近，也添油加醋地把话传过去了。于是，这些话就变成赵主任很色。

老老实实一辈子，临到要退，还传出这样的话，搁谁身上都不会无动于衷。

于是，当小杜和赵主任在对食堂的账时，就有了交锋。当时，账和钱数有点出入。不是什么大事，赵主任却把小杜数落得无地自容，说小杜不认真工作、不尊重长辈、侮辱人格等等。小杜开始解释，后来辩解，再后来就大声声明。赵主任也不示弱，声音没有小杜高，但是句句叨肉，词词见血。姜还是老的辣啊！为这事，所长骂了小杜，说赵主任批评他是为了让他更好地工作。小杜知道轻重，不敢顶嘴，但是脸一点点地变了颜色，就连青春痘也倏地变得明显了。

不能说小杜对赵主任恨之入骨，但对那几只鸡绝对是恨之入骨。

老徐不知道这些，每天撅着屁股，低着头，挥舞着破菜刀，劲劲地给那几只鸡剁鸡食，而且节奏感极强，有点像兴高采烈。

小杜看着看着，眼睛里就有了内容。后来，就有人告诉老徐这些乱事的原委，再后来就看不见老徐白天剁鸡食了。

要说老徐这人，真的不一般。单位什么人什么样都一清二楚。对什么人好，怎么好，更是掌握得火候适宜。

也是那年冬天，单位为了节省开支，就辞退了管收发的工人。节假日由职工轮流值班。除了特殊的科室以外，几乎三分之二的人都能轮到。不愿意值班是常态，整栋楼就自己一个人，冷还不说，主要是没意思，孤单。有个风吹草动能把人吓个半死，女同事的意见最大，但是所长说，大家将就吧！单位没钱，没办法啊！

开始的时候，值班的人就傻呵地熬时间，熬到中午的时候，老徐就过来了，拎个水壶打水，或抄个手说借报纸看看。然后，像是不经意地说:"反正也是看房子,你回家吧!我替你。"值班的人不好意思,连声说:"不用,不用。"老徐就眨着小眼睛说:"你信不过我啊!"挺无辜和委屈的样子。值班的人赶紧说:"不是信不过,是不好意思。"老徐立刻就笑了,说:"放心吧!肯定不能让你做蜡,我哪也不走。"就这样,值班的人就在老徐的笑容里放心地回家了。

　　渐渐地,心细的就发现老徐也不是对所有人都这样。得到老徐好处的对他有好感,一旦有什么事,就会给他过话,就会提醒他。得不到好处的心里别扭,背后就骂老徐势利。小杜肯定是得到好处的人,表面上也没跟老徐许诺什么,但是暗地里却跟所长建议,节假日值班的就交给老徐顶替,每个班给老徐加十块钱。说了几次所长就同意了。

　　这个恩情,奠定了老徐弃暗投明跟赵主任决裂的决心,他不一定懂得识时务者为俊杰,但是老百姓的土话,吃不着狗肉,不能惹一身腥,还是明白的。

　　冬天,因为天气冷,赵主任就把鸡搬进了锅炉房。一天早上,赵主任发现平时叫得最凶的大公鸡,蜷在鸡架里面没动静。他就用小棍扒拉扒拉,没动,锅炉房光线不好再加上赵主任花眼,就没看清究竟。于是,他就扯开跟鸡一门之隔的里间的门,叫老徐。老徐没动。赵主任就进屋翻电筒,稀里哗啦地,老徐还没动。到了外间用电筒一照才发现鸡冠发紫,眼睛也是闭着的。赵主任就慌了,不顾一切地伸出手抓过去,鸡架里的大公鸡已经是一具硬邦邦的尸体了。

　　这如同捅了赵主任的心,他当时捧着大公鸡的手抖得厉害。

　　我们当地有句俗话:家有家财万贯,带毛的不算。所以大家听说后,觉得这是再正常不过的事了。

　　可是,赵主任憋屈得就像一只手勒住了喉咙,让他时不时地心悸,时不时地胸闷,时不时地觉得肚子里有一股气一鼓一鼓的。

　　不久,话就传出来了。说赵主任已经认定,大公鸡的嘴角有血,是被打死的或摔死的,而且一口咬定是老徐干的。多数人觉得不就一只鸡嘛!有少数人暗暗地幸灾乐祸呢!

　　可事情并没有过去,过了一个星期,鸡又死了两只。

这下，即使再不在意，也觉得不是滋味。举一反三地想，如果真是老徐弄死的，弄死一只也就算了，还接二连三的是不是就说明人品有问题呢！

这件事，只有小杜替老徐辩解说他问老徐了，老徐说是黄皮子（黄鼠狼）。又说没凭没据的怎么能诬赖人呢！又说死鸡也正常，把鸡搁在屋里就不对，何况还睡人呢！这不是欺负临时工嘛！大家听了，就暗地里吧嗒吧嗒嘴，觉得老徐有让人说不出来的感觉。

就这样，老徐跟赵主任彻底掰了，跟小杜近了。

赵主任真的伤心了。不是因为鸡，是因为人。不想干了，想退休的念头，第一次冒了出来后，前胸后背都冷飕飕地痛。

一天早上，赵主任摔了一跤，就借此不来了。所里的领导去看他，他说工作三十年了，剩下这一年不上班了，想先内退，至于工资福利什么都照常，等到年限办手续。这点要求没有不答应的道理，所长在极力挽留无果后，就一口应承下来。

临走时，赵主任说："把那几只鸡杀了，给大家炖了吧！"又说，"养鸡时，就想退休留给大家，给大家留个念想。"说到这，话音哽咽。在场的人恍然大悟，然后就觉得心里酸酸的。

炊事员不敢杀鸡。老徐就从抓鸡到杀鸡来了个一条龙。而且干净利落，那叫个漂亮。手起刀落，血就喷出来，是鲜红鲜红的，接了小半盆血。大家不吃鸡血，老徐就拿回锅炉房了，炖了一锅血豆腐，吃得风生水起，那满嘴的红色就像《吸血鬼2》的吸血蝙蝠。小杜站在老徐身后，愣了好一会儿，才想起自己找老徐干什么。

这时候，小杜已经接替了赵主任的工作，变成了杜主任。

杜主任跟赵主任不同，跟大家的关系一直挺融洽的。所以，有些事就抹不下脸来，谁迟到、谁请假、谁早退，都弄得挺乱。经常有人找他，说这说那的，说某某人早退，某某人迟到等等。小杜很烦，干脆谁也不管，就当看不见。

可到了年底的时候，评先进，所长让小杜把考勤拿出来，往年只要赵主任把考勤一拿，大家看过考勤就谁也不吱声了，该是谁的就是谁的。现在不行了，考勤什么也没有，谁好谁坏都没体现。况且都觉得自己合格，就这样，各不相让，选举进入僵局。

所长就青着脸，注视着低着头不吱声的小杜，丢出一句话，说："你吱声啊！"

小杜真就吱声了，还语出惊人地说："所长，咱把奖励先进的奖金取消得了。"所长就愣了，小杜接着说："这样一举两得，既可以为单位省钱又可以削弱竞争，省得争来争去的，我觉得大家工作都差不多，你要说绝对的谁好谁不好，还是很难评价的。"

所长想了想，觉得可行，就征求大家意见。可大家不同意，说什么的都有。小杜就当面建议说："这先进大家轮着当，首先轮需要晋级的和获奖的职工，然后是没当过先进的。"

说完，就有赞成的有反对的，所长说举手表决。最后，以少数服从多数告终。过后，大家觉得小杜的办法虽然损，但是每个职工都有当先进的机会，总比年年集中在几个人身上强。

选举过后，小杜找所长说坚决不管劳动纪律了。所长明知故问地问为什么？小杜就是一个劲地摇头，那副样子像是吃了秤砣。

于是，大家经常看见所长早上站在走廊，下午的时候到各屋看。大家知道怎么回事以后，就不太敢迟到、早退。所长的查岗跟赵主任不同，赵主任是天天盯着，而所长是隔三差五地抽查，还没个规律，说不上什么时间。有时候明明看见所长去局里开会了，但是临近下班的时候却又杀个回马枪，走的人就挺狼狈的。

反复了几次，大家就怕了，有时候真有事也不愿意跟所长请假。不是在乎扣钱，而是在意会降低在所长心里的印象。虽说只是二十几人的小单位，也是跟大单位一样，升迁、提职、晋职称都跟领导有直接关系，谁也不想因小失大。就这样，几乎杜绝了迟到早退，每个人都变得空前自觉了。

又到月底了，小杜算完账就找所长要食堂的财政补贴。所长一听就急了。所长有一个最大的毛病，就是不能提要钱，谁提他跟谁急眼。

当时，职工的劳保已经两年没发了，还有采暖费也是一年压一年的。单身女职工采暖费不给报销，几个离婚的女同事对所里有意见，说所里搞性别歧视,男女不平等。说归说,但是像我们这种小科研所经费是有限的,没钱是常态。就连冬天的煤,也是看着烧,看着进。所长多次交代老徐,省着点。老徐就省着点,大家就喊冷,就数落老徐。老徐开始不说,就是嘿嘿笑两声,最后让大家说狠了,就说:"你们单位真没法干了,都没有放个屁痛快,又想放又不敢放的。"大家就哈哈笑,说:"老徐,你真行,比喻得挺贴切。"老徐心里就不解,这有什么值得乐的呢!他没说外国话啊!

食堂一直就是财政补贴,也算单位职工的一点福利吧!有钱的单位当然不算什么,但是对于单位来说,每个月就是一笔不小的支出。二十几个人吃饭,就算一菜一汤,一个月下来也需要千八百块的,何况还有炊事员的工资呢!难,肯定是难,如果没有赵主任比较也许还没这么难。

在这点上所长就有点像黄世仁、周扒皮之类的。眼睛看着一笔一笔记得清清楚楚的账本,然后把账本啪地一合,蛮不讲理地说:"赵主任在的时候,怎么经常有余额,轮到你就不够了呢?"这话无疑是炸弹,炸得小杜七窍生烟。

回到办公室小杜就在桌前闷坐,把手里的算盘珠拨得噼里啪啦的就像拉枪栓。跟他同屋的出纳识时务地跑了出去,临出去之前,把十块钱放在小杜面前,说:"这是小张的半天事假扣的钱。"小杜停了手,抓起钱,出了门进了所长室,说:"赵主任管,迟到早退事假病假扣的钱都用在伙食费里了,现在几乎没有这笔收入了。"

所长哭笑不得,想想也是,职工不迟到不早退是好事,但是食堂的伙食费不够了,是坏事。总不能让职工继续迟到早退吧!

所长还是不想财政补贴,就给小杜出主意,收大家伙食费。小杜说:"咋收啊!以前都是免费的午餐,现在收钱,大家不得把我骂死!"

所长霸道地说:"财政是不能补贴,想补贴也没钱。"

小杜开始收伙食费,不收钱没事,可收钱毕竟涉及个人利益,知识分子的小气劲就来了。不满意,发牢骚的样子仿佛不是收几十块钱而是几百块几千块。

背后这个说:"小杜根本不知道节约,以前,赵主任都是每天查人数,然后告诉炊事员称米下锅。现在,炊事员都是掂量着秤米,结果不是做多,就是做少。"那个说:"小杜让炊事员把剩饭剩菜第二天接着热接着吃,剩的饭菜对身体不好,致癌。"还有人说:"老徐来的时候还故意多做,给老徐。"还有人说:"食堂的伙食越来越不好,钱还不够,钱到底哪去了?"反正,说什么的都有。

这些话肯定都灌进小杜的耳朵里了,那几天,小杜脸黄黄的,眼圈黑黑的,一副没睡好觉的样子。

小杜毕竟不是赵主任,不会用赵主任的方法弄钱。他打上了后院那片空地的主意。

不久,单位后院的空地租出去一半,连带左侧的一个仓库。协议一签下来,单位就给大家报销了采暖费,积压劳保也一次性补发了,所长一高兴就表扬了小杜,说是创新型人才。

等老徐冬天来的时候,发现过去宽阔的后院,硬生生地被截断,竖起了一圈铁栅栏,俨然两个院落。那个院里还有一条黑狗,不友好地汪汪叫。老徐就决定也养一条狗。

没几天,跟老徐一个屯子的农民就用蚂蚱子(手扶拖拉机)给老徐捎来一条狗。

老徐的狗,土黄色的,是当地很普通的笨狗,但是跟笨狗不同的是这条狗漂亮。漂亮得有点像混血,一身的皮毛在太阳底下闪闪发光,四肢长短均匀,鼻子眼睛圆而黑,就像点缀在金子上的黑玛瑙。最可爱的还是这条狗的活跃和聪明。它仿佛知道前面楼里的人是自家人一样,谁出现在窗前,它都不叫,来回地奔跑,边跑边回头看,就像在给你表演。

如果下雪就更好看了,在一片银白世界里,一团金黄在雪地里奔跑跳跃,就像精灵般地把天地霎时摇动得生动盎然。

最喜欢这条狗的是小杜。一天晚上下着小雪,老徐就听见门外的狗叫和喊他的声音。那块电子表显示已经八点多了,是谁呢?老徐边纳闷边披上衣服出去了。没到铁门,就听见说话声响起来,跟在老徐身边的狗就不叫了,撒娇似的呜呜哽哽叽叽的。

是小杜主任，老徐掏出钥匙开门，嘴里问："这么晚了，有事？"小杜进来，拍拍绕在身边的狗，说："老徐，找个盆。"

　　回到锅炉房，老徐就把自己的洗脸盆，递给小杜。小杜把手里的塑料兜一倒，屋里立即就飘出肉菜的香味。老徐看见半盆菜，就后悔拿错盆了，心想这洗脸盆他老婆来的时候还洗过一次屁股。就在他愣神的工夫，小杜打开门叫来蹲在门外的狗，一边摸着狗头，一边示意狗。那狗已经随着香味淌半天涎水了，扎下头吃得"呼哧呼哧"地恨不得把盆也一起吃了。小杜爱怜地说："慢点别卡住，慢点。"

　　老徐心里就涌出一股辣味。不禁暗暗地叨咕一句，真他妈的。狗吃完了，把盆舔得干干净净的，小杜就笑着摸它的头说："老徐，这狗比你干净。"老徐就僵硬地嘿嘿两声。

　　狗对小杜的感情胜过主人老徐，这让老徐很嫉妒。没事的时候就踹狗两脚，而踹得最狠的是在晚上。狗窝就在赵主任放鸡窝的地方。窝是小杜做的，还把以前单位做门帘的棉花垫在底下，然后又把当年那个条幅周周正正地铺在上面。那条狗趴在上面就像趴在血盆里一样，老徐出来进去一抬眼就看见那红色，心里就被刺得一跳一跳的。

　　老徐睡眠不好，已经十几年了，睡觉时不能有声，只要有动静他就睡不着，脑袋里就像安了个闹表，滴答滴答的。以前是赵主任的鸡，现在是狗窝，这等于在脑外又安了个闹表，里外闹表的呼应折磨得他眼睛就跟俩灯泡似的。

　　睡不好，就打狗，狠狠地打。狗被打得呜咽呜咽地哀号，夹着尾巴就蹿出去了。老徐赶紧把门划上，上床。可是过了一会儿，就听见"咔咔"地挠门声，东北的夜晚冷得刺骨，那狗住惯了暖和的锅炉房，再叫它在煤堆上过夜显然有点不适应。老徐就下地抄起铁锹，打开门就拍了过去。

　　第二天，狗腿瘸了，大家就愤愤不平，觉得老徐太狠毒。

　　这次，大家毫不留情地说了老徐，尤其小杜气得要命，对着老徐就吼。这一吼，把老徐吼得一愣，内心的不解和不满甚至是怨恨都吼了出来。老徐心里觉得不就是一条狗嘛！难道我连狗都不如。

　　后来，老徐说了他的理论：狗在你们眼里是狗，在我眼里就是狗肉。细想，也不能说就没有道理，庄子不是说过吗？"道无所不在"。思想、生存环境不同，那么生命的意义就不同。在科研所里的人看到的，狗是生命，需要尊重。而在老徐眼里狗就是填饱肚子的狗肉，就像在屠夫眼里猪是肢解的猪肉，马是肢解的马肉一样。这就等同不能把咖啡用来解渴是一个道理。可所里人却忽略了这个差异，这种忽略是可怕的，也是具有伤害性的。确切地说，大家的态度伤害了老徐。

　　这事过了没几天，出纳员给狗拿了几块骨头，打开窗户，想喊狗过来，想来想去不知道喊啥，就突然想起老徐的狗肉理论。张口就喊："狗肉，狗肉。"可那条狗，不理不睬的，出纳员就寻思喊老徐出来！不想，老徐两字一出口，那条狗就颠颠地跑过来了。出纳员就觉得好玩，说这狗喜欢"老徐"这名字。本来是玩笑，可后来，大家只要一有吃的给狗，就喊："老徐，老徐，过来。"

　　老徐第一次发现大家不是喊他，而是喊狗。心里就要命地发恨，暗暗地骂。觉得自己受了侮辱，觉得楼里的人不把他当人，这种想法一出，埋在心里多年的坚韧化成了怨，这怨越积越多，以往说话时刻意不带的"唧当"也时不时地溜出来。看狗的眼睛里有了寒意，有了歹毒，有了不寒而栗的阴沉。大家觉得老徐变得陌生了许多，陌生得让大家觉得以前老徐的谦卑都是装的。

　　老徐开始折磨狗。例如狗睡得正香，老徐打开炉门钩火，藏在炉膛里的火，就像蛇一般吐出的幽蓝的火星趁势跳在狗身上，一股烧焦的糊味就出来了。有一次一块火炭落在狗肉身上，狗肉当时就跳起来，蹿到外面，呜咽了半天。

　　狗肉身上焦了一大块。又引起了大家对老徐的轮番教育。这都没用，老徐觉得自己没错，自己的狗爱咋弄咋弄，生命什么的都是放屁。在这个问题上，农民老徐淋漓尽致地体现了他的认死理。后来，有个人对老徐说："你要是不想养就卖了它，你说你折磨个哑巴畜生干吗！"

　　就这句话救了老徐，他觉得这一段时间，这条狗成了他的噩梦，不但睡不好，而且还把跟大家的关系弄得别别扭扭的。于是，他就找了对面的饭馆。

大家就埋怨那个出主意的人，出主意的人也委屈地说："我就是随嘴一说，谁知道他真卖啊！这下可真变成狗肉了。"

小杜知道了，就找老徐，说要卖就把这狗卖给我吧！老徐说你要就送给你。小杜说他买下来也在锅炉房养着，就是不许他再打狗。

老徐愣愣地看着小杜，心里的气就来了，非常地气。脸色比哭还难看，嘴里就那句话送可以，卖就卖给饭馆。这是小杜没想到的，也烦的，觉得老徐不知好歹，就说："你要是不卖我，我也让你卖不出去。"说完就去找饭店的老板去了。小老板是个鬼精鬼精的人，知道小杜的分量，所里来客人小杜没少往他的饭馆领。

于是，等老徐再去找他时，他就把小杜的话，说了出来。

对于老徐，此时的恨大于以往的恩。这件事彻底地让他内心中积压的气化作无尽的怒火，这怒火越烧越旺。

实际上，老徐是很暴躁的人。他打老婆，打孩子，跟村民打仗，村里人还很怕他。这时候，他也想痛快地打一仗。

事情也是凑巧，一直安然无事的锅炉坏了。

所长亲自去了后院，问老徐："怎么回事？"老徐吭哧半天也没说出个所以然。所长就有点急了，骂了一句："你干嘛吃的。"老徐是真的不知道怎么回事，他睡觉来着，但是他又不能说自己睡觉。所长这么一骂，老徐就觉得心里的气顶了出来，他的喉咙"咕噜咕噜"的就像打嗝。所长急是因为所里又要花一笔修理费，所以忽略了老徐的感受，而老徐被那股气顶着，不自觉地脱口而出，说："我还不如一条狗。"

此时，老徐的恨，已经达到极限。

晚上梦见一摊血，红红的血，自己身上的血。

采暖期快要结束了。一天下午，小杜领了几个人来到后院，那几个人又量又画的，最后还看看锅炉房。老徐就在旁边看着，就问小杜。小杜就说："以后单位不用烧锅炉了，改集中供热了。"

老徐明白了，锅炉改造，不是改造锅炉，而是改掉他。老徐觉得有什么东西在他胸腔掏了一下，然后眼睛就蒙了一层霜，开始不清晰。他傻傻地看着那几个人比画，耳边轰隆隆的全是引风机的隆隆声，他什么也听不见，什么也看不见，唯一看见的是狗献媚似的欢蹦乱跳，它高兴呢！老徐想，它还笑呢！老徐想，这畜生笑呢！

老徐又去了朝族饭店，借了一把尖刀和一条绳子。

在后院竖起一个桩子，又做了个铁钩，到这时，老徐终于验证了他是个灵巧的人。

那个午后，在狗凄惨的嚎叫声中，在大家的惊恐中。老徐干净利落地完成了勒狗、剥皮的全部过程。血是红的，雪也是红的，眼睛也是红的，红得触目惊心。

生日快乐

小吃店空无一人。靠墙摆放的桌子，让中间过道从门口没有遮拦，没有曲折地直通到厨房。此时，厨房里正炖着炒香锅用的牛骨头汤，弥漫开来的香气让这冷清的店堂显得忧郁。这是北方的冬季，黑漆漆的夜已经压在玻璃窗上，那么，这本该属于傍晚的六点就有了夜的肃静。

娟子向门口张望的同时心里禁不住生出不满，不满前面的旅店为了保暖而盖的门斗子挡了生意。说心里话，她的店本来就在胡同里，被这门斗子一挡，从胡同口根本看不见店和招牌，如果不是附近的板材装饰商场和与之比邻的大型货场有一些熟客，她这个小小快餐店在冬季是很难维持的。所以，每年冬季一到，娟子的心就如同贴了一块膏药一般，贴得她胸闷气短。

前些年，她跟旅店老板吵，骂，甚至发生撕扯。可旅店老板就是那几句话，"这门斗子不是你来我才盖的，你打听打听，我开店十年了，年年冬天盖，春天拆，别说你来，就是皇帝老子来了这门斗子也不能拆。"实际上，娟子也知道自己一个单身女人带着女儿生活，人家不欺负就不错了。可是，她就是要在人前表现得强势，传递自己不是好欺负的。旅店老板骂她母老虎。娟子听了不但不恼，还摇头晃脑地说："就是母老虎了，咋的。"而她也不自觉地扮演着母老虎，尤其店里来了存心挑剔和想赖账的人，娟子更是文武全来。有一次，店里来两个吃饭的人，付账时说是网吧的，要挂账，娟子说小本生意不接受赊账，两个小伙子就骂脏话，娟子进厨房拿根擀面杖出来，往桌上一墩，说老娘什么人没见过……那两人面面相觑，最后付了钱。出了门还骂她母老虎。娟子把钱拿起来，心想，母老虎就母老虎，有什么。可她女儿不这么看，觉得她太丢脸，每次看见她泼的时候，眼睛里都是冷冷的。那种瞧不起和厌恶暴露无遗，而且时不时地说她的数学老师如何优雅如何文气如何说话温柔，说完还叹气，说自己怎么没那么好的命，有那样的妈妈。娟子听了，心里生气，大骂，放屁，优雅文气谁不想，可是得有那样的环境啊！我要是文气优雅，早市上能买到便宜菜，能概不赊账，哼，能把你养大，供你吃，喝，还买名牌鞋。这些话只在心里想，可说不出来，但女儿再说数学老师如何好时，娟子没了好气，皱眉数落女儿，当然说出的话难听，例如数学老师好，你上她家去啊！让她供你吃，供你喝，供你穿。女儿自然是不高兴，说她不可理喻，说蛮不讲理等等狠话。她就如同被插了一刀，控制不住地发火，骂女儿不知好歹什么的。事后，她也觉得自己对女儿太粗暴，就像一个顾客说的："跟孩子好好说话。"她当时说："我骂她都不听，好好说更不听了。"所以，她和女儿一说话，火药味就很浓。

　　实际，她的内心是焦躁和害怕的，所以只能用强来掩盖这怕，就如同一个在黑夜里走路的人，要唱歌或者大喊来跟自己壮胆一般。她大声吵架，大声训斥女儿，大声地跟小贩讨价还价，实际上是自我壮胆，她不能表现弱，如果她弱了，女儿就会没有安全感。于是，早上一睁开眼睛，她就把自己变成了战士，也变成了特高科，她时刻盯着女儿，对任何能引起她担惊受怕的事，都蛮横地制止。即使这些恐慌只是她自己臆想出来的，也许根本不会发生的。例如，女儿说跟同学上公园玩，娟子就联想出一堆危险，然后阻止女儿，阻止不了，她就问男生女生，叫什么名字，而且规定几点回家，如果女儿规定时间不回来，她就一遍遍打电话，打到女儿关机为止。自然在女儿进门第一件事，就是跟她吵架。娟子有自己的理由，说怕遇见坏人。女儿反驳，说："哪那么多坏人？"娟子说："坏人脸上还贴啊！"女儿说："不贴着，那么坏人就无处不在，那么来店里吃饭的也可能有坏人。"

娟子立即怒了，说你巴不得来坏人吧！女儿说："这是你自己说的。"娟子一听，大骂女儿，什么不孝，什么狼崽子了，反正什么难听说什么，什么解恨说什么。女儿气得脸红红的，跟她大吵。

今年开始，门斗子的烦恼退居二线了。因为女儿已经不是光跟她顶嘴吵架那么简单了，而是像玩打地鼠，这事按住了，那个又蹦出来了。例如迟到，上自习课玩手机，接老师话，考试的时候坐在操场上看小说，跟男生出去看电影，总之娟子的心每天都是悬起来的，惶惶不安的。只要一开家长会，娟子就做低头认罪状，因为每次老师批评的学生中肯定有女儿，会后，赶紧跟老师一连声的道歉。回到家，娟子说："你能不能别惹麻烦，别让妈妈每次低三下四地跟老师道歉。"女儿瞧不起地说："你不是挺厉害的吗？"这把她气的，吼道："我不是为了你嘛！"女儿说："我可不用你为了我……"她也想跟女儿和气些，可说着说着就吵。

一天晚上，她关完店门上楼。见女儿在卫生间，她坐沙发上，居然睡着了。等到醒来，已经九点半了，女儿进去最起码一个小时了。她把耳朵趴在卫生间门上，听见女儿在里面一边咯咯笑一边说谁跟谁好了。娟子的火"呼呼"地冲到头顶，喊女儿出来。女儿在里面说等会儿，这么磨叽呢！磨叽是女儿的口头禅，这一年来，只要她开口，回敬她的就是这两个字。娟子被这两个字刺得太阳穴一蹦一蹦地痛。于是，她"哐"地一脚把门踹开。凶神恶煞般站在门口，女儿被吓了一跳，手机啪嚓掉到地上，她边捡手机边说了句："你有病啊！"这话无疑等于火上浇油，她像火球般冲过去，抬手就是一巴掌。女儿愣了，几秒钟后就如同炸药包"嘭"地炸了。大声喊："我恨你，要不是你能是单亲家庭，要不是你我能在同学面前抬不起头，都是你不好，还有脸说我……"娟子第一次听见女儿说这些，当时吓愣了，她只觉得手脚冰冷，身上如同被抽了筋骨般，眼看着自己一寸寸地萎下去。那天晚上，月光还算皎洁，夜晚还算安静，她躺在卫生间的地上好久，没人理，女儿还在屋里"叽叽咯咯"地打电话。那个时刻，她想死去，再也不想活了。想想女儿小时候趴在她枕边，抱着她的头说妈妈，亲亲，亲亲的情景，泪如泉涌。

从那天开始,娟子开始长吁短叹,女儿跟她也如同陌路一般。娟子只是希望女儿在该上学时上学,该工作时工作,该结婚时结婚,无风无浪的,无惊无险的,无灾无难的就好。想到这,娟子叹了口气。

现在,愈演愈烈的忧郁越来越明晰地充斥在空无一人的店里。娟子有了万念俱灰的感觉,对着黑暗惨惨一笑。今天是周六,这个时间不会再有客人了,上午女儿出去上英语课前,她站在那,看着一脸漠然的女儿,想说今天是妈妈的生日,早点回来。可是,话就在喉咙里转啊转,最终没有出口。也不知道为什么,她突然想打赌,赌女儿还记不记得她的生日,还会不会跟她吃饭,会不会对她说生日快乐。因为有了这个赌注,从下午四点半开始,她就一会儿瞧一瞧门口,瞧来瞧去,就把暮色瞧进来了,又把黑漆漆瞧进来了,可就是女儿的身影没瞧进来。最后一个客人是五点四十走的,娟子失魂落魄地看着空荡荡的店,沮丧越来越多地涌上来。

她还是忍不住给女儿发了个短信,问什么时候回来。女儿说上奶奶家。这是女儿的惯例,几乎每周上奶奶家住一晚。以往,娟子会给前婆婆打电话,告诉老人催着女儿早点去。可是,今天,她不想打这个电话,而是告诉自己赌输了。这个不得不承认的事实让她心底最后一丝幻想破碎了,苦笑挂在嘴角,在凝神看着黑夜时,一丝柔弱挂在脸上了。

店里安静依旧,娟子已经提不起兴致干每天都做的事,尽管有一堆明天用的食材需要准备。可是她不想干,在这个时刻不想干,就什么也不想地待着。可是,大脑却不肯,脑海里如同电影回放般浮现了很多情景。她想起,上次前夫从广州回来探亲,给女儿买了个苹果手机,于是,女儿整天手机不离手。娟子给前夫打电话抱怨,说影响学习,还不如给她钱,说女儿上学费用大。前夫不耐烦,一句话没说啪地把电话一撂。离婚时,娟子因为抚养费差点没跟前夫闹到法庭,所以,一直很僵。娟子觉得抚养费是女儿该得的,如果她不争取,那么对女儿不公平。当时,女儿三岁,她跟前夫打架,女儿就躲在她身后,瞪着一双惊恐的眼睛,浑身颤抖,脸色比白纸还白。后来,丈夫去了广州,又结婚有了孩子,可能也是惦记女儿,所以抚养费从来没差过，而且过年过节，女儿过生日时都会多几百块钱。尤其这几年，女儿大了，更是会给女儿买这买那，所以，女儿开始说爸爸好。娟子要是说一句她爸爸的不好，女儿一定跳起来跟她理论。想起这些，心里更泄了气般软弱了。

　　墙上的石英钟指向七点了。娟子盯着一蹦一蹦的秒针，犹豫是关店还是再等一会儿。而秒针如同不高兴她的盯视一样，沉闷起来。于是，她长呼一口气后收回目光。甩甩头，决定干点什么来消耗一下拥堵的心绪。就这样，她转身进了厨房，骨头汤还在兴高采烈地咕嘟着，娟子有些恶毒地啪地关上火。看看早上准备的菜，一咬牙，打开另一个灶，放锅，烧热，之后"嗞啦啦"地吵起来。香辣的味道充斥鼻腔时，泪水没有预兆地滑出来，一滴滴地落在灶台上，发出"嘶嘶"的如同吸气的声响。泪水滴下来越多，她越生自己的气，于是用力挥动锅铲，那夸张的动作仿佛不是炒菜而是击鼓鸣冤。

　　半个小时后，娟子坐在店里，离门口最远的桌子上，饭菜的香和热气腾腾让冷清有了活泛。这活泛反倒又勾起已经收住的眼泪。她骂自己，想拿出平日的刚强，可是不行，她的力道跟着风逃跑了。于是，她回身拿了瓶啤酒，喝了起来。

　　董小强是在娟子喝第二杯酒时，带着冷风和雪花闪进来的。他身材不高，有些偏瘦，脚步轻，感觉不是走过来的而是飘过来的，眼神闪闪烁烁的，有点贼贼的感觉。让娟子本能地不想让他停留。她说："关门了。"董小强的眼睛还在四下撒目，瞧着娟子，有点犹豫不定的表情挂在脸上。于是，他又试探地往前走了两步，娟子本能地站起来，又说："关门了。"可是心里感觉，董小强不是那么好打发的。果然，董小强看着桌子上的菜，青紫的嘴唇抿了抿，喉咙动了一下，脸上更加阴郁。娟子下眼皮"噗噗"跳了两下，潜意识里不想得罪董小强。于是，再次开口时，就有了讨好的语气，说："关门了，一会儿家里人就回来了。"这样说，心里却有一丝庆幸，不会有人回来。

　　董小强确实很饿，他舔舔嘴唇，说："我就在前面货场干活，以前来过。"又补充说："东头的建华地板。"货场的人是小店的主要顾客,刚才四点半到五点那个时间段还有几拨呢!既然是货场的,肯定刚刚卸完货,娟子上下打量董小强,心里想也许自己敏感了。于是,神情松快起来,连"哦"了两声。想了一下,既然打发不走,今天又是自己生日,那么请他吃吧!高高兴兴的不是更好。于是,说:"这些菜我刚炒好的,还没动几筷,你要是不嫌弃,一起吃吧!"董小强怔了怔,娟子以为董小强怕不好算钱,补充道,"不收钱。"

董小强根本不在前面货场干活,只是给货场东头送过货。自然也没来过娟子的小店。虽然他刚才撒谎了,也属于正常,就像买东西时说是回头客而让老板打个折扣的道理是一样的。可是,现在董小强撒谎不是为了打折扣,而是因为说来话长。

事情的来龙去脉还要从前天说起。那是个阳光灿烂的下午,他送完货,骑着空车往回走,他一边吹着口哨,一边仰头看着天空中一群飞过的鸟,那鸟在冬日的阳光下扑棱着翅膀自由自在地飞,董小强想起在家时,他最爱在地上撒上金黄的谷米扣上筛子,等鸟飞下来一口一口地啄米时,一拉绳子把鸟扣在筛子里,拿到炉膛烤,那才叫香。想到这,吧嗒着嘴,呵呵傻乐。

就在他美的时候,"哐当"一声,三轮车撞到了一辆停在路边的凯美瑞上。那辆凯美瑞什么时候停下的董小强没看见,所以突然的撞击把他跟三轮车一起侧翻在地的同时,也把他吓得够呛。尤其听见,"啪嚓"一声的时候,更是魂飞魄散以为自己的骨头碎了。等回过神,动动身子,发现自己哪也没碎,而是凯美瑞的车灯碎了,而且碎了一地。此时,快要走到自动柜员机取钱的车主见此情景,钱也不取了,边往回走边对正从地上爬起来的董小强吼:"马路这么宽,也没几辆车,你干嘛非往我车上撞呢。"董小强顾不得回答车主,站起来马上扶三轮车,三轮车安然无恙,董小强松口气。可是,看见眉毛紧急集合地拧成两条蚯蚓的车主奔过来,松的这口气又提上来了,看看地上的碎片,董小强的脸苦了,比苦瓜还苦。他前后左右地看看相对还算宽阔的马路和相对还算稀少的车辆和行人,心里想怎么就撞车上了呢?不由自主地说了句:"明明没有车,怎么突然冒出来了呢?"车主走近了,恰巧听见,又吼:"会说话不,什么叫突然冒出来呢!

我这么大的车你看不见啊！你眼瞎啊！"董小强心想，怎么骂人呢！想回一句，你才眼瞎呢！可是，不敢，瘪瘪嘴，看着地上的碎片，委屈的，冤屈的表情跃然脸上，嘴里说："不怨我。"车主说："不怨你，怨我了。"董小强说："也不怨你，"说完指指天空，说："怨鸟。"车主一愣，抬头。天空中白云悠悠，阳光明媚，根本没有鸟的踪影。车主疑惑地把目光又投向董小强，过了几秒，霍地恍然大悟，一丝被戏耍的愤怒呈现在脸上，又吼："别说没用的，赔钱，五百块！"

董小强如同挨了当头一棒，一缩脖子，立即慌张了，说："俺没钱。"这一遍说完，又说一遍，"俺没钱。"车主说："你没钱，给家里人打电话，让家里人送钱。"董小强说："俺家在农村。"说这话时，可怜巴巴的模样。车主说："你家在农村你也不能不拿钱啊！"董小强依然可怜巴巴地说："我没钱。"车主说："你没钱，你往我车上撞。"董小强说："不是我非往你车上撞，而是那鸟。"一提鸟，车主又抬头，扑进眼帘的阳光刺痛眼睛，又气又恨，咬牙切齿地说："赔钱。"董小强还说："没钱。"车主说："你没钱也不能耍臭无赖啊！"董小强："我没耍无赖啊！"车主盯着他看，仔仔细细地看，如同要看出他到底有没有钱一般，他的眼睛就四处游移躲避车主。后来，董小强觉得坏就坏在他那双小眼睛上，因为车主说："一看你这双眼睛就不是什么好人，贼眉鼠眼的，也可能还想讹我吧！"董小强对车主的无限联想十分愤怒，说话的声音就大了，这一大声，车主立即打电话喊来两个穿白色饭店制服的小伙子，对董小强说："我也不跟你废话，把三轮车留下，拿钱赎车。"董小强这下急了，急得口齿不灵活地磕巴，说："三轮车不是自己的，是老板的，千万不能扣了三轮车。"说这话时，那不知所措的茫然让他看上去如同迷路的孩子。车主说："那我不管，拿钱赎车，要不就拿车抵灯，三天时间，你自己掂量办，过了三天就卖。"说完，给他留个地址，指挥了两个小伙子骑上董小强的三轮车走了。

董小强一个人傻站了一会儿，就按照地址找到饭店。他的三轮车就锁在门口的电线杆子上，眼看着三轮车近在咫尺却无能为力，董小强蹲在地上哭。这时，雪纷纷扬扬地下来了，落在地上，落在董小强的身上，落在三轮车上。

回到物流中心，董小强哭丧着脸跟老板说车子被扣了。老板问："为什么？"董小强说："不怨自己，怨鸟，"说："要不是鸟叽叽喳喳地让他抬头，也不能把车灯撞碎了。"老板又盯着他看，董小强不明白为什么他们那么喜欢盯着人看，于是，眼睛又转到别处。老板说："你编故事呢吧！我怎么从来没看见过天上有鸟呢！城里还有鸟吗？"董小强已经被不信任折磨得愤怒而委屈，又开始辩解，因为急又因为表达的不清楚，听起来就像是瞎编。

老板嘴角挂着一丝看破伎俩的笑，那笑让董小强急自己不能找出证据证明，更急老板不给他结钱。董小强的意思是让老板把半个月的工资结了或者把押金给他，然后把三轮车赎回来。老板说："那不行，谁知道你是不是把车卖了，我如果给你结半个月的工钱，你拿着钱跑了，那我不是车钱两空嘛！"董小强急得磕巴地说："我我，我干嘛卖车呢？"老板说："那谁知道你干嘛卖车！"董小强说："我，我，我没卖车。"老板说："没卖车，车哪去了？"董小强说："不是说了嘛！"老板说："你说我就信啊！"董小强说："那咋不信呢，我编这瞎话干嘛？"老板又是洞察一切的笑："你自己明白。"董小强说："我不明白。"老板说："你不明白，我就更不明白了。"董小强说："你不说明白，我怎么明白。"两人如同说绕口令般，你一句我一句，最后，老板说："我不难为你，你把车拿回来，我把工资和押金都给你。如果车子拿不回来，那么就别来找麻烦，到时候别怪我不客气。"董小强说："你不给我钱，车子拿不回来。"老板说了句："滚。"

就这样，五百块钱成了一道坎，一道可以让一切迎刃而解的坎，也是一道一切坠入沮丧的坎。这个坎让董小强蹲在过街天桥上，看着一辆辆飞驰而过的车，吐吐沫，吐一口吐沫，骂一句，每骂一句，五百块钱就浮现一次。每浮现一次，他就恼，各种恼，恼鸟，恼车主和老板的不信任，这恼在大脑里撞击，恨和歹意就模糊了眼睛的景象，这模糊让他四处逛荡，如同一直流浪猫，逛荡到这个胡同，逛荡到娟子的门口时他已经饿得走不动了，这里跟街面的嘈杂不同的是十分安静，安静得如同与世隔绝。

他决定进店。店里的温暖和饭菜的香气让他一天没吃饭的肚子如同放出牢笼的老虎，在身体里咆哮。可娟子的盯视让他不舒服，所以眼睛四下撒目，他实在不明白城里人怎么那么喜欢盯着人看呢！所以，一丝愤怒出现在脸上。可娟子脸上厉害的表情，让他的愤怒有点打退堂鼓了。可是，一桌子饭菜的诱惑，再打退堂鼓他控制不了肚子，即使娟子不让他吃饭，他也会吃，狼吞虎咽地吃。可娟子请他吃，反而觉得意外。

一碗饭下肚，又饥又冷缓解了。憎恨和愤怒如同锁进了抽屉里一样，不在眼前晃了。他根本不客气地抓起啤酒，对着嘴咕咚喝了半瓶，打了个大大的酒嗝之后，小小的眼睛里有了温和的亮光。娟子笑了，对董小强说："多吃点菜。"这句话透着温暖和亲近。董小强也咧了嘴嘻嘻笑，小眼睛眯着，倒有点单纯可爱的感觉，跟刚进门时判若两人。董小强的手粗糙而且皲裂，娟子心里想都不容易啊！主动拿了一瓶啤酒，递给董小强，并示意瓶起子在桌上。而董小强没用瓶起子，"咯嘣"一声咬开瓶盖。这一咬，让娟子不自觉地牙跟着麻，心想毕竟年轻，牙这么好。

董小强说："北桥有个浴池，自己在浴池门口把客人换下来的鞋放进一个个格子里。"说到这，"呸"地往地上吐口唾沫，之后用鞋使劲地来回蹭，如同不是蹭吐沫而是要把鞋底蹭掉。之后又接着说："有一天，我把客人的鞋拿错了，客人说那鞋一千多块钱，让我赔。"说到这，不说了。娟子有点急，问："咋办了？"董小强嘻嘻笑，说："我把他捅了。"说完，又嘻嘻笑。娟子瞪着眼睛，半张着嘴，看着董小强。董小强看见娟子的样子又说："说着玩呢！你信了？"娟子缓过来，觉得董小强的表情不像说着玩，可是又说不来哪不像说着玩，只是觉得怪怪的很别扭。心里没底般地颤了两下。董小强又嘻嘻笑："我是在梦里捅他两刀，后来老板出面赔了三百，在我工资里扣的。"说完，又嘻嘻笑，整张脸看上去很滑稽中透着诡异。

屋里极静了，墙上的石英钟"滴答滴答"的声音格外的响。娟子说:"有一次,我店里来了两个染着黄头发的小伙,吃完饭不给钱,我拿菜刀出来,说'不给老娘钱试试',不看看老娘是谁。"说完,把手里的酒杯往桌上一墩,酒杯里残留的液体就趁机一蹦,如同完成鲤鱼跃龙般跃出杯子摔在桌子上,还有一滴溅到董小强脸上。他用手抹了一下,之后看着娟子说:"姐,看样子你就挺厉害的。"娟子说:"不厉害行吗?"说完,指着菜,豪气地说:"吃,吃,别客气。"这句话本身就是客气,就是暗示董小强,你是客,我是主。董小强好像情绪比刚才高涨了,他说话如同兔子一蹦一蹦的,跳跃性极大,好像故意让人抓不着一般。他说:"早上四点起来送货,脑袋冻的嗡嗡地,如同千万只蜜蜂飞。"说:"要不是为了彩礼,我就不来城里了,"说:"自己三十岁了,可是一到要结婚时,因为彩礼就黄了。"说到这,脸很暗淡,娟子心软了,心里想一个人来城里不容易。责怪自己刚才敏感,内心愧疚,声音柔和了。劝慰道:"慢慢来,说不上,那天就碰到好女孩了。"董小强嘻嘻笑,说:"大姐,你家男孩,女孩?"娟子没明白,说了句:"女孩。"董小强说:"女孩好,在农村养女孩,父母可就发了。"他说,他们村有个女孩嫁了个快五十岁的男人,给家里盖好几间房,屋里装修得跟城里的楼似的,而且还给弟弟娶了媳妇。娟子听了,说:"要是我女儿嫁个那样人,我打折她的腿。"董小强说:"吹吧!倒是把钱往你面前一摆,你就什么都忘了。"娟子说:"那我也不能卖闺女啊!我也不是杨白劳。"两人就这个问题居然讨论得热火朝天,酒也下了不少。娟子已经有些醉意了,她说:"虽然天天跟女儿嚷嚷的,但心里对女儿愧疚,小时候跟她爸打架时,女儿的小脸吓得跟纸一样的白,到现在还记得。"说到这,有点哽咽,如同发誓地说:"决不让那惨白再出现。"说完,哭了。

娟子这一哭,两个人沉默了。董小强表情复杂地看着娟子。而娟子也不知道,自己为什么跟一个陌生人示弱,自己这是怎么了。于是,她把泪水一抹,端起酒杯喝了一大口,之后笑了,说:"没事,喝酒。"这句话又恢复了气势,脸上是那种如同战士般的视死如归。气氛又活跃了,两人推杯换盏地喝了好多,董小强说:"姐,你酒量真好。"娟子说:"这点酒算啥,我再喝这些也不带醉的。"董小强嘻嘻笑,说:"姐,你真能吹。"说完,身体往后面靠,边靠边笑,那件已经敞开的羽绒服也如同电击震颤发出簌簌的声音。娟子说:"吹啥,本来就是。"说完,露胳膊挽袖子做要拼的架势。董小强笑嘻嘻地往后仰,越来越后仰,如同躲避一般。从侧面看,椅子只有后面两条腿着地,他的身体几乎是倾斜地半悬空的。他嘴上说:"姐,我真怕你了,真怕你了。"这话让娟子得意,她说:"怕了吧!怕了就别想别的歪门邪道。"董小强说:"不想,不想,就你这样的谁敢想。"说完,两人一起哈哈大笑,董小强身体下的椅子也"吱吱嘎嘎"发出被压迫的呻吟声。

　　如果,有人从门口经过,看见这种情景会以为他们相识多年,关系要好。董小强热了,他把羽绒服往肩上一扒,于是,不算魁梧的胸腔露了出来,娟子觉得董小强还没发育好,虽然三十了,可很瘦弱。于是,她对董小强有了同情的同时还有了放心,她吃了口菜,心里想着是不是把菜热热。

　　就在这时,就在这欢乐的气氛里,"啪"的一声脆响,一把刀从董小强的羽绒服兜里掉了出来,闪着冰冷的寒光横在地上。这让还在嘻嘻笑的董晓强立即收回悬空的身体,回到原地。而娟子也被这突如其来的事,弄得愣了。她的笑还在脸上,可如同被点了穴道般僵住,这刀子掉在董小强身体偏后一点的位置,只要他稍微哈腰就能拿到。娟子看着刀子,赌徒不甘心的心理又出来了,她决定再赌一次。这念头一出来,她就如同盯着色子一般盯着那刀子,神情专注,面目紧张,留心的话,还会看见左眼皮"突突"地跳。此时,她的心为她的赌注在争吵,那争吵让她的头满满的,真的如同董小强说的,钻进千万只蜜蜂一般。

　　这把刀是董小强花五块五毛钱在过街天桥下面的小摊买的。买的时候董小强觉得刀太薄,跟小贩讲价,小贩把刀拿在手中,弹了弹一指半宽的刀身,说:"哪薄,哪薄?"又说:"别说削水果就是削肉也不差啊!"说着把刀在董小强眼前晃了晃,董小强听见嗡嗡的声音,那声音里带着一丝被埋没的被误解的委屈,也带着一丝渴望。于是,董小强不由自主地接过刀，拿在手里，翻来覆去地看着，看着看着，就有了相见恨晚，有了不能释手。于是，他掏出五块五毛钱之后，转身离去。穿过一条条街，走过一个路口，他的手始终握着那把刀，紧紧地握着，以至于上面那层薄塑料变形。他干脆撇了那个丑陋的东西，没有什么也不应该有什么能挡住刀的光芒，他想。

在寒风里，他琢磨怎么放，是放在裤兜里，还是放衣兜里。放裤兜了，他担心走快了，触到腿上或掉到脚面。如果像电影里，放在鞋帮里，他的鞋不行，根本走不了路。那么，横放进羽绒服里面的兜，可是掏就不方便了。于是，他决定把刀尖用一块卫生纸包上，插放到羽绒服外面的兜，尽管绿色的刀柄会露出一点，可是谁又会想到是刀呢！

可是，现在这把刀掉在了地上，真真地掉在地上，关进了抽屉的念头，就这样被刀子呼啦地带出来了。董小强觉得这是自己不想面对的，甚至是痛恨，憎恨的，可是现在被刀子带出来了。而且，寒光闪闪，不怀好意。他微微侧身，手指一点点地靠近刀子，轻轻地如同怕碰碎一般地捡起来，握在手里，如同不认识般看着。那两秒钟是如此的漫长，就如同一个世纪一般。娟子心怦怦狂跳着等着，等着输赢结果。她的手心出汗了，眼睛酸痛，全身紧绷。一眼不眨地看着那刀子如同腿脚不灵便的老翁，缓慢地移到了羽绒服的兜口，稍稍停了一下，如同喘了口气般慢慢插了进去，寒光被盖住了。一切要结束了，娟子暗暗吐了口气，闭了一下眼睛，紧绷的身体松了下来，心里刚要欣喜，自己赢了。

可是，就在这时，事情霍地发生了转折。董小强一直没抽出来的手，这时迅速地从兜里抽了出来，直奔前面，娟子只觉得眼前一晃，一道寒光扑到了眼前，她本能的闭眼。就这样，刀子抵在胸前，刀尖刺进皮肤尖锐的痛让她"啊"的一声。董小强往前又送了一下，痛正一点一点地往心里挖，她能感觉到血如同蛇一般蜿蜒地流出来。她不动，一动不动，不是因为刀子，而是没了动的力气，因为心里的一个声音嘲笑地说，你输了，你从来就是输家。她觉得自己战士的盔甲被狠狠地扒了下去，没了盔甲她就是一堆没了骨头的躯体。她的心逃之夭夭了，于是空空的胸膛不觉得痛了，真的不痛，只是觉得清凉，风灌进般地清凉。她再一次紧闭眼睛，让自己成什么都没有的空，成死去般地空。她的手无力的耷拉着，脖子任人宰割的微微后仰。这出乎意料的情景，让董小强大胆起来，他慢慢地往前上了一步。

好像更静了，静得能听见风声穿过大街小巷挤压到玻璃窗的声音和要冲进玻璃门的"嘎嘎"声。就在这"嘎嘎"声里，"哗啦"一声，门开了。风终于如愿以偿地扑了进来。娟子条件反射地睁眼，看见女儿迈了进来。她根本顾不上多想，几乎吼道："你回来干什么？赶紧滚，滚滚，快滚。"她这猛地一吼，刚进门的女儿停在门口，眼睛里闪过一丝愤怒。经历太多妈妈歇斯底里的吼叫，她都习惯了。可是，今天妈妈似乎不是因为她晚归，看见在妈妈面前的男人的背影，突然明白了，妈妈跟男人约会的念头出现在脑袋里。于是，愤怒的同时一丝瞧不起挂在脸上。

实际，董小强听到开门声，第一反应就是怕背后遭到袭击，他本能地撤离娟子，想找个有利位置，摸清情况。于是，娟子的吼声落下的同时，他的刀跟随着身体就转了方向，等看见娟子女儿时，他心里的惊恐减轻了些，眼见的女孩虽然个子不矮，但毕竟还是个少女。于是，他停住，那把刀子在空中呈抛物线运动的寒光转了向。

女儿看见刀子的转瞬间，脸唰地煞白，身体微微颤抖，眼前的一切如同电影的情节，不真实可信，可是那刀子的寒光又在提醒她一切是真实的，她怕了，眼睛里的惊恐一下子把娟子逃之夭夭的心拽了回来，战士的盔甲又穿上了，她一跃而起，直奔董小强，她不看在苍白日光灯下寒光闪闪的刀子，她只死死地盯着董小强的眼睛，扑了过去。一旁的女儿跟娟子不同，她紧盯的是让她害怕的刀子，在娟子扑向董小强的那一刻，她看见刀子在空中狰狞地转向妈妈，她觉得她的腿不由自主地动了，而且快得如同小豹子一般，扑了过去。血还是滴到地上了，如同一粒粒红豆。

警察来的时候，董小强被堵在厨房。娟子挡在女儿前面，她面前是啤酒箱，手里还一手一瓶，女儿也拿着，她们如同投弹手一般。厨房门口可以清晰地看见啤酒瓶的碎片，那把确实薄的刀子在地上躺着，如同战败的公鸡没有精神。娟子的前胸和右手都有伤口，但都没大碍，血已经凝固了。进来三个警察，娟子把啤酒瓶子"哐当"扔进箱子里，女儿想跟警察进去，娟子训斥了一句："往后站。"说完，看女儿一眼，女儿没什么表情。

董小强被带出来时，低着头哭，叨叨咕咕地说："不怨他。"警察不理他，而是安慰娟子。娟子说："没事。"警察说："大姐，你可真厉害。可下次可不能这样了，太危险了。"娟子不明白，不哪样。但依然很认真地点头。跟着出了门外，警车开不进来，没停在门口，警察押着董小强往外胡同口走，说："明天通知消防过来，必须把这门斗子拆了，不但消防车开不进来，也存在犯罪隐患。"娟子听了，如同没听见般关窗户的护栏，进了门把玻璃门外的卷闸拉下来，听着"隆隆"的卷闸声，她觉得胸口那块膏药不翼而飞了，她舒畅地吐口气，靠在门上。

过道的中间站着的女儿，直直地盯着她。女儿的神情让她有些慌乱，她不知道说什么。她想说，没事，都过去了，别怕。可是，她清清嗓子，张了张嘴，吐出的话却是："不是不回来嘛！怎么回来了，你往上冲什么，多危险怎么不知道跑。"一连串的训斥又开始了。可这次，女儿没有跟她吵或转身不理，而是一步步地向她走了过来，在离她一步远的位置停下，然后猛地扑到她的怀里，用超出她半个头的身体紧紧抱住她，然后，趴在她耳边说："妈妈，我以为你不爱我，可是我错了，以后我再也不惹你生气了。"顿了一下，又说，"妈妈，生日快乐。"吹在她耳边的气流，从耳边升到鼻腔、口腔和眼眶，于是，她的心变成了大海，一波波地涌着，最后泪水不管不顾地冲出眼眶，一滴滴地落下。她抱紧女儿温软的身体，觉得一切又回来了，就如同女儿小时候一样。她不能说话，如果她一说话，她的心就会冲出来跳舞，如同落在地上的泪水一般，欢快雀跃的。她觉得自己是那样的软，那样的暖，又是那样的文气优雅地从嘴里轻轻吐出："生日快乐！"

小城春秋

我那个急于想让我摆脱离婚阴影的堂兄,总是一番好意地带我参加他组织的或别人邀请的各种聚会。尽管我极不情愿,极力抵抗,极巧舌如簧地证明我一切都好:不悲不喜,不哀不怨,不哭不闹,也没寻死觅活的,他根本不用像小心火烛似的、根本不用像绑定手机似的、根本不用……

堂哥仍然一脸的温和与慈爱,站在阳光透过玻璃窗投进的光束里,一言不发,静静地望着我,满眼的柔情与怜惜。于是,我刚刚还铿锵的声音变得软弱无力且慌乱起来,就如同演奏时不小心蹦出旋律的音符,或被识破谎言时出现的一时忙乱,我流畅的语句开始语无伦次,词穷般地磕磕巴巴。我顽强的抵抗渐渐土崩瓦解。那么,只能缴械投降、束手就擒。

自那以后,在或艳丽妖娆或阴郁灰暗的傍晚;在或曾相识或从未谋面的人们面前;在或真心或假意的赞扬声中,我绽开了灿烂的笑容。而私下里,我为此进行了不亚于演员的"台上一分钟,台下十年功"般的苦练。从说话、微笑露出几颗牙齿,到嘴角上扬的角度,再到声音高低几度等等。于是,结果应验了"功夫不负有心人"这句话,堂哥高兴,所有人愉快,一切都皆大欢喜的良好局面。

可是,堂哥并没有见好就收,为圆满的演出落下帷幕,而是有了得寸进尺的想法,这就如同舞台上节外生枝的剧情安排,不管演员是否愿意配合都要继续下去。

就这样，此类聚会有了特殊意义，有了特殊的"左侧"出现。

"小妹，坐在你左侧的那个人在某某单位任某某职务……"堂哥常常这样介绍，边说还边偷看我的表情。

我只是"嗯嗯"地敷衍着。

几次以后，"左侧"男人如同定时炸弹般地让我如坐针毡。脑神经对"左侧"的这种焦虑紧张甚至蔓延到了公共汽车上，如果我的左侧是个男人，我都会不由自主地不自在，如同更年期提前般地潮热汗出。

我的这种焦虑逐渐演变成心理阴影，我开始回避堂哥的目光，不敢看他脸上的表情，我的内心充满愧疚和自责。而这些愧疚自责越堆积越多，如化学反应般转化为潜意识里莫名的怨、抱怨、怨恨，甚至是怨怒。这很危险，如此下去，我怕自己会无可救药。那么，摆在我面前的有两种选择：一种让堂哥得寸进尺的想法如愿以偿；另一种就是表明自己一直在伪装在迎合并已经厌恶。

我决定选择第一种让他如愿以偿吧！

可人算不如天算的是，在我痛下决心做出第一种决定后，偏偏遇见了陈庆，而偏偏我当时的心情抑郁。

那天是十一月的第二个星期六，出门时天色昏暗，北风肆意地把零星的雪花摔打在行人的脸上，这突如其来的变天让人们还不怎么适应。现在回想起来，我当时心情抑郁可能也是受天气影响。一路上，堂哥依然如前地说着，说："今天聚会的这拨人都是当年一起从县里区划过来的，每年都聚一次叙叙旧。在当年区划过来这拨人中，有提职的、有退休的、还有两个'走'了，"说到这儿堂哥又不免感叹时光飞逝。

也许是我心情不好，也许是我神经敏感，也许堂哥的感慨不是话里有话，可我就是觉得心堵，心烦，心闷。于是，我练习得很完美的笑容故障般地不能正常展现了。我呆坐在座位上，对大家的寒暄、问候充耳不闻。

那天陈庆坐在我对面的座位上，那正是我百无聊赖的目光最舒服的落脚点，而他偏偏把没睡醒般的萎靡和失魂落魄传递给了我。

他几乎不看人,当有人跟他打招呼时也只是笑笑,点点头,然后就一言不发地坐着。从坐下开始,烟雾就一直弥漫在他脸前,像一道雾障,又像一块写着"此处危险,请绕行"的牌子。除了堂哥,大家仿佛都心照不宣地对他绕行。坐在他旁边的人到别的位置敬酒聊天去了,他孤零零地坐在那儿,烟始终不离手,微微低着头,眼睛盯着桌布的某个点,仿佛那个点上有什么东西,让他必须凝神,必须凝重,必须凝静。

当堂哥介绍我时,他才猛地抬起头,惊讶得睁大了眼睛,可在目光碰撞的一瞬间,我感到了他的一丝慌乱,随即,他又垂下了眼帘,目光逃遁了。他的嘴唇稍稍有些发紫,在低头的瞬间使劲抿了一下,紫色中出现了一丝不易觉察的白。

外面的雪更大了,雪花不顾一切地扑到玻璃窗上的样子就如同要穿透玻璃扑进来一般。我就这样突然感到了冷,不由得打了个冷战。

"小妹、小妹。"堂哥在悄悄喊我。

我回过神儿,见堂哥如同摇摆机般对我的"左侧"摆头。我赶紧把脸转向"左侧"。

"左侧"说:"你好像有心事,不怎么开心啊?"

我瞬间嘴角翘起,眼角弯起,做了一个标准的微笑动作,"没有啊!"

他笑了一下,又说"我以为我跟你说话惹你不高兴了呢!"

我的思绪还在乱飞,脱口而出:"你说什么了?"

"……"

"左侧"把头转过去,拿起盛满啤酒的杯子喝了一口。

我的目光依然落向对面,现在,陈庆不抽烟了,开始专心吃菜了,他吃菜的样子就有点像个孩子,不管不顾的,这倒让他看起来很可爱。

过了一会儿,"左侧"不计前嫌地再次主动开口:"你堂哥说你们感情很好。"

"小时候我父母援疆,我住大伯家。"

"援疆挺好,回来就能提职,最起码弄个副处,这可是捷径。"

"我父母是医疗援疆,不是提职援疆,所以父母现在都是退休医生。"

之后又是一阵沉默。

这次"左侧"没有不计前嫌,也没拿杯子喝酒而是直接拿起衣服离开了座位。

堂哥随即跟了出去,过一会儿,自己回来了。

雪更大了,有铺天盖地的架势,好像一张巨网,要把一切都罩在里面。回家的路上,堂哥的嘴也被罩住似的一言不发。与来时不同,也与以往不同,更不同的是我,我倒是有话想说。

"雪可真大啊!"

"嗯"。

车里静极了,静得仿佛能听见雪花落在玻璃上的细微的噗噗声。那声音听起来是那样的无限留恋,又那样的无限惋惜和那样的无可奈何,就像在生命尽头,一切尘埃落定前的最后叹息。

"那个叫陈庆的也是区划过来的?"

我的话音一落,堂哥的头如同弹簧般快速转过来又快速转回去,之后眼睛直视前方。

我又说:"他看上去挺有意思的。"

堂哥好像才听清了我的话,又哼了一声,说"他有意思?可拉倒吧!"

"他挺孩子气的。"

堂哥被我的话弄得哭笑不得,说:"小妹,你没病吧!就他,就他那一出,像谁欠他似的,还孩子气。"

我笑了,说:"就因为他那样才说明他孩子气啊!"最后的这个"啊"故意拖着叹息的尾音。

堂哥的头又像弹簧似的快速转过来,转回去依然目视前方,可是脸上表情变得若有所思。

临下车时,堂哥看着我说:"小妹,一直以来希望你开心些,如果你又哭又闹,又怨又恨的,就像食物中毒般地折腾倒是没事的,可你这样的不作不闹的,我才担心,所以我真希望你身边能有个人。"

车顶昏黄的光打在堂哥的脸上,他的神情是那么让我愧疚,我还是没有做到第一种选择,不由自主地选了第二种。

也许是变天,也许是愧疚,也许是积郁攻心。当天晚上,我就病了。而这次的病凶猛异常,打针吃药依然高烧不退,整夜咳嗽,咳浓痰。那一个月,堂哥带着我穿梭在各级医院,我冒着被抽干了血的危险,咬牙做各种检查,最后诊断是流行性感冒合并急性肺内感染。我心疼血呀!苦着脸埋怨堂哥:"这血什么时候能养回来啊!"医生在一旁误会了,一脸严肃地给我讲关于脊髓造血干细胞。我为我的无知羞愧,老老实实地听着,而堂哥一旁坏坏地笑,一如小时候。

不管怎样,我的病在春天到来前痊愈了。

四月,春天的温暖已经被风带到了各处,柔软的枝条冒出嫩芽,阳光用惊喜的目光照顾着这抹新绿。我办理完调转的手续,回来的路上,经过堂哥单位。心念一动,就拐进去了,上二楼推开第三间办公室。

在这里,我再次遇见了陈庆。他来找堂哥帮忙,好像要在北山园林边界的一块没有树,稍稍坡的空地修墓。我没进来时他们正在热火朝天地谈着,主要是陈庆热火朝天,他声音激昂,语速极快,好像话不是说出来的,而是争先恐后涌出来的。说心里话,我并没有认出他,也压根想不到跟堂哥坐在沙发上,剃着平头,神情活跃,面带笑意,大声说话的男人就是几个月前那个萎靡颓废的陈庆。

而当他跟我打招呼时,这强烈的反差让我惊愕极了。他亲热地喊我小妹。看着我的眼睛是自信而温和的,而在这自信和温和里又仿佛有一团火在跳动,跳动着巨大的热烈的火焰,我迷惑而觉得不可思议,不知道是什么力量让我们曾经共同的失魂落魄在他身上荡然无存了,取而代之的是激昂和欢快。我的心里不自觉地长出探究的触角,并越长越长,一点点地伸了出来。

"小妹,你还记得我不?二十年前你暑假来县里看你大伯,当时跟你堂哥一起到车站接你的就有我。"

这倒是让我惊讶。看着他,想起几个月前堂哥介绍我时,他惊讶的表情和那丝慌乱,以及现在主动提起的欢快神情,我居然有恍如隔世的感觉。

堂哥说："可不是嘛！那辆破吉普在路上坏了，我们几个趴在那修车。"

"小妹当时在路边吃烤苞米，弄得一嘴黑。"

"吃完苞米，还嚷着喝汽水，最后是你给买的吧？"

"哪里是我，是国……"话没说完，陈庆突然停住了，脸上暗了一下。

堂哥快速地扫了一眼陈庆，话题自然地转向我说，"这丫头回家跟我爸告状，说我把她饿够呛，我挨了一顿骂，你说她坏不坏。"

此刻，窗外阳光灿烂，灿烂得把这些青春欢畅的场景照耀得五光十色，在这五光十色里我如卖火柴的小女孩般看见了年轻时代的美好。

"把小妹饿着了还不该骂。"陈庆说完，两人哈哈大笑。

阳光被这笑声感染了，白亮的光线在窗台的几株花儿上跳跃，于是，花儿愈发艳丽了。

陈庆说："小妹，等过几天，哥请你吃饭，把当年的饿补回来。"我的心情一如花儿，连连点头，调皮地说："从今天开始我就不吃饭，就等着陈哥请我吃饭了。"

陈庆哈哈笑，一连串的"好好好"。之后，做了一个OK的手势，又记下我的电话号码。

陈庆走后，堂哥还处在兴奋中，说起他们当年成立诗社，陈庆是社长，每月出一期油印的社刊，还进行诗歌朗诵会，油印在陈庆他们单位，朗诵会在国强家西屋。堂哥说："有一次，在国强家折腾到半夜，陈庆说去登山，要体验一下'行路难'，你说那时候多傻，大半夜的，像疯子似的登炮台山，登到山顶坐在那几门抗击沙俄的大炮上，听陈庆讲这几门大炮的历史。我记得我的一双新皮鞋就是那次彻底的报销了。"

他又说当年第一个在省报发表作品的就是陈庆，之后文化馆馆长把他调到文化馆，后来当了副馆长，那时候还不到三十岁呢！

堂哥停了一下，望着窗台那几株在阳光下闪着艳丽光泽的花，说:"当时多好啊!"叹了口气,说:"都过去了。"眼神黯淡下来。

我越来越好奇。可恨的是,堂哥是那种他想说拦不住,不想说的怎么都不会说的人。所以,不管我怎么追问,他也就说:"国强就是那次吉普车在半路坏了,你嚷嚷喝汽水给你买的那个人,你忘了?"

我忘了。不管我怎么努力这些都不在我的记忆里了。可是,我多么希望那些在我的记忆不肯离去的事,也能像这些一样忘记啊!

屋里静了。过了一会儿,堂哥叹口气,又叹气,这叹气里带着无限惋惜。

就这样,我知道了那件让堂哥叹息的事。

大概十年前,县里大搞经济建设,靠江的三码头一带都是平房区,被房地产商看中,准备盖商品房。陈庆知道消息后,就给县里写信,说三码头是清朝船厂的遗址,这处遗址是清朝为抵抗沙俄侵略修建的,县里应该修复这处遗址,应该保留小城原有的历史风貌。县里觉得是遗址不假,可是就剩两根石柱了,所以决定把石柱前移到江边。而陈庆就这件事,写了一封很长的信,不但把本地历史从船厂到水师营以及沿江码头的由来写了个清楚,而且还把古迹遭到的破坏写个明了,并且呼吁保护古迹。这信写了上万字寄到市里,又寄到省里。这让县里很被动,不但受到了批评,而且有人因为这被调职了。

"后来呢?"我问。

堂哥说:"后来区划了,陈庆到了市宗教局,现在在寺庙管理处负责寺庙维修。"

我又问一句:"后来呢?"

堂哥说:"后来就是你上次见到的样子。"我又问:"为什么呢?"堂哥有点不耐烦,说:"这里的事多着呢!你不知道,他当时就那么一根筋不听劝,不但得罪了人,最后婚都离了。实际,根本不用那么激烈也能解决问题,可是他这人啊!没法说,当时他讲的道理你都驳不了,最后弄成现在的样子,众叛亲离的。"

我不了解当时的事,但是我知道因为这件事,国强和陈庆的友谊出现了断裂。我一再追问,可是堂哥不说,最后没头没脑地说一句,"理想这东西啊!成就人也伤害人!"顿了一下,又说:"让人萎靡颓废也让人意气风发啊!"

回到家后,我窝在沙发上盯着天花板,脑袋里还想着堂哥的话,不明白又明白,满脑袋是两个不一样的陈庆。而我的一动不动,吓坏了那只叫"杨圈"的猫,它在我眼前跳来跳去,喵喵地叫,之后用那条湿漉漉的舌头舔舐着我的脸,就在我被它弄得极痒,想揍这只多管闲事的猫时,信息来了,是陈庆,就一句话:"祝一切都好"。

这句话有点意思。我扑腾坐直,仔细想如何回信,先写了几个字,觉得不对,删了,又写,又删,这时我发现我的词汇如此的匮乏,同时也为这匮乏惭愧和自责。看着依然空空的写字栏,一咬牙,干脆把原句加了个你发回去了。

看着小鸽子叼着信封"嗖"地飞走,又想会不会让人觉得我敷衍呢!盯着已经黑了的屏幕,居然有了担心的紧张。

夜在微风细雨中降临了,白天的灿烂和喧闹也结束了。我趴在窗前,静静地看着、想象着黑暗中雨丝结着如同蛛网般细密的网,想着有人是不是也跟我一样看着黑夜,看着雨丝,看着万家灯火呢?这个人会是谁呢?

接下来的日子,我经常会莫名其妙地看手机,会被突然响起的铃声吓得惊慌失措,直到接起才会松口气。

这个状态持续了一周,之后我主动给陈庆打了电话,嘟嘟几声过后,电话接起来了,我刚一开口说自己是谁。这个男人,这个酸脸猴子般的男人粗暴地问:"什么事?"

这让我像挨了一闷棍似的地懵了,磕磕巴巴地不连贯地说:"没事,没……事。"就在我最后的发音还在空中时,电话啪地撂了。我依然懵着,眨眨眼睛,又眨眨眼睛,之后恨不得把自己的手剁掉。

出乎意料的是,还没等我从想剁手的悔恨中解脱出来时,那个男人,那个叫陈庆的男人居然给我打来电话。这距离那次已经过了三天,他的语气和态度跟之前判若两人,而且极其诚恳地请我原谅他的态度不好。对于他这种大起大落孩子般的情绪,真的让我探究的触角越生越长,长到忘记剁手的悔恨了,而且还半开玩笑半撒娇地说:"我还饿着呢!"

陈庆说:"我正要说请你吃饭呢!"

等到见了面,他才说实话,原来是别人请客,而且说要请夫人一起。说到这,看了我一眼,又说他也没有夫人,就把小妹拉来充数。

这话应该是有些深意了吧!我心里想,可嘴上假装调皮地说:"是滥竽充数的'充数'吧!"

他马上有点不好意思了,低头抿了下嘴唇,一丝不易觉察的白再次出现了。说心里话,他让我着迷。

我说:"这样说来是我帮你,不是你请我吃饭,所以,你等于没请,你还是欠我一顿饭哟。"

他立即如同招财猫般地点头,说:"是是是,下次我请,一定一定。"

其实,那顿饭吃得倒是别开生面。一进包房,一个五十岁左右的男人就给陈庆鞠躬,说的话如同文言文般需要一字一句地认真理解。大概意思是请陈庆原谅他,感谢陈庆等等。说着拿出手机,触开屏幕后送到陈庆眼前,屏幕里一位老人痛哭流涕地说着什么,根本听不清楚,也听不懂。

陈庆一本正经地看着,那个男人也像屏幕里的老人一样哭着。画面停止后,边哭边鞠躬,再鞠躬,等到要第三次弯腰时,被陈庆一下抱住了,说:"别这样,一切都是我应该做的。"那男人就势搂住陈庆的肩膀,又哭起来,喃喃地说着类似见到失散亲人的话。

开始,两人还能照顾我的存在,后来,两个男人干脆就互搂着肩膀,头挨着头,膝盖抵着膝盖,一幅促膝谈心的姿势。从只言片语中,我知道了上次陈庆找堂哥要那块地方修墓,是跟这男人有关,而这期间他们好像还有些误解,好像还是挺曲折的。

将近八点的时候,那个男人送我们出了酒店大门,一边拜托,一边鞠躬。等我们走出很远,我回头还看见他鞠躬的身影。

风有些凉,四月的北方,本来就是乍暖还寒。我把风衣的扣子扣严,转头看陈庆却是敞着外衣,里面的衬衫在月光下发着青色。他不说话,也没有打车的意思,顺着马路走着。路上行人不多,时不时地有一两对情侣迎面走来,举止亲昵。这不由得让我有些局促,可是陈庆好像全然不见这些,他的脚步轻快,呼吸有些急促,眼睛看着远处,脸上荡漾着说不出是什么的神情,而那神情里有我想探究的东西。

于是,我也变得急切起来,我说:"我记得你吸烟,可是这两次没见你吸烟呢?"

"我戒烟了"

"哦,戒了"

"……"

"……"

"今晚……"

我们同时开口说话,又立即同时停住,相互对视。他的目光如同流动的水,清澈而又活跃。他说:"今晚月色很好,我就破破戒,买包烟。"

我笑了,说:"那我陪你破戒。"

他眼睛亮了,如孩子般惊喜,说:"小妹也抽烟?"

"戒了很久了。"

他"哦"了一声,说了句"等我",就旋风般向不远处的超市跑了过去。

几分钟后,他递给我一袋奶油爆米花,说:"戒了就别破了。"

又说:"我是男人,破就破吧!反正也不怕破。"

说完,自觉幽默般地嘿嘿笑了,打开烟盒,抽出一支。烟雾又在他的眼前形成了雾障,黑暗中,他看上去朦胧、飘缈、模糊,只有眼睛里时不时闪动的亮光,说明他火焰般燃烧的内心。

就这样,他的话就如同噼啵作响的火苗在黑夜里响了起来。

他说,那天,他正在朱雀山的寺庙工地,接到局里电话,让他马上、立即、一刻也不能耽误地到局二楼小会议室开会。他被这几个词弄得发蒙和心惊胆战,忙三火四地往回赶。等到蹬蹬地上了二楼,推开会议室的门,见一会议室的人,着实吓了一跳。他坐下后,一个人直截了当地问他,知不知道网上帖子的事。又问他怎么看?

就这样,在这个月光如水的夜晚,在陈庆的讲述中,我知道了整个件事。

　　事情是从前段时间网上出现的帖子开始的。帖子的题目叫《抗击沙俄的民族英雄惨遭黑心开发商野蛮铲坟》。帖子图文并茂，推土机、挖掘机、举着大锤砸墓碑的人，以及散落在地上破碎的石碑，每幅图下都做了详细注解。这些注解后有了介绍，是关于民族英雄的姓氏，部族，抗击沙俄的时间，战役，战死的时间，以及葬在这里的原因，而且还注明本地史料有记载。这帖子受到一些网友跟帖，有骂开发商没有人性，丧尽天良的，有骂有关部门失职的，还有更为犀利的，说为了城市发展，却不知道城市的历史，而用不知道、不懂来掩盖野蛮和暴力，用一副无辜的嘴脸假装清白，用失忆来为虎作伥，这比开发商更为可耻，甚至是可怕等等。

　　这件事引起有关部门注意的同时，没想到也引起了民族英雄在海外后代的注意。民族英雄的后代移居海外已经有几代了，且人丁兴旺。那最先发现帖子的，就是那位视频里的老人，他正在整理家族历史，所以上网查找有关资料已经成了每天必不可少的事。

　　就这样，看见了帖子。可想而知，老人看见帖子会是什么样子。据说后来经过一番急救后才抢救过来。再后来，他们家族通过华人商会找到国内对外办，就提了两个条件：开发商修墓；赔礼道歉。

　　事情发展到这，开发商也委屈，说该做的都做了，一切都是按程序走的，电视、广播、报纸做了公告。公告上清清楚楚地写着，"因为城市发展的需要，西山进行整体开发，所有坟墓在公告之日起三个月内迁出，具体事宜以及补偿款到拆迁办公室咨询办理，如过期未迁，后果自负。"

　　当然了，委屈虽然委屈，开发商还算深明大义，不管说了多少磨豆腐的话，还是同意修墓的。可是，也提了一个条件，就是只管拿修墓的费用，赔礼道歉以及具体修墓工作不管。

　　有关部门反复解释说："这不是情况特殊嘛！他们家族已经几代在海外了，所以，特殊情况还要特殊处理。"

　　开发商说："就是特殊情况特殊处理，所以我们承担一半的责任。"而且态度很坚决。实际上开发商的那点心眼无非是在铲墓的这个行为中卸掉一点责任。

　　这件事卡在这了,总不能跟后代说给你钱,你们自己修墓,这样一来影响也不好。于是,有关主管部门就琢磨怎么能两全其美。就在这时,有人想到了陈庆。就这样,陈庆被紧急召回局里。

　　当时,陈庆就如我第一次见到的样子,坐在那儿低头抽烟,不说话。他们局长在一边就说:"陈庆,你倒是说话啊!"

　　陈庆依然沉默。

　　后来,一开始问话的人,就把整件事说了,说了后代和开发商的态度。等说到开发商的态度时,在场的开发商就说话了,说:"什么民族英雄这么牛逼,还得给修墓,还得赔礼道歉的?"

　　这话说完,陈庆的孩子气来了,说:"民族英雄带领七百人击退沙俄的三千人,收复多处沙俄侵占的领土。在最后一次战斗中战死,死后的躯体屹立不倒,敌人迟迟不敢上前,你说牛不牛逼。"

　　陈庆复述这番话时,语气有点撕裂地轻喘,嘴唇有一丝颤,而且有越来越颤的趋势,于是,他把烟堵在嘴上,把手压在嘴唇上。一亮一亮的光在黑暗里快速地闪着。

　　夜深了,马路变得空前宽阔起来,刚才遇见的举止亲昵情侣一定已经躺在温暖的床上了。在这四月的夜晚,在这月光里,我们慢慢地走着,时而轻柔、时而激昂、时而忧郁的话语,让夜色、月色、脸色不断变换着不同的色彩。

　　陈庆答应修墓了,这是必然的结果。即使他知道是以开发商的名义修墓,即使他知道可能处境尴尬,即使,即使,不管多少个即使,他也会答应。因为只有理想才不会管什么即使。

　　墓地选在北山。离烈士陵园不远,正对着管理处大门,侧对着烈士纪念塔,呈90度角。这不是修墓的地方,但是是后代选的,有关部门也同意了,陈庆就没多嘴。工期定完后,找了设计所设计图纸,人家一听全都说不会设计墓地。陈庆几乎跑遍全市所有建筑设计所,最后一家告诉他实话,说:"忌讳,只有给活的人设计墓地,不给已死的人设计墓地的。"

　　那天,他心里愁,回家连饭也没做,摸黑躺着,等上高二的儿子进屋才想起没做饭，就对着喊饿的儿子说："自己煮方便面。"

儿子不满，叨叨咕咕地下方便面。陈庆又喊："多下一包！"

儿子回喊道："自力更生，丰衣足食，自己下吧！"

陈庆一听，心里一动，有了灵感，扑腾起床打开电脑，搜索墓地。儿子端着饭碗过来，看了一会儿说："老爸，你不建庙了，开始建墓地了。"

陈庆"嗯"了一声。

儿子又看了一会儿说："爸，你看这些都不行，你看看人家巴尔扎克的墓，再看看海明威的，再看看……"

陈庆挥手拍了儿子一下，说："你小子还知道巴尔扎克，行啊！"儿子不满地叨咕："小瞧人。"

别说，让他儿子这一打岔，还真就弄出了设计图，后代和有关部门看了都觉得不错。

选了个风和日丽的日子，陈庆带工人放线，平整地。还没等挖第一锹土，烈士陵园管理处的人来了，让他们赶紧停下，说不能动工。陈庆问："怎么不能动工？这是修民族英雄墓，上面都同意了。"

对方说："谁的墓？谁同意都得办手续，烈士陵园有烈士陵园管理办法，进入烈士陵园必须按照规定来，首先得审核通过，之后上报国家批准。"

说着，拿出烈士陵园管理法递给陈庆，说："你翻到二十页，二十一页，看第一条第二条第三条。"

陈庆傻了，这是他没想到的，就说："这是民族英雄，是抗击沙俄的民族英雄。"

对方倒是很耐心，也很为他着想，可是言语中的规定就是规定，法律就是法律是不容动摇的。

事情就僵那了，干活的工人就问："还干不干？"

陈庆这边说"干干干。"

那边说："不能干，不能干，说从这开始十五米内都我们的地界，所以，你们不能施工。"

这话让陈庆的心一动，来了灵感，他用脚丈量地，大概迈了二十几步，就到了坡下，再往下正好有一处平地，松林环抱，依山朝阳，阳光在树梢跳跃，鸟儿在树梢唱歌，这是个好地方。

陈庆转过身，问："这不是你们的地界了吧？"

"坡下就不是了"

"这是谁的地界？"

当陈庆得知是园林的地界时，高兴得几乎蹦起来。

就这样，我在堂哥办公室遇见了陈庆。

说到这，他不好意思地说：

"我当时煽了点情。'哥们，这几年你也知道我的心思，所以，你得帮哥们一把。'"说完，哈哈笑，他的笑声在黑暗中跳跃，如同一只飞过的夜莺。

在这件事上堂哥是帮了大忙的，他是园林局副局长，跟主管局长说了一箩筐的好话，例如：那个地方没有树，有些斜坡，再说是民族英雄等等。就这样，陈庆如愿了。

可是，向上汇报时，被泼了瓢凉水，说："换地方咱们这边肯定没意见，可是后代有没有意见啊！这事得人家同意，如果不同意，可不是你能承担得起的。"陈庆的心忽悠地悬起来。

一夜辗转未眠，倒是想好了，事已至此，爱咋咋地。就给后代发了封邮件，把这事说明了。

于是，就有了我给他打电话时他的态度粗暴。他说，那天，他在机场接民族英雄的后代。当我电话响起的时候，他正被后代揪着脖领子骂呢！说到这，有些不好意思，又说："小妹，对不起啊！"

我"啊"了一声，说了句"没事"，就接着他的话，故作轻松地问："怎么又化干戈为玉帛了？"

陈庆呵呵地笑，说："后来我让他找人看，说如果换的地方不如以前的好，任打任罚。实际我不说，人家也找了，在香港找的，第二天就到了。后来的事，你刚才看见了，确实是绝好的地方，所以非要请我吃饭，所以我找了小妹来。"说到这，有点气喘地说："谢谢你小妹。"

霓虹闪烁的街头，此刻，温情艳丽而迷人。

接下来的日子，陈庆忙起来了。但是时而会给我打电话，说说工程进展情况，也说说发生的小插曲，例如他说："刚开始修的时候，有上山锻炼的市民不理解，说'现在不是都火葬吗？怎么还修这么大的墓？'"他解释，关于修墓的缘由，以及民族英雄的生平，还有整个九龙山、西山、北山的棚户区，庙宇群的形成原因等等。我能想象陈庆神采飞扬的样子，不由得边听边荡漾开笑意。他说："后来市民知道了这些情况，还主动帮着平地，还有市民给买来水解渴。"

说这些时，都是晚上，晚上八点左右，应该是他在回家的路上。电话里能听见街上车辆鸣笛声和广场还没结束的音乐声。他的声音虽然有一丝疲惫，但有乘风破浪般的激昂。

当然，也有暗淡的时候，例如他说开发商不给他报销油票子，按说修墓的费用都是开发商拿，所以他误餐费、汽油费也该开发商报销。

可是，开发商说："你不是公务员吗？你的工资里不是有误餐费和交通费吗？怎么还找我们报销？你这不是变相的吃拿卡要吗？"

他学开发商的话时，语气有些愤愤。有时说他儿子的学费，埋怨学校总要钱的语气有些无奈。可是，这些都转瞬即逝，一会儿他就继续说工程的一丝一毫的进展。而且每次都说："小妹，等这事一完，我好好请你吃顿饭。"

我答应。可是，心里想是不是借钱给他呢！几次想张口都觉得不妥。后来，左思右想，我给堂哥打了电话说了。堂哥在电话那头好一会儿没吭声，之后说：

"小妹，你们已经好了？"

我没说话，等于默认。堂哥又好一会儿才说话：

"你们好到这个程度了？"

我不知道堂哥说的程度是什么程度，所以，依然沉默。堂哥等了一会儿，连说了两句："也好，也好。"

大概七月末，我回了一趟以前居住的城市，把原来的房子卖掉，又处理了一点遗留的事。再回来时，已经九月了。

一天晚上，我打开电视。在本地的每日新闻里，我看到了迁墓仪式，阳光照在墓碑的黑纱上，很多人给墓碑献花圈，民族英雄后代跪在墓前痛哭流涕，主持人用标准的声音播报：民族英雄墓将作为爱国主义教育基地，对子孙后代进行民族的使命感和责任感的教育。画面上陈庆拿着几张发言稿念着，我突然想起道歉的事，可是看样子不像是道歉，更像追思，每个人面目凝重。

终于完成了，我想。

之后我拿起手机，发信息："看电视了，祝贺一切圆满。"

很快信息就回来了："正在喝酒，等明天交接完，请小妹吃饭，给小妹接风。"

我回："期待"。

他回："好"。

一天，两天，一周过去了，我的期待石沉大海没了音信，陈庆的好也无影无踪时，堂哥的电话来了。

堂哥很激动，第一句话就是："小妹，不许再理陈庆这王八蛋了。"我愣了一下，没等开口问出了什么事，堂哥就如同机关枪一般骂起了陈庆。

原来，交接时出现了麻烦。陈庆把修墓的一切手续，交给烈士陵园管理处，可是，绕过了一圈还是卡在最初的问题上，烈士陵园有烈士陵园的规定，有关部门也做了些工作，陵园方面也很诚恳，说："先不说这墓不在他们的地界，也不说进入陵园必须有正式手续的，就说我们收下这墓，可是没有正式手续就没有拨款的，管理处没有任何收入，那么以后的修缮和管理的费用哪里来呢？"

这是实际的问题。陈庆没想到，急得一筹莫展，可是，谁也没办法强迫人家违反规定吧！一切当然要协商解决。同时也建议陈庆找找别的部门。于是，陈庆跑遍了所有能找的部门，民委、民政局以及非遗办公室、史志办等等。这些单位的回答千篇一律的雷同，但是结果都是一个——没有接收的先例。

陈庆回单位跟局长说："这墓总得有单位管啊！要不咱们单位接收吧！"

局长差点没蹦起来，说："你趁早把这主意打消，咱们是宗教局，这算怎么回事？不行，不行。"

局长一口气说了两个不行，不行里带了"嘶嘶"的如同蛇一般的声音，陈庆倏地起了鸡皮疙瘩，皱着的眉头如同拧的麻花一般。

没办法了，陈庆想找开发商试试。开发商本来就窝火，就把一直以来的不满全倾泻出来，没把陈庆棍棒打走就不错了。

陈庆找到堂哥单位也是走投无路的最后一步。到了园林局，堂哥没在，他就直接找了局长。事情自然没成，而且把局长气得挖鼻子挖脸地把堂哥损了一顿。堂哥气急败坏地说："小妹，当年那件事，要不是他那么做，国强的建委主任怎么能撸下来。后来，国强就跟我说'陈庆是谁对他好，他祸害谁。'我还不信，这下可好，我在单位里外不是人，局长还以为我拿了多少好处呢？本来局长退休，我有希望，可是这么一搅全完了。小妹，你不要再理他了，我给他打电话了，告诉他以后不许找你了。"

我能想象堂哥气得又红又白，又青又紫的脸。也能想象陈庆的孩子气的不管不顾。

撂下电话，我在屋里来来回回地走着，到了下午，实在绷不住了，拿起电话，拨了陈庆的号码。电话接了起来，一声沙哑的"喂"后，就没了声音。我故作轻松地说："陈哥，你不是说请我吃饭吗？"

陈庆说他在北山。

就这样，我又见到了陈庆。他坐在一座新墓的台阶上，烟雾又在他的脸前形成了雾障。他看我过去，没动，依然保持那个姿势，只是没有垂眼，而是半眯着眼睛，好像是看见我了，又好像是没看见我。

风刮过树梢，带着口哨的哨音，太阳躲在云后面，时不时地探头露出一点光又吝啬地缩回去。我走到墓前，看着那新新的字，之后深深鞠躬。陈庆又把烟堵在嘴上。

我坐下来，松涛阵阵，周围一片寂静，鸟儿时不时地迎着风"啾啾"鸣叫，那声音在风中听上去弱弱的。

过了一会儿，陈庆说："小妹，网上的那个帖子是我写的。"

我一惊，直直地注视他。

他又说："小妹，我做错了吗？"

这话我不知如何回答,因为我很难分清这件事对错的界限,就像我很难分清我们彼此情感的界限一样。

他说:"我只想做件事,尽我能力做件事,做件事……"

暮色就在他的喃喃声中降临了。

那天,我们走到山下大门。我想说一起吃饭。可是,陈庆告别般冲我摆了摆手,然后一声不吭地转身走了。我站在那儿,看着他消失在朦胧的夜色里的身影,仿佛一寸寸地矮下去,就在我觉得这矮要倒下时,却又突然挺了起来……

后来,我喜欢或是早上,或是傍晚到北山锻炼。时常能看见陈庆,要么扫墓前落叶,要么平整滑落的土块,要么把裂开的缝隙抹平。

他的神情既不萎靡颓废,也不意气风发,而是平静,是那种风平浪静的平静。我想堂哥说错了,理想还有第三种,那就是平静,是那种踏实的平静。

我们依然会聊几句,他依然叫我小妹。只是,他始终再没提起请我吃饭的事。

而我知道,我也还有第三种选择,那就是等待。

十九点三十分的约会

"李小碗,"朱艳阳说话时矮胖的身体倚在卫生间的门框上,眼睛瞧着背对着她,正在镜子前化妆的小碗"有件事想跟你说说。"

这是七月的早晨,挤压在玻璃窗上的阳光从窗纱没合严的缝隙钻进房间,闪着晃眼的白亮,这说明外面的天气已经开始炙热得不得了。但房间是凉爽的,即使小小的卫生间里,抹在脸上的粉底也是服帖的。如果不是朱艳阳胖胖的身体堵在门口,说了有件事说说的话。如果不是小碗从镜子里看见朱艳阳抑郁的神情,也不会突然有了闷和更年期才会出现潮热汗出的感觉。于是,她转过身,随手抽了张纸巾,可是抽完又觉得多余,而拿在手里什么都不做又觉奇怪。于是,做出扇风状,慢挥着。又于是,想起昨晚自己在卫生间呕吐的情景,心一下子虚了。

本来她就不怎么喝酒,而昨晚在饭桌上玩游戏,被左一杯右一杯罚酒时就有些晕乎乎的。可当时,小碗还觉得这晕乎乎挺好玩的,感觉就像掉进了棉花包里的舒服。等到从饭馆出来,见了风,难受开始了,胃开始翻江倒海了,勉强支撑到进了房间就一刻不停地径直冲到卫生间,跪在地上吐了。已经躺下的朱艳阳听见声音,起来后给她拍背,烧水,之后帮她拿睡衣换拖鞋,当然还把弄脏的卫生间收拾干净。

就在刚才,就在朱艳阳没站在门口之前,小碗还为自己难为情。可是,现在朱艳阳说有事说说,小碗的难为情直接变成羞愧了。这样一来，汗星星点点地从脸上冒出来了，她几乎能感觉汗液一点点把服帖的妆容蚕食掉，然后一张因连日饮酒和睡眠不足而发青发暗的脸，暴露无遗了。于是，不自觉的、本能的、条件反射的，加快了挥舞那张薄薄的纸巾，企图用那微弱的风阻止蚕食。

这心理活动，自然是朱艳阳不知道的，所以，静静地等，等小碗表态。那么，跟这没有多余空间的窄小卫生间一样，小碗无处可躲，也无路可逃，只能开口了。她本来要问什么事？一开口说的却是心里想的真热。话一出来，小碗立即知道说错了，又解释道："我是说天热。"如果她不增加这句解释，可能还不会引起朱艳阳猛地睁大眼睛，"哦"了一声，眉头很明显地动了一下。

以前，小碗是不会这么认真观察，当然也不在意朱艳阳的表情。可是经过昨晚，小碗变了，所以，她就不知道接下来说什么了？沉默了两秒，朱艳阳开口说了句："是我堵的吧？"这样一来，小碗感觉汗在脸上蚕食得更快了，身上也发烧般地热。可是顾不上这些了，小碗急切地说："不是，不是的。"见小碗的样子，朱艳阳说："我说着玩呢！"说完咧咧嘴，露出牙齿后，如同小鸡的"唧唧"声从口腔发了出来。这是朱艳阳的笑声，小碗不喜欢的笑。说心里话，第一天见面小碗就被这"唧唧"声弄得火冒三丈，怎么听怎么感觉那"唧唧"的笑声里带着嘲笑讥讽，这也是一直以来烦朱艳阳的原因。

朱艳阳笑完，说："你先弄，等你完事再说。"说完转身离开，那胖胖的身躯在一双薄薄的拖鞋的拖动下，在地毯上发出如同蛇的"嘶嘶"声。小碗想跟着出去，抬了右脚，可是，可是就在要落没落时，被点了穴般停住了，僵了一会儿，抬起的脚慢慢地轻轻地落下了。若有所思了一小会儿，然后整个身子前倾，吹气般地对着门说："艳阳，等我一会儿，马上出来。"说完，依然保持着前倾的姿势，眼睛死盯着门口。朱艳阳的声音立即传了过来："不忙，我等你。"听不出不高兴，不满意，只是有点没睡好的慵懒。自然，小碗又想到昨晚，肯定是影响朱艳阳了，也许自从她们分到在一个房间，朱艳阳就被晚归的她影响。这个以前没想的问题让小碗再一次有了发烧的感觉，于是决定暂时在卫生间待一会儿，理一下思路。

她和朱艳阳是七天前认识的，而认识的起因是参加这个全省医药系统技术骨干培训班。报到那天，在接待处小碗见到像清洁工的朱艳阳，一件类似睡袍般宽大的，灰不灰蓝不蓝的裙子套在矮胖的身上，脸黑黑的，油油的，如同刚干完活一般，头发在脑后扎了个马尾，可能勒得太紧，眼睛是往上吊的，看上去很厉害很刁蛮。第一眼感觉不好，可是因为一前一后报到，接待处把她们分到一个房间。拿了门卡，小碗就别扭，可又不能说什么。一起进了电梯，小碗忍不住从包里掏出张纸巾递给朱艳阳，朱艳阳没要，说自己有。小碗把纸巾收回来，心里迫切地希望她把脸擦擦，可是朱艳阳没有要擦脸的意思，而是跟小碗说起了话。她说："我刚才看你签名，为什么碗是饭碗的碗呢？"小碗最烦这个问题，她都解释有千万遍了，而且并不是像歌里唱的"千万遍也不厌倦"，她厌倦得很。当然了，不管怎么厌倦，小碗基本会耐着性子解释。但是，朱艳阳跟别人不同，问完居然"唧唧"地笑起来，这让小碗突然起了一身鸡皮疙瘩，心"啪"地掉到最底。恰在这时，电梯门开了，小碗得救般地一个箭步冲出了电梯。

从那天开始，小碗对朱艳阳客气而冷淡，她总是减少与朱艳阳独处的时间，只要别的女学员找她出去散步或者喊到房间喝茶，她一定答应，当然，男学员请客喝酒她也来者不拒。可以说，住了七天，小碗跟朱艳阳很少说话，即使她们房间有说话的声音，也是朱艳阳说，她听着。而朱艳阳好像不在意小碗的冷淡，经常约她一起散步，小碗一定找各种理由推脱。有一次，朱艳阳又拉又拽的，小碗迫不得已答应了，但是到了一楼大厅，小碗突然说有事，根本不给朱艳阳反应的机会，转身折回电梯。进了电梯，她都觉得自己过分，心里想朱艳阳再也不会理她了。

实际，相对于小碗，朱艳阳在这个培训班里是活跃的。第一天就拿个小本走到每个课桌前请同学们留下通讯地址和联系方式，而且对所有人都有说有笑的，不知道的会以为之前就认识。课间休息时，她不管熟不熟，不管人家聊什么都会凑过去，而且融入话题中。即使插不上话，也一定会发出那种"唧唧"的笑声，有时并不好笑的，她也笑，有的人就被笑得莫名其妙。私下，问别人："有那么好笑吗？"

有人说:"知道老师点名不？学生必须喊到了,要不怎么跟所有人证明自己存在呢!"说完呲了一声。后来,只要朱艳阳过来凑热闹,其他女学员一个一个地走了,说笑的男学员立即没了兴致,寡淡了,自然不说了。私下里,女学员议论朱艳阳,说她的笑太让人不舒服了,说她像个发情的母鸡,说嘚瑟。小碗听了,就原谅了自己对朱艳阳的不喜欢和冷淡了。

这些,朱艳阳好像并不知道,依然勇往直前地有点缺心眼地做让大家出乎意料的,不知道说什么好的事。一天晚上,大家到湿地公园玩,租了几辆山地自行车。当时,正是夕阳西下的时候,湖里水汽让热减退了,大家各自散去,干什么的都有了,有骑上山地车在绿地狂奔的,躺在草甸上闭上眼睛享受着风从四面八方轻抚的,有坐在回廊聊天的,还有非要摆脱现实和想象的差距跃上山坡的,这很难,几个跃跃欲试者最后个个啃泥。女生见了指指点点地哄笑,那几个勇气可嘉的男人听见笑声又看见女生的样子,知道是笑话他们,就远远地喊:"你们连车都骑不走,还笑啥。"这倒是真话,小碗试了,骑几步就陷进草里了。而湿地管理员说:"一定要快蹬,车轮没等陷下去就漂移漂过去了。"这技术有难度,而女学员又怕摔,谁也不骑了,在回廊坐着看男学员表演,再时不时地爆发哄笑更有意思。

过了一会儿,女生的哄笑把男学员一个一个地勾过来。于是,闲逗开始,一个说:"来一趟都没骑车不是遗憾嘛,要不谁坐我车前面,我带她一圈,不用给钱,请夜宵就行。"一个说:"坐我车,不用钱,不用夜宵。"另一个说:"我这一切都免,而且还可以连人赠送。"男学员们越说越起劲,可女学员不为所动,男学员们换了话,什么胆小,不敢坐,女人嘛! 明显的轻视。有女学员接茬说:"有什么不敢的,我们是怕你们身板不行。"说完,所有女生大笑附和说就是。这话里的寓意自然起了推波助澜的作用,男学员们更是说什么都有了,女学员也一句接一句地对付,大家心里明白说归说,谁也不会在众目睽睽之下真的坐到车前面,毕竟都三十六七岁了,结婚了有家了不是小年轻了。

可是,就在大家为这种锻炼肺活量的斗嘴,假装僵持不下时,朱艳阳从回廊跳出来，走到男学员中间，说了句："多大点事啊，我坐。"这句话和她那矮胖的身躯一下子让大家静了，男学员们面面相觑，女学员也傻了，场面极其尴尬，最后也不知道谁说了句："租的车到时间了。"于是，大家都松了口气，主要是男生，一下子散了。回去的路上，关系近的男女学员就会自动走在一起，于是女学员逗男学员："你们不是哭着喊着让女生坐嘛，怎么真有人坐就都跑了?"说完，不怀好意地笑。这次男学员一本正经地说："就她那体格，真是太考验人了。"女学员嘻嘻笑，说："还身板不行，肾虚吧！"男学员说："就她那形象，像渔夫从海里捞出的瓶子里面冒出的烟，肾不虚都不行。"女学员不明白，想了好一会儿才想起格林童话，渔夫从海里捞出魔瓶，打开后冒出的一股烟变成妖怪，立即骂男学员太坏了。

小碗有点可怜朱艳阳，尤其看见她依然不计前嫌地跟大家说话。朱艳阳对她也是不计前嫌，跟她说北宁里的艺术街的画、根雕，还有艺术观赏的画瓶。在她的描绘中，北宁里就是艺术的海洋，而小碗也去过一次，可是觉得乱糟糟的，如同板材市场似的，真没有朱艳阳说的置身于艺术海洋的感觉。倒是总听朱艳阳眉飞色舞地说，心里倒有了一丝好奇。好奇归好奇，可小碗依然不接受朱艳阳的邀请，而是有空跟其他女学员逛不夜城，而女学员们像有了默契似的，即使有时候走对面："不会说一声都 艳阳，一起啊！"所以，朱艳阳一直是落单的。

不过，这样不重要了，因为还有三天他们这个班就要结业了，不管欢乐还是冷遇都随着他们如同棋子一般散落到全省各个城市后烟消云散了，所有人还要面对琐碎的日常生活，一想到这，小碗又不免有些颓丧。这几天她是真的很快乐，离开家庭的琐事，离开孩子丈夫，离开她必须谨小慎微面对的人和事，让她感觉回到了大学时代。而随着分别临近，大家都有点末日狂欢的疯狂了。昨晚有人说："我们都三十六七岁了，没有多少青春可以挥霍了，也没有多少日子相聚了，这时候不尽情地狂欢，岂不遗憾。"旁边的人附和，青春开始渐行渐远了，相聚也快曲终人散了，那么，就更要珍惜这短暂的情谊了。也是这样的情况下，玩起说真话游戏。游戏规则是轮着交代最喜欢班里的哪位同学。而且必须如实回答，如果回答的内容大家觉得跟事实不符，就要受到惩罚。一开始，男同学说喜欢的也是男同学，女同学说的也是女同学，提议人就规定男同学必须说喜欢的女同学，女同学必须说喜欢的男同学。这样一来，饭桌上乱了，你看我，我看你，眼睛里闪烁着异常的光亮，这光亮里的内容只能意会不能言表，于是气氛更热烈了。那么，大家就更苛刻，只要一个人提出异议就罚酒，小碗就是这样喝多的。当时轮到小碗时，小碗说喜欢坐在对面的章霄，为什么说章霄，是她觉得章霄是那种能开得起玩笑的人，也就是说不管小碗说什么胡言乱语，章霄都是不会当真的。

确切地说，章霄真没当真，可是，他也不客气地反驳，说："李小婉，你能不能在瞎说之前打个草稿，你说你喜欢我，你自己信吗？"小碗辩解地说："就喜欢嘛！"章霄狡猾地看着小碗，之后说："那你过来亲我，我就信。"于是，桌上的人打了鸡血般异口同声喊亲。越喊小碗越躲，那么罚酒就避免不了了。小碗记得她好像还跟朱艳阳说了玩喜欢谁的游戏了。除了说这，还说什么了？小碗努力回想，真想不起来了。又想昨晚没胡说八道吧！想到这，倒是心惊了，是不是自己把什么伤害朱艳阳的话复述出来了，潮热汗出再一次海浪般袭来。

此刻，朱艳阳正坐在椅子上耐心地等小碗，神情依然是不可置疑的抑郁。听见小碗的脚步，她微抬头，紧紧地抿着嘴，目视前方，仿佛并不是看小碗而是看小碗的身后。小碗条件反射地回了下头，房门好好的，没有一丝推开的端倪。小碗转过头，迟疑了一秒，开口说："艳阳，我昨晚喝醉了，给你添麻烦了，你没睡好吧？"话音一落，朱艳阳才从小碗的背后收回眼神，看着小碗说："没事。"小碗又说："艳阳，我酒后要是胡说八道了你别往心里去。"朱艳阳反问道："你胡说了吗？"又说："即使说了，我也忘了。"这话更让小碗紧张，她更拿不准自己说什么了。又不能追问，就假装口渴，拿起水喝。

就在这时，朱艳阳再一次开口了，吐出的话跟小碗刚才担心的、纠结的，甚至愧疚的没一丝一毫的关系。朱艳阳说："有个男人喜欢上我了，爱上我了。"小碗含在喉咙的水一下子冲到会厌，呛到肺里，不能控制地猛烈地咳起来，水洒了一裙子。朱艳阳赶紧站起了，给她拿纸巾，小碗觉得不好意思，还怕朱艳阳误会，连咳带说自己嗓子有点不舒服。朱艳阳"哦"了一声，坐下了。小碗一边擦裙子，一边说："你说，你说。"朱艳阳就说了，说喜欢她的是北宁里遇见一个根雕艺术家。因为她父亲在县群艺工作，所以她从小就泡在群艺，要不是当时考学考虑到就业，她可能就选学艺术了。说到这，小碗不由得心里发笑，可是表情上依然，认真地听朱艳阳说："虽然跟艺术无缘了，可是对一切属于艺术范畴的天然亲近，那天，逛到他的店里，看见他在雕一件不大的根雕作品，于是聊起来。开始粗浅的聊，后来发现见解居然相同，于是，谈话就深入了。"朱艳阳说她小时候住在江边，在镇里就有专门从事根雕的，当时摆在街上卖的。艺术家问她家是哪里的，朱艳阳说是河湾子的。艺术家当时就惊呼，缘分，缘分。因为他也是河湾子的，住在南山，朱艳阳家在镇里，两人一下子亲近了。开始说家乡，镇里的毛楼麻花，小学操场的乒乓球台，说着说着，就如同找到了失散多年的亲人般欣喜。朱艳阳说，艺术家比她大几岁，大概四十岁，瘦而高，眼睛细长，说话的时候眼睛里闪着火焰般地激情。晚饭就这样一起吃了，艺术家请她第二天品茶。她第二天去了，第三天也去了，第四天也去了，直到前天晚上，艺术家说喜欢上，爱上她了。

  这无论如何都让小碗难以置信，可朱艳阳接下来的话又不能不信。朱艳阳说当时她觉得太突然了，就说了拒绝的话，而昨晚也没去，可昨晚半夜，就是你回来后，小碗听这话，不好意思低了低头。我接到他的短信，说今晚来。小碗瞪着眼睛，问："真的，今晚?"朱艳阳郑重点头，说："今晚，七点半，宾馆大厅。"这事让小碗发傻，看着朱艳阳问了句："你呢?"朱艳阳说："小碗，我都三十五了，我得为孩子负责。"小碗是传统的女人，孩子是她的命脉，一想到孩子，小碗立即点头，一个肯为孩子负责的女人是值得钦佩的，于是，看着朱艳阳目光有了以前没有的好感。朱艳阳又说："但是，我觉得应该把话说清楚。"小碗点头，这她也赞成，朱艳阳又说："说心里话，我也喜欢他，所以才不知道怎么面对，我想既不伤害他又能把事情说清楚，这样对彼此都好。"小碗又点头，她觉得朱艳阳这样做是对的，既然不能在一起就要说明白，不要纠缠不清。这时，对朱艳阳讨厌开始烟消云散了。

得到了小碗的认同，朱艳阳神情活跃起来。之后话锋一转，说起了艺术家，说："他的目光柔和深情，思维敏锐宽广，谈吐飘逸而带着浪漫的理想主义，不自觉地就会被吸引。"说到这，顿了一下，说："他是极有味道，极帅的大叔范。"说到这，女人本性的好奇就被勾了出来，小碗的脸就如同多彩的音乐剧变换着内容。而这时，朱艳阳再次话锋一转，说："小碗，你能帮我个忙吗？"小碗思维还没跟上来，就被突然换档，于是懵懵地："问什么？"朱艳阳说："今天晚上你能陪我到大厅等他吗？"

在这个早上，朱艳阳已经出其不意两次了，而一次比一次让小碗意想不到。第一次是震惊，第二次还是震惊，现在除了震惊还有强烈的好奇，那好奇就顶在胸口，如同在跟修养和自制力较量。实际，小碗慢吞吞地说那句不好时，她的神情已经出卖她了。要不朱艳阳不能那么欢快地说："没有不好，你给我壮个胆，帮我个忙。"既然帮忙，既然昨晚朱艳阳也帮了自己，小碗给了自己答应的理由，说："那好。"朱艳阳更欢快了，说："小碗，你长得好看人还好。"小碗低了低头，一丝不易觉察的笑挂在嘴边。

这时，朱艳阳再次开口，可是喊了声："小碗。"就停住了。过了一会儿，才吞吞吐吐地要求小碗："这件事能不能别对任何人说？"小碗脸有些冷了，心里想好像她李小婉是街头巷尾的长舌妇似的。朱艳阳注意到小碗的神色，立即补充说："我知道不用嘱咐你也不会说，你不是说闲话的人。"

事情就这样定了，可是也好像什么东西放进了小碗的心里。整个上午，小碗听听课就溜号了，满脑袋都是朱艳阳描绘的那个艺术家，描绘的北宁里艺术街，可是不管她怎么回忆，怎么一丝细节都不放过地想，都记不起来丝毫，反倒弄得脑袋乱糟糟的。人就是这样，越是乱越想寻找蛛丝马迹。于是，如同心里钻进了虫子，痒痒的。

中午的时候，按照惯例小碗一定要补觉的，可是今天她躺在床上翻来覆去睡不着。侧过身看朱艳阳，恰巧朱艳阳正不解地看她。小碗说了句："睡不着。"接着跟朱艳阳聊了起来。聊了个开头，又聊了个小插曲，之后小碗发现朱艳阳语言叙述极强，开始可能觉得没什么特别，可是听下去就会被她吸引。她讲很多有趣的事，尤其是讲她跟她丈夫第一次见面的事，让小碗一个下午都心神不宁。她说："大学毕业分配到县城药监所，离城区很远，附近都是菜地。"他们单位的人有住县城，有住镇子的，而她住单位。于是，她真的是以所为家了，单位的二层楼，大院子，院子里花坛里面的花，以及水泥砌的形状有点像蘑菇的凉亭在休息日都是她一个人的。她在院子里看书，也偷看在她们单位门口的公共汽车站等车的人。这些人除了农民还有就是离这不远的武警总队当兵的。当然了，那些当兵的也偷看她，有一次，她把洗好的床单，衣服，晾了满满一院子，之后在凉亭坐下看书，听见大门铁链子的"哗啦"声，是个当兵的，说："想要两个注射器，给狗打针。"我就把大门打开了，让他跟进楼。单位是新中国成立前的老楼，楼梯在拐角处，比较暗，她在前面走，他跟在后面。刚上两个台阶，就听见身后"呼哧呼哧"的喘气，就在纳闷怎么回事的时候，被一下子抱住了。当时，听到这，小碗"霍"地坐起来，眼睛瞪得大大的。见她的样子，朱艳阳"唧唧"笑了起来，说："我被点了穴不能动了，一动也不能动地站在那，他说什么听不清了，好像是表白对我的爱，说他第一次看见我坐在凉亭看书就喜欢我了。我觉得喘不上来，他吹在耳垂的气息灼热，他还问可以吻我吗？之后他吻我的耳垂，吻我的脖子，再吻我的脸颊，然后，扛起我。"听到这，小碗顾不上心跳，想朱艳阳这圆鼓的身材扛起来得多滑稽。于是，抿了抿嘴。朱艳阳仿佛看出了小碗的心思，说："我那时瘦，被他这一扛，软得力气全无，被放在床上时就感觉躺进云里……"朱艳阳给她描述了一场摄人魂魄的性爱场面，她说那是一种死了都宁愿的感觉。小碗真的脸红心跳，这些她从来没有。

下午，坐在教室里小碗如同打了针强心剂，平常四平八稳的心脏呈现窦性心律异常搏动。心里的虫子变成了怪兽，撕咬得她痛痒难耐。医学院的老师曾说的："我们并不了解我们的身体，甚至不知道我们的身体里藏着什么，可是有一天就会突然发现我会分裂多个我们。"现在，小碗就觉得自己分裂成自己也不熟悉的自己了，感觉那么奇异，那么的焦躁不安、迫不及待、如坐针毡，那么的胡思乱想，想昨晚谁喜欢谁的游戏，想艺术家，想浪漫的恋情，想象廊桥遗梦，对，就是廊桥遗梦似的一段值得回忆终身的恋情该有多么浪漫啊！想到这，小碗下意识四下看了看，又看讲课的老师一张一合的嘴，放下心。过一会儿，又想朱艳阳，怎么会呢？又想自己，简直太平淡了，恋爱，结婚，婚后生活都是平稳的，丝毫没有任何波澜。有一次她买了一套真丝吊带睡裙，在卧室穿上，故意坐在床上等丈夫。可气的是丈夫进来一头倒在枕头上，她假装口渴，压丈夫身体取那边的床头桌水杯，丈夫伸手帮她拿水杯，还说："怎么不用自己的水杯。"小碗，没好气地说："没水了。"丈夫也没吱声，过了一会儿，突然转身，像想起什么似的看着小碗，问："阳性耐药转阴的论文写完没？"本来准备迎接这突然转身所带来的惊喜，可没想到是这话，更没好气了，使劲一扭身，说："睡觉。"丈夫在她背后说："你没到更年期，怎么说发脾气就发脾气。"从认识丈夫，他就是这木讷呆板的性格，当时是整个系的学霸，现在也是她们单位首屈一指的颅脑外科医生。实际，小碗不喜欢跟丈夫一个单位，觉得两人在一个单位就如同自己给自己安个监控器。一度，小碗要调走，丈夫不同意，说："别的单位还能像现在单位照顾你，让你这么宽松吗？到时候你忙，我也忙，孩子怎么办？"小碗一想也是，现在的单位为了丈夫，而把小碗安置在既享受临床待遇而又轻松的科室，但是小碗心里憋屈，觉得自己一个硕士研究生就成了丈夫的附属品，不甘心，于是写论文，丈夫对她这个倒是很支持也很关心。而关心的程度超过对小碗这个妻子的关心。她气丈夫的书呆子气，她倒是喜欢男人有点匪气，而且粗暴一点，当然得浪漫，得款款深情，得激情四射。于是，又脸红心热的同时突然对晚上陪朱艳阳见面的事期待起来，而且越来越觉得期待，那心情就如同在大学时代第一次跟丈夫约会。

有了这个心理，小碗变紧张了。当朱艳阳见小碗推掉别人的邀请，所表现的歉意，而犹豫时，小碗还担心了，生怕朱艳阳说出什么话。就没话找话，岔开那个话题，小碗说："艳阳，你得打扮打扮，一会儿穿什么。"朱艳阳把犹豫抛开了，说："你说我怎么打扮？穿裙子还是裤子？"小碗想了一下，说："你穿裙子，"说完找出自己的真丝披肩，说："你把这个披上。"朱艳阳欣喜地接过来，立即披上，粗胳膊被盖住了，立即有了不一样的味道。小碗看了看，让朱艳阳把头发散开，于是圆圆的丰满的脸柔和了，这一捯饬朱艳阳不说大变样吧！也比平时顺眼很多。朱艳阳又化了淡妆，看上去又自然又大方，整个人亮丽很多。而小碗穿了件白色连衣裙，头发盘了个髻，裸露的脖子和手臂看上去细腻而紧致。脸上的妆比朱艳阳的艳，可是对于她是毫不夸张的。

十九点三十分整，小碗和朱艳阳迈出电梯。一刹那，小碗心猛烈地跳了两下，喘不上气的感觉压迫她不敢抬头，就如同一个初到城市的羞怯小女孩。

接下来的事打乱了小碗的想象，而且发展得有点乱。这一切是朱艳阳扫视空荡荡的大厅后，说了句："还没来。"之后拉着小碗坐在沙发上大约二十分钟后，将近八点开始的。第一拨从外面回来的同学从旋转门一进来，见坐在沙发上的小碗和朱艳阳，就好奇地看着小碗问："干嘛呢？"小碗看看朱艳阳，说："坐会儿。"这拨人里有两个女学员跟小碗要好，一听这话，一个对另一个说："那咱们也待会儿再上楼。"于是，两个女学员就留下了，其他的人就上楼了。这让小碗紧张地看看朱艳阳，怕朱艳阳不愿意。可是朱艳阳倒没有不愿意的表情，反倒很热情地招呼她们坐下，并且说起话来。而小碗心里想着见面的事，有点神不守舍的，说话也是有一搭没一搭的。就这样，不咸不淡地聊了十分钟，第二拨人回来了，同样的看见她们坐在沙发上，就问："干嘛呢？"这次不用小碗回答，而是后来的两个人中的一个说："聊会儿。"于是，这拨人也有人留下了，因为有了男生刚才的沉闷就没有了，她跟他说说，他跟她说说，热闹起来。小碗有点替朱艳阳焦急，就看朱艳阳，可是此刻的朱艳阳已经离开她身边，跑到对面的沙发上兴高采烈地说什么，小碗看了一会儿，朱艳阳也没往她这看，于是，小碗就收回目光，眼睛飘向门口。这时，第三拨，第四拨人进来了，已经没人问干嘛了？而是自动地加进来，沙发人满为患，就喊大堂经理搬几个椅子过来。可是，依然不够，有人站着，坐着，趴在堡人的椅背上，就这样小碗被包在里面了。小碗只能越过各种脑袋看见旋转门的上部了，失望就忽地涌上来了，这些无来由的失望和说不出来的沮丧让小碗一下子黯淡了，就如同正盛开的花蔫了一般。于是，有人跟她说话和大家的嬉笑她都表现得冷淡，感觉不得不迎合的潦草。而此刻的朱艳阳跟小碗截然相反，从这窜到哪，跟这个咬咬耳朵，跟那个低声嘻嘻笑，如同兔子一般。小碗不解，她实在不明白朱艳阳为什么像打了兴奋剂般上蹦下跳的，心里不免有些怨，更可气的是朱艳阳根本不理会她投过去的各种眼神。而更让她纳闷的，不明白的是，那些跟朱艳阳咬完耳朵，尤其是男学员那种鬼鬼祟祟的样子怎么那么猥琐呢！而且还时不时地看她诡异的笑。

　　外面已经黑透了，旋转门安静下来，静静地注视着眼前上演的欢乐颂。人越聚越多了，本来上楼的人也下来了，因为没有地方坐，男学员拍拍腿，让女学员坐。女学员不坐，越不坐男学员越让坐，有女学员想起上次湿地公园的事，鼓动朱艳阳坐。朱艳阳到不扭捏，一屁股坐男生腿上，被坐男生哎哟一声，惹得所有人大笑。女生们突然发现朱艳阳是打击那些在语言上图谋不轨男生的武器，于是，形式变了，朱艳阳变成了女生的中心，而且她总能挑起女生们对男生的围攻，让欢笑的高潮一浪高过一浪。在这期间有男学员在宾馆超市买了好几箱啤酒，还有各种零食和熟食，于是茶话会又变成了宴会，大家的热情更高涨了。接下来的一轮，朱艳阳不再说攻击的武器而是幽默大师了，不管她窜到那，都能引起大家的捧腹大笑，而她"唧唧"的笑声也响彻全场，可是大家好像集体失忆了，没人再对她夸张的手舞足蹈的笑有不满和异议了。好几个人说："朱艳阳你太幽默了，太有意思了。"这时的朱艳阳俨然成了焦点。

　　直到大堂经理提醒第二次，说十一点了。欢闹的场面才松动了，有人站起来，之后一个接一个站起来，之后自动朝电梯口移动脚步。小碗并没有跟朱艳阳一起，而是跟别人进了电梯先上去了。小碗跟几个人等,有人问她:"小碗,整晚上你都心事重重的,是不是有情况?"小碗用听上去懒洋洋的声音说:"没有。"别人就再也没开口。回到房间,小碗想跟朱艳阳说说话,问问情况。可是刚喊了声:"艳阳。"朱艳阳就打了个哈气说:"困了。"小碗张开的嘴就闭上了。那一夜,小碗做了一晚上的梦,乱乱的,好像自己跟一个男人约会,可是找不到约会的地方,跑啊跑啊!

早上,她被电话惊醒,是丈夫。告诉她孩子住院了,让她跟主办方请假,赶快回来。小碗一听孩子病了,就什么梦啊的抛到一边了。赶紧给培训班的主任打电话。主任说她的结业证给她邮回去,让她赶紧回去。小碗收拾收拾东西,也没跟朱艳阳,还有班里同学告别就赶到火车站买了最近一趟的动车票。大概两个小时后,小碗见到的儿子。丈夫说:"儿子雨淋的,急性肺炎。"又说,"今天还有个手术。"小碗又恢复了平常的那个贤妻良母的样子,开始有条不紊地进入日常轨道。

日子一天天地过去,培训班的点点滴滴随着时间变得遥远和陌生了,当然也一点点地消失了。

就这样过了一年,秋天的时候,小碗的那篇耐药论文获了奖。参加颁奖会时竟然意外地遇见了章霄,章霄见到她也很意外,两人就差拥抱来表达激动了。吃自助餐的时候,章霄极其殷勤地帮小碗拿这拿那的。两人谈起培训班,共同的记忆让两人越聊越觉得恍如隔日。感情饱满到顶点,情绪兴奋到顶点,说话的随便程度也到了顶点。就这样,开始了下面的话题,章霄好像很随意地问:"上次那事怎么样了,有发展没?"小碗问:"什么事?"章霄笑嘻嘻,神情暧昧地说:"你忘了?"顿了一下,又问:"那天晚上咱们在大厅。"小碗当然记起那天晚上,可不知道在大厅怎么了?章霄说:"当时朱朱都告诉我们了。"小碗皱了下眉,愣愣地问:"谁是朱朱?"章霄说:"朱艳阳啊!不是跟你一个屋吗?"小碗笑了,说:"朱艳阳什么时候变成朱朱了。"接着想起以前的渔夫从海里捞出瓶子的话,就调侃说:"你们不是说人家是冒出的烟嘛!怎么叫上朱朱了,这关系发展得挺快啊!"章霄辩解地说:"叫朱朱是朱艳阳让大家叫的,也挺顺口的,再说说那话时大家不是不了解嘛!"停了一下又说:"朱朱这人挺好的,幽默还热心,临走还帮大家打包什么的。"这个转变到让小碗没想到,有些呆,章霄就说:"别转移话题,说你!跟那个艺术家怎么样了?"小碗的呆变成了如坠云雾的懵,问:"什么艺术家?"章霄有点嘲笑地说:"当时朱朱就告诉我们了。"说那个"了"时还拉了长音。说:"不就是北宁里的一个艺术家爱上你了,那天晚上来跟你表白,你让朱朱陪你在大厅等他。"说到这,呵呵笑,"后来我们给搅了吧!当时朱朱告诉我们时,我们就要等着看看到底是什么鸟人把我们班大美女迷的神不守舍的……"听到这,小碗脸上的肌肉紧急集合般地紧紧地包住脸,张着的嘴,牙齿触目惊心地暴露着,眼睛如同甲亢病人凸着,整个人看上去狰狞至极。

等到章霄停住话头,小碗尽量平静地说:"弄错了,不是我,艺术家爱上的是朱艳阳,是我陪她……"话还没说完,被章霄打断了,说:"李小婉你又来了,你们漂亮女人是不是都爱瞎说啊!就是不用脑袋,用膝盖想想,可能吗?朱朱人好,这我承认,可是我是男人。"说到这,"哧"地笑了一下。此刻,小碗迷惑了,真的迷惑了,脑袋里乱哄哄的,那么一瞬间她对自己有了一丝怀疑,可是再次听见章霄说朱朱这两个字时,突然恍然大悟,随即倒吸了一口冷气。

月光村

  齐万禄凝神地听着，神情里的惊愕以及惶惑不安……虽然是夜晚，但晶光闪烁的星星，皎洁如水的月亮让夜空发亮。在亮的表面，不同的光线重叠融合又形成的白亮倾泻在屋里，铺在炕上，照在齐万禄的脸上。确切地说，应该是我们的脸上，还有身上。

  炕上除了齐万禄，还有我，以及正在讲岳母的老袁。

  老袁说岳母总怀疑他偷她的钱，每张钞票都写上字，每天没遍数地数，每数一次都一惊一乍的，不是不对了就是少了。说岳母逢人就说他虐待她。以至于小区的邻居、保安和社区诊所的医生，反正认识老太太的或知道他是谁的人，要么鼻子不是鼻子、脸不是脸地数落他。要么对着他指指点点，吐唾沫，指桑骂槐。

  说到这里，他的喉咙明显地"咕噜"了一声，如同把那些数落和指桑骂槐咽下去似的。接着，又说道："可我媳妇说了，骂也不能掉块肉，就是掉块肉，你那么胖也不怕，就当减肥了。我气得伸手推了她一下，恰好让岳母瞧见，于是，就像喷气火车似的向我撞过来，要不是我动作敏捷，我媳妇手疾眼快抱住老太太，我真就，真就……陨落了"。说最后这个"陨落"时他故意变了声调，拉了长音。那么，这属于惊险的一幕，就有跳到喜剧一幕的效果了。

  我调侃他，说道："那你是不是得感谢天感谢地啊！"

  老袁呢！故意叹了口类似劫后余生的长气，又故意用苦了吧唧的声音唱道："我感动天，感动地，怎么就感动不了你……"

老袁最大的本事是烦中作乐,也就是不管什么烦心的事经他嘴一说,都如同打了什么鲜活剂或者快乐剂,不但鲜艳而且引人捧腹。在单位,如果一早上没听见老袁的声音,这个问老袁呢?那个问老袁没来啊?老袁自己也抱怨就不能迟个到,早个退,只要他晚来一会儿或早走一点,准保全所人都知道。同事们幸灾乐祸地气他,谁让你愿意白话的。老袁不生气但也不示弱,威胁道:"以后你们怎么求我白话,我都不说话,装哑巴!"

当然了,老袁装不了哑巴。他不抗忽悠,几句好话立即缴械投降,之后开始"白话"。这"白话的话"在东北方言里发 huo 的音,听上去就具有喜感。所以,大家忽悠他"白话"时,老袁不自觉地就拿出义不容辞的精神了。

刚刚也是。闭灯前,齐万禄让老袁睡炕头,老袁嫌热,把被褥铺在炕梢。我更嫌热,还不想夹在两个人中间,把被褥横顺在炕里的窗根下。这样一来,月光的白亮集中在空荡荡的炕中间,映衬着炕革的反光极其刺眼。我后悔没带来眼罩,也不满没有窗帘。在炕梢一会儿翻来,一会儿覆去的老袁也在表达跟我一样的不满。而齐万禄一直在炕头微垂头坐着,对我们俩如同烙饼般地折腾,无动于衷。

翻了一会儿,老袁起来够搭在炕沿的裤子,摸索了一会儿,掏出香烟。问我:"抽不抽烟?"

我坐起来,刚要让声音从喉咙滑出来,烟笸箩却如同小船般滑过空空的炕中间,到了老袁面前。老袁相面般看着齐万禄推过来的烟笸箩,两秒后,放弃了他的利民,拿了一颗卷好的叶烟,对着光亮揪掉捻得如同针一般又直又尖的纸尾,点燃了。之后,又让烟笸箩再次起航,滑到我面前。

一小会儿,眼前有了如云翳般烟雾。刺眼的光线被蒙上层纱般,柔和了。

这是十一月的乡村夜晚,安静得寂寞,漫长得无聊。要不是所里决定在配合省里流行病普查前,对重点村进行摸底登记以及前期宣传。我和老袁也不会坐了将近三个小时的郊线车,又按村主任在电话里的指挥走了将近二十多分钟,经过没有果实累累的大地,体验了一会儿把枯枝败叶卷起，一会儿又吹落的寒风，拐弯到山脚，再拐弯看见红旗，以及村口树下的村主任，直到现在睡在齐万禄炕上。

之前，曾听村主任说过齐万禄。原因是村主任来所里时，开了一辆很贵的越野车。私下，大家联想新闻里村主任贪污农民钱款之类的事情，对他印象不良。可接触下来，觉得他为人温和，爽快，说话做事不拖泥带水。一来二去没了不良，有了闲聊，问："车多少钱？"他说车不是他的，是村里蚕场老板的。说他给蚕场老板打工，所以开这车。

自然是不信。等到吃饭时，喝了酒，就你一句我一句地说他不实在，假咕。于是，他这五大三粗的汉子被弄得如同小姑娘似的，脸红红的。最后，逼得右手举过头顶说："冲天说，我真给蚕场老板打工，蚕场老板叫齐万禄，规模挺大的，光建冷库就花了百十万，附近省的蚕农都到他的蚕场进种蚕，不瞒大家，不光我给他打工，村里人几乎都给他打工。"

我记得有一次旅游，导游指着一个大别墅说："这是当地最富的渔民，据说家里的马桶都是金的。"我当时说了句："这是真正的土豪啊！"于是，在村主任说完时，我也说了句："土豪啊！"于是，大家的话题变成了土豪事例大全。村主任听了一会儿，摇摇头，说："人和人不一样，齐万禄生活很简朴，甚至比村里的一般家庭还简朴。"于是，村主任讲起齐万禄。

他说齐万禄一辈子没结婚，在屯子里也没什么直系亲戚，有个亲哥和侄子，一直都在城里。所以，在村里他等于是孤寡老人。说当年齐万禄没结婚是因为屯里的风俗，谈婚论嫁前要合婚。他合婚的结果是命硬，得克死三个媳妇。他对象家跟媒人说退婚。齐万禄当时是民兵营长，有一支五六式步枪，一听退婚，拎着枪去了对象家。进了院，也不说话，也不进屋，阴沉着脸站在院中间，那架势极其瘆得慌。

后来，也许不光是他对象的父母反对和齐万禄吓人的举动让人怕，可能还有别的说不出来的原因，反正婚事退了。那女孩嫁给县里粮店的瘸子了。而齐万禄本来面冷的脸更加仇深似海了，而十里八村的媒人更不敢上门了，而慢慢地，岁数也大了，直到四十几岁有钱了，媒人才上门，可来来回回看了几个，齐万禄都没看中，人家也受不了他。就这样，到了现在这岁数，七十岁了还一个人。

"这么说，齐万禄倒是个可怜的人。"大家说。

村主任反驳，说："齐万禄是很厉害的人，也是好人。"他说了两件事，一件是他小时候发烧说胡话，家里请了大仙给他灌了烧成灰的符，又在他身上画了符，大仙还请了各路神仙，吃了一桌子酒菜。第二天，他是不说胡话了，可昏迷、抽搐。齐万禄就端着枪逼他爹套车进了城，上了医院。医生说是急性肺炎。所以，齐万禄救了他一命。

另一件是村主任二十岁那年，屯里一家两个孩子都考上了大学，家里供不起两个，就决定供男孩上大学。女孩坐门口哭，那时候齐万禄自己上山放蚕。从山上下来路过，看见了，就问了原委。之后，如百兽之王般进了屋，问男孩："为什么念书？"男孩说："当官。"又问女孩，女孩说："当老师。"齐万禄冲着一旁发呆的父母甩下一句话，供女孩上大学。后来，真就女孩念了大学，现在在市里的中学当老师。

说到这，有摇头的，有赞成的，又有觉得齐万禄多管闲事霸道的，村主任突然说了句："那男孩现在是县里的水利局副局长你们信吗？"惊疑呈现在所有人脸上，村主任接着说："要不怎么说齐万禄是好人呢！他托他哥在地质队给男孩找了个临时工，上了几年班，考了电大，后来又回县里了，就这样，一步步地到了副局长。现在逢年过节回来，一起吃饭时，偶尔叨咕，说当年要是上了正规大学能当更大的官。"齐万禄听说了，阴着脸呲哒（北方方言，呵斥的意思）他说："那也是贪官。"

大家笑，说："不管怎样，结果还是好的，心愿都达成了。"

说心里话，就在今天下午我和老袁走在通向月光村的路上，还说起齐万禄呢！可是，见到站在院子里穿着一件半新的棉袄，一条蓝裤子的齐万禄，瞧见他布满血丝的眼睛里射出的冷冷的目光和他戒备森严的神情，以及满头白发，满脸皱纹的样子，尤其村主任介绍完我们是市里来的大夫后，他说了句："屋去。"转身离开的背影，看上去有点英雄暮年的心酸。

村主任让我和老袁晚上住蚕场。说："村里宅基地不够把村委会那块地分做了宅基地，所以搬到蚕场办公。来人只能住蚕场。"我和老袁一瞧，南，北，东各有十几间房子围成方正的大院子，院子里停着农用车、面包车和那辆越野车，东面是蚕房、北面是冷库，这两排房子的把头门上挂着跟大门两侧挂的东三乡月光村村委会和齐万禄种蚕场一样的牌子。南面也是蚕房，但把头几间是工人的住处和齐万禄的住处。

我们看了工人房间，地炕的格局，房间宽阔，地炕上四门的拉门柜和挂在墙上的大电视，以及炕革，棚顶的灯，墙上的涂料都是新收拾的。他说现在不是放蚕季节，没有工人在这住。所以，我们可以住这也可以住齐万禄的屋。我和老袁一起摇头，还是住这屋。

晚饭却只能摆在齐万禄房间。他的房间地炕分离，干净、规整。地上靠窗户位置有一可以拉开伸长的餐桌，餐桌对着炕，炕上有个老式炕柜，已经呈烟熏的黄，可柜门的画却不失古朴的美。炕沿有个圆圆的烟笸箩，笸箩里一颗一颗卷好的烟，摞成金字塔样。旁边有四摞整整齐齐的报纸，法制报、中华医学、晚报、日报，上面压了一根长长的、扁扁的、又圆滑的木块。

老袁说："这齐万禄还挺爱学习。"村主任说："齐万禄一是爱看报纸，二是怕屋子乱。"

齐万禄没跟我们一起吃饭，我和老袁要出去请。村主任示意不用。说："他从来都自己吃饭，除了他侄子来了。他侄子小时候在屯子里住了几年，刚来时怕狗不敢在屯里走，齐万禄就背着他，他侄子拿个小棍，在他背上一会儿指东、一会儿指西，嘴里还喊，'齐万禄向东，齐万禄向西。'齐万禄不但不阴脸，而且笑得像开花馒头似的。现在也是，他侄子的车一进院，齐万禄就笑得如开花馒头似的了。"

聊着喝着，天就黑透了。外面的风刮过树梢，抚过旗杆上的红旗，穿过大门挑起的灯笼，奔到黑漆漆的山上。

饭后，村主任把我和老袁送到小浴池门口，说："这也是齐万禄为村里做的好事之一。"等我和老袁洗漱回来，村主任把被褥铺在齐万禄的炕上，他说："齐万禄说这屋暖和。"

就这样，我们躺在光亮刺眼的炕上，睡不着。就这样，抽了齐万禄的烟。当烟雾把一切变得朦胧不清时，我忽悠老袁"白话白话"。老袁就继续发扬义不容辞的美德，讲起了他的岳母。

现在，他"白话"完他的劫后余生。接下来，"白话"的是午夜惊怵。

他说："过了一段时间，岳母经常三更半夜起来，盯着他看，睡梦中他突然惊醒，朦朦胧胧地睁开眼，一张几乎垂到他脸上的脸，咧着没牙的嘴，如同鬼魅一般吓得他毛骨悚然，魂飞魄散。"这话里还似乎有着惊魂未定般地喘息。

以前，老袁的岳母来单位拍胸片，女同事跟老太太闲聊，问她："多大岁数了？"老太太回答说："五十八。"在一旁的老袁嘀嘀咕咕地说："我都五十了，你能五十八？都八十了！"老太太耳朵还挺灵，立即转身，扬脸问老袁："你八十了？"那神情是不会轻易善罢甘休的难缠。老袁只能哭笑不得地点头说："对，我八十了。"而且一连说了三遍，老太太才"哦"了一声转回身，也用嘀嘀咕咕对女同事说："老袁是坏人，为了霸占她的钱把他儿子害死了，还把好吃的藏起来不给她吃。"说到这，紧了紧鼻子，往女同事的耳边又凑了凑，用更小的声音说："老袁是恶霸地主。"

中午休息的时候，能闹的女同事嬉笑地叫老袁恶霸地主。大家听了，也觉得老袁圆圆胖胖的样子符合书本里恶霸地主的形象。于是，起哄般地叫了起来，老袁最大的好处是能开得起玩笑。他呵呵两声后，苦着脸说："要是恶霸地主能让每天磨豆腐似的，把人磨得细碎细碎的岳母消停消停，我宁可做恶霸地主"。

此刻，映着月光和星光，我想象恶霸地主老袁是怎样的惊恐万状，胖脸上又呈现怎样滑稽可笑的表情。越想我越觉得好玩，不由自主地笑就挤到了喉咙，我咧开嘴，准备让笑声如同天女散花般地散落。

偏偏在这时，我无意地一瞥，看见了齐万禄惊愕，惶惑不安的神情。那神情如同一只手啪地把我的笑按了暂停键，那么，荡漾开的嘴角也被点穴般定住了。

微喘了一会儿，老袁又说："从那以后，我晚上睡觉如同兔子，竖着耳朵，有一点风吹草动都惊醒，眼睛也熬得像兔子后，我媳妇再也不说风凉话了，而是忧心怕我像她哥似的，突发脑溢血到阴曹地府报到去。之后，送了老太太去了护理院。可没过半个月，护理院不断地来电话，先是老太太总往外跑，说老头来接她回家了。而我那老丈人都死二十年，可是老太太指着门口说：'你看，你看，不就在门口吗？'吓得人直起鸡皮疙瘩。又说自己的饭里有毒，非得我媳妇给的饭才吃。"

顿了一下，又说："我媳妇在二厅卖水果，每天两趟护理院，水果摊交旁边的人照看，一个月下来，不但人累垮了，还把本钱赔进去了。我媳妇一边喂老太太饭一边哭。老太太说：'不哭，不哭，妈给你买糖吃。'这样一来，我媳妇哭得更厉害了。过了两月，老太太又换了花样了，不跑了也不用喂饭了。白天睡觉，半夜起来像壁虎似的贴在墙上，四肢展开一点点地蹭到其他病房，进了屋翻箱倒柜，只要是吃的拿起来就吃，而且极其能吃，吃完了拿起杯里的水倒进人家鞋里，又拿热水瓶去浇窗台上的花。看着监控录像，我又气又哭笑不得。后来，我买了二十把锁，央求护理员把别人的床头柜都锁上。又在老太太的床头柜放了一柜子吃的，心想这总行了吧！没过三天，护理院又来电话，说老太太从偷吃改成偷拿了，凡是别人床下的袋子，兜子什么的，她都弄到自己床下。"

老袁吸了口烟，吐出烟雾的同时又说道："我连跑带颠地到了护理院，一看老太太的床底下乱七八糟的，编织袋，手拎兜什么都有。那编织袋我拎着沉，也不知道老太太哪来那么大劲呢？我跟我媳妇说，'你妈肯定是牛魔王附体了，要不怎么那么能吃，又那么大劲呢！'我媳妇还骂我不孝。我就说我不孝的也没把你妈咋地。"这话的声音里有一丝忿忿不平。

我又调侃他："那你还想咋的啊！"

老袁把手里的烟掐灭,挥挥眼前的缠绕的丝丝烟雾。说:"我想咋地的多了,但是没用,只能挺着。"说完,把掐灭的烟头一扔,说"睡觉。"

夜深了,血管里的血液流动缓慢了,我的困意来了。只有齐万禄还如同僵化一般地坐着。我不知道他什么时候躺下的,反正我一觉醒来,他都把粥熬好了。

从家里来的村主任也喝了碗粥,之后说:"他跟齐万禄商量了,由他俩各带我和老袁,这样不走冤枉路,节省时间。"老袁主动说跟村主任一组。那么,我只能跟着齐万禄了。

整个月光村依山而建,多树,多坡路,每户和每户之间由树相隔,如果是夏天,一定是埋在一片碧绿里。齐万禄背着手走在前面,步伐快得我跟不上,他倒是时不时地停下来侧着身子等我。从侧面看他,他的脸往下耷拉得如同生气一般。走了一会儿,我发现月光村的上坎和下坎的差别,下坎是平地,上坎是坡路,住户下坎多,但上坎远,所以走下来却不轻松。

让我意外的是,每户都很配合,我把宣传手册交给他们时,说:"流调的那天一定要在家。"所有人都说:"成,成。"说这些话时,眼睛看着一旁低头抽烟的齐万禄。齐万禄只跟他年龄相仿的老人相互问问身体怎样,剩下就默默地抽烟。仔细想想,我是借了齐万禄的光,村主任说过村里人的大事小情齐万禄都出钱,而且好多人家欠他的钱,至今蚕场账面还有三十几万的欠款。而齐万禄又不是可以亲近的人,那么,对他感谢就变成了敬畏了。

中午,路过一口水井,齐万禄停下,掀开井盖,摇着摇把,井里的水桶露出来后,他提出水桶,捧起来就喝了。我也渴,问了句:"冷不冷?"齐万禄把剩水泼了,把水桶噗通扔井里,摇了几下摇把,之后把舀上来的水桶,递给我。我喝了一口,水进到喉咙的瞬间,就如同突然扎进冷水里般让我窒息。我赶紧放下,喘了喘,说:"太凉了,对心脏不好。"

齐万禄直视着我,嘴角上翘了一下,之后上上下下打量我。他的眼睛依然布满血丝,密如蛛网。他问我:"多大了?"我回答:"四十五。"之后,他如同验证我是不是四十五一般又上上下下打量我,我被他打量得有点恼。

就在我转身的时候,他又开口了,这次明显的犹豫,好像问的是什么难出口的问题一般,语速很慢,每个字都如同经过深思熟虑才吐出来。实际,没什么,是问老袁岳母的事。我告诉他:"老袁的岳母是阿兹海默病。"怕他不懂,又进一步解释:"就是老年痴呆症。"看他茫然的样子,我再进一步解释:"就是所说的人老了,糊涂了,说话做事都不正常了,是脑袋病了。"

齐万禄的脸不知为什么陷入了一种绝望般地灰,眼睛失了神看着我。

我猛然想到炕上的报纸,一惊,也许他病了?我想。

整个下午,我都找机会想跟齐万禄聊聊,可是他却一丝一毫的机会都不给我,离得远远的,躲着我。如同怕我窥探他的秘密一般。他越这样,我越觉得他有事。

天朦胧时,老袁和村主任进了屋。那时,我已经自己在屋里待了一小时。老袁说:"现在的农民问题可真多,我这嘴啊!都磨薄了,累死我了。"我"噗"地笑了,吃饭的时候开始显摆了,如何顺利,村民如何配合,老袁上上下下翻眼珠,半信半疑。

跟昨晚一样,依然白亮刺眼,我依然后悔没戴眼罩和不满没有窗帘,齐万禄依然靠炕头的墙坐着。不一样的是,能"白话"的老袁睡了,鼾声打的此起彼伏。

我心里惦记白天的事,就想跟齐万禄说话。可是,他坐在那一动不动的样子,又让我犹豫。就这样,躺了一会儿,我坐起来,拿出手机,屏幕上显示十一点。于是,我也像昨晚老袁似的,抽烟。

可能,我平常不抽烟,所以没有烟,当然也不能去掏老袁的烟。只有选择齐万禄烟笸箩,于是,我俯下身往前爬了一步,想伸手拽烟笸箩。这时,齐万禄抬手把烟笸箩推了一下,烟笸箩撞在我的手臂上。

不一会儿,跟昨晚一样,烟雾又如云翳在眼前了。我用类似闲聊的语气开口。可说了几句话都如石沉大海般无声无息。

就在我打算放弃时，出乎意料的，齐万禄开口了，依然是犹犹豫豫，说："有一件事……想跟你说。"

我立即鼓励他说。可他又像被难住似的，踌躇了好一会儿，才再次开口。

他说他二十五岁……的时候，村里来……个劳动改造的……刘……老师。顿了一会儿，又说三十多岁……戴……眼镜，风都能刮倒的……瘦弱。他口吃严重，说话极不连贯。这时，我明白他不爱说话的原因了。

大概一个小时他讲完了。这期间，我被他的口吃弄得心烦，几次想打断他，可作为医生，我还是耐着心，努力地听着。

他讲的是这样的一件事。大概四十多年前，齐万禄还是民兵营长的时候，劳动改造的刘老师在一天晚上跑了。因为县里送他来的人一再叮嘱，村里要提高警惕，提防他逃跑。所以，村里知道后立即组织民兵往崾岭追。

那时崾岭都是山路，而且沟多，石头多，不好走。刘老师头一天下地腿受了伤，齐万禄觉得不会跑太远。翻了两道沟，也没见人影，齐万禄站那琢磨，之后四下环视，突然拉开枪栓，枪口朝上，哒哒——开了两枪。

黑暗的树林，被突如其来的枪声搅得骚动不安起来。飞禽走兽的仓皇逃窜声里，传来奔跑的脚步声。齐万禄带人追过去，绕了好几圈，天蒙蒙亮时，找到了慌不择路，失足掉进深沟里的刘老师。刘老师的头磕在石块上，血如同蛇一般蜿蜒地流进石缝里。

说到这，齐万禄口吃更严重了，说："我第一次看……看见那样的脸……那样的眼睛……泪水……那样的害怕……乞求……可怜……颤着嘴唇，像说'求求你……救救我'。"

说完，他把烟猛地堵在嘴上，迟迟地不吸也不吐。最后，他憋得猛烈地咳起来。

关于以前的那个时代，我知道一些，也知道不能全怪齐万禄，知道应该说点什么宽慰他。可仿佛觉得在黑暗中有一双眼睛看着一般地让我噤声。

齐万禄平复了好一会儿，缓过来。之后，又恢复刚才的姿势。

烟雾丝丝缕缕地跟月光纠缠在一起，有些虚幻的不真实，在这不真实里，我想齐万禄是心病。

我屏气凝神，静静地等待。

他再次点燃烟，现在，那烟管箩在我们俩中间，这样不管谁一探身就够着了。烟一闪一闪地燃烧着，我听见烟草经过气管，进入肺发出"嘶嘶"的声，如同在呐喊一般。烟雾越聚越多，多得让睡梦中的老袁咳嗽起来。

一夜无眠，临天亮才睡了一会儿，早起看见老袁布满血丝的眼睛和我自己的黑眼圈。等见到齐万禄时，看见他的眼睛如同出血一般。

本来，村主任说开车送我们到公路。可是，临上车，齐万禄说句他送。村主任做了个无可奈何的动作。因为齐万禄不坐车，他相信自己的脚比车更稳当。

干巴巴地走着，我和老袁不止一次地让齐万禄回去。可是，他既不说话，也不回去，固执地跟在我们后面走，弄得我和老袁没办法，怏怏地走着。

终于，大路就在眼前了，要告别了。我转过身，霍地，看见齐万禄直勾勾盯视我的眼神，那眼神如此的可怕，仿佛被困住的野兽，凶狠、绝望、而又穷途末路。我和老袁同时呆了。

那该是怎么奇怪的情景，一个老人和两个中年男人面对面，在寒风中彼此盯视。

我打了个冷战。瞧那如同出血一般的眼睛蒙上了一层水雾，在这水雾后面戒备森严轰然倒塌，只剩下颤动的，求求你，救救我。

谋　生

发现曲三的是小简。

那天晚上，夜黑，雪白，小简深一脚浅一脚地把踏板拽上来就感觉传送机的苫布瑟瑟颤抖，那颤抖影响了上面的雪，经不住地滑了下来。小简心想，里面肯定钻进野狗了。

于是，毫不迟疑地在甲板上拾起根绑旗杆的木棍，对着那颤抖的地方，杵了两下。在小简的思维中，接下来应该是这样一幅景象：一条丧家之犬夹着尾巴拼命逃窜。即使不是这样，最起码也应该有嗷嗷的嚎叫声，这才符合常理。

可是，结果完全出乎他的意料，这些景象并没有出现。恰恰相反，刚才还很剧烈的颤抖被点了穴道般地停止了。显而易见，这种停止是克制，是具有智力的人类才会有的克制。

诧异了几秒，对准刚才的部位又杵了一下，这次比刚才手劲狠了，声音就出来了，是压抑的闷哼。显而易见，他猜对了。于是，他一边高喊"出来"一边用木棍敲着船板，听起来就像在击鼓助威。

时间一分一秒地过去了，小简霍然发现他做的这一切是多么的徒劳。对方丝毫没有出来的意思而且仿佛连声息都没有了的安静，如同在告诉他，刚才都是幻觉。小简又喊了一声，这一声明显地有了疑惑和不甘，但是他又绝对相信自己的判断，所以在"来"字的尾音上毅然决然地高昂坚决了许多，就像乐曲的最后乐章，充满坚定和不容置疑。

依然如故，还是依然如故的毫无反应。

这种情况下，每个人本能地都会有点紧张。小简停止了敲打，脑海里刷刷地闪过电影里看过的情节，然后就像被踹了一脚似的全身痉挛。

片刻，他清醒了，悄悄把木棍快速地伸到苫布底下，猛地一挑，大喝一声后，端在身前的木棍就像握着的冲锋枪逼住对方。

这可把当时躲在里面的曲三吓了一大跳，条件反射地一缩，脑袋一偏，"咣"的一声额头就撞到传送机的角铁上，不自觉地"啊"了一声，嘴里"嘶嘶"地抽气。现在曲三两处受伤，刚刚被杵到的脸颊和撞到角铁的额头开始上下呼应地痛。此时的小简在他眼里如同凶神恶煞，他顾不上疼痛，胆怯地看着那双圆睁的眼睛，嘴里哆哆嗦嗦地说："想在这底下待一夜。"说他没地方去，说："行行好，行行好。"

曲三的话让小简一下子就垂下了手里的木棍，随即向前凑了两步想看清对方的面目，可是除了看见对方两只闪着光亮的眼睛以外，剩下的都是模糊地黑，就像黑夜里的猫。这时，兜里的手电筒就发挥了作用，他掏出来，拧亮，一道白亮的光束伸了过去。

就这样，宛如出土文物的曲三呈现在光线下。他没有戴帽子，头发很长很乱，脸又瘦又黑，纵横的皱纹给人的感觉就如同经过战乱的村庄，贫瘠、凄凉、困苦。现在，在这些景象中又添加了一道从左额的发际里爬出的黑红色蚯蚓，跃跃欲试地穿过眉毛，进入上眼睑，迫切得就像沙漠里的人看见了水源一般。

小简说："你流血了。"曲三嘴里还在说着："行行好。"身上大衣的袖子和大襟露出的棉花开膛破肚般地咧呵着，血盆大口般地等待那条越来越茁壮的黑红色蚯蚓。小简又说了句："你流血了。"语气虚弱而且充满内疚，曲三抬起手在脸上胡乱地抹一把，那条蚯蚓就散开了，遍地开花地让贫瘠的皱纹红润起来。

小简又问："你没事吧？你家在哪？"曲三没有回答，嘴里还在"嘶嘶"地吸气。这让小简心里很不好受，想说用不用上医院，但又怕对方倒打一耙赖上自己。所以他尽量淡化对方的受伤，嘴里还在问:"你怎么到这来了?"说:"这是单位的船不许随便上来。"这话说出来有底气了,觉得自己在尽职尽责。曲三还在含糊不清地说:"想在这待一夜。"

看样子,额头的那点伤对曲三不算什么,这让小简的心放下了。考虑曲三的话,觉得这是不可能的事,在零下二十几度的户外,在没有任何户外设备的情况下过夜,生还的可能性为零。尽管手电筒还在曲三身上上上下下的跳跃,可嘴里说出的话已经诚恳到家了,说:"不是我不让你待在这而是天太冷,"又说:"别说待一宿,不用半宿就得出人命,那么不等于找死嘛!"嘴上这样说,心里却是另一番为自己着想的话,这么冷的天,要是冻死了自己也脱不了干系。

天越来越冷了,西北风像刀子一样刷刷地割在脸上,所到之处皮开肉绽地痛。看看对方还在坚持流着血的额头,小简彻底妥协了,说的话有点恳求的味道了:"你出来,出来,这不能过夜,不能过夜,听,听清楚没有。"他的嘴冻瓢了,说出来的话断断续续地磕巴。

这次,终于打动了曲三,他缓慢地站起来,看样子,真的冻够呛。迈出的步子带着僵硬地拖拉,就像戴了沉重的铁链。在这个问题的处理上,小简是清醒和理智的,所以在某种程度上小简救了曲三一命。

曲三不再说什么了,摇晃着蹒跚的脚步准备下船。这又一次出乎小简的意料,在他的思维里,曲三不会这么痛快地下船,最少他也要费半天口舌,必要时还要惊动警察。刚才还巴望曲三快点离开的那点自私的心思,现在土崩瓦解了,人的怜悯之情油然而生了。可是,就是再怜悯也不能让曲三在这过夜,刨除别的自私的想法,这也是最基本的人道。就像遇见一个准备自杀的人,谁又能站在一边说:"你做得对,继续,继续。"

也许是冻僵了,曲三的心里没有死也没有活的概念,不是他不惧生死而是实在无法去考虑这个问题,就想在哪里偎一下,让自己休息一下,他觉得又累又乏。上了这条船,刚刚钻进苫布不到半个小时,小简就用棍子杵痛了他。看着眼前的小简,他觉得这个三十几岁的年轻人比刚才看上去和善多了,尽管脸上还是很冷漠,但是眼神里充满了怜悯和同情。一个试一试的念头让他努力地做了下面笑的表情,咧开嘴,嘴角上翘,脸上的皱纹紧急集合般地挤在一起,眼睛成八字型。

这个表情在小简看来是哭笑不得的滑稽像,他心里就纳闷,就琢磨,面目就有了若有所思的严肃,说:"向前走有一家旅馆,很便宜,你上那过夜吧!"这不行。这几句话说到最后,越来越没有底气,越来越犹豫,越来越觉得自己刻薄,不厚道。

曲三的笑容还僵在脸上,就像风干的浆糊,一时半会儿收不回来的样子。那条黑红的蚯蚓愈发地肥圆了。这促使小简快速做了一个决定,让曲三跟他进船舱。

在船舱的最里面是一间不大的小屋——值班室。打开电闸,拉开灯,按下电暖风的开关。处理完这些,小简回过头,曲三已经一屁股坐在地上,筛糠般地颤抖着,上下牙齿像打架般地撞击着。那声音让小简浑身直起鸡皮疙瘩,他伸手把电暖风调到最大,热风呼呼地就吹了起来,挂在舱壁的一条毛巾甩着不柔软的身躯荡着秋千。这个电暖风是在馆长不止一次强调要注意用电安全的情况下买的,是最高科技的产品。具有自动定时功能,一定的时间和一定的热度会自动跳闸。当然热得也快,一小会儿的工夫就暖了,哈出的气越来越淡了,唯一的小气窗也朦胧了。

小简上下打量曲三,发现比刚才还不堪,身上破旧的棉大衣根本没有扣子,是完全敞开的,里面的衣服看样子是不分大小不分薄厚胡乱套在身上的。也许是曲三一年四季的全部衣服,这些衣服的外层居然有一件橘黄色的救生衣,在敞开的大衣下能看见上面有一个带圈的白色"艺"字。这是他们单位的救生衣。

就在小简盯着曲三的同时,曲三也在看他,并且一下子就认出来了。夏天的时候,有一次,小简他们打扫卫生,里面一些不要的废品里就包括这件坏了的救生衣都送给了他。当时把他乐得够呛,那些废品卖了四块钱,这件救生衣他没舍得卖,觉得当马甲穿挺好。后来,有事没事,他就愿意在船附近转悠,时间久了,船上的人也跟他说过话,其中就包括小简,当然了,废弃的纯净水瓶或易拉罐也都给他,小简还问过他的名字，他说："叫曲三儿。"小简当时说："怎么像电影里黑帮或土匪的名字？"于是，曲三就指着身上的救生衣说："俺认识你。"与此同时，小简也认出了曲三，笑了，没有说话但也没反驳。这证明小简和曲三的关系从陌生人上升到认识的这个阶段，就这样，曲三也笑了，张大嘴巴，嘿嘿地笑。说："你是好人，你们都是好人。"

这话就像定型剂一样把小简推到一个模具里定型了，好人。说心里话，小简没想当好人，当然也不想当坏人。曲三的话让他内心中好人的砝码更重了，同时也把他们之间的认识推进了一层。而曲三的笑也递进了一个程度，从浅笑变成了深笑，咧着嘴巴，张开的口腔看上去就像开口的核桃，眼睛也有了遇见亲人的兴奋。

小简指了指椅子，示意他可以坐到椅子上。可曲三很满足地坐在地上说："真暖和，真暖和。"感激之情溢于言表。

零下二十几度的温度是真的冷。就刚才那么一小会儿，小简身上就冻透了。多亏媳妇给他买了自发热腰贴和自发热鞋垫，临走时贴上的，现在发热了，心里就内疚了，觉得不管怎样也不应该跟媳妇要态度。但是媳妇数落他的话又实在不能接受，什么不思进取，什么呆子一个，什么馆里的小赵跟他一起到馆里的，前几天提主任了，为什么？不就是跟馆长走得近嘛！这些话，小简烦得要命，有时候真后悔当初找对象，找一个系统的。只要他们单位有一点风吹草动，媳妇就像蛇似的闻风而动。就像今天，媳妇问："是不是你们馆长病了？"小简说："不知道，没注意。"媳妇就不满意地说："什么你都不注意，一点都没有嗅觉。"小简说："我又不是狗，我要嗅觉干什么。"他就纳闷，媳妇不过是图书馆的管理员，为什么消息灵通的就像侦探。

按照媳妇的说法，他升个一官半职的，让她也能在单位抬起头，省得见人矮三分。这个想法小简觉得可笑，难道不当官就抬不起头了。可是，回过头细想，媳妇是不错的，家里大事小事全不用他管，对他也关心，但是，这事无巨细地关心让他透不过气来，让他觉得时时刻刻被一只手掐着。

想想自己又看看曲三,心里叹气,暗暗地想都不容易啊!

要不是曲三把身上的大衣脱了下来,解开系在腰间的狗皮褥子,垫在屁股底下,又把绑在鞋上的破布拿掉准备脱鞋。要不是一股难闻的味道冲到小简的鼻子里,他不自觉地紧鼻子皱眉头,才觉得问题严重了,曲三这个大活人怎么办?曲三说:"窝棚被雪压塌了。"说:"这天可真是要冻死人。"说:"行善积德,好人有好报。"对于小简问:"什么地方人?家在哪里?为什么不回家?家里还有什么人?"曲三采取所问非所答的方式让小简哭笑不得,有点有理说不清的感觉。你说东,他说西,就像拉车的两匹马,怎么也弄不一块去。

小简一边苦笑一边环顾四周,就这屁大点的地方,一床一桌一凳怎么能容下曲三呢!就是留下又睡哪里?不留下推出去,这大冷寒天的就更是不妥。

这时的曲三倒是知趣,把瘫在地上的大衣抱在怀里,把脚收了收。说:"俺不占地方,不打呼噜"又说:"不起夜。"在曲三的心里,小简领他进来是收留他的表示。可是小简没准备收留曲三,只是当时觉得自己让曲三受伤,天又冷,现在,进退两难了。

东北有句俗话,活人还能让尿憋死。这时候,一个主意就恰到好处地出现在小简的脑海,这个主意不是预先谋算的,所以有点出其不意的突然,但是又出其不意地合情。

"我是在这值班的,这屋你也看见了,也待不了两个人。"小简觉得有必要介绍一下当前的情况。

突然地,话就被曲三打断了。他焦急地说:"俺不占地方。"说着又把身体缩了缩。在小简的心里,曲三这样的人一定是心智有点问题的,可是就刚才的反应说明曲三不傻,那么刚才的所问非所答就是装傻了。一个会装傻的人说明是可以担当值班这个工作的,于是,小简接着说:"你要是能在这替我值班,我就回家,你在这住?"这几句话是疑问句。

曲三笑了,脸盛开成了一盘向日葵,边点头边:"嗯哪,嗯哪。"

这忠厚老实的"嗯哪",让小简放心了。站起来,交待了几句注意事项,实际也没啥,就是用电安全。曲三嘴里不停地说那两句车轱辘话，嗯哪，嗯哪。看得出来曲三是兴高采烈的。

从船上出来，走上台阶，冷风一吹，小简打了个冷战。霍地，就觉得自己这事办得有点草率。如果真出点什么事，不等于把自己的饭碗砸了吗？想到这，转身准备回去，走了两步，又站住了，远远地看着船首的那盏灯，琢磨了一小会儿，安慰自己，没事吧！这时，寒气趁人之危地从脚底钻了上来，在身上游走，小简索性把心一横，回家。

这艘游船归属于文化局下属单位，也就是小简他们群艺。主要用途就是为冰雪节服务，辅助用途就是春夏秋三个季节为群艺馆创下实实在在的经济效益。因为旅游局的江面管理处放假，所以各单位的游船就要自己看管。尤其在前段时间相继发生了损坏和偷盗现象，所以上级领导也三令五申，必须保证冰雪节期间的用船。

于是，单位领导就给艺术馆的青壮年排了班，如果说不冷在哪里睡觉都一样，可是船上冷，尽管有电有取暖的电暖风电褥子，睡觉的睡袋，但是还是冷，这也是大家不爱值班的原因。说心里话，对于这艘船，就像歌曲唱的那样"爱你不是一件简单的事"。

为了奖金福利大家爱它，可是为了它付出的辛苦大家又怨它，真是"爱也悠悠，恨也悠悠"。对于本来没有额外收入的群艺，有了这船以后，领导的腰杆马上就硬了，喘的气也粗了，所以安排值班也理直气壮。说："在保证冰雪节圆满结束期间，任何人都要听从单位的安排调遣，尤其是今年为了江面河灯和万紫千红烟火，文化局和旅游局添了些设备都放在咱们船上，为此，值班的人员不得旷岗不得离岗，如发现立即待聘。"等等。

事已至此，不值班是不行了。馆里的男同志就你看看我，我看看你的，大家是心照不宣地在掂量轻重。馆长说："值班费每晚二十元，而且可以休息一个白天。"又说："领导班子研究了，年龄超过五十的和有重大疾病的，单位还是要照顾的。"

第二天，馆长的办公桌上就堆了一堆诊断书，不是心脏病就是糖尿病，还有一个居然是肺结核。馆长五十刚过，前几天刚查出高血压，看了这些诊断书立即掏出降压药吃了两片。消停了一会儿，伸出手就把桌上的诊断书撕个稀巴烂，站在门口的小简吓得一句话都没敢说，手里拿的病情证明，一下子就塞兜里了。

值班表贴到会议室的公示板上，凡是表上没名的就松了一口气，有名的心里暗暗地骂馆长偏心眼，可表面上还是笑容满面一副欣然接受的样子，私下里你捅咕捅咕，我捅咕捅咕，都希望有人做出头的橡子，可这年头谁又想当炮灰呢！不得已，只能挺着，从冰雪节前后也就三个月，平均每个人每个月值三天，三个月就九天，将就吧！要不咋整呢！春节过完船长领着船员就回来了。

话说起来简单，做起来难啊！半个月下来，感冒的，发烧的，打吊针的，病假条又堆了馆长一桌子。没办法，馆长上船顶了一宿，说：“谁不能值班，自己想办法。”意思就是说能不能值都不能请假。这话有点霸道的感觉，等于挑明了，不许请假。有人就说：“馆长这是把我们几个焊死在值班表上了。”旁边的人调侃地接茬，说：“焊死了还不好，省得库门关不严，出来跑骚。”几个人就不怀好意地大笑，小简站在旁边走也不是，不走也不是，笑也不是，不笑也不是，弄得浑身不自在。关于扯老婆舌是由来已久，馆里不管什么事都能长出翅膀鹏程万里地传得花样翻新，这是小简反感的也是他不合群的原因。这就像喝酒，大家皆醉而你独醒，多少让人不舒服。从众才是让人觉得安全和亲近的。

请假这条路堵死了，大家就在私底下相互串换，可就是串换也没人愿意，所有人的心里都是能躲一天是一天。

这个月小简值了一个班，回来就感冒了，昨天还吃药呢！本来今天轮到创编部的徐老师，可徐老师的女儿得了肺炎正在住院，急得徐老师满嘴起泡，站在走廊直转磨磨。小简知道孩子得病做父母的心情，就说替他。徐老师连声说：“谢谢，换班，换班就行。”就这换班，小简也要跟媳妇说是徐主任的。徐老师是创编部的副主任，要不还要惹更加激烈的数落。

走在路上，小简编好骗媳妇的话。心里又开始琢磨曲三，心里想这曲三到底是哪里冒出来的。

后来，就这个问题小简问了很多次，曲三从没正面回答过，不是不说就是找别的话岔开，总之每次都是左右而言它。这种故意回避，让小简挺疑惑的，尤其曲三笑脸相迎的时候，小简就琢磨曲三是不是逃犯呢！有一次小简跟同屋的两个人说："这曲三可是典型的三无产品，无身份无家庭住址无社会关系。"听的人就哈哈大笑，说："那就给他弄个门前三包不就完了嘛！"这种说话的方式，让小简辩解地说就当时的情景，放在谁身上也不能把曲三撵走，那不等于间接杀人嘛！边上的人就意味深长地说："报警嘛！标语上不是写了，有困难找警察嘛！"那个人也附和："就是。"小简出去后，俩人就撇嘴说："得了便宜卖乖。"私底下已经传开了，曲三是小简的亲戚，大家为了帮小简才让曲三值班的。至于传出的源头在哪里，已无从考究，也考究不了。当然，这些是后话。

　　当时，小简做出让曲三替他值班的决定也是心惊胆战的。那一夜根本没有睡好，如坐针毡地做了一夜的梦，梦里乱七八糟的，醒来弄得脑袋浑江江的。六点半的时候，小简赶到江边看见晨雾里的船，下意识地松了口气。心情一下子就松快了，脚步也慢下来，欣赏着晨雾雪柳，一种想赋诗一首的冲动顷刻传遍他的大脑，这如同打了兴奋剂让他此刻的心情明媚起来，于是，不自觉的地就笑了。他拽着栓踏板的链子，稀里哗啦的声音把曲三引了出来，立即上前把踏板放了下去。曲三的眼神，脸上，身上都有缓阳的活分，靠近颧骨的地方很明显青紫了一大块。小简瞧着，突然觉悟是自己昨晚的杰作，心就一沉，指着曲三的脸询问："没事吧？"曲三笑呵呵地说："没事，一点事都没有。"回答完，又不容空地接着说自己把屋子打扫了，擦了船舱，把甲板上的东西也归置利索了。这时，小简听清楚了，曲三的口音有点垮，不像是本地的。心里琢磨地看了看曲三的脸，那条蚯蚓已经没有了，额头结着血痂的地方还是很醒目的。

　　现在，曲三想要留下了。

　　进了船舱，小简发现船舱地面冻上了一层薄冰，水多的地方泛着白。鞋踩上去薄冰就像蜘蛛网般地伸展出崩裂的图案。有心埋怨，可看到曲三的笑脸和结痂的伤口，又把到嘴的话咽了下去。

　　小简的欲言又止，让曲三立即把身上的大衣脱下来，铺在地上，说:"走吧,不碍事。说走吧!踩在这上面就不滑了。"小简不知所措地向后退,然后,嘴里连声说:"别,别这样。"

于是,一切看上去都是顺理成章地发展着。曲三说出晚上继续替他值班的请求后,小简犹豫的一小会儿,就应承下来了。有曲三的原因,但自利的原因占绝大部分,基于所有人都不爱值班和馆长也说过值班的事自己解决这两条原因。小简觉得这是件两全其美的事。

于是,让曲三晚上等信。

上午,小简回单位找其他的同事商量。所有的人异口同声地同意,异口同声地夸小简办件好事。小简听了,心里也高兴,说:"就是夏天在旅游区捡废品的那个老头。"其他人根本不记得什么捡废品的老头,就说:"小简介绍的人肯定行,错不了。"小简说:"别,别别,可别我说行就行,这是大家的事,得大家同意。"所有人再一次地异口同声地说:"同意,同意。只要不值班不受冻大家都同意。"所以小简说到钱时,也没有任何异议。本来也不应该有异议,馆里给每人每晚二十元值班费,现在只是拿出去一半就可以在温暖的家里舒舒服服地睡觉,怎么算都没有理由不同意。

傍晚的时候,小简一个人来到江边,看见曲三走来走去的身影。白天的不高兴就消散了些,尤其是看见曲三用袖子掸踏板上面的雪和跟鼻涕冻在一起像一条冰柱般的胡须。心里就告诉自己,不管怎样自己是帮了曲三。

原来,小简的意思是让大家晚上一起来,就是不都来也得来两个啊!行与不行也算大家通过了,可是众口一词,说相信他,说就他一个人见就行了,说大家都听他的。这让小简隐约的觉得不妥,觉得就像步入了一个陷阱的忐忑不安。在心里暗暗骂自己破车愿意揽债。

晚上吃饭时,小简忍不住跟媳妇抱怨,没想到媳妇不劝他反而差点从椅子上蹦下来,说出的话句句掐肉,字字扎心,小简那点火一下子就勾上来了,把碗一摔,穿上衣服就出了门。

现在,小简把钱、手电筒、钥匙一起交给曲三还犹犹豫豫的。可事情到这个份上,只能牙一咬,脚一跺,豁出去了,这种心理有点像赌博。小简仔细交代了注意事项和职责,曲三很认真地"嗯哪",这多少让小简放心些。

就这样，曲三成了小简的临时工。

从此，小简和其他值班的同事形成了鲜明的对比，其他人自此以后一趟江边都不去了，除了按时按值班表拿钱，各个事不关己的样子。而小简却要每隔一两天就要到船上看看，责任重大的样子。每次出门媳妇挖苦他："同情心泛滥，没事找事。"又说："做这些没用的事一个顶俩，有用的事一件不做。"小简顶撞地反问："什么叫有用，什么叫没用？"又挖苦地说："哼，难道眼睛向上看就是有用吗？"他的一顿抢白，更让媳妇义愤填膺。

这是实话，小简也担心出事，尤其发现曲三喝酒后，就更担心了。第一次发现曲三喝酒，他就很严厉地警告了。曲三答应了，可是小简每次进值班室还是闻到很浓烈的酒味。实际上，曲三有老寒腿，腿痛，不能着凉，着凉不但腿痛钻心还唰唰尿，对于小简来说，那种坐立不安，胳膊腿无处安放的痛是他体会不了也无法想象的。所以他对曲三的屡教不改很是反感。而曲三只有喝点酒才能减轻点痛，或许才能活下去。

这天下班一进门，媳妇就堵在门口问他："曲三是怎么回事？"小简说："媳妇，我不是跟你说了嘛！捡破烂的。"媳妇疑惑地注视着他说，今天你们馆的人来借书，说曲三是你亲戚，大家为了帮你的忙。小简马上更正，是为了帮大家的忙。可是，不管怎么说，这件事都成了小简和媳妇的心病。危机感就这样降临了，小简的腿更勤了。

一来二去，吃完饭步行到江边成了习惯，但也不是次次都上船，有时候，站在岸边看一眼停在码头的游船，就顺着江边走回去。

时间长了，小简心里就不甘，问自己图啥，每天提着心吊着胆。等再闻到酒味，就很气，说曲三的话也有了不客气。不管曲三怎么笑脸相迎，小简毫不心软，说心里话，小简后悔了。但，有时小简觉得曲三挺淳朴的，心里没有弯弯绕绕，即使开他两句玩笑，曲三也不反驳，有一次小简说了一句取笑的话，曲三依然满脸笑容应着小简说："嗯哪，嗯哪。"

一晃，冰雪节快到了，馆里开了会布置任务，全馆职工分三个部分。第一部分在开幕式的会场，第二部分人在烟花燃放点，第三部分就是在江边的船上放河灯。

放河灯需要三个人，在冰雪节开幕前要把准备好的河灯全部放到河里，而且要保质保量都到达江面。如果光是把河灯放在传送带上好办，难办的是放出的河灯不会全部飘到江面，总有一部分聚在岸边，必须得用竿子拨开。这样，就会弄湿鞋，所以谁也不愿意，但是这次小简主动要求放河灯。馆长当众表扬他，说："像小简一样的年轻人也要向小简似的脏活累活抢在前面。"说这话时，其他人都低着头，心里暗暗不屑。最后，馆长点了两个人和小简一组放河灯。

开幕式的头一天晚上，小简他们三个就把河灯运到江边，搬运的工人到了江边就不肯上船，说这踏板又窄又滑的，弄不好摔江里。小简他们三个人就又恳求又递小话的，可搬运工就是不干，除非加钱。运费单位付过了，要是加钱谁出，他们几个显然不认可。

就在这时，站在一旁的曲三拿起一堆河灯扛在肩上就上了踏板，走到中央还停下来说："俺以为这东西多沉呢！漂轻。"那几个搬运工就说："漂轻，你就自己拿吧！"扭身走了。小简他们三人就眼看着曲三一趟一趟地把所有河灯搬上船。然后，对着他们笑，笑得灿烂异常。其中的一个人说："曲三，还挺能干。"另一个人开玩笑地说："曲三，你这么能干，干脆明天把这些河灯也一就手放江里得了。"这只是随嘴一说，可是曲三拍胸脯保证，说："自己一个人都能干。"就在曲三热火朝天保证时，小简却一个劲地拦着，不让。

小简知道曲三眼睛不好。一次，曲三看垫在桌子上的报纸，嘴里叨咕的字驴唇不对马嘴，把蒋介石念成蒋价口，小简帮他纠正，曲三就嘿嘿笑，说："自己念过高小，蒋介石这几个字还是认识可就是眼睛不中用了，就像蒙了一层膜。"这也是让小简担心的原因之一。可是那两个人不知道这个原因，以为小简横扒竖挡的是为了钱，就说："我们给曲三钱。"这话是对小简说的，可是曲三听见了，马上嘴咧的更大了，说："嗯哪，嗯哪。"

小简觉得这时不好说什么了，既然是周瑜打黄盖，一个愿打一个愿挨，他还说什么，再说就得罪人了。可是那两个同事觉得小简太不仗义，大家帮他瞒着馆长让曲三在这船上，帮干点活还要钱。

钱对于曲三来说无疑是个惊喜，他把头点的像小鸡叨米，脸上又一次盛开成了向日葵。

开幕式那晚，曲三真的自己一个人在传送带前忙乎，就连小简要帮他递河灯，曲三都拒绝了，嘴里一个劲地表示俺行，俺行。脸上的表情就像快乐的松鼠。身上的大衣穿不住了，就脱了下去，那件带着"艺"字的救生衣就跟随着曲三招摇在所有人的眼睛里。其中一个人就调侃地说："曲三比咱们都正规，还穿单位的制服呢！"另一个人也说："那是，要不怎么是小简的亲戚呢，这叫素质。"风言风语本来就让小简非常闹腾，这话一出，正好让一直憋在心里的气愤找到突破口般地涌出来，小简问："你凭什么说我和曲三是亲戚？"那架势就像红了眼的狼。刚才说话的那个人挺愣地看着小简急头掰脸的样子，然后，看看站在旁边捅咕他的同事，嘴里"哦"了一声，又"哦"了一声后就一言不发了。

小简又追问一遍，可对方不吱声。过了几秒，小简就大声地喊："曲三，"问道，"你说我们是不是亲戚？"这个场面，曲三说了假话，他说："嗯哪。"从曲三的理解是沾亲带故才能站住脚，这是他的经验。在乡下就是八竿子打不着的村邻都会相互说成亲戚。这也是他对小简用意的理解。

那两个人对视了一眼，开口了，说："小简，我们理解，理解。"这又是误解了，那两个同事以为小简不承认跟曲三有关系是怕馆里知道不好，所以跟小简保证不说出去。这下，小简更急了，瞪着眼睛就像要吃人一般，一把薅过曲三，说："你说，你说我们到底有没有关系，说，快说。"这回，曲三可是懵了，迟迟地不敢开口。这种情况下，那两个同事就不满了，心想，至于吗？一个就打个圆场说："没关系行了吧！"这时候，小简却不依不饶，说："当初我就说过了，曲三是捡破烂的，怎么跟我扯上关系了呢！这到底是谁说的？"话音刚落，另一个人就接茬说："曲三说的，你不也听见了吗？"一下子，小简就哑了。张了张嘴，可什么话也说不出来，这时，他难受的就像被封住了喉咙。

关键时刻，天空突然一亮，礼花绽放了，冰雪节开始了。这如同一棵救命草把几个尴尬的人解救出来。于是，不约而同地仰着脸，注视着天空瞬间的美丽。这里面不包括小简，他没心思看烟火，一种要崩溃的感觉蛊惑了他，他几乎不能控制地想要大喊大叫或踹谁一脚，揍谁一顿。这股气顶得他昏天昏地地憋屈，看着周围，莫名的就有了歹意，这歹意就像把一根针刺进小简的眼睛，看见曲三的笑容就有恨，这恨生根发芽，开始生长了。

于是，小简走过去，扒拉正在仰脖子张望天空的曲三，语气严厉地说："曲三，这些河灯聚堆了，赶快推到江里。"曲三的笑依然挂在脸上，嘴里答应着："嗯哪。"然后，缓慢地拿了个竿子下了船，边走还边抬头看。站在岸边，竿子怎么也够不到窝在船下的河灯，曲三就想上来，可在上面盯着的小简却不让，告诉他必须把所有的河灯推到江里。曲三想找个东西垫脚，左看看右看看，拾起一块石头丢在稀泥了，然后踏上去，稀泥软，一脚踏过去就是一个趔趄，差点没摔倒，好在手里的竿子撑了一下，但是双脚无一幸免地陷进稀泥里，水咕唧就趁势滑进了鞋里。曲三的棉裤湿到小腿了，小简看见了，可是心里没有一丝的同情，他大声地数落曲三，仿佛只有这样才能洗脱强加在他身上的让他恼羞成怒的所谓亲戚关系。他的声音让人不舒服，站在甲板上那两个同事就觉得小简这是故意做给他们看，心里的愠怒更深了。相互示意，连话也不说就下船了，走到船下，正好碰见曲三，曲三说："走啦。"俩人心里暗骂，表演给谁看呢！真好笑。对于曲三刚才做的一切已经没了任何谢意。

最后，曲三没有得到许诺的钱，这让曲三心里就像有只猫般地扑腾，他不停地安慰自己也许是忘了，也许明天就给送来了。又一次提到钱对于曲三的重要性了，他现在已经攒了一笔钱，放在贴身的衣服里，每天晚上在临睡前都要数一遍，然后包好。包钱的是老伴以前用过的毛巾，这样就让曲三觉得老伴就在他身边。他已经盘算好了，等攒到一千块钱就回家置办寿衣，现在还差一大半，如果在这一直干下去那么自己的愿望就会实现了，所以对于小简乃至任何人，他都笑脸相迎地讨好。他经常憧憬着自己体体面面见到老伴的样子和老伴见他的样子，这鼓舞着他发自心底的笑。白天的时候，他上街上给老伴买了些纸钱，本来准备过小年的时候烧给老伴，但是今天因为没有得到许诺的钱，心里有点不舒畅，就想跟老伴说说话也给老伴送点钱，看着江面盛开的河灯，觉得应该让老伴看看。

　　腿更痛了，一袋小烧酒喝光了。曲三摇摇晃晃地捧出纸钱，找出自己的一个铁盆，出了船舱，来到甲板上。火就这样燃了起来，火光把曲三身体里酒的红润映衬到脸上，他告诉老伴自己很好，说："给你送的钱你要细致点花，但也不能苦着自己。"说着说着，曲三仿佛看见老伴笑呵呵地看着他，这样曲三更起劲了，脸上的笑和嘴里的话就更真情实意了，絮絮叨叨地就像真的一样。

　　曲三有家，老伴死后就等于没家了。老伴活着的时候就说他太老实，老了落到儿子手里是要受气的。老伴叹气，劝他说："以后见人要笑脸相迎，拳头不打笑脸人的。"老伴死后，曲三在工地做小工。前两年还能吃得消，可是后来不行了。去年夏天在工地闪了腰躺在地上起不来，好容易起来了，老板就不敢用了，但话说的委婉，什么这岁数了回家享清福吧！当时就派人连夜把他送了回去，还给了五百块钱。

　　钱，儿子收下了，然后出去一晚上就耍掉了。儿媳妇看见他回来，抱孩子回了娘家，放回话来，说："要是房子和地不过户到丈夫名下就离婚。"无奈之下，曲三同意了，但要求儿子必须给他置办身后事以及像样的寿衣，这是曲三的心愿，觉得自己在阳世没有一套像样的衣服但是到了那边得像样子。为这事，他和儿子起了冲突，儿子说这些不用他管，死了以后也不能让他光着走。曲三说："那倒是，你要是让我光着走，村里人的唾沫也能淹死你。"儿子说："那你还磨叽啥！"曲三说："你得按我要的准备。"说完递给儿子一张单子，字迹不好看，而且把福瑞寿的瑞字就写了个王字旁，描龙绣凤这几个字倒是写得像模像样的。这是县城一家老字号的寿衣店，在过去，逝去的人要是有一套福瑞寿的寿衣那是家庭殷实，儿女孝顺的体现。儿子对曲三的要求缝制两套全套的寿衣不能接受。曲三说："一套是自己的，一套是你妈的，你妈死的时候家里有饥荒，也没有像样，总觉得对不住你妈，所以想等我走时给你妈也捎一套到那边去，也算没白生养你一回。"

儿子冷笑，说："我妈都走这些年了，备不住在那边找个大款呢！还要你这破衣服。说完把纸单一撇。"曲三追着上去，反倒被儿子耸倒在炕沿边上。

就这样，曲三进了城，开始捡废品。

今年夏天的时候，他在堤下的树丛中用纸壳子、泡沫、塑料和破布搭了个能容身的窝棚。秋天的时候又加了些捡来的棉絮，寻思熬过一冬天。实际上，小简来回走看见过那个在灌木丛中的窝棚，只是没想到里面会住人。

曲三告诉老伴，日子一熬就过去了，这辈子不就是这么熬过来的嘛！告诉老伴等他。这时的曲三完全融入了另一个情景中。精力全都投入到虚无的想象中，对于突然来到的联防队员，曲三神情恍惚了，噗通就跪下了，嘴里乞求不要把他带走，说他还没准备好。几个联防队员有点糊涂了，半天才清醒过来怎么回事。上前好言劝曲三把火灭掉，这些话根本灌不到曲三的耳朵了，他一门心思地发挥着自己眼睛里出现的不正常的影像，一句也听不进去，对越靠越近的几个人，突然地做出了一个惊人的举动，把烧纸点燃，抛向联防队员，嘴里念念有词，说："东来的西去的，大鬼小鬼莫要抢，莫要抢。"顿时，火就四处开花，逼得几个大老爷们连连后退，曲三嘴里还在叨咕着："别来抢，给你们钱，给你们钱，快走，快走。"

几个联防队员手忙脚乱地扑着火，嘴里大喊："停手。"其中一个人冲了几步，想把火盆弄灭，没等到跟前，曲三就身体弯着护着火盆，要投到里面一样，焦糊味已经弥漫开了，同时蔓延开的还有酒味。曲三醉了，完全醉了。

半夜十一点，馆长接到电话让他马上到江边。馆长穿上衣服奔到江边，看见船上的火和围在岸上的人。局里的人已经来了，看见他，说出的话毫不客气，根本没有让他还嘴的机会。

岸上的人已经研究了方案，做好一切应急准备。在讨论是从侧面擒住曲三，还是从正面突击拿下时，曲三结束了祭奠仪式。毫无预兆地灭了火，很仔细地收拾好一切，没留下一点隐患，然后摇晃进了船舱，在里面拴上门闩。在所有人的惊愕中，"啪"地拉灭了旗杆上的灯，一下子就陷入了安静的黑暗。这突然的一切，让所有的人不知所措，刚刚准备好的一切，已经像废纸一样没用了。这种突然到了终点的感觉，让人"吧嗒吧嗒"嘴后，不知道说些什么。

这是一件严重的事件，局长指着馆长的鼻子说："群艺是搞群众文化的，不是搞封建迷信的。我说过群艺平常的时候清闲但是关键时刻要冲上去，这次你们倒真冲上去了，冲到了反面教材的第一名。"局长是当兵的出身，还不会用肆无忌惮，挑衅，孰不可忍的词但是吹胡子瞪眼的样子还是很有威慑力的，更有威慑力的是群艺的综合考评，想要合格那是做梦。

这个后果谁也承担不了，所以在馆长召集开会时，馆里的所有人如临大敌，整个楼里鸦雀无声。每个人都在心里打着决战般的腹稿。进到会议室后，有的人眼光有意无意地瞟着小简，可是看见小简的目光又马上闪开，过一会儿，又偷偷摸摸地瞟过去，这目光就像聚光灯烤得人无处躲避。就这样，在劫难逃的绝望洗刷着小简的全身。

馆长说："鉴于此次事件作出如下处理：第一对于当天值班的责任人给以处分，个人考核为不合格，暂时待岗，根据表现聘岗。第二对于馆领导的管理不善扣除年终奖金。第三严明纪律对于所有值班的职工口头警告。"说到这，停了一下，又说："如没有异议，今日生效。"

话刚说完，有人就说话了，是值班表上显示的当天值班的人。

事情就这样进入了另一个阶段，越来越复杂了。那个人说得有理有据，说："不值班是因为小简，因为小简的亲戚曲三没地方去。"说："小简恳求大家帮忙。"说："大家也是为了帮助小简。"说："这事从一个多月前就开始了。"说："这件事他没有责任……"话没说完就让小简打断了，小简气得满脸通红，说："一派胡言，血口喷人。"说："凭什么说跟曲三有亲戚。"说："哪条哪款说我跟曲三有关系。"说："为了帮大家的忙，大家都同意的……"

这话引起了几个人的不满，七嘴八舌地开始说小简。这样局势出现了一边倒，矛头指向了小简。这时，馆长更生气了，心想，你们还把我当领导吗？于是，"啪"的一拍桌子说："既然这样，我再加一条，所有值班的人员扣除当月奖金。"又说："我不是不讲人情，但私自欺上瞒下，搞掩耳盗铃的把戏绝对不可以的。"

一言激起千层浪，所有值班的人马上反对，刚才有的人的态度还模棱两可，现在立即统一了战线。不管什么事总要有一个替罪羊。

小简就这是这个替罪羊。他众口难辩，但是又不能任人宰割，所以小简用更大的声音想压住所有的人，但是那是妄想。

顿时，办公室吵作一团。面对这副所料不及的情景，馆长就有点傻了，大声喊："没完了是不是，一个个说到底怎么回事？"

这次，小简没让任何人先说，自己就说了来龙去脉。看见徐老师坐在一旁，就像发现救命草似的当众问徐老师："当初这事是不是大家同意的，我也说了曲三是捡破烂的，跟我没关系。"又说："徐老师当初要不是替你也不能出这事。"又说……小简连珠炮的话，让徐老师一下子懵了，不知如何是好地看着大家，这时会议室一下子就静了，所有的人都看着徐老师，馆长就说："徐老师你说到底是怎么回事？"

时间很让人窒息，小简觉得自己全身都湿透了，他把所有的希望寄托到徐老师身上。

就这样，一秒，两秒………徐老师开口说话了，他说："我也是听说曲三是小简的亲戚，我也是出于帮小简的想法才会同意让曲三替我值班的。"

一切终于划上了句号。小简觉得天崩地裂般地愤慨，想杀人想把谁狠狠地杀死，已经硬生生地鲜血淋漓地绽放了。

回到家，看见媳妇小心翼翼的怜悯的表情，小简恨不得死掉。他觉得他彻彻底底的完了，就像一个男人得了阳痿的感觉。小简冲着媳妇就说："有话就说，有屁就放，别弄那么一副样子，老子不爱看。"

没等媳妇还嘴，电话响了。小简没好气地接起来，几乎是一声吼："喂。"对方是一个同事，告诉他："曲三不走。"问："小简怎么办？"小简粗鲁地说："爱怎么办怎么办？"对方也急了说："别废话，赶快来。"

没办法，小简带着一肚子要爆炸的气，赶到了船上。看见脸笑成向日葵的曲三。小简说："你走吧！不用你值班了。"曲三还是笑着，说："俺能行，能行。"小简吼道说："不用你了，你听不懂话啊！"

曲三还是笑，不动窝。他不明白发生了什么，看着面前的两个人，曲三真的不知道怎么办？他不知道是该求求小简，还是求求那两个人。

曲三的样子更加惹怒了小简，尤其当着冷眼旁观的同事面前，他心中的气再也压不住，就像决堤的洪水倾泻而出。他疯狂地拿起曲三的包裹，狠狠地丢了出去，狼嚎地吼声，随即响彻夜空，滚，滚……

于是，就在那个傍晚，就在那个傍晚，夜黑，雪白，所有人终于如愿地看见了一副仓皇逃窜的景象。

马小乔的貂

买貂的念头是在马小乔接电话时，突然产生的。在此之前，也曾无数次产生过，但都属于烟花般的一闪念，短暂的美好一下，并没有长久地留在心里。原因很简单，一是没有钱，二是即使有也舍不得把一万多块钱穿在身上，还有最重要的第三，以丈夫的小气，绝不会同意。以前她跟同学逛街，在同学的鼓动下，也是为了不丢面子，买了件98元的内衣，回到家里，丈夫看见小票跟她大吵了一顿，从那以后，她买什么都不告诉丈夫实话，例如花八十，她说花四十。而此时，以往这些看似不可逾越的障碍，已经在马小乔突发的念头里有了坍塌的端倪，被不管不顾茁壮成长的念头一压再压地摇摇欲坠。

撂下电话，马小乔觉得被一种从没有过的紧迫感死死地攥住了喉咙，那种窒息让她呼吸困难，手紧握成拳头，而手心湿漉漉的，在这个寒冬腊月，马小乔的身上忽地汗如雨下。坐不住了，站起来在屋里来来回回地转，越转心越慌慌的，口干干的。于是，伸手拿茶几上的水杯，可手颤抖的如同被电击一般。这副样子让坐在沙发上看电视的丈夫吓了一跳，本来歪斜的身体一下子坐直了，问了句："咋了？"

也许，马小乔就等着一句如同导火索的话，好把内心的慌和乱如同开闸放水般地引出来。她的手定格在水杯的边缘，过了两秒，猛地收回来，直起身，居高临下地直视丈夫，不说话，就是那样直直的死死地盯着丈夫。这个盯视让丈夫条件反射地前后左右看看自己，等到再次抬头，表情里有了灾祸降临的紧张，眼神里有了惊恐，也有患难与共的坚毅。他屏住呼吸，一脸肃穆，做好了迎接坏消息的准备。

显然，丈夫的惊恐是多余的。马小乔在这个短短的时间里，把内心的慌乱压迫以化学反应的方式转变成怨气。伴随着丈夫的肃穆冲了出来，吼道："你看你那没出息的样，整天就知道看电视。"这话一出，马小乔丈夫的紧张肃穆甚至坚毅都如同放了气的气球，一下子瘪了，身体也一松，歪倒在沙发上，继续看电视。他知道，妻子要是数落他，说明没什么事。那么，马小乔说什么，他权当没听见。

这边马小乔口干舌燥地说着，那边丈夫看着电视节目呵呵的乐着，边乐边对马小乔说："你快来看，快来看。"如果是平常，马小乔会凑过去，如果真的好笑，就跟丈夫一起傻笑，如果不好笑，就会瞥着丈夫，说句："弱智。"之后，不良的情绪过去了，该干什么干什么了。可今天，这个法宝不灵了。马小乔非但没有缓解情绪，反倒变本加厉地踹了丈夫一脚。这脚把丈夫踹得又一次坐直了，看着她，狠狠地说了句："你更年期啊！"马小乔跳起来，大喊道："我更年，我就更年，跟你结婚快二十年了，吃不好，住不好，当年那么多人追求我，我瞎了眼找了你这个窝囊废。"

这话比刚才的数落更加递进了，已经属于人身攻击的范畴了。换成任何一个东北男人，听到这话都会揭竿而起。可是，马小乔的丈夫反倒不言语了，他太清楚马小乔了，只要骂他窝囊废，肯定是有要求让他答应。所以，他憋着。心里想，我倒是看看你马小乔做什么。这样一想，又歪了身子，可眼睛不在电视上了，而是偷偷瞄着妻子。

话说多了，说累了。马小乔一屁股坐在丈夫旁边，嘴里愈发的干干涩涩的，拿起水杯，咕咚咕咚，喝了个痛快。而那些水仿佛不只是让她解渴，而更多的是为了浇灌内心那个念头，让那个念头牢牢地盘踞和生长，如同树一样，枝枝叶叶越长越多。那么，委屈自然而然地随着这枝枝叶叶爬了上来，她开始掉眼泪，嘤嘤地哭，边哭边想当年的自己，花一样的漂亮，谁不羡慕，可是现在，那些丑小鸭般的女同学，个个日子比她好，就拿刚才给她打电话的艳秋，当年又瘦又黑的，可现在看上去又白又年轻。上次同学会穿着貂，拿个古奇的包包。当时，她不知道什么是古奇，觉得挺好看的，拿起来问了一句，旁边的同学用轻蔑的神情说："这是古奇，你不知道啊？"这话让马小乔觉得自己被轻视了，不客气地回敬对方。后来，马小乔问妹妹："古奇是什么？"妹妹告诉她时，她的汗就下来了，为自己羞愧。这个羞愧是后来的。而当时，马小乔也羞愧，不能说羞愧，是矮，感觉矮一截的矮。因为在座的每个女同学都穿了件貂皮大衣，齐刷刷地挂在衣架上，唯独她的羽绒服夹在中间，看上去可怜兮兮的。可以说，心里五味俱全，恨不得自己是孙悟空会七十二变，使个障眼法让大家看不见那件羽绒服。可惜，她不是孙悟空，那么她只能跟羽绒服一样可怜兮兮的干坐着，眼巴巴地看着，听着女同学讨论貂的成色，款式，价钱等等。

插不上话，马小乔假装上卫生间，跑到走廊给妹妹拨了个电话，哀怨地说："女同学都穿貂，就我没有。"妹妹听了，沉默了一会儿，劝了几句自己过自己日子之类的话，听起来是安慰，实际是一种无奈，对无法企及的一种无奈。倒是马小乔哀怨了一会儿，突然说："她们有的婚姻不幸福，离婚了，你姐夫虽然没什么能耐但对我挺好的。"说到这，妹妹也兴奋了，说："这就对呗！我们过得幸福，女人幸福才是最重要的。"马小乔心里舒服了，幸福感来了。

进了包房，正巧赶上女同学们说男人爱女人的标志，这个说："主要是舍得花钱。"那个说："这件貂是生日礼物。"这样一来，马小乔才建立的幸福感立即消失殆尽，心里难过起来，脸上寡寡的。过了这么多年，丈夫什么也没给自己买过，过生日，她跟丈夫唠叨，可是丈夫说："我把钱都给你了，哪还有钱。"这是实话，可在女同学面前，实话也让人笑话的，所以，只能不吱声。马小乔的沉默让说得火热的女同学又有了话题，这个说："小乔，别那么仔细，该给自己买什么就买。"那个说："该出手时就出手，东北女人没有一件貂不是太委屈自己了。"于是，一时间，成了教育马小乔的主题聚餐会，开始马小乔还反驳，可是事实大于雄辩，自己那件穿了三年的羽绒服就挂在那。

那次回来，心里发誓，再也不理这群虚荣的庸俗妇女了，什么同学会，统统的滚蛋吧！说来也巧，三年过去了，马小乔还真没接到同学会的电话。那么，马小乔也逐渐忘了那次的不愉快，忘了貂皮大衣。

可是，就在刚才，就在她刚刚接起的电话，她的全部记忆又回来了。那么，不可避免的，貂皮大衣又如同王者归来般地势不可挡地回来了。这次打电话的还是艳秋，说："世杰可能从美国回来过年，想跟大家聚一下，特意点名说想见见小乔，说小乔当年像女神一样美丽。"马小乔努力回忆，想起初中坐在后面的瘦高男生，转来不到一年分快慢班，小乔学习不好留在本班，世杰和班里几个学习好的分到快班，在小乔的记忆里好像没说过什么话。现在，冷不丁地听到有人还记得自己，兴奋的心怦怦跳，呵呵地笑着，说："净瞎扯。"艳秋说："真的，是世杰上次回来说的。"马小乔听了心里莫名地动了一下，说："上次回来，我不知道啊！"艳秋支支吾吾，说："怕你忙，没告诉你。"马小乔动了气，较劲地说："我忙什么，你们就是没想告诉我。"说完觉得不好，假装开玩笑，嘻嘻地笑了几声。艳秋说："上次也是匆忙，想到谁就喊谁了，这次我们几个商量了不能落下你。"我们几个，马小乔知道都是谁，知道我们几个这句话里包含什么，心里莫名的丧气，又想那次同学会，心里苦涩苦涩的。

也就是在此时，马小乔买貂的念头瞬间形成了，而且一定要买貂，必须要买貂。当一切成了需要，那么就不是单纯的表面意义的为了美了，而有了潜在的意义了，如同军队在领海领空做军事演习，宣布的是国家的主权。用东北话开玩笑说，谁要是不服，就揍他。当然了，这话扯远了。

马小乔突然的哭泣，而且是嘤嘤地哭，哀哀怨怨的。这把丈夫弄糊涂了，心里想，这个女人，刚才还像孙二娘似的，现在变成了秦香莲，怎么变得这么快呢！都赶上演电影了。心里想着，看着妻子的眼神却柔了，可嘴里吐出的话却是标准东北男人的语气："有话快说，别嚎。"

这话好使，马小乔嘤嘤变成了哽咽，过了两秒钟，终于开口了："跟你过了这么多年，伺候老的，养小的，穿不像穿，吃不像吃的。"

说完偷眼看着丈夫,继续哽咽。丈夫心里想,什么叫不像穿,不像吃,你冻着了,还是饿着了。可嘴上不说,等着马小乔接着说,边等边想,今天是什么狗日子?结婚纪念日,生日?没想出来,脸上呈现出不知所以的茫然。听见妻子抽抽搭搭的声音,说了句:"要干啥快说,别磨叽。"

马小乔一听,立即反驳道:"我就磨叽,我的青春都给你了,我不跟你磨叽跟谁磨叽,你把青春还给我,我就不磨叽。"丈夫心里更坚定了,马小乔有事。嘴上不说,心里却说,马小乔啊!马小乔,你这是进入第二阶段了,我看你能磨叽出什么?不说了,看都不看她,眼睛看电视。过了一小会儿,马小乔又踹了一脚,这脚重了,丈夫"嘶"了一声,大声喊:"你有病啊?"马小乔觉得火候到了,狠歹歹地说:"我要买貂。"这次的要求如同炸弹,把马小乔的丈夫从沙发上炸了起来,声音高了八度,说:"买貂,哪来的钱买貂?"看怪物似的看着妻子,又说:"亏你想得出,孩子上高中,你也没工作,买貂干什么。"

马小乔嘟囔着嘴,对着丈夫翻白眼,每翻一下,心里的气往上窜一点,最后窜到喉咙,她嚷道:"我刮大白的活,不算工作啊?"丈夫说:"你那活,今天干明天不干的,还能指上,家里全靠我开出租车嘛!"丈夫不同意,在意料之中,但是,这并不能让马小乔气馁反而激起了斗志。于是,刚才说过的车轱辘话又开始重说,说得声泪俱下,委屈哀怨。男人受不了女人的眼泪和磨,最后丈夫终于烦了,妥协地,还带着敷衍的语气,说:"我是没钱,你有钱,自己买去。"说到这,顿了一下,说:"家里的钱不能动,那是给孩子上学用的。"

马小乔抹了一把眼泪,狠狠地说:"不用你拿钱,我自己买。"说完,看也不看丈夫进屋了,躺在床上,眼睛看着棚顶,脑海里都是貂。于是,在床上翻饼烙饼般地滚来滚去。

之所以能说那样的话是因为这几年偷偷攒了私房钱。当初,攒私房钱的主要原因是经常因为给她家多了,给他家少了吵架。马小乔攒了私房钱后,明面上两家老人拿的一样,私下,马小乔再偷偷给娘家。这样一来,皆大欢喜了。那么,现在有问题了,如果她买貂,私房钱会暴露，以丈夫的小家子气性格会觉得她跟他分心眼，说不上会吵架。想到这，买貂的火苗弱了一下。又想要那虚荣干什么，一万多块钱呢！再说自己的钱也不够，今年花了几千块，只剩下九千块钱。这样想着，心里的火苗又弱了。这一弱再弱，让马小乔动摇了。心里有个声音说，你就一个穷人，奔五十了，买什么貂啊！对付活着得了。之后，嘴角配合地咧一下，仿佛嘲讽自己不知斤两，不知好歹，不知轻重。

这样想着，马小乔叹气了。这叹气恰到好处地把另一个声音勾起来，马小乔，你都这岁数了，还没穿上貂，活得多图弊。

一晚没睡好，梦里都是貂，早上起来，眼睛都是肿肿的。吃了早饭，看着窗外被雪覆盖的街道，心里灰灰的，闷闷的。想起跟自己一起刮大白的最要好的姐妹，心里一动，拿起衣服出了门。冬天，马小乔猫冬（东北方言：躲在家里过年）了，但是她这个姐妹还干着打扫卫生的活，马小乔前几天还劝，说："别太累，别太拼命，女人得爱护自己，要不有病闹灾的，自己遭罪。"对方叹气，说："男人不成器，喝大酒，还有孩子，不干咋整。"说着说着，羡慕起马小乔有个过日子的丈夫。当时，马小乔很得意。但是，现在这个会过日子的丈夫被貂皮大衣打败了。

出了门，天不冷，马小乔决定走着去，反正四站地，也不远。再说了，还能顺路去貂皮商店看看。她想的挺好，可是真的到了貂皮商店门口又犹豫了，拿不定主意的犹豫，心里的念头摇摆不定。那么，本来还不算糟的心情，立即沉重起来，人看上去心事重重了。

到了时代购物商场的大厅，远远地，看见正拖地的姐妹。这几天气温回升，外面有点开化，进商场的人带着一鞋子雪水，踩得地面又黑又滑。商场要求，保洁人员要在每位客人进来后，把地拖干。这也是个累活，要不停地擦地才能保持清洁。马小乔走过去，脸上堆积着哀怨、凄楚，把姐妹吓了一跳，立即紧张地拉着马小乔，问："出什么事了？"这一问，把马小乔问得愈加伤心，眼圈一红，眼泪哗哗地流了一脸。姐妹一个劲地问，马小乔一个劲地哭。这把姐妹急得心跳加快，几乎央求地说："我的祖奶奶，你快说吧！你要再不说，我的心脏病犯了。"泪眼婆婆的马小乔，这才停了哭泣，开口说："姐，我跟我们家老王过了一回儿，连件貂都没穿上，你说我委屈不？"一听这话，姐妹松了口气，随即"嗨"了一声，说："我以为什么事呢！吓死我了。"又说："那玩意穿不穿能咋地，也不当饭吃。"马小乔继续委委屈屈地说："是不当饭吃，但是吃的好坏谁看见了，穿在外面别人才会看见。"话开了头，马小乔把上次同学会添油加醋地，情景再现了一遍。姐妹听了气愤，骂了几句粗话。马小乔说到这，又说这次自己想买貂的理由，说到丈夫的态度眼泪更多了。姐妹给她擦眼泪，嘴里义愤填膺地说："小乔，甭管你家老王，我支持你，再说了，凭什么让那些人瞧不起，咱们咋的了，凭劳动吃饭，凭什么不能穿貂，就穿。"

这话的效果等同于定海神针，一下子把马小乔有些摇摆的心，定住了。心定了，神情就坚定了，嘴上说："这些年我省吃俭用，柴米油盐精打细算，为他们老王家做牛做马的，买个貂也不过分是不？"姐妹回应道："不过分，一点不过分。"这话等于又给定海神针来了个加固。作用是让毅然决然、奋不顾身，涌上马小乔心头。脸上坚毅得如同上战场的女战士，斗志昂扬。

要不是姐妹提钱，马小乔还能坚毅一会儿。可是，姐妹不合时宜地说了句："一万多块钱呢！"马小乔的坚毅变成了萎靡，一寸寸地萎靡，家里的钱丈夫不说给孩子的，她也不能用，那是过河钱。想到这，眼睛直直地盯着前面，傻了一般。姐妹一怔，似乎明白了什么，眼神很自然地有了一丝保护自己的戒备。沉默了一会儿，转了话题，说起自己的丈夫不争气，孩子不听话，家里开销大等等。实际上，姐妹误会了，马小乔没想过借钱，而是如同出港的帆船，必须推一下才能驶出港湾，她只是需要推一下而已。

于是，马小乔说："得走了。"走了几步，姐妹喊了声："小乔。"马小乔摆摆手，转身向门外走去。外面虽然不冷，但是马小乔还是缩了缩脖子，想，就是借钱，也不能管你借啊！你还不如我呢！我还有妹妹，想到妹妹，心里一动，直奔妹妹家。

妹妹和妹夫两口子原先在江北机械厂上班，那几年工厂不景气，夫妻俩双双下岗，困难时连孩子学费都交不起。说心里话，妹妹对她亲，也跟那几年小乔明里私下帮衬有关。后来，妹夫在外面接了一些焊接的活，这几年日子逐渐好了，妹妹也懒得找活了，在家呆着，伺候孩子伺候老公，外加打打麻将。

见到姐姐，妹妹把昨晚跟丈夫生的气一股脑地说出来。说丈夫总在外面吃吃喝喝，挣那点钱都给狐朋狗友花了。这话是老生常谈，每次见面都是如此，小乔知道实际上没什么大事，就是闲的。所以，没心思听，嘴里有一搭没一搭的迎合着，一副心不在焉的样子。妹妹看出来了，把自己的事放到一边，关心地问："姐，你有事吧！"小乔低了头，妹妹急了，说："我姐夫欺负你了？"马小乔赶紧摇头，说："没有。"妹妹松了口气，说："那啥事？"马小乔重新低头，慢慢地说起重复了无数次的话。说着说着，有了悲切，眼泪下来了。妹妹想起上次同学会姐姐给她打的电话，替姐姐难过，又替自己难过，自己也一样啊！于是，自然而然地，悲伤来了，陪着掉起了眼泪。姐妹俩哭了一会儿，马小乔先把眼泪擦干，咬着牙说："这次同学会儿，自己一定要买貂。"妹妹立即赞成，并且不用马小乔开口，主动说自己有三千块的私房钱可以赞助姐姐。钱，按照马小乔的预计有点少，但一想，妹妹不上班，花一分伸手要一分，能赞助三千已经很不错了。

时间还早，妹妹说："先上街看看。"有妹妹陪着，马小乔没了犹豫，一家一家的貂皮商店进，一家一家的试，一家一家的讲价。不管怎么讲，事实证明，自己的九千加上妹妹的三千远远不够的。北方的冬天黑得早，不到六点，天全黑了。马小乔和妹妹站在巴黎春天貂皮广场的门口，马小乔对妹妹说："不买了！太贵了。"说完，等妹妹开口，可是妹妹没说话，一副若有所思的样子。马小乔心里多多少少有点失望，就不多说了，迈步往前走。可是，刚走两步，听见有人喊她们，是店里的售货员。说："两位姐姐，我们也要下班了，你们也是实诚人，老板说再给你们便宜五百元。"

这个意外，让马小乔和妹妹迅速地对视一眼，之后，妹妹拽马小乔的袖子，示意她答应。这时，马小乔心里有了小心眼，开口说："再便宜五百。"售货员苦笑一下，说："最低了。"说完，反身折回。

马小乔拉着妹妹又往前走，边走边瞄着身后，走了很长一段路，妹妹说："姐，买吧！"马小乔停下来，反问道："买了？"妹妹说："夜长梦多，还不如当机立断买下来，爱咋地咋地，今儿要是不下决心买，以后可能就买不上了。"这话的意思，马小乔明白，清楚，同时心里也酸楚，看着黑暗里的霓虹灯，看着奔驰而过的车辆和匆匆而过的行人，咬了咬牙，内心就有了孤注一掷，狠狠地说："买。"于是，姐妹俩脚下生风，又回到巴黎春天，售货员一边给她们开订货单，一边说她们合适了，这个价没卖过。马小乔交了二百块钱定金，约好明天取货。

　　一切都弄完了，姐妹俩觉得心头有什么东西卸了下去，轻松了很多。一路走着，姐妹俩就有说有笑了。快要分手时，妹妹问了句："姐，还差三千五，姐夫不会跟你吵架吧？"马小乔沉默了几秒，说了句："吵就吵呗！"这话让妹妹沉吟了一会儿，说："姐夫是过日子的人，不像我们家的那位乱花钱，这样吧！咱们上妈妈那里看看，妈是咱自己妈，以后你慢慢还就是了。"马小乔想了想，说："妈妈的退休金都交给嫂子，怎么能有钱呢？"妹妹说："逢年过节，我们也给钱，妈妈没什么花销的。"马小乔踌躇了一会儿，跟着妹妹转了方向。

　　父亲去世后，妈妈一直住哥哥家。她们姐妹俩跟嫂子处的不好，所以很少来，想妈妈了就打电话让妈妈到自己家。妈妈身体还行，也愿意溜达，十天半个月的挨家住两天。前段时间，妈妈脚崴了一下，一直没出门，正好，顺便看看妈妈的脚好没好。

　　开门的是嫂子，冷冷地看着马小乔和妹妹空空的手，没说话，扭身又坐在沙发上看电视。妈妈在厨房刷碗，看见她们，抖落抖落手上的水，满脸灿烂地出来。笑着把女儿领到自己的房间，一个劲地问她们姐俩："冷不？渴不？饿不？"马小乔把妈妈拽住，说："妈，你脚好了？"妈妈说："早好了。"说完，还走了两步让姐俩看。马小乔放心了，示意妹妹把门关上。然后，拉着妈妈小声地说："妈妈，你有钱没？"妈妈一愣，瞄了一眼门，立即拉开床头桌，在一堆药中间拿出二百块钱。妹妹抢着说："妈，二百哪够，要三千呢！"后面这句，声音高了,门外,立即响起了趿拉趿拉的脚步声。这让娘仨个,赶紧屏住呼吸,相互看着。等到脚步声消失了,才把头凑在一起,小乔把事情跟妈妈说了。妈妈听完,琢磨了一会儿,最后,伸出来两根手指,晃了晃。看见妈妈晃动的手指,妹妹抬起手,把右手大拇指和食指弯曲,形成圆圈,左手伸出三个手指。妈妈点头,小乔知道是三个零,是两千元。这跟马小乔说的三千元差了一千,但毕竟越来越接近目标了。

从哥哥家出来后,在海口路和妹妹分手,妹妹向东走,马小乔向西走,琢磨着,怎么跟丈夫开口。

丈夫晚班,没在家,饭菜已经放在桌上了。饿了一天的马小乔,虽然饥肠辘辘,但是没心思吃饭,给丈夫打电话。丈夫接起电话,跟马小乔预料的一样,一听就火了,吼道:"你还真买啊!鬼迷心窍了,非要买那么贵的东西,你以为我是大款,挣钱容易啊!"马小乔说:"容易不容易,我也得买,定金都交了。"丈夫说:"不行,不行。"就这样,马小乔和丈夫在电话里呛了起来,最后,丈夫说不过她,咔嚓把电话撂了。这把马小乔气得七窍生烟,对着黑了的屏幕,说:"就买,就买。"说完,把电话一撇,又把自己摔在沙发上,不一会儿,不知不觉地就睡了。而且睡得很沉,醒来时,她动动身子,这个酸啊!慢慢起来,进了屋,重睡,可这次就不行了,睡得半梦半醒,迷迷糊糊的。

早上,要不是电话铃,马小乔还不能清醒。电话是刮大白的姐妹打来的。姐妹开门见山地说:"小乔,你是不是买貂钱不够?"说到这,顿了一下,又说:"我想了一夜,我们也不能让人瞧不起,你买吧!我这还有两千块钱,你先用着。"一听这话,马小乔彻底地清醒了,想起昨天的事,先是鼻子一酸,然后是一喜,最后开口说:"我尽快还给你。"想了一下,又说,"一千五就行。"

撂下电话,蹦下床。对着镜子开始洗漱,等捯饬完了,看看镜子里的自己,一想到貂,兴奋起来。赶紧到沙发上找电话,拨了妹妹的号码,告诉妹妹已经跟姐妹约好十点钟在巴黎春天碰头。又说:"你给妈妈打个电话,让妈妈把钱也拿来。"妹妹说:"姐,你放心,我去接妈妈。"

十点钟整，四个年龄不同但神情凝重的女人，站在巴黎春天的试衣镜前，看着镜子里穿在马小乔身上的貂皮大衣，看着马小乔脱下那闪着绸缎般光泽的貂皮大衣，再看着售货员把貂皮大衣铺在她们面前的桌子上。她们不由自主地被召唤般地围过去，围在桌子周围，如同鉴定文物的学者，眼睛里有惊喜，有庄重，还有敬畏。可是，她们是女人，所以还有女人天然的一丝嫉妒。但是，更多的是欣慰。欣慰那曾经可望而不可及的貂皮大衣就在眼前。欣慰终于可以理直气壮地抚摸那绸缎般的毛皮，感受着那滑，那柔，那顺在自己手心里滑动。

在这个冬日的上午，几双粗糙的手就那样缓缓地，柔柔的，从上到下，一点一点，一寸一寸地抚摸着，如同母亲抚摸自己的孩子。时间在这个时候慢了下来，富有人情味地等待几个女人慢慢地享受属于她们的美好。阳光也在这缓慢柔和地射了进来，照在女人的脸上身上，于是，凝重愈发凝重，渴望愈发渴望，欣慰愈加欣慰。

过了很长时间，妈妈突然把手收回来。然后，低下头解自己的裤带。从秋裤里，拿出个钱包，小心翼翼地打开，捋好，然后，轻轻地整齐地放在貂皮大衣上。一下子，貂皮大衣配上了红色，那红色带着召唤，让妹妹，马小乔的姐妹，包括马小乔都醒悟似的掏各自的衣兜。顷刻间，红色愈加鲜艳了，如同盛开在那黑黑毛皮的花朵。这花朵里的酸甜苦辣都不重要了，重要的是她们的心愿在这一刻达成了。于是，那件貂皮大衣也肃穆起来，仿佛进行一场洗礼。就这样，貂皮大衣终于如愿以偿地有了主人。

出了商场，一贯节省的妈妈一定让小乔打车。马小乔嘴上答应了，可等妈妈背影消失了，一琢磨，还是决定走回家。走了一会儿，才发觉貂皮大衣重，不一会儿胳膊就酸了。胳膊一酸，坠得半个肩膀和脖子也酸痛，马小乔晃晃脖子，心里想丈夫肯定还没出车。想到丈夫，想到昨晚，马小乔下意识地看看手里的貂，心里没了底，不知道丈夫看见貂会怎样？这样想着，脚步就慢了，最后干脆停下了，站在路口，思绪万千。

马小乔想错了，丈夫没有跟她吵，对于已经既成事实的事，知道吵也没用，但是不说话，也不正眼看马小乔。本来，马小乔在进家门之前，想了一堆属于美好的讨好的语言，现在全都省略了。这样一来，马小乔也知趣地不吱声，可是，没有过多长时间，还是压抑不住兴奋。穿上貂，在丈夫眼前来回晃着，丈夫还是不说话。马小乔凑过去，趴在丈夫身上，把丈夫的手放在胸前的位置，说："你摸摸，手感可好了，多滑多顺。"一丝松动隐现在丈夫的眼角，于是，被迫放在妻子胸前的手，捏住了那饱满的肉团，嘴里说了句："什么也不穿手感更好。"说完，手上使劲，马小乔嗷嗷地叫起来，喊道："疼了，疼了。"丈夫松了手，说："我更疼。"马小乔说："你疼啥？"丈夫说："心疼你攒的九千块钱。"马小乔愣了，直直地看着丈夫，问道："你知道了。"丈夫说："早都知道了。"马小乔说："你不怨我？"丈夫说："怨什么？"说到这，叹了口气，说："要怨也怨我没能耐，挣钱少，让你不能像别的女人似的吃好的穿好的。"说到这，丈夫又叹了口气。这两口气把马小乔眼泪引出来了，鼻子酸了，嗓子紧了，趴在丈夫胸前准备把已经酝酿成熟的眼泪流出来时，丈夫的手摸了两下貂，说了一句话："有啥用，浪费。"这话让马小乔的眼泪一下子憋回去了。立即起来，歪着脖子，像斗鸡似的："反驳道，就有用。"

说完，把丈夫的手一扒拉，站起来在镜子前晃荡。晃荡来晃荡去，觉得没有赞美声，没意思，寡淡。又跑到丈夫跟前，问："好看不？"丈夫并没看她，而是看着电视屏幕，嘴里说："这几天受热带风暴影响，后天气温回升。"说完，嘻嘻笑，故意加了一句，"有人的貂白买了，穿不上了。"这话捅到马小乔心上，开口吼道："闭上你的乌鸦嘴。可是还是很在意地看了眼电视屏幕。"

天气真的暖起来了，往年这个时候应该是最冷的，可是现在却有开化的迹象。朝阳的雪化了，弄得路上泥泞，出了趟门，鞋就脏脏的。马小乔叨咕这暖会让人生病，叨咕小诊所都是打吊瓶的，叨咕……丈夫知道妻子叨咕病根在哪？他不说什么，但天天都看天气预报。

艳秋再也没来电话，马小乔在一个晚上，看着衣柜里的貂皮大衣，心里突然地生气，拿起电话，拨了艳秋的号码，问："什么时候同学会？"

艳秋说："世杰说不回来了，也要过年了，乱事挺多的，我们几个商量过完年再聚。"马小乔一听，心里更气了，心想你们什么时候想聚就聚，什么都听你们的，过完年，天气更暖了，还能穿上貂了嘛。心里气，嘴里说话就硬气了，说："都这么长时间没见面了，还等什么过完年啊！就年前吧！"艳秋听了，沉吟了一下，说："是很长时间没见了，也该见见了，我是没事，就是不知道她们几个有没有事。"马小乔说："有事也让她们放放，同学感情不是比什么都重要吗？"艳秋说："那你给她们打电话吧！她们没事，就聚。"马小乔有一口气撑着，无比豪气地答应。

然后，找出电话本，给属于"我们几个"的人打电话。内容都想了，好久没见了，同学情谊了。一圈下来，都答应得聚聚了。马小乔喘了口气，心里还赞美自己，刚才说话像外交官似的。

最后，敲定下周六聚会。聚会时间定下来了，马小乔的心落地了。这边告诉丈夫周六聚会，那边又把貂拿出来试，越试越美，看着镜子，忍不住笑出了声。

天气预报上说未来七十二小时受热带暖流影响，气温持续回升。丈夫看见了，但没说，看看妻子，只是心里说快下雪吧！

雪没下来，雨倒是丝丝缕缕的下来了，那种春天才有的细雨。这细雨一下子让马小乔心情糟糕极了，看什么都不顺眼，弄得从奶奶家回来的女儿，低声问爸爸："我妈是不是更年了？"丈夫赶紧摆手，大气不敢出地示意女儿别说话。女儿和丈夫就谁也不吱声，马小乔自己发了顿脾气，之后，回到卧室，衣服也没脱，仰面躺在床上，眼睛看着棚顶，内心莫名地郁闷。

一连几天，街上的雪如同被清扫般地无影无踪了。一些爱美的年轻人已经脱了厚重的冬装，换上春装。仿佛眼看着要春暖花开了，眼看着冬天过去了。马小乔从失望到绝望，人蔫了，甚至连看都不看貂皮大衣了，心里有了悔意，后悔了，就心疼钱了，想到要过年的花销，痛恨起貂皮大衣，痛恨起同学会，痛恨起我们几个，痛恨起自己。这痛恨一出来，心里不想去同学会了。

不管马小乔的心情怎样，同学会的日子越来越近了。周四晚上，马小乔，因为丈夫没洗脚大吵了一顿。心情糟糕，躺在床上不让丈夫碰，把丈夫气得抱着被子到沙发上。丈夫一走，马小乔更委屈，自哀自怜地想自己，越想越觉得自己怎么那么的不如意，把被子蒙在头上，躲在被窝里掉眼泪。

第二天一早，她被丈夫狠狠地扒拉醒，睁开眼睛一看，天已经灰蒙蒙了。马小乔以为丈夫想要做那事，使劲一翻身，说："干什么，困着呢！"丈夫继续扒拉她，嘴里还喊着："小乔，你快起来，你快看。"马小乔不满，但不得不再次转身，目光跟丈夫的交织一起，立即被丈夫兴奋的眼睛弄愣了，丈夫又说："小乔，小乔，你快看，外面下雪了。"话音一落，马小乔腾地蹦起来，光着脚，奔到窗前。果然，窗外白茫茫的一片，马小乔不敢相信地问："我不是做梦吧！你掐我一下。"丈夫说："小乔，明天后天大后天都有雪，零下二十几度，你能穿貂了。"说完，自己先笑起来，那笑声是雨过天晴般爽朗。于是，连日压在他们夫妻心头的郁闷烟消云散了，马小乔抱住丈夫，咯咯地笑起来。

周六，终于来了。马小乔踩着"咯吱咯吱"的雪往饭店走。她在家就算计好时间了，不能去太早，不能去太晚，去太早，没来的人看不见她穿貂，去太晚，大家光顾喝酒了，也等同看不见。所以，要趁着刚开始，大家都来了，但是菜还没上全，还处在闲聊阶段，她进去，自然就会有效果。

所以，马小乔进到饭店特意往吧台的石英钟看了一眼，这个时间正好。她满意地笑了，跟着服务员上二楼包房，脑海里是同学们看见她热情地围过来。想到这，眼角含笑，推门进了包房，同学们都到了。可是，有点遗憾，并没人围过来，也没人在意她的貂，尽管马小乔故意跟这个打招呼，跟那个说话，轮了一圈才脱掉貂，挂在衣架上。转过身时，有了小小的失落。坐到位置上，这个说她胖了。那个说她黑了。马小乔客客气气地迎合着。有个女同学提起当年马小乔的样子，直咂巴嘴，说："岁月不饶人啊！"马小乔听了，心里别扭，可又不好说什么，就不言语。听着女同学们说着谁谁变化大，谁谁变化不大。

马小乔不想听。跟旁边的人，没话找话地说："今天真冷。"旁边的女同学接茬道："可不是吗？今天早上开车，打了好一会儿火。"另一个同学听了，调侃地说："谁叫你不买车库的，留钱干啥。"旁边的同学说："不是没钱吗？"这话引起了大家的攻击，说："没人管你借钱，你怕什么。"那个同学认真地说："真没钱，你们不信，我女儿想换个苹果，我都没答应。"说到这，掏出手机，说："你们看看我姑娘有没有我当年的风采。"说着找了一下，挨个给大家看，大家看完都说漂亮。之后，同学们纷纷拿出手机，不是看自己的狗，就是看自己的房子装修的照片，看了一会儿，说起了手机像素，说拍出的画面清晰度。马小乔的手机是最原始的那种，只能打电话接电话和发短信。所以，听女同学们谈什么什么系统和配置，根本一头雾水。插不进去话，马小乔心里不舒服，就给大家倒酒，张罗喝酒。就这样，一段关于智能手机的话题终于告一段落了。于是，从群聊进入了单聊，马小乔上学时跟艳秋最好，毕业后，这么多年，虽然没有很近，但还是马小乔联系最多的一个同学。所以，她看见艳秋身上只穿一件薄薄的皮夹克，说："艳秋，你不冷啊！"艳秋说："还行。"马小乔说："你怎么不穿貂啊？"话音刚落，边上的同学就哈哈大笑着说："这年头，谁还穿貂啊！穿貂的都是农村喂猪的。"这话如同迎头一棒砸在马小乔的头上，脑袋"嗡"地一下，随即懵了，不知所措地僵住了。大家哈哈地笑了，笑完还有人调侃地说："穷穿貂，富穿棉，大款穿休闲。"于是，又是一阵笑，艳秋也笑了，转头想跟马小乔说什么，可瞧见马小乔的脸，顿时想起来了。马上嗔怪地说："说什么呢！小乔穿貂了。"

如果艳秋不说这句话，还不会引起大家注意。这话一出，说话的同学一吐舌头，不好意思地对马小乔笑了笑。马小乔本能地挤出笑，但是她知道那笑比哭还难看，那笑里把她的穷酸一览无遗地摆在桌面上，变成了一道菜，一道人家当成笑柄的菜。她真的不知道怎么办，真的不知道怎么说，只能笑，傻傻的笑。

大家喝了一口酒，穿貂喂猪的事就过去了。大家说八卦新闻，说这个明星，那个名人，当然也说各自的小道消息，有了刚才的插曲，马小乔心里虚了，不敢轻易说话了，脸上尽量堆着笑，尽量做出谦卑的样子，尽量让大家不再注意那件跟她一样如坐针毡的貂。

该说的话题说得差不多了，好几个同学低头摆弄手机。边摆弄边说，微博上有什么消息了，说朋友圈谁谁发布了什么，马小乔趁着大家玩手机的时候，把紧绷的神经松了下来，开始吃菜，边吃边想这不吃都浪费了，夹了块排骨，刚放到嘴里，还没等咽下，听见有人说她的名字。说她名字的是坐在对面的同学，正在博客看了一篇黑熊取胆的博文。抬头看见马小乔，就突然想起马小乔的貂，就觉得有责任帮助马小乔认识一下自己的错误，于是，她说："小乔，不是我说你，你穿貂是不对的，你知道这是什么行为吗？你知道你的行为助长了杀戮吗？你不知道吗？没有买卖就没有杀戮，世界生态和环保组织呼吁，宁可没有衣服穿，也不能穿动物的毛皮……"如果刚才穿貂喂猪是迎头一棒，那么现在就是一枚重型炮弹了，不仅把马小乔炸得七零八落，大脑一片空白，还把大家的正义感炸了出来，大家七嘴八舌地讨论开了，说黑熊取胆，说动物的灭绝，说人类的生存环境。说着说着，矛头指向马小乔，每个人都义正辞严，仿佛都成了保护动物的卫士。而她马小乔变成了刽子手，变成了可以诛之的罪犯。马小乔目瞪口呆，急急地辩解，申辩，呐喊，可是她太弱了，她孤立无援，她的辩解微不足道，反倒引来更激烈的话语。

于是，马小乔眼睛看着挂在衣架上的貂，耳朵忍受着一句句如同刀子的话，于是，她看见了貂皮大衣上有了越来越多的伤口，那些伤口开始流血，开始痛。一会儿的工夫，血流光了，寒冷来了。马小乔不由自主地全身发抖，抖得那颗微弱的心，再也支撑不住，哗啦地破裂，慢慢地散落成碎片。在这碎片里，马小乔看见三年前，看见了三年前那个下午，看见自己的样子。于是，破碎的心再也不能复原了，马小乔知道自己死了，彻底的死了。

外面的雪越下越大了，风呼呼地在窗户上留下了一道道肆虐的痕迹。马小乔站起来，发现原来死是那么的轻，那么的空，那么的什么也不在乎。于是，她飘到衣架前，拿起满身伤痕的貂皮大衣，披在身上。转过头，空空地看看，淡淡地一笑。此时，大地一片洁白，马小乔把自己和貂皮大衣融进雪里，不一会儿变成了一个小黑点，然后慢慢地，一点点地，消失了。

牡丹花被

下午三点,金鹊的工作开始了。通常,在她工作时,雇主都会坐在沙发上看电视,然后时不时地用尖锐、精准,如同医院伽马刀般的目光扫她。之后,会说:"刷碗不要用热水,现在电费很贵。"说:"洗菜要多洗几遍,一定要用流水。"说:"这不是乡下,弄一盆水糊弄洗两把就行,现在农药那么多,不洗干净说不上吃出什么病。听说农民给西红柿喷避孕药,熟的快……"每次雇主说这些话,金鹊从不反驳,脸上不喜不怒,但还是会偷偷放热水,洗菜还是洗两遍。

金鹊从乡下进城之前,妈妈告诉她:"干活不由东,累死也无功。"金鹊说:"我不要功,就要钱。"妈妈说:"这不一样吗?你要是不听东家的,不就没有钱了。"金鹊说:"敢不给钱,不给,我就告他们,现在电视里到处都在说保护农民工权益。"说到这,得意地瞟了一眼正一针一线地纳着牡丹花被的妈妈。这牡丹花被是结婚的婚被,新婚之夜在这牡丹丛中,她那如同牡丹花般的身体盛开了,此后每晚,越开越灿烂,直到有一天结出了果实。这个果实就是女儿,丈夫稀罕得不得了,抱着女儿喃喃地说:"爸爸一定让你过好日子。"这句话说完后的半年,丈夫就出去打工了,金鹊寂寞,牡丹花被更寂寞了,晚上金鹊看着天花板,心里想念那个浇灌牡丹花的人,越想越难过,越难过就越想。所以,盼到丈夫回来,她比丈夫还贪,趴在丈夫耳边说:"你把我吃了吧!"丈夫笑嘻嘻地说:"哪里是我吃你,是你吃我。"金鹊说:"那我就吃你。"说完,钻进牡丹丛中,让牡丹花把自己和丈夫淹没,从头顶的每一丝头发到脚底的每个脚趾都淹没了。丈夫走了,留下的就是这些,驱也驱不走,躲也躲不掉的记忆。于是,金鹊心里就有了像鸟一样盘旋的想念,盘旋得恨不得也像鸟儿长了翅膀,飞扑到丈夫的怀里。当然了,这些不能说的东西,是她坚持进城的根源。

妈妈对她进城持反对意见,丈夫也不怎么同意,原因是女儿太小,才四岁。金鹊用听起来很不错的一套逻辑说服妈妈和丈夫,她说:"这主要是为了孩子着想,我和丈夫一起在城里打工,能多攒点钱,女儿还有两年上小学了,这两年大人辛苦点,等到了上学的时候就可以把女儿接到城里了,不管怎么说城里学校比家里的强。"这话说得合情合理,几乎没有反驳的理由,妈妈沉默了一会儿,说:"小妞,我给你们照顾。"丈母娘都这样说了,丈夫还有什么理由不让进城呢!只是在城里打了几年工,知道城里不是想象的那么好。可又不能打击妻子,就说:"城里不是你想的那么好,挺苦的。"金鹊欢快地说:"我们吃点苦,节省点,闺女以后有好日子过了,做父母的这辈子不就图儿女过得好嘛。"丈夫笑了,这话说到心坎上。晚上,金鹊钻到丈夫怀里,如同小猪一拱一拱的,拱得丈夫热血沸腾,一翻身,压在身上。她抱着丈夫,娇柔地说:"以后我们每天晚上都这样,好不?"

就这样,金鹊如愿地进了城,很顺利地在家政找到了钟点工的活,最多的时候一天三份工,一般都是两份工,也有像现在的一份工。不管几份工,金鹊都觉得时间还是太多,多到她感觉自己的身体像荒草垫子,荒草疯长,可心空空的,空得就连跟她一起进城的牡丹花被都没了艳丽,一副比在家时还寂寞的模样。每每想到这,金鹊叹气,觉得自己就像架在火上咕嘟咕嘟地煎熬一样,身体失去了水分,干巴巴的渴。

实际上,她和丈夫离的不算远,隔江而望。一个在江湾大桥的南面,一个在北面,坐车也就五站,步行也就四十分钟的路程。有时站在女子宿舍的阳台上,隐隐约约能看见丈夫工作的工地上高空升降机。这时,她心里生出暖暖的温情,那种无法言说的异样的电流,迫不及待的在心里"倏"地掠过。

可是，不管怎样迫不及待都是枉然。不见面还好些，见了面更难受，他们彼此的眼睛里闪着贼亮贼亮的火焰。牵着手的手握得紧紧的，眼睛到处看，看看有没有人少的地方。结果不尽人意，这个城市的人如同雨后的春笋一样，不断地冒出来。他们失望地相互望着，心里异口同声地说："城里人怎么那么多。"

有时候，走了好长时间也找不到静的地方，丈夫忍不住发牢骚，说："都往城里来，城里哪里好，还是咱乡下好，玉米地，树林多好，往里一钻，什么都做了。"金鹊听了，狠狠地掐丈夫，用目光对丈夫表示不满，又用目光暗示丈夫说，这满街的旅馆不比玉米地好。丈夫不接受暗示，金鹊幽怨起来，低下了头。俩人默不作声地慢慢走着，各自想着自己的心事，妻子的心思做丈夫的哪能不懂，他只是无言以对，有些事不是可以解释的，有时候解释就等同辩解，辩解就显得推卸，那样会让妻子更伤心，那么面对现在，只能无奈，只能痛苦。实际上，他想，他迫切，迫切得要命。可很多事跟迫切无关，跟金钱有关。就拿他现在来说，根本拿不到现钱，所有的钱得工程结束后才给。而妻子每月也就挣不到两千块钱，除了女子宿舍床位一个月八十，吃饭差不多六百，再买一些女人用的东西，妻子还会经常给他买烟，买好吃的解馋，一个月下来不剩多少了。在这个城市里，手里没有一点过河钱那能行呢！所以，他总跟妻子说："别乱花钱，别乱花钱，万一有个病闹个灾的不是措手不及吗？"可妻子为此跟他生气，觉得他满脑袋都是钱，不理解她的感受。当然了，除了怕浪费，他心里还有个障碍，就是家里的老人和孩子，有时他吃好的吃食心里自然而然地就会想起孩子，心里愧疚。所以，即使他的身体再燃烧，也会被泼了瓢凉水般地冷了。

金鹊是女人，不像丈夫用理性思维，她用的是感性思维，所以不知道丈夫的心思。她只知道自己的爱像江水一样滔滔不绝，只想把自己镶嵌在丈夫的身体里来表达这爱。见到丈夫，她会表达她的所有爱，即使是不满意丈夫吝啬钱，但是还是会靠着丈夫，趁着月色把手放在丈夫的腿根上来回抚摸，而丈夫的手也在她的身上游动。可是，这也是偷偷摸摸的，因为一会儿有人经过，一会儿又有人经过，只要有人经过，他们就赶紧分开，假装规规矩矩的样子，他们听说城里有巡防员盘查。所以，他们就如同逃亡似的不停地走，热情就这样化成最后的大汗淋漓和疲惫不安。之后，丈夫把她送回宿舍，然后回工地。

金鹊躺在床上，睡不着，也不是怨丈夫，就是心里说甜不甜，说涩不涩，说苦不苦，说酸不酸，但是又觉得这甜涩苦酸都有，可又都没有，反正不知道是什么滋味。这个时候，金鹊就想以前，想跟丈夫谈恋爱的时候，想着想着，身上就燥热，出汗了。她记得跟丈夫第一次接吻是村口的柳树下，那天，她从集上回来，被丈夫不由分说地拉到树后，不由分说地抱住她，不由分说地堵住她的嘴，吻她。那个惊喜的感觉现在金鹊还记得，想到这，金鹊在黑暗中脸发烫，烫得她掐自己的手，自己骂自己不要脸。那时候的丈夫跟现在真的太不一样了，那时丈夫热情如火，现在丈夫沉稳得婆婆妈妈，她也知道丈夫是为了孩子为了这个家，也明白不能怨丈夫对自己不热情了，道理都明白，可就是不开心。尤其是她买东西，不管是什么，丈夫都要叨咕来叨咕去磨叨勤俭节约的话，有一次，她买了管口红，晚上跟丈夫出去时喜滋滋地涂在嘴唇上，本来是想取悦丈夫，不想丈夫见了说她乱花钱，气得她当时抬起手三下两下地把口红擦掉出去。丈夫看她生气，就用以后美好生活的画卷哄她，哄来哄去就变成了，攒钱，攒钱，必须攒钱。

虽然是哄她，但听着也不是滋味，不是滋味金鹊也不想反驳丈夫。她心疼丈夫，怕说了不好听的话丈夫生气，丈夫有个毛病，一生气会胃痛。当然了，胃痛还得买药，买药还得花钱。金鹊想到这，"噗嗤"笑了，心想怎么总跟钱扯上呢！边笑边心酸，心酸丈夫也心酸自己，现在，他们是在苦里熬着的干柴烈火，怎么也燃不到一块啊！

当然了，这属于金鹊自己的事，没有人知道，也没有人有兴趣知道。所以，每个人都按照自己的观念判断事物的好孬对错。例如金鹊的雇主就是这样，她们对金鹊在两个小时的工作要求很严，说这，说那，指挥这，指挥那。有时候，金鹊觉得那些穿着时尚，吃喝讲究的雇主，在家里做家庭主妇白瞎了，应该做电影里的特高特、克格勃。尤其应该是那种叼着烟卷浓妆艳抹的女特务，最后被解放军抓住，然后跪在地上说我投降的那种。想到这，金鹊的手就有了笑意，撩拨得水槽里的碗碟也清脆地迎合。

这声音把雇主从沙发上拽了起来，踏着猫步走过来，蹙着眉，说："不要弄一水槽水刷碗，不卫生，要流水。"话音一落，金鹊有点抗拒地把身子背着，愤愤不平的暗暗嘀咕，用热水怕浪费，那用流水刷碗更浪费，没听见电视里天天宣传节约能源保护地球嘛！心里虽然这样想，可手上却打开凉水阀，认真的冲洗碗上洗涤精的泡沫，一双手在水流里又白又红，像地里拔出的大萝卜。于是，"哗哗"的水声在两个沉默的女人中流着，金鹊觉得自己的后背被女主人的那双眼睛烤的炙热，她全身不自在起来，心里不由得涌出了气。实际上，雇主看着她干活也不是一次两次了，她不高兴是不高兴，但是能忍，也能理解。可今天，金鹊不行了，气呼呼地涌，火呼呼地冒，手又重了，这个重太过明显了，明显到有挑衅的嫌疑；主人的脸变了，不客气地说："你轻点，这套碗是从欧洲带回来的，很贵的。"这话里的内容，如同火上浇了油，于是火呼啦地窜出了火舌。金鹊没理女主人，而是转身"嘭"地把洗碗机的门关上。那个声音刺耳极了，这样一来，主人不干了，一把扯住金鹊，说："你摔谁呢？不能干别干了，花着钱，不是找气受的，行了，行了，别干了，赶紧走。"

金鹊觉得自己的头都炸了，鼓着腮帮子，瞪着眼看着水槽，闷了一小会儿，猛地把手里的洗碗布一摔，转过头，说："不干就不干，你把钱给我。"这话里充满了硝烟，于是，战火的味道就弥漫在空气中了。就这样，两个女人，各执一词吵了起来。一个说："你还想要钱，把活干的葫芦半片的，我没找你要钱，你还想管我要钱。"一个说："凭啥不要，我干了一个小时，就得给我一个小时的报酬，你想欺负人啊，没门。"俩人，你一句，我一句，嘴巴里冒出一连串的话语，噼里啪啦地统统向对方扫射。

过了一会儿，金鹊明显地占了上风，她从对方的瞳孔中突然地看见自己暴跳如雷的样子，那么的可怕，那么的狰狞，那么的歇斯底里，金鹊被自己的样子吓坏了，她想住嘴，她已经控制不了自己，真的控制不了，仿佛嘴已经不是她的，她不过是个傀儡，是个传话的傀儡，而真正说话的是躲藏在她身体里，堆积太久的怨，那些怨就那样不管不顾地扑出来。

最先败下阵来的是女主人，她也被金鹊吓坏了。旋风般地跑到客厅，拿出三十块钱，递给金鹊，说了句："你快走吧！"金鹊本能地接钱，然后把钱卷起，卷成烟卷的样子，捏在手里，来回晃动，那个动作和幅度让人觉得是要掷出去的样子，对方本能地躲了躲，手拿起电话说："你再不走，我拨110了。"

终于，终于起了作用，金鹊控制不了的怨，本能地怕了，本能地赶紧转身，出了门，下了楼，慌张地跑出小区。到了人来人往的街上，又看看身后，才放松下来。站在街边，金鹊清醒过来，才意识到自己干了什么，于是，清醒后遗症如影随形地来了，后悔了。紧握着的手冒出了汗水，这时，才感觉到手心里的钱，那团湿湿的钱，让金鹊的后悔更加递进了，整个人如同虚脱般无了力气，一屁股坐在花坛的台阶上，茫然地看着川流不息的车，看着经过的人们，看着看着，想起小时候有一次上集走丢时候的心情，是那样的无助，那样的怕，那样的慌，现在这个感觉再一次来了。她站起来，往前盲目地跑，脑袋里空空的，身体也空空的，空得如同一片纸，飘来飘去。

跑了一会儿，才发现到了丈夫的工地。她心里萌生进去找丈夫的冲动，萌生了跟丈夫说说自己的委屈的冲动。于是，快走了几步，可是临到大门，却停下了，听着里面隆隆的机器声，犹豫了。自然而然地站住了，呆呆地望着门口，总不能让丈夫干活分心吧！她想。想到这，她叹气，这叹气把心里的沉重坠到了脚上，她每抬起一步都有千金般沉。什么时候回到宿舍，不记得了，她觉得自己变成了行尸走肉，那种空又来了，脑袋空空的，身体空空，唯一不空的就是如同灌铅般沉的双脚。她努力地把脚搬上床，努力地想点什么。她的眉头紧紧地皱着，眼睛盯在一个虚空的点上。

不知过了多久，直到她被吵闹惊醒。原来，房东刚进来宣布涨价，她说从这个月开始每个床位要多收二十，原因是物价上涨了，所以，床位也得涨。这话说完，立即有人嚷起来，随即吵嚷声响成一片。金鹊空空的心被争吵声堵住了，堵得她的呼吸困难，憋得她张大嘴巴，于是，哭声如同洪水决堤，汹涌奔腾地涌出来。她这一哭，争吵停了，目光全都转向她，过了一小会儿，哭声就勾起了共同的悲伤，有人跟着哭了起来。

这样一来，房东沉默片刻，说："这样吧！涨十块。"说到这，看看大家又说："这是最低底线了。"这次，没人嚷了，房东出去了。屋子里的人也一个接一个出去了。于是，屋里只剩下几张愁眉苦脸的床和抱着牡丹花被痛哭的金鹊。哭着哭着，迷迷糊糊地睡着了。梦境里，不是以前跟丈夫恩恩爱爱的情景，而是争吵，她和丈夫大声地争吵，大声地述说委屈，可丈夫埋怨她，说她不对，她就急，越急丈夫越埋怨她，她就吵，大声吵。最后，喊醒了自己，惊了一身冷汗，心打鼓般地跳。过了两分钟才稳定过来，吐出一口长气，好受些了。坐起来，眼睛望向窗外。

此时，夕阳已经褪尽，黑暗已经进入角色。街边的大排档已经吆喝起来了。随着这吆喝，霓虹灯就闪烁起来了。这个城市真正绚丽的乐章展开了，于是，或喜或悲或酸或苦的乐曲奏响了。金鹊叹息地想自己是那酸苦的乐章，

就在她自哀自怜的时候。电话响了，是丈夫。说让她下来，正在楼下等她。一听这话，金鹊第一个反应就想到刚才的梦，心里就有了不好的猜测，刚平息的心又嘭嘭地跳了，又出了一身汗，脑袋忽悠忽悠的，穿上鞋，出门。从七楼到一楼，走得慢吞吞的，以至于丈夫又打了遍电话。金鹊更慌了，心里怕，推开门看见丈夫站在那，颤着声问："出什么事？"丈夫笑呵呵地看着说："没事。"说完趴在她耳边说："想你了。"这话像一针定心剂一般，金鹊心不慌了，暖了，松了口气，然后询问地看着丈夫，丈夫拉着她的手，把她拽到怀里，又说："想死你了，媳妇。"这一句，把金鹊心里一切不良的情绪吹散了。随之而来的就是爱意了，炙热的爱意了。这炙热让身体渴了，越来越强烈的渴。她软软地靠着丈夫，任丈夫牵着她的手往前走。此

时，金鹊觉得自己的身体又空了，空得脚步都是虚飘飘的，可这空有了填满，填得满满的，填的不留一丝空隙的可能。

他们走着，走过一家又一家的时尚酒店，又走过一处处大排档，金鹊的身体冒出了水珠，在她的全身痒痒的爬行。她暗示地抚摸丈夫的手臂，轻轻的柔柔的抚摸，希望丈夫能在某个门口停下来。丈夫丝毫没有停下的意思，只是用紧握更紧握告诉她跟着走。

过了江湾大桥，再往前走不远，就是金鹊白天停留的地方，丈夫的工地。丈夫说："我今天值班，找到个好地方。"说完，看着妻子，笑得喜气洋洋。

就这样，十点半的时候，他们走进了吊车，起动机，搅拌机，砖块，水泥，沙子的世界，这个世界累了，现在安静地睡了，只有几盏淡黄色的灯无精打采地守卫着。金鹊和丈夫迅速地从淡黄的光线下穿过，闪进一栋楼里，七拐八拐地上了二层，三层，四层。路不好走，不是踢着石块就是碰到木板，金鹊一会儿"呀"一声，一会儿"嘶"一声，喘吁吁地走了半天，头都转晕了，潜在心里的不高兴浮上来了，但又不想扫丈夫的兴致，憋着眼睛里的酸，假装抬头看群星闪耀的夜空和明亮的，柔和的月光。心里不知道什么滋味，要不是黑夜遮挡了她的表情，金鹊知道她的脸一定是很凄楚的样子。

不管怎么说，他们还是做爱了。在并排铺地上的几块木板上做爱了，看见丈夫月光里的笑和闪着光亮的眼睛，金鹊抛开了凄楚，温顺地躺在丈夫铺在她身下的旧衬衫上，温顺地等着丈夫的进入，温顺地迎着越来越猛烈的爱。这爱，一下子唤醒了她的爱，于是，她欢快得如同鸟儿一般，她变成了一潭摇动的水，变成了肥沃的土地，变成了飞上天空的鸟。

回到宿舍，金鹊才觉得痛，用手一摸发现破了皮，还有血痂，可心情还像鸟儿，忍不住想唱歌。于是，她把头埋在牡丹花被里唱歌，唱牡丹花被也欢快的歌。

此时，她觉得她空空的身躯被填得满满的，满得像一池水，要溢出一般。于是，牡丹花被也盛开了，灿烂地盛开。盛开得让金鹊闻到了牡丹花香，闻到了牡丹花充盈饱满的花香。这花香让金鹊有了个决定，一个重要的决定。那就是，下次一定让牡丹花被跟她一起开放。这个决定产生后，金鹊的梦里就都是在牡丹花上做爱的情景。

早上醒过来，金鹊还傻傻地回味。过了一会儿，跳下床，打开箱子，翻来翻去，找到了一大块塑料。她拿在手里掂量着，然后铺在床上，又把牡丹花被在上面摊开，弄平，对齐被的边缘，拿起针线，缝起来。

一刻钟后，牡丹花有了衣服。这个创意很让金鹊满意，左看右看，眼前出现了和丈夫做爱的情景，脸红，心美。她一边美一边把牡丹花被叠起，装在编织兜里，又拎着在屋里走了两圈，之后，眼神有了热切有了温柔有了期盼。

痴痴地傻想了一会儿，就回过神了。开始琢磨是不是要去家政。像她这样的人是手停嘴停啊！所以，一天也不能歇。这样一想，坐不住了，出了女子宿舍奔了劳务市场。没想到的是，一进家政的门，听对方开口说话，就知道被数落是在劫难逃。于是，赶紧打断对方，说自己的不是。这反倒让对方不好说了，看看她，说你要是这态度不就好了，还至于人家投诉，弄得我们给赔不是。金鹊又是连串地批评自己，边批评边纳闷自己昨天怎么发那么大脾气。对方瞧了瞧她，说："下次注意。"金鹊松了口气，坐在椅子上看着街上来来往往的人和车，看着空中飞过的鸟群，突然觉得自己和丈夫就是城市上空的那些迁徙的鸟。

今天运气不错，中午的时候，有活了。在朝阳路，打扫卫生，包括洗衣洗床单，做晚饭，时间要在下午一点开始，做几个小时自己掌握，每天六十块钱。金鹊在家政的千叮咛万嘱咐下出门了。

这个雇主跟以前的雇主不一样，安排完活，给金鹊一套钥匙，说以后一点以后来就行，每天要干的活她会写在纸条上。说完这些就走了。金鹊第一次自己在雇主家，心里很高兴，先看看这，看看那，然后开始干活，边干边唱山路十八弯。没人监督，不用验收，自己爱怎样干怎样干，真好，金鹊庆幸。

心里高兴，跟丈夫打电话显摆，说这好，那好的。丈夫就说："既然这个活挺好，好好干，别由着自己性子来，找个好活不容易。"

金鹊心情好，不在意丈夫说自己的脾气不好，爱使性子。岔开话题，问丈夫："什么时候来？"丈夫立即说："想我了媳妇，那我今天下工就找你去。"听了这话，金鹊心里一喜，不自觉地看了一眼床头的牡丹花被。身体忽地一紧，又一松，在这一紧一松中，金鹊觉得自己的心潮起潮落般地起伏，一颗心喜盈盈地期待起来。

晚上十点的时候，丈夫在楼下的路灯下看她过来的同时看见了她手里的牡丹花被。丈夫问："拿被干什么？"这一问，金鹊还真不好回答，总不能赤裸裸地说吧！沉默了一小会儿，她说："工棚潮，加个被隔潮。"实际上，心里明镜地知道，丈夫根本舍不得用。果然，丈夫说："我那地方那么埋汰，用这被不是白瞎了。"金鹊不说话，手里提着牡丹花被跟着丈夫走。从江湾大桥这边，走到那边，又从那边走到这边，金鹊的心跟着这路程起落，这个起落直到丈夫把她送回原地才化成了失落，眼神幽怨地看着自己的影子，牡丹花被也被她的幽怨影响了，暗淡了。

分别时，丈夫还是没提什么。金鹊张了张嘴，忍住了。隔了几天，金鹊又给丈夫打电话。这次，她主动说想他了。丈夫也笑嘻嘻说想她了。晚上十点，丈夫来了，又看见金鹊提着牡丹花被，有点不高兴地说："不是告诉你，我不用吗？你还提着干嘛？"又说："这么好的东西糟践了可惜，怎么不会过日子呢！"金鹊烦，把身一扭，心里气丈夫的愚钝，也为自己难过。这次的结果依然跟上次一样，无功而返。

几次反复下来，金鹊再见到丈夫就忍不住了，问丈夫："怎么不值班了？"丈夫没注意金鹊的神情，很随意地回答："老板雇了保安，不用我们值班了。"这话让金鹊的心一忽悠，意思再清楚不过了，牡丹花被再也没有盛开的机会了，只能寂寞的堆在角落。金鹊低头，眼见着牡丹花蔫了，萎靡了。

一连几天，金鹊都没给丈夫打电话，丈夫倒是来电话了，金鹊说："累，不想出去了。"这也不是假话，这个雇主虽然不监督金鹊干活，但是家务活给金鹊安排的很多。开始，金鹊两个小时能干完，后来要三个小时，现在得四个小时。她觉得六十块钱不合适了，心里有了怨气，但还舍不得不干，毕竟比较自由。金鹊虽然不出去跟丈夫溜达，但在电话里发牢骚，说："一张好好的床，铺白床单，弄得跟医院似的，睡觉也不嫌瘆得慌。"说："每次留纸条都叫我大姐，明明比我大，还管我叫大姐，我有那么老吗？"说："一堆化妆品能用过来吗？"说："床单三天就洗，不等用坏，都得洗坏。"

说这些，开始丈夫还迎合几句，后来不吱声，再后来不耐烦了。金鹊说："要不是干活时没人看着，那么多活，那么点钱，早就不干了。"丈夫说："那就对呗！有一点可心就行呗！哪能事事顺心呢！"金鹊一想也是，但是每次看见雇主越列越长的纸条，心里还是有气，干活时有了狠歹歹，有了血海深仇，仿佛那些衣服、床单成了阶级敌人。

必然的，金鹊有了牢骚。有了牢骚，看不惯的东西多了。看不惯，就一边干活一边叨咕，例如拖地，她说还打蜡，不怕摔。例如洗衣服，说洗洗洗，都洗坏了。例如换床单，说这么好的床铺白床单，真是可惜了，白瞎了，这要是铺点花呀，朵呀多漂亮啊。一说到花，一说到朵，一下子想到了牡丹花被，一想到牡丹花被，嘴停了，眼睛直了，看着那张床，注视着床上的白床单。心里忽悠一动，一个念头如同春天的种子一下子破土而出，而且越来越迅速猛烈地在她的大脑里茁壮成长，一会儿的工夫就长成大树，占据了整个身心。

念头这东西很奇怪，没有也就算了，一旦产生，就顽固得像身体里的细菌。不管你想不想有，都不重要，重要的是它存在。只要存在就会蔓延，就会在不知不觉中病入膏肓。那天以后，金鹊再看见白色的床单心情不一样了，怎么看怎么别扭，怎么看怎么为床惋惜，怎么看怎么为牡丹花被抱屈。于是，痛恨了，痛恨那白色的床单居然有一张床。所以，洗的时候，有了恶意，手使劲地按着洗衣机上的数字，她要让白色的床单被机器搅得粉身碎骨，可就是粉身碎骨了，床也不属于牡丹花被。这个事实让金鹊一下子沮丧，一下子悲伤，一下子涌出了泪水。

从那天开始，金鹊开始逛家居城了，刚开始只是喜欢，慢慢就变成了习惯。每天下班不去，心里就有什么事没放下一样。现在，她已经能辨别出各式各样的床了，也给牡丹花被选了几张喜欢的床，她想象着牡丹花被铺在床上的美丽，不知不觉地笑了。家居城的售货员从一开始的热情介绍，到不理会她的存在，当然也不撵她。这样正合金鹊的心意，她可以尽情地想象，想象一切美好的，一切跟牡丹花被有关的美好。

今天，跟往常一样，太阳在四点半的时候，金鹊走进家居城。刚上二楼，一个售货员喊她："大姐，我等你半天了。"金鹊愣了，不知发生了什么。售货员又说："大姐，你是不是想买床？"她明白了，但是不知道是说是呢，还是说不是。说是，她又没钱买。说不是，那就是授人以柄。就在她犹豫间，售货员又说："大姐，你是从农村来的吧！我也是。"这话一下子拉近了距离，金鹊心里一暖，笑了笑。售货员接着说了："大姐，不瞒你说，从第一天看见你，就知道你是过日子的人。"金鹊不好意思了，低了低头。心里的暖递进了，听售货员又说："我们家有张样床，摆两三年了，今天老板嫌占地方，让处理了，我一下子想到大姐你了。"说到这，很讨功地看着金鹊。金鹊心里感动，觉得不能辜负了人家的看得起，开口说了两个谢谢。这个谢谢只是单纯的感谢，但售货员误会了，拉着金鹊进了店里，走到最里面的墙角，指着那张白绿相间的床，对金鹊说："大姐，这张床给你五百元，怎么样，合适到家了吧！"五百元一下子把金鹊惊醒了，本能地说："我买不起。"说完，就要走，售货员拉住金鹊，说："大姐，你过去看看，你摸摸，这床的质量。"说着拽着金鹊到了床跟前。

就这样，金鹊的手搭在了细滑的床头上，于是，再也不想拿开了。她开始慢慢地抚摸，然后，这抚摸里的情感越来越浓了，她的抚摸也细致了动情了，如同抚摸恋人一般。售货员不失时机地说："大姐，真的合适，我不骗你，你不要我们内部有人要的。"金鹊已经听不见售货员在说什么了，她完全被床的细滑所温暖，被牡丹花被铺在上面所蛊惑，被能拥有这样一张床而渴望。

瞧着金鹊一言不发，售货员知道她动心了，继续说："大姐，五百不贵了，这床以前都是两千多的，"拍了拍床，说："你瞧这木板多结实。"又说:"你看这床脚多稳。"停了一下,开玩笑地说:"你家姐夫就是个大胖子,这床上也稳如泰山,不会发出一点声音。"听到这有深意的话,金鹊脸红了,小声辩解说:"不胖不瘦。"售货员笑了,说:"那姐夫是帅哥吧,大姐还犹豫什么,想想在这床上跟姐夫,"说到这,加了表情,加重了语气,说了句:"多美。"这个多美彻底地让金鹊面红耳赤。喃喃地说:"都老夫老妻了。"售货员暧昧地笑了,说:"大姐,就是老夫老妻了才有第二春呢!"金鹊鼻子尖冒出汗了,脸热,心也热。眼睛又落到床上,牡丹花被在床上出现了,那么灿烂,那么艳丽,那么让人眩惑。她突然听到心底的想要的声音,开始弱弱的,慢慢地强烈,最后变成了呐喊。

就这样,这张床最后以四百元成交。售货员给运送的人打电话,边打边对金鹊说:"大姐真的合适,这四百块钱还有运费五十,我们就等于三百五卖的。"钱掏出的那一刻,金鹊的心落地了,内心中长久没解决的事情终于尘埃落尽般的轻松,轻得如同要飞起一般。她用欣喜的梦幻的眼神,看着那张床。

此时,太阳已经不像白天那么猛烈了,柔和的光线里有着善解人意的慈爱。运送的脚夫把床装上三轮车,问她:"送到哪里?"这个哪里,让金鹊傻了,是呀,送到哪里呢?哪里能放下这张床呢?刚才落地的心,悬了起来,现实一下子回到眼前,她慌乱起来。

愣了一分钟想起丈夫。拿起电话,当丈夫听到她买了张床,几乎用咆哮吼道:"赶紧退了,你疯了,往哪放,你赶快退了,你怎么这么败家,买什么床……"一连串的话,让金鹊无力地垂下手。空空的感觉又来了,她觉得这空又让她变成了轻飘飘的纸,随着风刮来刮去。脚夫不耐烦了,说:"快点,下班了。"金鹊看看即将关门的家具城,依然无计可施,依然不知怎么办。

在夕阳发出红色的光芒的时候,金鹊坐上三轮车,在这个城市的街道穿过。三轮车精疲力竭地穿过一条一条街道,过了一个一个红灯,横穿了一次又一次的马路。可是,终点还是遥遥无期,三轮车的电机已经发出了嘶哑的低吼,宣布最后的底线。脚夫威胁地说:"如果再没目的地,就把床卸在马路上。"不得已,金鹊说了女子宿舍。

于是，三轮车终于有了目的地，脚夫骂骂咧咧的坏心情终于有了缓解，那张白绿相间的床终于卸下了车，和金鹊一起立在路边。

金鹊茫然地注视着这张洁白得耀眼的床，一时间，想不起自己要干什么。过了很久，仿佛想起来了，她转过身，开始缓慢地走，过了一会儿加快了脚步，最后跑了起来。她以最快的速度，上楼，开门，奔到牡丹花被跟前，抱起来，转身，重新往回跑。

牡丹花被终于有了自己的床，金鹊想。于是，那种得偿所愿的开心露了出来。于是，牡丹花被在夕阳的光芒里伸展那卷曲很久的腰身，绚丽地盛开了。这绚丽不能不让金鹊一下子有了神圣，她轻轻地坐在床边，双腿并拢，双手放在膝上，当最后一抹阳光照在她脸上时，她脱掉鞋，抬起腿，轻轻地躺下，轻轻地躺在牡丹花丛中。于是，她闻到了牡丹花的香气，听到了牡丹花满意的赞叹。于是，她闭上眼睛，笑了，像盛开的牡丹花般地笑了。

苹果心

"咣咣"地砸门声，让在梦境中已经变成鱼的雅娟，"倏"地醒了。僵直了一秒，就彻底醒了。"腾"地一下子坐起来，头和心同时一忽悠，差点又一次栽到被子上。她赶紧把手放在胸口，死劲地按了按，仿佛这个动作能像强心剂一般让她心跳如鼓的心平稳下来。可事实证明，心还是一点点地被揪到了喉咙口，她的按既没让自己平稳，也没有让砸门声缓解，反而更歇斯底里了。那么，已经不容她有半点迟疑了。于是，起身，下床，冲到厅里。此时，墙上的钟显示是晚上九点。

砸门的人是楼下邻居。砸门的理由是她家漏水了。雅娟在门里解释说没漏水，说晚上她连碗都没刷，根本没用水。

门外的男人显然不信，用更气急败坏的叫嚷来否定她，声音里带着气急败坏的哨音。

雅娟对这个邻居毫无办法。自从搬来，这个剧目已经上演多次了。最开始，她极客气，而且还很配合，后来她就发现这个男人的别有用心。心里是又恼怒又厌恶，所以不管是在楼道碰见还是面对面的交锋，她都用不理不睬表明自己的态度。结果呢！没什么作用，这个男人依然如故。

在这个问题上，她一开始就错了。如果她像泼妇似的破口大骂就好了。但是，她骂不出口，第一她是知识分子，第二是真的骂起来，恐怕女儿会受到惊吓。女儿虽说十六了，但是也是个孩子，剑拔弩张只会让她惊恐，所以，选择忍耐也是迫不得已。

这时，野蛮的砸门声已经把女儿从房间惊了出来。站在客厅苍白的灯光里，看上去仿佛在瑟瑟发抖。她假装若无其事地对女儿说没事。一边走到门前，怒火中烧地打开门。男人挤了进来，脸上挂着得意，嘴里嘟嘟囔囔地喷着酒气。喝酒了，这个信息让她立马警觉，她立即站在房间的中央，回身拿起放在茶几上的手机，手指搭在1的位置上，神情肃穆，目光寒冷，脸上呈现着凶猛和孤注一掷的决绝。

自从离婚，她身上就有了一种悲情的特质，在忍让里总有让人心酸的激烈。一种要么安静地活着，一种要么奋不顾身的死。这两种东西在她身上交织，就使她看上既弱又强。正因为这样，雅娟的心里经常有穷途末路的奋不顾身。

此时，她就是这样。

男人鬼头鬼脑地看了一圈，说了几句抱怨话，瞧着她不应声，两眼闪着寒光的样子，就磨磨蹭蹭地出门走了。

雅娟心里明镜地知道，这个猥琐的男人不敢怎样，也就是满足一下欺负她孤儿寡母的阴暗心理。如果家里有个男人，即使真的漏水，那个男人也不会这么嚣张，这么肆无忌惮。

这就是现实，愤愤不平，但无计可施。能忍则忍，是她离婚后最大的进步。凡事都有例外，她在对外任何事情上都会忍，但是在女儿身上，她的忍耐力极有限，甚至没有。

此时，她关上门，站在门边呼了口气。然后，走进女儿的房间，问："作业写完没有？"女儿点了点头。又问："英语背了没有？"这次，女儿不点头也不摇头，一副全然没听见的样子。雅娟就气急地又问了一句，女儿不满意地拉着长声回答："背——了。"又小声加了一句："真闹心。"雅娟气更急了说："一问你学习，你就闹心，你说你什么不闹心。"

女儿看出她的不顺气，就遮盖地说："是家里的水管闹心。"

"这些事不用你操心，你就是好好学习，考个好成绩……"话还没说完，女儿就把耳朵捂上了，说："我知道了，别磨叽了，你快出去吧！"

这话恰到好处地把她压在心底的火勾出来，脱口而出的话就有了怨气："我愿意磨叽啊？你要是成绩好，我才不说你呢！"女儿一下子就把头缩到被里，隔着被抗议着："说什么都能跟学习联系到一起，真烦人。"

"你说谁烦人，谁从小把你养大的，你有没有良心，你翅膀还没硬呢！就嫌我烦人了，等翅膀硬了不一定怎么对待我呢？"连珠炮般的话语倾泻出来。

"唉呀我去，你能不能别又整这一出啊！你不烦人，我烦人还不行，"又说，"你当初就该把我掐死算了"。

从今年开始，她们母女俩只要开口就是这个样子。雅娟也不知道那个嗷嗷待哺的婴儿、牙牙学语的幼儿、童声童气的儿童哪里去了？现在站起来比她都高的女孩，竟让她感到一丝陌生，陌生得仿佛以前的一切都是幻影。

引出女人身上"恶"的有两种人。一种是男人，一种是孩子。失败的婚姻虽然让她颓废、憔悴和伤神，却没有引出她的"恶"，自始至终她和前夫的关系都还算融洽。可女儿琪琪却让她变成了一个丑恶的人，这个"恶"的种子从生根到长出枝芽，都会有着歇斯底里的狰狞。狰狞得让原有的修养和温和正一点点地消失，取而代之的是一个疯婆子的形象。吵嘴、砸手机、翻书包、撕书，甚至动用其他暴力。

当然，她也苦口婆心地说大道理，说着说着，她会哭天抹泪，会痛心疾首会哀求女儿，整个一个现代版的祥林嫂。

只要她鼻涕一把眼泪一把地诉说自己为了女儿怎样怎样的时候，女儿就会反驳，说："妈妈你千万别为了我牺牲，我没限制你。你别说都是为了我好，你也别把自己达不到的目标寄托在我身上，你都没达到为什么要求我。"

听了这话，她的心就像被蝼蚁撕咬般的痒痛，无数难以说出的理由在她心里形成伤感和酸楚，竟让她无以应答。

女儿以为自己都知道？可女儿真的知道吗？知道分数决定你进什么样的高中，进什么样的大学吗？甚至决定你以后生活得怎样吗？她其实什么也不知道，不知道一涨再涨的米油，不知道一个月比一个月贵的学费，不知道妈妈需要每时每刻为此精打细算。

这时，雅娟就有一种委屈有一种有理说不清的感觉。

晚上躺在床上，在黑暗中用被子紧紧地包住自己，然后才泪水滂沱，流淌如注。在她这个年纪已经学会了撑伞，学会了把不满和愤恨堵在黑暗中，然后一个个地杀死。

一声炸雷响过，噼里啪啦地就下雨了。

离婚时，带着女儿净身出户，与其说是激烈不如说是解脱。女人是因爱而性，而男人可能是因性而爱。导致离婚的原因，表面上是因为丈夫出轨，实际上她明白，是他们之间不和谐。

雅娟属于闪婚。当时单位同事开玩笑说他们是霹雳婚姻。这也为后来的婚姻生活埋下了隐患。结婚不到一年，就觉得他们的性格和思想还有生活态度甚至处理问题的方式都有很大的不同。

于是，小摩擦不断，一点小事就吵得不可开交，那时雅娟年轻气盛，为此没少挨揍，打也打了，闹也闹了，最初积累的一点情感也消失殆尽。雅娟那时就想离婚，但是考虑到女儿太小，就放下了这个念头。可是在夫妻生活上，雅娟就不行了，不但不同床，还躲着丈夫，即使迫不得已做爱，也是干干涩涩的有些强直僵硬，不但自己毫无乐趣可言，丈夫更是如此。对于她来说，性生活成了一种负担，一种痛苦。对于丈夫则是一种说不出来的烦恼和气愤。

后来，知道丈夫在外面有人了，心里反倒松了口气，庆幸不用遭罪了。

在后来的一段日子里，他们夫妻在表面上反而和谐了许多，丈夫对家对孩子甚至对她都温和了许多，家庭气氛也一度其乐融融，最起码，女儿是幸福的。

可这个世界偏偏就有很多所谓的好心人，热心人。她们像特工一样观察着别人的生活，然后找出蛛丝马迹，并且迫不及待地告诉对方，还美其名曰是为了你好，不能让你吃亏。

小方就是这样的人。她第一次跟她说你丈夫在外面有女人时，雅娟就极力为丈夫开脱，说自己知道那是同事或说是亲戚。以后，小方又跟她说了几次，她觉得闹腾，开始躲着小方，上楼下楼做贼似的。私底下，她也旁敲侧击地说过丈夫，让他收敛些，别闹得沸沸扬扬的，面子上过不去。丈夫当时就急了，表决心似的说自己很清白，还说要好好过日子。

可她越是不热衷，小方越是热心，一副非要帮她把事情搞清楚的样子。

一天下午，雅娟在单位接到小方电话，说让她回家一趟。她问："什么事？"小方回答说："你就回吧！出事了。"于是，她急急地请假回家，到了楼下看见丈夫的车，就觉得心里怪怪的。

上楼，开门时不知为什么手抖得厉害，稀里哗啦地半天才找到锁孔。打开的门口摆着一双女人的鞋，紧靠着丈夫的鞋，看上去相依相靠的样子。

雅娟傻了，不知该进去，还是退回去，心里绝望地想这下完了，彻底完了。那种感觉不是伤心，是痛、是空、是悔。进了屋，看见丈夫和那个女人一前一后地从卧室出来了，那个女人没有显出慌乱，反而理直气壮地坐在沙发。

就是这种理直气壮，使雅娟觉得，这婚，不离是不行了。不管丈夫的态度如何，都没法继续过下去了。

只是事后她觉得，对不起女儿，从此将让女儿跟着她过着没有安全感的生活。

所以，她最大程度地对女儿好。早晨起床，先把干净的内衣放在女儿伸手可及的枕边，然后一遍遍地轻声叫女儿起床，随后把牙缸倒上热水。趁着女儿刷牙洗脸的功夫，将热饭热菜端到餐桌上，把洗好的苹果以及一盒酸奶、一块蛋糕放进书包。女儿出门，她还要蹲在地上给女儿穿鞋，一切都弄利索后，也像打了一场仗一样地筋疲力尽。

可事情往往不尽人意，女儿对于她的这些做法不但不领情，甚至是反感和不情愿，经常抗议式地甩她的手。这种抗议让她心里像打翻了五味瓶，什么滋味都有了。鉴于女儿的逆反，一度对婚姻心灰意冷的她，也开始想需要一个男人了，哪怕听她诉诉苦也好。她实在是压抑得太久了，不管心理和生理，这种重负都达到了极点。身体内隐藏的需要，经常以梦的形式暴露在她的大脑，而精神上的积压也无时无刻地搅扰着她的内心。

于是，男人像蛇一样在心里破土而出。

半年前，亲属给她介绍个男朋友，在市工商局工作，规规矩矩地交往了一个月，男方挺稳重也挺有分寸的，原则上她是没意见的。但是对男方提出先同居后结婚有些质疑，有些犹豫。亲属就劝她说："这样的男人追的人有的是，好些都是小姑娘呢！"那潜台词就是，人家要你，你就偷着乐吧！

雅娟心里别扭，但是脸上还是不动声色，亲属又说："找个条件好的不容易，你也不看看自己的年纪，同居就同居，反正你也不是黄花姑娘，现在这样的事多着呢。"

想想好笑，怎么自己像收市的大白菜呢！难道有人买回家就得千恩万谢？不是小姑娘怎么了！四十岁怎么了！凭什么就非得贱卖？在心里气不过，可嘴上还是哼哈的迎合着。亲戚也是好意，犯不上较劲，生气也是在心里，表面上还是滴水不漏地撑着。四十岁的女人已经没了任性的权利，以往的娇宠已经变成了水中花，镜中月了。

细想，她也理解男方，经历了一次婚姻的男人，就像铁板在盐酸池子里咬了一回，捞出来时表面已经镀上了一层膜，这层膜就像保护层，把自己的情感，说庸俗点是财产都包在里面，外面锃亮好看，可要是穿透那就得再咬一回，咬好了物见本色，咬不好就是巴拉狗啃的了。所以，男方这样做不能说人家不好，也不能说人家过分。

可自己不行啊！自己同居不起啊！跟女儿说妈妈要结婚，女儿可能会不高兴但是能理解。但是如果同居，就有两种可能，一种是过一段时间终成眷属，一种就是一拍两散。就像云层可以孕育滋润大地的雨水也可以孕育寒冷的冰雹一样，这是未知数。

她不能冒这个险，让这个未知数给女儿造成任何心里阴影。不能因为自己的一时放纵，让女儿对男女之情不在意不尊重，不能让女儿的是非观价值观乃至世界观因为自己出现偏差，每想至此，她就惊出一身冷汗，她很决绝地回绝了对方。

这次的教训让她觉得在婚否的问题上更需谨慎，她就退而求其次地想偷偷找个情人也行，先偷偷相处，不让女儿知道，如果以后能结婚更好，不能结婚也不影响什么，岂不两全其美。

这个想法首先得到同事宝姿的赞同。宝姿认为女人的美丽短暂，千万别苦了自己，千万别当挂在树上的苹果，光彩照人时不让摘，等蔫了枯了，落在地上烂了，毫无意义地死去。

在这种情况下，又认识了个单身男人。第一感觉那个男人像兽。见了两面就阐明了自己的观点，不结婚，就处女朋友。然后，就大谈特谈——性。

一副眉飞色舞的样子，就像个性学专家。一时间雅娟觉得自己掉进了驴窝里，那男人满身散发着驴味。她不是有多清高，也不是不需要性，但是一旦把性堕落成赤裸裸的动物的本能，还是不能让她接受的。就在那一刹那，她的脑海里竟然出现了动物世界里两头成年狮子交配的画面。她觉得自己胃里翻江倒海的恶心。

一个人能无耻到这个地步也算是淋漓尽致了吧！

她平静地，甚至看上去还有些心平气和地冲着那个男人笑了一下，然后毅然决然地头也不回地走了。她决不能让自己成为无耻的帮凶，也不能给无耻任何兴风作浪的理由，她想。

有时候，坏事也会成双。类似的事儿，接着又发生了。她去找所长报销采暖费，当时男职工报销采暖费，所里单身的女职工除了没结婚的就宝姿和她，宝姿不差这几个钱，而她差啊！她就找一下相关文件，文件规定女职工如果丈夫死亡或一方没工作或单身的享受跟男职工同等的待遇。她拿着文件进了所长的办公室，所长说："没有这个先例，不能报。"雅娟就跟所长磨叽，所长定定地看着她，然后向前探探身子，说："你想报采暖费，不难，就我一句话的事。"看着所长的眼神，她就起了一层鸡皮疙瘩，低下头，不敢看所长满是皱纹的脸。所长就把手搭在她的肩上，她没动，心里也侥幸地想，如果就是占点小便宜，也无所谓，能给她报销就行。男人的欲望是得寸进尺的，当所长满是烟味的嘴吻住她的时候，她觉得恶心，非常的恶心。不，不，她断然拒绝。好在不久采暖费就改革了，但是在单位她一直不受待见。

经过这几次，雅娟是彻底的灰心了。她做不到宝姿那样。宝姿总有自己的一套歪理邪说，总说："女人得作，没事就作，这样男人才舍得花钱。"说："不要相信男人的感情，但是要相信男人的钱。"宝姿还说，她就是庸俗，就是喜欢钱。

雅娟心想，废话，谁不喜欢钱？

宝姿的情人，一个饲料加工厂的小老板，一个有妇之夫。每次看见小老板舔着肚子一摇一晃来找宝姿，就觉得这个男人浑身都是鸡屎味。这话说给宝姿听的时候是幸灾乐祸的，可宝姿不在乎，说："只要他的钱没有鸡屎味就行。"

她羡慕宝姿，羡慕宝姿没有她的烦恼。

而自己呢？每天心都悬着，要为这个月孩子费用过大担心，为经常骚扰的邻居忍气吞声，担心房租，担心女儿，担心自己忽然地一天白发丛生面目皱皱，担心已经长满了龟裂口子的心，会突然四分五裂，无法复原。

就在这种情况下，雅娟结识了申林。

申林是教育与心理健康咨询所的老师。看申林第一眼雅娟的心就忽悠一下，申林的笑很有魅力，眼睛里带着款款深情，注视你的时候，让你觉得他眼睛里全是你。这让她不能自控地左一眼右一眼地扫着申林，并且很认真地请教了关于青春期孩子的教育问题。

申林反复强调说："尊重孩子，让孩子感觉到尊重。"

实际上，有哪个家长不愿意尊重孩子呢！只是不放心孩子，怕孩子出事，心理上还总觉得孩子小。就拿女儿说吧！初三了，放学晚回来10分钟她都坐卧不宁，脑海里全都是坏事，不是过马路出事了，就是让坏人挟持了。每到这时候，她怀念女儿小时候，每天扯着她的手，一刻不离的样子。

讲座结束后，她主动要了联系方式，偶尔会发个短信。开始申林回应很淡，可通过几次 QQ 交往就熟了，申林也热起来。她觉得申林是个含蓄的有修养的人，也符合心意。就是一点犹豫，对有家室的男人，不想招惹，一来麻烦，二来委屈。

但是，有时候男女的情感是微妙的，也许申林不是个好男人，也许外面有众多情人，可她的心里就是呱呱啾啾的会想起他。而申林最不错的地方就是没有提出任何超越界限的言语，甚至没提出见面，更不要说别的，这让雅娟空前的放松。

现在好多场合都不避讳谈性，酒桌上更是习以为常，男人仿佛个个都是身经百战的样子，女人也是一副波澜不惊的样子，不就是那点事吗？谁还不是不知道。对于这些，除了反感以外，就是尽量不参加聚会，她不是不喜欢男人，她喜欢跟男人自然而然的水到渠成的，而不是赤裸裸的变成欲望的奴隶。

就这样，两人从网络转到短信电话，并且越来越频繁，感觉好像认识了很久很久。

尽管心情好了很多，可现实情况并不乐观。星期五，接到班主任的电话，说女儿跟英语老师吵起来了。大概情况是因为女儿英语测验不及格，老师狠批了女儿几句。女儿没反驳，但是态度相当不好，硬梗着小脖，一脸不服气，手里还噼里啪啦地摔书。

可以想象英语老师当时的气愤，女儿那种挑战的态度，她经历过。最后，老师伸手夺过女儿手里的书，撇到了地上。

见了英语老师，老师说："于琪就像小豹子似的，这孩子变成这样真的让我惊讶。"说："我说的也可能是狠了些，我就是想刺激刺激她。这孩子从这学期开始太散漫，学习上不用心，课上总搞小动作，有时还看言情小说。"雅娟如鸡啄米般地点头，嘴里连连说是，身体弓着，就像罪人。

从英语老师办公室出来，她犹豫了一下，就进了班主任的办公室。班主任老师倒是安慰她说："于琪正在遭遇叛逆期，我们要有耐心和信心，孩子还小，要慢慢来，你急也没用。"又说："都是女人，我知道你不容易。"

听了老师的话，雅娟就有点哽咽。

她真的觉得委屈，内心的情绪压抑得太久了，现在终于有了一个出口，她的泪水再也止不住了，索性不管不顾地落了下来。就这样，她把满腹的委屈和难过流了老师一身。

过后，自己就觉得离谱，觉得脸红，都四十岁了怎么还像个小女生。

事情发生了，就要补救。于是，雅娟就琢磨给老师送礼，以她的经验，送礼是化解矛盾的最佳途径，尤其应该让老师觉得家长是懂事的。对于什么礼物，还是颇费一番心思的，既不能太过于贵重，又不能寒酸。

礼物是星期六买的。还觉得满意，边走边想什么时间送去。这时，电话响了，是母亲。问她在哪。她说："在商店。"母亲在电话里就嚷了起来，说："千万别花钱，千万别给她买东西，只要她去吃饭就行。"有点懵，随即醒悟，五月九号——母亲节。

母亲的电话一下子把她拉回女儿的角色，就感到有了一肚子话想跟母亲说，她也要在母亲面前诉诉苦，撒撒娇，让母亲安慰她，让母亲成为她的保护伞，就像她是女儿的保护伞一样。想到这，她的心热热的，一种前所没有的迫切，让她重新返回商场。

一路上，她不由自主地开始盘算怎么把钱花到月底。当然了，盘算也是盘算自己，盘算把自己的早点的面包改成馒头，再把咖啡改成粥，再就把自己的那份水果也停了。

进了母亲家，还没站稳脚，就听见母亲和父亲正在吵架。妹妹在厨房做饭，一见她进来，就咬她耳朵说："二老又因为航航吵架了。"

雅娟的眉头皱了起来，刚才的好心情一下子就烟消云散了。再看那老两口，一个坐在床上，一个站在地中央，正吵着。听了半天，才弄清事情的原委。原来是这个月孙子航航在他们手里要走了九百多块钱，说学校收的杂费。二老都觉得有点多，私底下就嘀咕，母亲就说给老师打电话问问，父亲说不能问，问了对孙子不好。母亲说没什么不好的，父亲就数落母亲。母亲当然生气了，就吵了起来，相互说着不是。

不得已，雅娟充当了救火队员的角色。劝劝这个，再劝劝那个，最后，二老倒是平息了，她却感到身心疲惫不堪，路上盘算想说的话，也就说不出口。自嘲地想，自己那点事算什么呢！

关于侄子航航，雅娟从来就不赞成留在爷爷奶奶身边，当初就让父母给哥哥送回去。但是父母不舍得，总害怕再婚的哥哥脾气不好打航航。航航在爷爷奶奶这儿被惯得没边没沿的，用饭盆撒尿，往菜汤里撒土，撒泼打滚，霸王一个。

父母溺爱孙子的做法使雅娟很惊讶。像这种事，老两口只能背后吵架，却不敢当面问问孙子。话又说回来，问也白问，不但惹一肚子气，还要让孙子作两天，不是用不回家吓唬爷爷奶奶，就是用不上学威胁。

有些话是不能告诉父母的，后来从妹妹那里得知，航航是为了给小女朋友开生日会，买了一块表，花去了那些钱。父母年纪大了，经不住大起大落的情绪波动了。现在，她们家形成个怪圈，侄子的事，她和妹妹要瞒着父母，而父母又要瞒着再婚的哥哥。哥哥是急脾气，两句话不来就要动手的。所以她干脆装聋作哑，只想父母别生气，身体好，比什么都强。

那天，从父母家出来，就接到了申林的短信，是：祝福四十年前给予你生命的母亲，因为她我们才会相遇。

雅娟手指按了几个字母，但是又突然停住了，眼睛久久地盯着屏幕的字。最后，一个字也没回，黯然地把手机放在包里。

她明白自己稳重的外表实际上有着懦弱。这种懦弱是不幸的婚姻给她的不能磨灭的痕迹。她怕。

本来，觉得给老师送礼不会有什么波折，也不应该有波折，可偏偏就出了意外。这意外让她的心再次陷入低谷，更加闹心。

英语老师拒绝了她的礼物。好话说了一箩筐，嗓子都嘶哑了，还是没用，这就像射进门的球被弹回来一样，不但沮丧而且忧心忡忡。英语老师的话很客气，也不能说不诚恳，她说："我会尽力管好于琪的，也会负责的，我也理解你的心情，但是礼物我不能收。"死说活说，英语老师就是两个字不收！

不收就不收吧！太过撕扯，就不像是送礼了，倒像打架了。

有了这个前因，再要给班主任老师送礼时就犹犹豫豫了。这时她想到了申林，就发了个短信过去。

很快，申林的电话就过来了，说："英语老师肯定是个年轻老师吧！"她回答："是。"电话那端又说："现在的年轻老师是聘任制，有压力的，你放心吧！不会对孩子不好的。"又说："班主任不会拒绝，从各个方面都不会，老一点的老师在人情世故上也成熟。"又开玩笑地说："既然皮球在这个球门弹了回来，那么就换个球门，不管怎么说，球还是要送出去的。"

挂了电话，雅娟就惊异，觉得申林的话说到她心里了。内心就涌出了一种莫名的热浪，虽说这热浪不合时宜，但还是不可抑制地在身体穿行。

事情果然在意料之中，班主任欣然接受了礼物。不但接受还说了些贴心贴肺的话。班主任说："你放心，琪琪坏不哪去，咱家孩子底子在那呢！你放心，我该管管，该揍揍。"班主任很会说话，总是把的所有学生都说成是咱家的，这就无形地拉近了和家长的距离。就像病人给医生送红包，都有心到佛知，财去心安的安慰。

雅娟不是浅薄的女人。在某些事情上，怎么做，用什么方法做，她都清楚，不是她多聪明，而是到这个年龄的女人都具有的心智和经验。可在做这些事的时候，她希望有人肯定一下，有人支撑一下，就像一根木棍支在她的身后，让她出去面对现实面对烦恼面对酸痛时，更坚强一点，脚步更矫健一点。

这就是女人，无论外表如何强，内心总是柔弱的，更何况她外表也不强。

可能支撑她的人是谁呢？脑海里自然而然出现的是申林。想到这，心就像长了翅膀，呼扇得厉害。雅娟还是属于美丽的女人的，尤其一双眼睛更是让人难以忘怀，水水的黑黑的透着灵秀。四十岁以后的女人是甘甜的，是经过风霜经过雨露经过日月的那种甘甜，就像成熟的挂在树上的苹果，饱满丰盈。

晚上吃饭时，想着申林短信上的话："孩子这个时期内心躁动是正常的，她们正用各式各样的行为，证明自己不是孩子了，宣告自己长大了。作为家长，就要理解孩子，从而给孩子更大的空间。要允许孩子有小动作乃至小脾气，我们要注意态度……"也许是改变一下的时候了，她想。

收拾完碗筷，她招呼女儿坐下。她首先检讨了这段时间自己对女儿不对的地方，然后说了自己对女儿的要求。再然后说作为母亲她尊重女儿的决定但是不支持女儿的一些做法。她一改以往强硬的态度，语调透着温和，透着关切。这让女儿很疑惑，她说："妈，你不是病了？"

雅娟没有回答，用沉默作答。

过了一会儿，她洗了一小盆水果，端到女儿的屋里，放在写字台上。女儿拿起一个，咬了一口说："谢谢。"她的心里忽然一动。这句平常的话已经好久没有听到了，竟有了恍惚的感觉。

连日的阴郁担心，终于散了。

雅娟的好心情，还是让宝姿看出来了，就问她："怎么回事？"她说："孩子比以前听话了。"宝姿说："我看不像孩子，倒像是做爱了。"

要是以前，她肯定会跟宝姿说点荤话，肯定把心里话都说出来，显摆也好，嘚瑟也好，总之要让别人跟她分享。

可就是在那天，她们之间发生了点不愉快。

单位有个同事的母亲住院，在去不去探望的问题上她有点犹犹豫豫的。说心里话，雅娟的工资不高，不想去是肯定的。但是毕竟是一个单位的同事，尽管平时交往不多，可也是低头不见抬头见的。她留了个心眼，想等等看，如果宝姿去她就去，如果宝姿不去她就不去。憋了几天，就想问宝姿，想想还是别问了，万一宝姿不想去，她不是提醒人家嘛！她知道如果宝姿要是去，肯定得跟她说，以往有这种事她们都是一起行动的。

这次宝姿却瞒着她跟单位的另两个同事去了医院，还帮一个同事稍了二百元钱。那个同事来给宝姿还钱时，雅娟赶巧也在，就亲耳听到了两人嘀嘀咕咕的对话。那个同事刚出门，她的火就刷地蹿上来了，她质问宝姿："是不是去医院了？"宝姿说："去了。"雅娟质问地说："你怎么没叫我。"又说："我们以前不是说好了吗？凡是有这事一起行动。"

没想到的是，宝姿却说："你现在条件也不好，也没钱，寻思你也没提这事，可能你也不想去，就没叫你，也是想为你省点钱。"

对宝姿的理论哑口无言。也许宝姿的出发点是好的，不过有些事真的不仅仅是钱的问题。

在那个午后，雅娟觉得自己苍白得发冷，阳光也一颤一颤的。

这点小事当然不会影响她们的友谊，但是雅娟的心里凄凄然的。

跟申林通电话时说起了这件事还有点眼泪在眼圈转，虽然对方看不见，可也感觉了她的心情。

最近一段时间，申林的电话已经变成了缺一不可。心情再不好，申林都能帮她化解，让她开朗。所以，即使撂了电话，心里也恋恋不舍的，而且这种感觉一次比一次深，一次比一次强烈。

听了她的述说，申林说："你要让对方知道对事物的态度，不要总勒着。"

电话通了一个多小时，放下时手机都是热的。

晚上回家，看见楼下的男人，申林的话就出现在脑海，下定决心，如果这个男人再骚扰她，她就要吼出来，大声地吼出来。

电话的频繁女儿也觉察到了，表情不是不高兴，也不是反感，怎么说呢！就是神秘莫测的样子，让她猛然觉得女儿长大了。

实际上，她也想在女儿面前收敛些，但是不行，勒不住。内心是期待而又矛盾的。她心里问自己到底需要什么，到底想干什么。回答是模糊的不确定的。脑海里就想宝姿的苹果理论，想着想着就有了升华，就有了一丝丝理由和借口。劝自己，挂在树上的苹果，即使再光彩照人，但是没人欣赏，没人摘，最后只能枯萎乃至寂寞地落到地上，慢慢地成为大地的肥料。而被摘下的苹果呢！会被人捧在手里，会体会手的温暖，也会体验牙齿坚硬的痛，体验舌头柔软的甜，也经过胃的酸，肠道的苦涩，最后也成为大地的肥料。苹果的最终极的结果是相同的，不同的只是经历和体验。前者安静，后者痛苦甚至声嘶力竭。

迷迷糊糊地睡着，又做了一个梦，梦见自己又变成了一条鱼沉到水底，这次跟上次不同的是，一个男人紧紧地抱住了她，很紧很紧的，当亲吻她的时候，她突然地跑了，男人就在后面追，直到把她从睡梦追醒。

她把这个梦，还是跟宝姿说了，宝姿果断地说这是个性梦。还说她的内心矛盾，既渴望性又拒绝性。也许，她想。

思来想去，她就决定冷一段时间。也赶上这段时间，省里来检查工作，比较忙，所以申林的短信不能及时回复。

申林的短信说："有些东西已经不可或缺。""只是希望你快乐，如果你觉得不理我快乐，我尊重你。""你能不能理我一下，就一下下。"雅娟回：忙，很忙。申林回：知道你没事就好，我会等你。雅娟回：我是个软弱的人。申林回：大家都是，不给你承诺，只是为了更真诚的接近，不给你花言巧语，只是更喜欢你，选择在你手里，喜欢在我手里，真心希望你幸福。

看着屏幕上的字，泪水涌了上来。这些话也许不是真的，爱这个词本身就很虚幻，但是雅娟需要，需要感觉一个男人在真心爱她，她也真心爱着对方的感觉，需要这种每天思念的感觉，这样她就会觉得活着很有意义，每天都会期待。

省里检查一结束，大家就嚷着要好好玩玩。所里组织去了松花湖。划船，登山，玩了一天，晚上吃饭的时候，大家都喝酒了。雅娟平时不怎么喝酒也喝不少，脸颊绯红，眼睛蒙眬得像含着雾，看人的眼神顾盼生辉。单位男同事请她跳舞，凑到她耳边说："你肯定内分泌失调。"雅娟当即愕然。男同事说："我发现你脸上这两年总有痘痘。"又意味深长地接着说："女人需要调养，要不就会衰老的。"

男同事的话，让她尴尬难当，是调戏也好是暗示也好。她都没有办法继续留在那里。

趁着月色，走出喧闹的餐厅。站在树影里，看着远处的人影和欢笑，她捏着手机，手指终于按住键盘，一连串数字就拨了过去。

宝姿说，自己喜欢的人就要跟他弄一下。

也许宝姿说的是对的，难得这个世界上还有喜欢自己，自己也喜欢的人啊！她想。

青年武二在叶赫

　　武二的真名是武麒麟。这名字花了二百块钱起的。当初，他爸把写着名字的纸，如捧珍宝般递给上户口的女民警，嘴里说："那两个字念'麒麟'。"漂亮的女民警瞥了他爸一眼，没吱声，眼睛盯着电脑屏幕，双手敲得键盘噼里啪啦地响。他爸等了一小会儿，如同聚焦般眯了眯眼，又强调地说了一遍。

　　这次，漂亮女民警连眼皮都没撩一下，双手离了键盘，一手拽着刚从机器出来还热乎的户口本，一手掀开钢印的手柄。"咔嚓"，手起刀落般盖了钢印，"啪嚓"，又飞刀般钉到了柜台上。干脆利落得让他爸老武一呆，暗想，这女人真狠，二话不说地就把"麒麟"戳上了。想到这，忽地觉得不妥，心一咯噔，马上在心里呸呸一连串，之后才安了心，拿着户口本出了门。

　　后来，武二跟他爸老武宣布，决定留在叶赫保护苍鹭。他爸老武一边痛心疾首地骂他，一边跺得地板呼咚呼咚响。他爸老武定是把地板当成儿子了，所以不顾自己的关节炎，一脚跟着一脚的狂跺。而就是这番狂跺，把当年那"咔嚓"一幕从脑海深处跺了出来，他爸老武的心又是一"咯噔"，一下子收了声停了脚，僵了般呆立。

　　秒针走了三格半，他爸老武才惊疑地注视正低头的儿子。想难道那一戳真把原本应该是麒麟的儿子戳成了个二货。这念头一出来，心突突地颤了几下，一股酸就从鼻腔冲上来，说不出来是悲痛还是悲愤的情绪，绕满了胸腔。接下来，有点活不下去的绝望，让他爸老武来个了天欲绝我式的仰天长叹。

一直计算着苍鹭每天需要补充多少鱼，需要多少钱的武二。突然发觉气氛不对，刚才还弄得耳朵眼直痒痒的声音没有了，他下意识地掏了掏耳朵，发现不是耳朵的问题，就抬起头。

映入眼帘的，恰好是他爸老武的天欲绝我式。就扑哧乐了，没心没肺地说："爸，你这是曲项向天歌呢啊？"

缓了缓神，他爸老武瞟他一眼，但没吱声。武二见他爸没骂，眨了眨眼，想了一下，试探地说："爸，你骂够了？"他爸老武依然没吱声。武二笑嘻嘻的，有了得寸进尺，说："爸，你要是骂够了就给我钱吧！我还得回去呢！"

话音一落，他爸老武四处撒目，又拉磨地转了一圈，然后低头、弯腰、伸手几乎同时进行，一把薅下脚上的拖鞋，"嗖"地，向他撇过去。接着有了吼声："以后就别叫麒麟了，叫二货正合适。"

听到这里，我哈哈大笑，说："你这货是挺二的。"

我跟武二相处得甚好。虽然认识时间不长，但年龄相近，他91年的，我90年的，都喜欢网络游戏，都曾经有过钻游戏厅，上课看老师黑板上的每个字，每道题都觉得杀机四伏，仿佛随时都能蹦出暗藏敌人的感觉。也有被老师暴损，被家长暴打，想浪迹天涯或世界这么大我想去看看的念头。又都喜欢水浒、星际、复仇联盟系列，内心时不时会冒出拯救人类的傻气。不过，武二却有一种我没有的情怀。

见面的那天，是下午。我沿着江边找他，在拐弯的江岔子看见武二像河马似的哗啦哗啦地往岸上走。他穿着连体水裤，身材不高，大概一米七二三左右，黑且瘦，颧骨和额头略显凸出，两腮却有些凹，这样一来，眼睛看上去有了深潭的感觉。他看人的目光有些跳，好像一啄一啄似的。

我俩坐在背风的山坳里，说了说他在网上发的受伤苍鹭的情况，又说了说他新近捡的小苍鹭。说着说着，他描绘了一幅美景，清晨或傍晚，苍鹭在浅水处傲然静立，或三五成群，展翅高飞，又轻落水面，阳光洒在苍鹭的羽毛上，灰色羽毛闪出七彩的霞光。他划着小船滑行在安静的水面，耳边传来苍鹭喉咙的咕噜声，水草的晃动声，甚至还有鱼在水里的游动声。停下船，仰望天空，远眺群山，突然觉得自己不是自己了。

叶赫是好地方，山清水秀，树林茂密，鱼虾丰富，一片开阔的湿地，极其适合苍鹭生存。只是从我出生的那个年代开始，叶赫沿江的村子在江里围网养鱼了，靠村子的浅水域，一眼望过去，育鱼虾的池子就像打了格子的算术本。苍鹭栖息地缩小，食物链缺供，就会啄食养的鱼苗。于是，来自人的威胁，自然环境和生物链的威胁，造成苍鹭数量越来越少。慢慢地，叶赫很难看见成群苍鹭的身影了。武二来叶赫登山，在东山下的树林见到了受伤的苍鹭。

这货从小喜欢动物，飞禽啥的。五岁时养了一只兔子，他爸老武，当时还是小武恨得咬牙，但是他说了不算，爷爷说了算，爷爷的原则是，孙子要什么给什么！后来，他爸实在没办法了，偷偷把兔子拿到单位实验室做了实验，又去鸟市买了一对娇凤，跟儿子说兔子变鸟了。武二当时正迷孙悟空，就信了，天天守着鸟，等变回兔子。娇凤算是安静的鸟，但只要是鸟就得叫。这下，省了闹钟，一大早定被弄醒。睡不好，他爸偷偷把鸟放了。武二从幼儿园回来，一看兔子没变回来，鸟也没了，坐地上嚎。爷爷心脏不好，这一嚎心颤如同弦，指着儿子直嗨呀。他爸小武薅起儿子，拽出了门，直奔花鸟鱼市。这可好，不但兔子回来了，鸟回来了，还弄了一对乌龟和几条鱼，本来他还想要一对仓鼠，可是，他爸用浑身解数，连哄带骗才算作罢。

也正是因为这喜欢，武二才学了兽医。临来叶赫前，在宠物医院上班，给猫狗做节育手术，当然了，有时也拉拉皮条，配个种啥的。

他说，苍鹭跟他是一见钟情。我说："屁个一见钟情，你这货就是让爷爷惯的。"武二低了头，小声说："好久没去公墓了。"又说："爷爷一定会同意我留在叶赫的。"武二是让人着迷的，他身上具备了天真、真情、又具备了执着。所以，尽管他描绘的，我没见过，没感觉，没体验过，但也被迷了般隔三差五来这里来找他。

风和日丽的日子，倚在树上，看蝴蝶飞，听江水流，微风传来阵阵青草的香气。他把他的破望远镜递给我，让我看对岸的树林，看晃动的树梢偶尔飞出苍鹭的身影。这时，他会掏我的烟自己点上一支，再给我点上一支。接下来，我们闲聊，聊最新的手游，也吐槽某网红，相互嘲笑对方的观点，也会彼此默契，一言不发各想心事。

在渐次到来的明媚阳光里，歪躺在草地上，阳光照在我们身上。这时，武二就跟我说起了他爸老武，说他爸老武跺脚骂他。说他爸老武撇过来的拖鞋，没碰到他，把他妈给他削的一盘水果砸翻了。正在厨房做红烧肉的他妈，拿着锅铲冲了出来。

武二他妈是标准的贤妻良母，性格柔弱，说话从来都不大声，那天挥着锅铲冲他爸老武吼："有完没完！"当时，他爸老武立即住了声。

晚上睡觉时，他爸跟他妈说了当年那一戳的事。武二说，他偷摸趴门缝是跟他妈商量好了，趁他爸睡觉时偷钱。没想到，听了这话。

他妈说："不是麒麟就不是麒麟呗！"他爸"唉"了一声，说："我也不是非得要他做什么麒麟，但也不能不务正业啊！咱老武家老老实实过日子的人，哪有这么不着调的。"他妈辩解地说："儿子说保护苍鹭是为了自然界和人类和谐统一。"他爸老武说："那鸟用他保护啊！自然界和人类用他统一啊！他那就是玩鸟，说什么你都信呢！真是慈母多败儿！"他妈不高兴的小声说："你不信，他也是你儿子。"他爸老武说："他是我儿子，可怎么一点不像我啊！像谁呢？"他妈立刻嚷道："你这话什么意思？"顿了一下，赌气地说，"你今天要不说出像谁，我跟你没完。"他爸老武解释："不是那个意思。"他妈不言不语，就是个沉默。

静了一会儿，他爸老武吞吞吐吐地说："我爸以前好像说过，我爷爷的爷爷玩过鹰。"停了停，又说："不叫玩鹰，是叫鹰猎。"

这下找到根了，我笑着说。武二说他妈也是这么说。

阳光好像也为这找到根而欢天喜地。武二也微侧头，眯着眼，笑呵呵地配合着这欢天喜地。我调侃他，说："你应该做面大旗，上面写鹰猎后代，往江边一插，也算出师有名。"他"噢"了一声，转了过来，小眼睛在我脸上不怀好意的一啄一啄，说："那你给我做一面呗！"我斜了他一眼，说："我没钱给你做旗，只能把我的白床单拿来，找根杆子挂上，顶多我再费点事，拿红纸剪个圆贴在上面，然后你就扛着吧！"他瞥了我一眼，哼了声，说："那我就找根绳子一头拴你脖子上，一头我牵着。"我坐起来，怼他一下，说了句："你这货。"他回怼我，不示弱地说："你这厮。"

此时，武二在叶赫已经两年多了。他在村子里租了个小房，房东是个老头，以前也在江里围网养鱼，现在种地。租给武二的房子以前是放渔具的，就在正房的对面。院子挺大，院中间有棵树，树下有个不用的磨盘，武二没事就蹲磨盘上，房东见了喊他下来，不让他蹲。

武二跟房东处得不好，跟村子里的村民处得也不好。

村里人不愿意武二喂长脖老等，当地人管苍鹭叫长脖老等。村里人说长脖老等多了，他们的鱼虾损失大了很多。武二说："苍鹭智商不次于哺乳动物，苍鹭还乖巧，基本都在放养鱼的那片水域活动，也就是新迁徙来才会偶尔到池里吃鱼虾，等过段时间就好了。"村民说："过段时间鱼苗都祸祸了，我们吃啥喝啥？"武二说："放放空枪，吓唬吓唬。"村民说："没用。"就这样，武二说，村民说，各说各的理，说来说去就摩擦出火药味了，几个回合下来，火药演变成硝烟了。

那天晚上，我接到电话时，已经七点多了。骑上摩托车，一路狂奔到了叶赫。在乡医院，武二在走廊一手捂着流血的头，一手辅助着吵架的嘴，指着几个人像画×似的来回摆动，眼神不再是一啄一啄，而是直直的，像要发射的火箭筒一般。

一个箭步，我冲了过去，挡在他身前。见我来了，几个人把喊声转向了我，七嘴八舌大喊赔钱，大喊武二打伤了人。受伤的人站在几个人的后面，精廋精瘦的，脑袋包得像木乃伊似的，隔空又挥胳膊又是踢腿的，好像他会火云神功，能把拳脚打过来似的。

武二的手指缝有三条半凝固的红色小溪。我说："别吵，别吵，先处置一下伤口。"没人理，再说，依然。我一米八，体育学院毕业，有两长胳膊，就左右开弓，扒拉出一条路，拉着武二进了处置室，那几个人喊着跟过来，我倚在门口，说："你们报警吧！""啪"地，关上处置室的门。

我跟清创的护士说："也把武二的头包得跟刚才那人一样。"护士撇着嘴说:"那得再交一份处置费。"武二一听到钱,一把拽住我,嘴里冒出一串鱼泡泡似的。最后头上只盖了块四方纱布。

那几个人真报警了。

一个跟我们年纪差不多的小警察几分钟就到了。小警察五官很是端正,就像艺术学院的学生。看了武二的身份证后一丝不易觉察的笑挂在了嘴角。我看了看小警察胸前的名签,上面写,龙麒。我小声跟武二说:"严格意义讲你们同属一科。"他问:"什么科?"我说:"神龙科。"武二上去怼我一拳,龙麒警察看见了,说了句:"怎么还要起内讧啊!"我说:"闹着玩。"龙麒警察很奇怪地看看我俩,问武二:"你先动的手?"武二说:"他们也打我了。"那几个人像尾巴似的从龙麒警察身后摆了出来,指着武二嚷嚷,龙麒警察隔在中间,喷出的唾沫星子像毛毛雨般落在脸上。龙麒警察很淡定,稳住下盘,上身微仰,脸上扬,下巴对着正短兵相接,争吵激烈的嘴。

"你先动手打人的。"

"你们先打伤了苍鹭。"

"苍鹭是你家的啊!"

武二吭哧了大概三四秒,说:"苍鹭是国家的。"那几个人一听,相互看了看,接龙般地说:"鱼苗也是国家的。"

听到这,龙麒警察伸出两手,往下一压,说:"别吵了,我也听明白,我们都是国家的。"说完,左左右右,来来回回地看受伤的两人,说:"看你们俩吵架的样子,好像没什么大事。医药费先自己拿,等我们调查清楚了该谁拿谁再拿。"那几个人立即反对,说:"这不很清楚吗?他把我们打伤了。"说着把头包得像木乃伊的人往前一推。武二也不示弱,指着自己的头:"这是他们打的。"龙麒警察问那几个人:"你们谁打的?"那几个人相互看看,没人回答。

稍微静了一会儿,像木乃伊的人说:"我的医药费他出,他的我拿。"这话一出,我条件反射地摸摸兜,担心这两张十元的纸币够不够。

龙麒警察想了一下,张开两手,示意把缴费的票子都给他。我把缴费票据放到他左手,对方放到右手,龙麒警察两手同时一收,放在眼前，认认真真地看着，那神情好像电脑里出来的钱数不准确，而需要他这人脑再算一般似的。

过了一会儿，才抬起脸，对盯着他的十几双眼睛说："钱数一样。"说着举起两张淡绿的小票。十几双眼睛一起凑过去，一看，还真是一样。

出了医院，武二说那个护士骗他。语气忿忿不平的，好像他吃了多大亏似的。走了两步，又突然怪叫了一声："哎呀我去。"接着说："我怎没想到呢！要是把头也包成那样，拍张照片给我妈发过去，也许能骗点钱。"我想起他爸老武的话，在心里说了句，慈母多败儿啊！见我没吱声，这货不知廉耻地凑过来，说："你施展一下美男计，让护士再给我包包呗！"我对他做了一个搧的动作，他一闪身，嘴里发出嘶了嘶了的声音，不知道是因为疼了还是因为遗憾。

事后，我们几个兄弟，也都是当初跟我一样，看见武二发的苍鹭图片，而找到这里自愿结成保护苍鹭联盟的人，聚到了叶赫。大家在武二的小炕上研究派谁去议和。然而，也就用了不到五分钟，就有了结果，派我和另一个哥们去。大家说我们俩巧舌如簧。另一个哥们是推销酒的，不管在哪里，不管正谈什么，不管你烦不烦，三句话说完就开始推销上。兄弟们逗他说："正好给你个开拓市场的机会。"推销酒的哥们假装想了一下，说了句："也对啊！跟着我就出门。"

大约半个小时，我回来了。大家往门口望了望，问："那货不会当了人质了吧？"我指着武二说："人家说了只要这货磕头认错，就把那推销假酒的货放回来。"屋里静了，大家都看武二，武二先是一怔，低了低头，之后下决心般蹦起来，一步迈到门口，转身说："走啊！"

推销酒的那货也不争气，这时蹦蹦跶跶地进了院，一脸眉开眼笑。大家一下子明白，哈哈笑了起来。武二开始还懵，等人进了屋，才明白我是耍他，回过来对我挥拳头，说了句："你这厮最坏。"

村民说："武二还很年轻，不养家，不愁吃喝的，一时觉得好玩才这样的，哪天玩够了就回城了。而我们不一样，我们得生活啊！不能放养的鱼苗到头来连本钱都回不来吧！"这话自然是没错。所以，在一番赔礼道歉，请求原谅谅解之后，村民说："这次就算了，不能再有下次了，如果再有，就要把武二撵走。"说实话，村民是为了生活，谁也不想没事找事。他们说武二要是不找他们麻烦，他们也不会找武二麻烦的。

村民的问题算是缓解了。我们几个人又开始商量眼下最大的问题，最急需解决的问题——钱的问题。

春天，越来越多的苍鹭会飞到叶赫。武二也越来越多的从家里明里暗里拿钱。他爸老武气得把存折摔给他妈，说："以后你们娘俩不用合起伙偷了，你都给他，都打水漂吧！以后咱也别娶儿媳妇，别想有孙子。"这话管用，他妈鼻涕一把泪一把地跟武二说攒钱娶媳妇的重要性。不仅仅从老武家的角度，还上升到全人类的。武二嬉皮笑脸地跟我说，他妈是把他的境界全学去了。我说："你这货有什么境界？顶多是耍赖境界。"

武二跟他妈耍赖。他妈就跟他爸老武耍闹。他爸老武叹气又跺脚的，最后还是每月给他两千块钱。武二讨价还价，他爸老武说："这是给你的生活费，不是养鸟的，你是我儿子，鸟又不是我儿子，我干嘛养它。"武二心想，鸟是我儿子，我得养啊。就这样，他把家里给的钱全用在买鱼和买清理螺类以及其他药上了。我们几个人成立了兄弟情基金会，兄弟们会拿一些钱，原则是有就拿没有也不强迫，所以基金会的钱一直少得可怜。

去年开始，武二就计划着盖暖棚。这主要是因为受伤而不能迁徙或者小的苍鹭，要留在这过冬。东北的冬天，零下三十几度，苍鹭根本不能存活。之前，武二因陋就简搭暖棚给苍鹭过冬，但整个冬天都提心吊胆的，就怕下大雪，一下大雪暖棚就容易被压垮，去年冬天的几场雪压死了几只苍鹭。今年开春，武二说："无论如何今年冬天之前得盖两个钢架子结构的暖棚。"

他在一张纸上计算着最低需要多少钱。算完的数字在纸上画个大圈圈。我们几个人看那圈圈，看了好一会儿，你看看我，我看看你，之后往后一仰，躺在炕上望天棚。天棚实在没什么好看的，纸糊的，泛着黄，棚顶中间的灯，周围星星点点的血迹已经变成了黑点。

时间一点一点地过去了，太阳把射在角落一堆药剂瓶上的最后一丝光收走后，屋里就暗了。有人坐起来，下了炕，其他人也跟着下了炕，在一地烟头，纸屑中出了门，进城回家了。武二一个人依然看着天棚，直到暮色逐渐笼罩了小屋。

　　隔了没多久，我学生的舅舅，一个生态园的老板跟我来到了叶赫。老板舅舅四十七八岁，大脑袋，大鼻子，大嘴，看着长得猪头猪脑的，但是人还不错。当时，武二正给爪子夹伤的一只苍鹭换药。他给这苍鹭起了个肉麻的名字，婉儿。一边换药他一边对着婉儿流里流气地吹口哨。婉儿没成年，体型不像成年苍鹭那么大，但极有优雅气韵，神态高贵，羽毛光泽柔和，脖颈和身体线条流畅，微侧头含情脉脉地看武二。老板舅舅喜欢，咧开大嘴呼呼地对婉儿吹口哨，婉儿把头扬起一副凛然不可侵犯的样子。老板舅舅说："这小东西真是招人喜欢。"武二在一旁笑，眼神里有了一丝欣喜。

　　下午太阳正猛，苍鹭都在树上，江面像镜子似的平静。武二领着老板舅舅到了江边，把破望远镜递给老板舅舅，指着对岸说："看树梢，看树梢。"老板舅舅看了一小会儿，把望远镜递给他，看看四周又说了一连串的景色好，空气好，山林好。武二站在一边，穿了一身黑，皮肤也是黑的，微微皱眉聚起一啄一啄的眼神，满满的期盼中又有一丝讨好，脸上努力想笑得灿烂，可是看上去却是不由自主地等着恩赐的神情。我突然觉得武二可怜。

　　老板舅舅拿出一千块钱给武二，说："给苍鹭买鱼。"又说："盖暖棚的钱，"顿了一下，用手在大脑袋上摩挲了两下，说："你们做个预算，我看看。"之后，又顿了住了，手也停住后脑勺的位置，说："能不能把婉儿拿到生态园里撑撑门面。"武二脸色一变，我一把将他拉倒一边，威胁地说："能不能盖上暖棚可是在此一举。"武二低着头，脚来回磨蹭地，尘土在他脚前升腾成土雾。他用舍不得孩子套不了狼的神情说："好吧！"

　　婉儿装上车，武二头上顶着大太阳一动不动站在那看，深陷的眼睛浮了一圈黑影。

　　大概过了七八天，武二来电话。说："进城买药来了。"我没课，屋里恰好没人，我跟他耍贫嘴，说："你是应该给自己买点药，买点耗子药。"他说："我真买耗子药了，留着你去给你炖肉吃。"我说："我不给你买肉，你炖个屁。"他说："你这厮要是不嫌弃，我就奉献我的屁炖给你吃。"我骂了他一句，他说："你这人还为人师表呢！"我知道在嘴上是占不了他便宜的，转了话，问："你干啥来了？"他说："不是说了嘛！买耗子药，晚上耗子在棚顶哗啦哗啦的，睡不好觉。"我说："你这货一分钱能攥出水来，为了买耗子药进城？怎么可能？老实交代到底干什么来了？"静了一会儿，嘿嘿两声，他好似难为情地说："想看看婉儿。"我说："我就知道，你这货怎么能因为耗子药而花钱坐车进城呢！"

我走不开，就告诉了生态园的具体地址，他自己去了。

据说，武二进了生态园，站在那一动不动地跟婉儿深情对望。望了一会儿，他一声不吭走到婉儿跟前，用手扯婉儿脚上的金属链，金属链一哗啦，武二又扯，金属链又一哗啦。生态园的经理来了，武二让他打开金属链。经理说："打开就飞走了。"武二眼神又变成直直的火箭筒，说："我要把它拿回去。"经理说："那可不行。"

我赶到生态园时，老板舅舅也在，大鼻子的鼻孔像牛魔王般地大，大嘴张成血盆大口。四周围着的一小圈人七嘴八舌地说着武二的不对。武二也不吱声，跟婉儿一起一副要就义的模样。见我来了，舅舅问我："怎么办吧？"我一看武二像火箭筒似的眼神，就知道我也没办法，但还是虚虚地说："我劝劝，我劝劝。"嘴上说，可半天没言语。舅舅一看这样，一摆手，说："行了，我这开门做生意也不想惹气，赶快走吧！"又对着武二说："我这是看赵老师面子上，你懂不懂，不是怕你耍无赖。"听到这，我心里一个劲地感谢他外甥。

武二抱起婉儿，经过我身边的时候没看我。我想，他这是心虚了。我开口，舅舅又一摆手，说："啥也别说，你心里明白就行了。"这话有点让我别扭，但还点头说："明白，明白。"

出了旋转门，看见前面的武二，我气急败坏地喊："停下。"他不停，反而加快了脚步，我在后面边跑边喊："你干嘛把婉儿要回来？"武二不说不停，脚底下像装了弹簧，一窜一窜地往前走。我跑上去，一把薅住他，说："你跟我说清楚，你干嘛这样做？弄得我里外不是人。"

武二又开始搜肠刮肚般地吭哧。我甩甩刚才用力薅他的手，手腕隐隐约约地痛，就怼他一下，说："干嘛这样？"见我逼得紧，他又努了好一会儿嘴，之后像蹲坑似的吭吭两声，冒出一句："士可杀不可辱。"

一口气呛在了喉咙，我咳咳地咳嗽。边咳边做搧他的动作，他往后退了一步，怀里的婉儿长嘴也跟着一仰。我说："那好，你把那一千块钱还给人家，别让人当我也是骗子。"武二又往后退一步，这下婉儿挣扎了一下，武二拍拍婉儿说："别怕。"然后，看着我说："要钱没有要命一条。"

我恨不得上去踹他一脚。

此刻，我终于跟他爸老武的心情了达到一致了，要不我不会一边跺脚，一边骂他二货，而且横竖都二。

我生气了，两周没去叶赫，天天想着武二要打电话求我，我该怎么骂他。可是，这货一直没给我打电话。第三周我沉不住气了，周六一天，我都在骂武二薄情寡义，也不给我打个电话，给我个台阶。也不知道武二的耳朵发没发烧，反正我是自己把自己烧得坐立不安。周日早上睁开眼，我望着窗外，心想这货薄情寡义，但我是义薄云天啊！于是，扑腾起来洗漱完毕，哼着大河向东流出了门。

路过菜市场，我买了一大块肉。武二会做饭，会用最简单的食材，做出最好吃的菜，尤其炖肉，那叫个香，引得棚上的老鼠哗啦哗啦地跑。

进了叶赫地界，从公路下到土路，走不远就看见江了。江面闪着光，武二听见摩托车声，在齐腰深的水里仰头往上看，那张脸更黑更小了。见是我，露出大白牙笑了。我在心里告诉自己，绷住，不能给这货好脸，得让他知道我还在生气。

等到了跟前，发现他一双眼睛都啄在肉兜上。嘴张得几乎能看见晶莹的液体往嘴边集合。他哗啦哗啦地上岸，我熄火，听见他在身后说："你来了？"我不吱声，又告诉自己，他说什么也不吱声，憋死这货。他到了我身边,说:"我就知道你不能抛弃我。"我紧抿着嘴,好像怕话自己蹦出来似的。他又说:"我就知道你有情有义。"我抿得更紧。他接着说:"你买什么了?"说着把手伸过来,我挡着不让他拿,他的手就在我腰的位置躲闪腾挪的,好像打橄榄球。我不动。

突然,他把我往边上一堆,迅速摘下装肉的兜子,跟着跳开两步,回身对我说:"你这厮回去吧!要不肉不够吃。"说完,又跳走了。我捡起一块土块,"噗"地砸到他脚后跟,这货头也没回,转了小路。

我骑了摩托车,往大路走。先进了院子,刚停稳车。房东走了过来了,说:"小伙子,你可好久没来了。"我说:"这段时间忙。"他说:"小武呢?"我说:"后面呢!"他鬼鬼叽叽地往院外看了看,压低声音说:"小伙子,这些天小武大半夜不睡觉,像猴儿似的蹲在磨盘上,仰脸朝天的,可吓人了。"最后这句,满脸惊悚的神情。

武二回来,一见我在炕上坐着,说:"你这厮不是生气了嘛!咋没走了呢?"我不理他的话,问道:"你大半夜不睡觉蹲磨盘上干啥?"他一愣,往窗外房东的屋子看了一下,嘻嘻笑地说:"吸收日月精华,练吐纳之神功。"我说:"别放屁。"他故意转圈,说:"没放啊!"我用盯犯错学生的眼神盯着他,过了一会儿,他有点不好意思地咧咧嘴,说:"饿得睡不着,数星星呢!"

我收回目光,低了低头。他见了,又拿出嬉皮笑脸的无赖样,说:"哦,你难过了?"又说:"哦,你要是难过了,去给我要几个土豆。"我抬起头,他见了,又用下巴示意对面窗户下的酱缸,说:"再要碗酱,能摘几根黄瓜再摘几根黄瓜。"我不作声,站起来,出了门。骑着摩托买了十个大饼回来,在房东窗户前,对在屋里的房东说:"想舀点酱。"他说:"拿碗吧!"

武二在灶台跟前,弓着腰炒菜,见我进来,大喊说:"让你要土豆,你种土豆去啦!"我没说话,放下饼,拿了个小碗,他一把夺过来,递给我个小白钢盆,说:"拿这个。"我看看他,说:"你这货怎么这么无赖呢!"他笑着说:"展示你魅力的时候到了,去吧 baby!

我对他做了个搁的手势，出了门。"

房东一边舀酱一边小声问："武二是不是病了？"我想了一下，说"算病也不算病。"房东愣了，说："那是啥啊？"我说："梦游，吃点药就好了。"房东用有点轻微白内障的眼睛，在我脸上上下翻飞了一会儿，狐疑地"哦"了一声。

也就过了三天，房东来了电话，非让我去一趟，听语气好像发什么了人命关天的大事。我顾不得扣奖金了，下午请了假，去了叶赫。进院时，身上的衬衫都是湿透了，武二没在，门大敞四开的，我又出了一身汗。透过纱窗看房东屋里也没人，想起上次的事，脑袋忽悠一下。刚要往外走，听见喊我的声音。一转头，见房东在豆角架中间冲我招手。

我在园子外，房东在园子里，说："小伙子，是不是药不好使，怎么比前几天还严重呢！大半夜的进我这菜园转一圈又一圈的，又不见干什么，连着几天都是。"说到这，停了一下，往前凑了凑，说："他能不能以后半夜进我屋呢！我心脏不好，再吓过去咋办啊！"房东一脸的惊恐，又说："小伙子，要不送医院吧！别出什么事！"我说："没事，再给他加大剂量就没事了。"边说边转身走，房东在我身后唉唉了好几声，我又转回身，说："你要害怕，睡觉的时候把门窗插好就行了。"房东张嘴要说什么，我赶紧转身，逃似的离开。

武二在江边，看见我还挺意外。我问："你晚上不睡觉，进人家菜园子转悠啥？"他嘻嘻地说："光吃大饼没滋味，摘黄瓜蘸酱。"我恨得咬牙，说："这月的奖金算是让你给折腾没了。"他说："你什么时候得过奖金啊？"我说："就你这货一天天事事的我还怎么得奖金。"他斜着我，没吱声。我数落地说："摘就大方的摘，鬼鬼祟祟地干嘛？"他说："不是怕不高兴嘛！"我说："这下高兴了，人家以为你梦游呢！"让我带去你去医院呢！武二哈哈笑，说："怪不得这两天房东见他鬼嗖嗖的呢！原来把他当成梦游症了。"说完，朝旁边树上的婉儿吹口哨。

婉儿被抱回来后，武二用树枝在房头做了个没有门的笼子，婉儿晚上进去睡觉。凌晨三点，固定敲窗户叫早，比闹表还管用。

现在，武二每天跟着出江打鱼。武二喜欢玩难度高的游戏，越是有难度越能激起斗志，越是有坚定不移战胜不可的劲头。盖暖棚相对于武二，已经是坚定不移了，什么也阻挡不了。所以，他又来了一次不管不顾的挑战。

打鱼还是节省钱的，就是太辛苦，连常年在江上打鱼的人都佩服他。武二毕竟不熟练，鱼打得少，他就再买些，当然也很便宜。每天婉儿都如同痴情少女般在树梢上等他。老远见武二跟的船回来了，飞下来，在江边绕圈。开始，有人不知道，就打婉儿。武二上了岸拎个棒子拼命三郎般冲过去，好在被在场的人拉开，才没再次发生流血事件。有人告诉不知道的人，说："婉儿是武二的宠物。但这话不能让武二听见，如果听见他会不高兴。"武二说："婉儿就是婉儿，不属于他也不属于别人，只属于它自己。"当然了，这都是后来他对我说的。

当时，打鱼的人知道了婉儿和武二的关系了，也就不打婉儿了，再说婉儿也确实乖巧，岸上放多少鱼也绝不啄食。武二拴好缆绳，婉儿用嘴贴武二的脸颊或轻啄他的头发，之后飞到三轮车的横梁上，武二吹着口哨把鱼桶放车里了，婉儿从横梁撤到边上。武二骑上车，载着一车霞光，霞光里是闪着银光的鱼，宛如淑女的婉儿回到苍鹭的这片水域放鱼。

天有些阴，空气也是黏黏的。江面上有了几只低飞的苍鹭，远处的树梢也晃动得明显了。"要下雨了，"我说。武二依然对婉儿吹着口哨。我说："武二，你现在可属于玩鸟啊！"武二斜了我一眼，说："你说话怎么那么难听呢！什么玩，婉儿是我女朋友。"我说："我一会儿告诉房东，你不是梦游，是聊斋！"

雨点下来，先是一滴一滴，几分钟后，就串成了珠帘。

八月初的时候，武二他妈来电话，说他爸老武病了。武二让我帮着分析分析，他爸老武又在想什么幺蛾子。以前，他爸老武用过这招，是骗武二回去相亲。他爸老武在亲朋好友集思广益的启发下，认识到一个二十五六岁的小伙子必须结婚成家，让媳妇孩子拴住，才能承担起男人的责任。当然，他爸没得逞，武二说："不是不想有女朋友，而是……"这而是，武二没说。但我知道这里面包含了太多无法言说的东西了。

就在我们俩还没分析出个结果的时候，电话又响了。

这是他妈第二次吼，不过吼的对象变了，不是丈夫而是儿子了，"你还不快滚回来！"就这个"滚"字让武二一激灵，脸一下子白了，从炕上跳到地上，说了一个字："走。"我懵懵地跟他出门，一口气上了大路。武二突然停下了，说："我这次回去要是时间长了，苍鹭怎么办？"这时，婉儿正飞过来。他又说："婉儿怎么办？"我想了一下，说："给兄弟们排班，轮着来吧！"他犹豫了一下，说："只能这么办了？"对着婉儿吹口哨，又摆手，婉儿飞下来。武二抱住，说："婉儿，等我回来。"婉儿好似听懂了般蹭他的脸。武二松开手，说："去吧！"婉儿在空中盘旋，恋恋不舍。忽地，武二的眼睛里有了泪水，哽咽地喊道："婉儿，回去吧！"

一路上，他叮嘱一些注意事项。等上了火车，他又给我发了左一条右一条的信息，苍鹭的喂食时间，隔几天清理螺类以及到树林看有没有受伤苍鹭等等。我把信息复制粘贴转发给兄弟们，告诉大家武二回家了。我又把给大家排班的意思说了。兄弟们回了 OK。我费了一晚上的脑细胞，排了个值班表发给武二和兄弟们。武二看了，回了个磕头作揖的图片。截图给兄弟们转发，兄弟们回：一定站好每班岗，放心吧！我排了七个班，也就是每天都有人，即使这个不来，那个明天也能来。实际上很简单，只要隔两三天来个人就行了，买鱼、放鱼就行了。后来，武二写了很长很长的一段要点发给每个兄弟，兄弟们一起回：这货咋这么磨叽呢！

在大家的思维里以为武二顶多一个星期就回来了。可是，他爸老武是心脏病，需要做搭桥手术。这也是武二没想到的，他给我打电话，我说："你爸的心脏一定是跺脚给震坏的。"他骂了我一句，嗓子很嘶哑。

他爸老武的手术很顺利。武二护理得很精心，两周后，他爸恢复得医生都夸家属配合得好。

一天夜里，他爸老武醒过来，见趴在床边的儿子，鼻子一酸，泪溢在了眼眶。心里感慨万千，赶紧仰脸，看着月光在棚顶射出一道幽幽的光，轻叹了口气。低转头，看着儿子瘦瘦上臂一条长长的疤痕，心又难过了，有点对不起儿子的愧疚涌了上来。不由自主地，抬起手摸摸儿子的胳膊。

正睡得迷迷糊糊的武二被摸醒了，仰起头，正看见他爸的手，愣了一秒，之后又把头放下了。他爸老武还是没忍住，眼泪流了下来。过了一会儿，轻轻地拍了拍儿子，说："儿子，你太瘦了，得多吃点饭。"武二听了，又抬起头说："我把你晚上剩的饭菜都吃了，现在还撑呢！"

床边的监控器显示屏有了几次大的波浪波动，提示音滴了一声。武二见了，刚要按铃，被他爸老武阻止了。屋里静了，显示器也慢慢地风平浪静了。

他爸老武轻轻地问："儿子，你干嘛非得留在叶赫呢？"过了好一会儿，武二的声音轻得好似胆怯一般说："有时我也不想留下，可是，我要是不留下，苍鹭可能会越来越少了，甚至以后再也没有了。"

"苍鹭有没有跟你有什么关系？"

"也许没什么关系，但是……"说到这停了一下，说："要是苍鹭没有了，我想我会难过。"说到这，武二抽了一下鼻子，说："会难过得要死。"

这话从一个大小伙子嘴里说出来，未免让人起鸡皮疙瘩，但这符合武二内心的那种情怀。谁也左右不了自己的心，要不怎么会心脏病，怎么还要搭桥呢！他爸老武懂的。沉默了两分钟，他爸老武再次缓缓抬起手，摸着儿子的头，说："你回去吧！"黑暗里，武二惊愕地看着他爸。他爸老武脸朝上，微扬下巴抖动着。说："等爸爸好了，也去叶赫看看你的苍鹭。"

惊愕一下子变成了惊喜，武二使劲地点头，嘴里冒着不在一个声调上的"嗯嗯"。

深更半夜的，这货给我打电话。我没听见电话铃声，同屋的人听见了，把我喊醒说："响好几遍了。"我接了起来，这货还激动得跟个兔子似的直啡哧。说明年春天一定让他爸来叶赫，看看苍鹭。我哼哈地答应着，他对我的寡淡不满意，说："你这厮好像不高兴我们父子和好似的。"我小声说："不是，有人。"他一听，哦哦的声音高了好几度。我说："你这货真猥琐，我在省里学习呢！都七八天了。"

电话里突然静了，仿佛他已经离开了一般。我喂了两声，他问："那边怎么样？"我说："一切正常，你放心吧！"

过了一周，他爸出院了，周二出的院，武二周五就回来了。在火车上给我打电话，问我："回来没？"我说："下午的车。"他说："也不知道那边怎么样了，婉儿怎么样了？"我说："你怎么跟个老妈子似的呢！"他嘿嘿笑了，转了话题，说临走时他爸给他钱，他没要，他说："从今以后再也不要家里的钱了，既然自己要做的事，就要自己想办法解决。"他说："我不能把我的理想强加在父母身上啊！"我想，这货总算脱离了败儿，变成了好儿了。

傍晚时分，我刚下动车上，又接到武二电话，说："苍鹭看不见了，婉儿也不见了？"我说："天黑了，睡觉了吧！"

第二天我还没起床。武二的电话就把我吼起来了。我忙三火四地到了叶赫。一看，被武二吼来的，不止我一个，还有几个人。原来，武二昨天回来没看见婉儿，用望远镜也没发现苍鹭的身影，就急了。天一亮，划船去了江面，没有，到了树林里，除了几只受伤的苍鹭和小苍鹭，没发现其他的苍鹭。

他吼大家做没做答应的事。几个人相互看看，支支吾吾的，武二吼道，一共来了几次。

我来了三次。兄弟们来两次的，一次的，还有没来的。也就是说在第二个周日过去，基本没人来叶赫了。房东昨天见武二进院，还问："是回来收拾东西的啊？"武二蒙头蒙脑地："说收拾什么东西？"房东说："我以为你不回来了呢！"不仅是房东这样想，兄弟们也是这样想的。

兄弟们知道理亏，任武二发疯的大骂。骂的话很难听，有人脸上有了愠色，几个人小声地嘀嘀咕咕。我摆手，摇头，意思别吱声。

武二骂累，声音小了，但是却是悲伤的。说："再忙隔三差五地也得来个人，也不能一撂十几天。"眼睛望着空笼子，笼子下面的地上有几根灰色羽毛。说了好几句，怎么那么狠呢！

终于，有人忍不住了，说："大家都有工作，哪有那么多闲工夫啊！"武二忽地抬起脸，眼神直通通的，说："你们做的都是正经事，我这不是正经事对吗？你们有工作，我没有工作是吗？你们觉得我是闲的才做这事的对吧？"兄弟们说："武二太敏感了。"说："也没说你这不是正事啊！"武二的眼睛像梭子般，把大家梭了一遍，大声吼道："滚，滚，都给我滚。"

这种情况下，什么也不能说了。我立即转身出了屋。兄弟们一个跟一个出来了，路上，兄弟们情绪也很激动，觉得武二太不讲兄弟情谊了，说翻脸就翻脸。这个说："白给他买那么多吃的，一点都不念好。像痛斥阶级敌人似的骂咱们，以后再也不搭理他了。"说到这，一起看一直没说话的我，我"哧"了一声，说："一开始也没谁强迫你们，至于以后，你们爱咋地咋地。"说完，骑上车走了。

一连两天，我有空就拨电话，武二不接。我发信说：别那么悲观，也许苍鹭是迁徙了，明年就会来了。一会儿，回了：放屁，你家孩子六个月就生啊！那只能说明不是你的。我一看这信息乐了，回道：你家孩子才不是你的呢！他没回。再发也没回。

就在我左右为难，想不出解决办法的时候。推销酒的哥们给我打电话，说："兄弟们反思了，这事确实怨兄弟们，既然答应了却没做到，不管什么原因没做到也是失信。兄弟几个商量了，派你去议和。"我说："我不去，我又不是钢筋铁骨，我也有脸！"推销酒的哥们说："你不是巧舌如簧嘛！再说你们俩最好。"我偷偷地笑，但不说话，那边的声音焦急了，连喊好几遍："你说话啊！"我不说，等着他求我。果然，过了几秒，他说："你跟武二说，原谅兄弟们，兄弟们只是去了一两次就知道有多不容易，平常大家出几个钱还觉得自己有爱心，可是，拿钱却是最容易的，而真正做才是不容易的。"这也算肺腑之言了。

我大声说："你们打算让我背柳条去道歉啊！"一听我这话，电话里的声音马上欢快了，说："哪能呢！备好东西，立马给你送去。"来了三个人，买了两大兜吃的。推销酒的哥们还拿来一箱白酒，让我跟武二说这是好酒。我看着那一箱酒，说："这箱酒要是武二喝了，能直接上景阳冈打虎去。"后来，就拿了两瓶去了叶赫。

武二在树林里找到了受伤的，已经奄奄一息的婉儿。婉儿挣扎地抬起头，用长长的嘴蹭了蹭武二的脸颊，依然恋恋不舍地看着他。

树林里暗淡，阳光浮在树梢不肯下来，婉儿最后看了一眼树梢，闭上眼睛，死在了武二怀里。

武二抱着婉儿一动不动地坐着。不知过了多长时间，猫头鹰的啼声唤醒了他，他站起来，抱着婉儿回了村。经过房东的房子时，进去拿了把锹，一手拎锹，一手抱婉儿下到了江边的育鱼池，在江边一棵树下挖坑。村民过来，一看明白了怎么回事，不让他挖。武二没听见般一声不吭，村民夺他手里的锹，武二举起锹一副同归于尽的架势。村民人多，一起涌上来，这次武二丝毫没占到便宜。

我来到叶赫时，远远的，就看见房东院子前围了一圈人。一脚油门，我冲了过去，见武二如同败将残兵般跟院外的人对峙。房东拦在院门口，跟那几个村民说："武二有病，是梦游症。"见我到了，如同看见救兵一般指了指我。村民说："上次话都说了，如果再有事就得离开，你也答应了。"我点头说："是。"村民说："我们都是老老实实的人，不能因为他搅得都不安宁。"

村民走了，房东拉着住我，用下巴指武二，说："村里是待不了，还是回去吧！"

等进了屋，看见武二已经躺在炕上了，仰脸朝天的。我把东西放炕上，他眼珠向下翻我一眼，就又抬上去。一边往外掏东西，我一边转达了兄弟们的歉意。武二没说话，但是动动身，把绷得紧紧的身体松了松。

也不知道哪个蠢货买了一盒松花蛋，挤得不成形状，我找个盆把松鸡蛋剥壳，之后打开醋瓶，洒上一些。又就手把熟食切了，装在参差不齐的盘碗里，放在炕桌上，喊武二吃饭。

　　武二起身一眼见了酒，伸手拧开，猛地灌了一口，之后抱着酒瓶坐在桌前。我动之以情晓之以理地分析着目前的状况，他不吱声，也没什么表情就是一口接一口的喝酒。手始终握着酒瓶子。武二有酒量，冬天，天气寒冷的时候，他全靠喝酒取暖。见他不吱声，我说："明天我们就走。"武二抬起眼睛看着我，说："我不走。"我说："都这样了，走吧！"他说："婉儿死了，苍鹭没有了。"说完，又灌了一大口酒，眼看着一瓶酒下去了一少半。我说："留下也没什么意义了。"武二突然加大了声音，吼道："我不走，我不走。"

　　说完，用如同火箭筒般的眼神逼视我，吼道："你们都认为我不务正业是不是？你们都撵我是不是？"你们都认为我是坏人是不是？一连的几个是不是，终于点燃了那双火箭筒的眼睛，"轰"地一下，里面有了疯狂。

　　他一口接一口的喝酒，声音一声高过一声，吼道："你们想撵我走，想撵我走，办不到，办不到。你们还我婉儿，还我苍鹭。"声音嘶哑得仿佛声带已经接近撕裂的边缘，下一秒就会如同琴弦般"嘭"地断开。我抱住他，眼泪流了下来。他甩开我，吼道："我哪也不走，哪也不走。"边吼双手边跟空气做着厮打。我无能为力地看着他，他内心积蓄了太多的委屈，难过，积蓄了太多被指责责难，积蓄了太多说不出来的如同洪水般的，一经爆发就势不可挡的悲愤。

　　酒终于倒不出来一滴了，他把酒瓶掼在地上，破碎的声音和破碎的玻璃弥漫了小屋，一块玻璃跳到他的脚面，把血挑了出来。蜿蜒的红的，扭着如同蛇一般的身躯奔向之前已经结痂的红，之后聚一起，粗壮起来的新仇旧恨就从脚上一直传上来。武二眼睛呈现出燃烧的红色，他如同打架般手脚一起舞动。就这样，"哗啦"一声，踢到了屋角的几个药瓶。

　　突然地，他停住了，面色有了一种说不上来的诡异神情，那样死死地盯着药瓶，如同那里是暗影敌人一般。

　　一秒两秒三秒，他突然窜过去捡起一瓶药，大喊："毒死你们的鱼，把你们的鱼都毒死。"说着就往外窜。我扑过去，一手围住他，一手去夺药瓶。他回头如恶狗般咬到我的手腕，痛得我"哎呀"一声，松了手。他就用了林冲夜奔的架势奔出了门。

手腕又痛又痒，两排齿痕清晰可见。我甩了一下手，窗外黑咕隆咚，武二真的好像暗影战士般，一闪没了踪影。我追了出去。

江边守夜的棚子里还有人影晃动，还能听见吵闹嬉笑声。武二像影子般掠过，大坡处急拐，冲到坡下。坡下是一片石头地，我一脚下去就一趔趄，第二脚身体向前扑，"啪擦"摔倒了。我觉得我的嘴唇磕在了石头上，嘴里黏黏的咸，痛得要命。

此刻，武二的身影已经站到了育鱼池的边。月光阴郁的光射到水面上，水面又折射到武二身上。远看，他的身体被一层青幽的光笼罩，愈发的瘦小。他一动不动地平举着胳膊，握着的瓶子在手里呈45°的样子。好一会儿，他就那个姿势站着，一动不动，如同被月光僵化了一般。我爬起来，拖着伤脚走过去。

一步两步三步，越来越近了。

就在这时，武二手臂动了，是如同汽车拐弯般慢慢回收。这让我喘了口气，可是没等这口气喘完，就见那缓慢的手臂加快了速度，几乎是一下子，就收回到他的胸前，快得仿佛能听见没来得及刹住的手臂，撞到胸腔闷闷的声响。他随即晃了一下，但紧接着又稳住了。

夜脱离了刚才的阴郁，此刻有了水般的清亮。江水，远山，树林在这清亮的光线里，宁静安详。武二转头向东，好似深情凝望般注视了几秒。之后转回头，手臂上移，瓶口一下子到了嘴边了。

星空闪闪，月色迷人，武二猛地仰头，瓶底朝上，灌了下去。

之后，玻璃瓶的脆响，在夜色里惊天动地地响起来。武二身体晃了晃，好像回头看了我一眼，就用了他一贯的仰脸朝天，直直地倒下了。

龙麒警察说："谁也不想发生这样的事，但是……"

村民说："苍鹭跟他也不沾亲带故的，也不是他家亲戚，这是为了啥？"

我说："你们喜欢玩游戏吗？武二喜欢玩，他喜欢水浒手游。"

风依然和，日依然丽，阳光在江面上铺了一层闪闪金星色。仰望天空，远眺群山。叶赫依然是个好地方。

耳边传来流里流气的口哨声。

说："苍鹭还会回来吗？"

说："会的。"

蝴　蝶

　　那天晚上，夜黑，雪白，小宋深一脚浅一脚地上了船，忽然发现甲板左上角苫传送机的帆布正一鼓一鼓的，声音不大如同风刮落树叶的"簌簌"声或者什么东西相互摩擦声，可是幅度即使在这黑暗中也清晰可见。小宋瞧着，不自觉地吸了一口气，紧张了，愈发觉得背后发冷，一连串的想象浮了出来。越是想象得丰富，越不敢上前，可心里还给自己打气，能有什么，怕什么。虽然这样想，脚却被定住般地一动不动。

　　站了一小会儿，寒冷肆无忌惮地在身上游走，不由自主地打个寒战，往前蹭了两步，四下环视，寻思先找点什么东西防身。记起靠船尾的地方有几根木棍。于是，尽量放轻脚步，就着夜色和江水映衬彩灯的光线，迅速地找到了木棍。手里有了东西感觉上有了底气，不自觉地挺胸，再次回到甲板上就如同练武功般地拉开了架势。此刻，很安静，安静的江面，安静的船，安静的帆布，就连寒冷的风也减了狂躁，用窥视和试探小心地刮着。小宋被这安静弄得迷惑，迷惑自己刚才是不是眼花，是不是自己过于紧张，如同蛇，闻风而动。这样想，心里却不甘愿承认，觉得自己才三十四五岁，不至于眼花也不至于紧张到出现幻觉。一不做二不休，抬起手臂对着帆布捅了过去，一下，再一下，第三下时，里面有声音了。

　　小宋没想到在这零下三十几度的天气里，会有人躲在里面。而且躲在里面的不是杀人越货的强盗，不是窃机作案的毛贼，而是喊着：

"别捅，别捅了，我是好人，我是好人。"尽管，他还是条件反射地后退一步，可基本进入了窦性心跳。他大喊让对方出来。帆布又鼓了，确切地说是拱，一拱一拱的，可是半天也没拱出来。显然，里面的人对这地质队野外搭帐篷用的帆布力不从心。当然了，这帆布厚重小宋自然知道的，于是，他先是抓住，使劲一抖落，之后双臂猛地上扬。一条通道出现了，里面的人被突然的豁然开朗牵引着，滚了出来。身体停住同时有急急地辩解："俺不是坏人，俺只是想在这将就一宿，"俺不会破坏东西的，就一宿。他反复强调着就一宿，就一宿。

小宋拿出钥匙，按下电筒，把那一束淡淡的黄光照在对方的脸上。这是一张黑瘦的脸，满脸皱纹如同山核桃一般，而眼睛不自然地眯着，侧脸，躲避着光亮。小宋把手电放低，问："你是谁？"对方所问非所答，依然说着："俺不是坏人，是好人。"说："俺在管理处做过临时工，真的，不信你问管理处的人，有没有个叫老吕的保洁员。管理处说了开春用临时工时还接着用我。"小宋冻脚了，他跺两下脚，心里知道眼前这人无危害，就边转身边说："先进舱暖和暖和吧。"

开了锁，进到最里面的值班室里。根本不用手电，小宋也能熟练地推上电闸。瞬间，黑暗被打败了，明亮到来了。这条冷冰冰黑黝黝的船如同女大十八变一般，变了模样，变成了粉红色的莲花船。这船是小宋单位——地质勘探所的工作用船。春天出野外，冬天封船。可今年，市里要搞雾凇节，没封船，并且被装饰成莲花形状停在江边。市里要求，各单位的彩灯彩船每晚要亮起来，烘托节日的气氛。所以，有了小宋和同事像歌里唱的那样"想说爱你真不是件容易的事"的值班。

说起这值班，所里也为难。勘探所的地质队员不少，但都刚从野外回来，好容易跟老婆孩子团聚了，再安排值班，总有点过意不去。地质队员辛苦这是人所共知的，那么，只能机关的人值了。可机关的所有人都反对，背地里说什么的都有，例如船上冷，例如身体不好，例如……理由一大堆，不到三天的时间，诊断书堆了所长一桌子。而且病得五花八门，所长早年也是穿山越岭的地质队员出身，现在虽然五十多了，又有高血压，可是依然是个急脾气，先找出两片降压片吃了，然后猛地伸出手，抓起桌上的诊断书撕个稀巴烂。开会规定，而且是不许反驳的规定，五十岁以下的男职工，有一头算一头全都排班，不许请假不许空岗不许找任何理由和说辞不值班，有什么困难自己解决。这几个不许让在座的男同事敢怨不敢言。蔫了，脸上悻悻的，心里骂所长霸道不通情理。当然也明镜地知道，所长决定的事说什么也没用，再不满，再恨值班，恨不得能像雷神托尔一般一锤把那条船砸个粉碎，也无济于事，值班开始了。

今天这个班本来不是小宋的，是工会老徐的。老徐是值班人中年龄最大的，刚好五十。以前一直在野外队，近几年因为老婆有病才要求回来的。他总说野外好，总感叹自己不能出野外。大家私下说他得便宜卖乖，野外队除了补助高，其他的没有什么好的。这也是事实。而这次的值班补助，就是野外补助标准，一晚五十。

今天是老徐的第一个班，可老伴这几天心脏不好，孩子又在外地上学，他不敢把老伴自己留在家里，想跟别人换一下，跟两个人说了，对方把头摇得如同拨浪鼓，说有事。老徐心里堵，在屋里像拉磨一般地转磨磨。恰巧，小宋上楼来报工会积极分子名单，见了就问了一句。老徐叹着气说了老伴有病，自己想换班的事。他也没想到小宋能答应，而且痛快地答应。这挺让他感动的，以前没有的好感也涌了出来。

此时，小宋哈哈手，把电暖风和电暖宝打开插上，顷刻间，热风就在这小小的房间弥散开来。老吕坐在值班室的地上，可能突然冷热交替，浑身筛糠般地抖，牙齿发出"咔咔"的撞击声，那声音跟划玻璃的声音一样，牙碜。小宋起了一身鸡皮疙瘩，嘴里"嘶"了一声，头不由自主地抖了两下，调大电暖风，转脸见电热宝的红灯灭了，拔下电源，拿在手里。过了两秒，想起什么的，把电热宝递给老吕，老吕牙齿依然打战，头也微微地晃动，对递过来的电热宝，说："使不得，使不得。"小宋醒悟，老吕得像缓冻梨似的慢慢缓。

一小会儿，小玻璃上蒙了雾气，把外面的粉红的光线遮挡了，小宋看着挂在床头的温度计一点一点地上升，这个小房间最高温度是能维持在零上十四五度左右，现在已经零上八度了。小宋说："把大衣脱了，放放寒气。"老吕侧着耳朵听，然后坐着把大衣脱了，就势坐在上面。小宋见老吕身上有一件动物毛皮坎肩，样式古老得如同文物一般。而且脚下是那种当地人叫棉捂闷的鞋。这种鞋里面应该还有鞋套，据说过去看鞋套是什么做的就能看出穷富来，当然了，这些都过去了，可现在还有人穿这鞋，小宋觉得好奇。他看看老吕的鞋，又看看老吕的脸。老吕的脸虽然还是青的，但是已经不颤了。他对小宋说："出门遇贵人啊！"说完，站起来，很正式地给小宋作个揖。小宋觉得好奇还好玩，又问一遍："你是哪的？"老吕又侧着耳朵听，说他住在堤岸斜坡的地窨子里，今天地窨子被雪压塌了，所以到船上来寻思对付一宿。地窨子对于小宋来说不算稀奇的事，出野外时碰见护林员是住地窨子的，不像他们地质队员搭帐篷。而且地窨子的历史也比较远了，过去猎人，放参，包括土匪都住地窨子，但是在城市搭地窨子还是比较稀奇的。他说："那也不能到船上过夜，太冷了。"老吕说："俺穿得多，"说完撸起外面的棉裤腿，露出里面绑着绑腿的小腿，说："里面是兔子皮。"小宋看见在那绑腿的中间有一个方方正正的紧贴腿上的蝴蝶结，蝴蝶结上面宽如翅膀，下面细如两须。不又得多看了两眼，老吕又说："俺还有狗皮褥，不打紧，比这冷的天气俺都待过。"小宋还在看着那蝴蝶结，心里琢磨那蝴蝶结怎么弄得那么方正，感觉受过专业训练一般。就问："你当过兵？"老吕一愣，摇头。小宋说："现在没人打绑腿了，我以为你当过兵。"老吕看看小宋，半天说了句："俺是猎人。"

现在还有人说自己是猎人，这让小宋诧异也觉得可笑。猎人作为职业已经消失很久了。如果现在说猎人，那么就跟偷猎有关了。小宋呵呵两声，这笑按当地人说是冷笑热哈哈，属于不信、嘲笑或者轻视。老吕明白，小声说了句："俺封枪了。"

老吕二十年前就封枪了。封了枪他种地。可是当年跟他一起封枪的猎人，有经不住钱的诱惑做了偷猎者。而老吕当年也动摇了，尤其有人拿那些花花绿绿的钱，铺了他一炕时，他和家人眼珠子都要掉出来了。那钱就在祖宗牌位对面,祖宗牌位旁边就是祖训,是他们世代猎人之家的祖训,老吕五岁第一次跟爷爷上山时,就是跪在祖宗牌位面背祖训的,现在他也能倒背如流。当时,老吕抬头看看祖宗牌位,看看祖训,把钱推了推,嘿嘿两声,说封枪了。后来,不管谁来找他,他都说封枪了。那些人又当面就骂他"什么封枪,什么猎人规矩,都过去了,还抱着这进棺材啊!钱才是一切。"老吕跟来人做口舌之争,就是谁说啥,就当没听见。有人就撺掇老吕的大儿子,他儿子当年二十出头,就要进山。老吕横在门口,吼道:"你要进山,老子就一枪崩了你。"他儿子不敢违背他,也老老实实跟老吕种地。有一天晚上,几个人来他家,大概意思是,老吕不加入,怕他告密,所以希望老吕离开。老吕跟儿子进城打工,后来儿子在离城市不远的乡下招了女婿。老吕依然打工,只是在过年时回儿子家,看看孙子。这么多年他在工地做不了,就打零工,零工打不了,就捡废品,宁可住桥洞子,住地窨子也不愿给儿子添麻烦,还有就是愧对儿子跟他背井离乡。当初,儿子结婚时,他只有一个要求就是祖宗牌位和祖训在过春节他回去时能拿出来,摆上,让孙子知道祖宗是谁。

江面起风了,打在窗户上"啪啪"地响。这声音引开了小宋的注意力,他说:"好像要变天。"说完,要上甲板看看。老吕立即起来,跟着小宋出去,在船前船后看了一圈,把该盖的盖都盖上了。就在要回的时候,老吕又钻到帆布下面,一会儿掏出满是雪的行李,抱着要跟小宋进船舱。小宋没动,盯着老吕的行李,老吕误会了,立即说:"俺不进了,俺在这对付一宿。"小宋知道老吕误会了,说:"不是,不是。"老吕眨巴眼睛辨别他说的真假,小宋也不知道哪来的灵感,脱口而出:"我是想,我回家,你住在这,明早我再来,你看管好电就行。"这让老吕喜出望外,"嗯哪,嗯哪"地答应。在这"嗯哪"里,小宋对老吕有了好感。

那晚,小宋睡了个好觉,老吕也睡了个好觉。在这好觉后,小宋有了风一般灌进大脑的灵感,既然大家都不爱值班,那么不如让老吕替大家值,这样是利人利己。当然,这个灵感的前提是小宋看见老吕正拿着船上唯一的破笤帚扫乱乱的船舱,东西也归置得整齐利落时出现的。于是，说了自己的想法，老吕实在没想到会有这好事，高兴的作揖，嘴里保证着一定弄妥妥的。

　　自然而然，大家异口同声地同意，甚至可以说欢天喜地了。大家夸小宋雪中送炭。小宋说是雪中送吕。大家笑，一想也对，老吕嘛！有人高兴地说："只要不值班，把补助全拿出来都行。"有人说："既然是雇人嘛，当然是少花钱好。"这话赢得了大多数人的赞同，自然是以自己的利益为出发点。于是，大家讨论来讨论去，定了二十块钱。当问老吕说"行不行"时。老吕的脸如同向日葵般地灿烂，嘴里一连串地说："行行行。"这样小宋和大家都觉得老吕厚道。就这样，老吕正式上岗了，成了地质勘探所值班人员的临时工。

　　老吕值班这件事上可以说认真。按时开电闸，按时关电闸，小宋告诉他白天不能用电，要是用电整条船的灯就都亮着，所以，为了避免不必要的麻烦，不能用电。老吕也真听，白天不去市区捡废品也绝不用电，宁可冷着。他的办法就是一粒花生米一小口酒。老吕的小酒壶很漂亮，小宋见过，上面还有字，老吕说是爷爷的爷爷的名字。小宋回去跟单位的同事叨咕，大家七嘴八舌地说，说老吕这，老吕那，把老吕的身份都猜测个遍。小宋说："老吕说他是猎人。"所有人都当笑话，有人还哎呀我去地说："还猎人，不如说偷猎的。"这些话是闲话，但是有人去江边也会跟老吕逗，老吕不说，只是"嘿嘿"两声。有时指着自己耳朵说："耳朵背，听不见。"要不就打岔。时间长，也没意思，大家也不拿这开玩笑了，当然也忘了。

　　当然，也会说老吕，说老吕说前天谁谁送钱，差他一块钱，说老吕说谁谁没送钱，说老吕说谁谁在岸边把钱团在雪里，"啪叽"就扔甲板上。被风刮江里了，他没捞起来，飘走了。反正都是跟钱有关的事。被说的人就觉得面子上挂不住，心里不舒服，见到老吕，把钱狠狠地墩在桌上，说："给你，阎王还欠小鬼的钱。"老吕也不生气，"嘿嘿"两声，把钱放起来。老吕的好脾气，多少缓解来人的气愤。有时，大家也跟小宋叨咕，说："小宋，你从哪找的这么个奇葩？"小宋也一脸委屈，说："别提了。那天老吕问我船舱里的旧报纸和纸壳要不要了，我说不要了。老吕就给卖了，卖完还说谢谢。可是我临走时要拿他一个布带子,可是他迟迟疑疑不愿意给,把我气得说我给你钱,他才给我。"说完,大家一起呵呵笑,说:"小宋,这叫作茧自缚。"小宋说:"别看老吕爱钱,但做活像样,那布带子如同艺术品,还有他绑腿上的蝴蝶结,打得真的如同蝴蝶一般。"大家点头,说:"老吕除了爱钱,还是勤快的。"说雾凇节开幕式文化局让他们单位在开幕式的当天要承担放一千个河灯的任务,所以提前把河灯送上船。当时,老徐找小宋去的,寻思就是把东西收了就行呗!可是送河灯的人根本不把河灯送上船,说:"送上船一趟十块。"就在老徐和小宋跟送河灯呛呛应不应拿这钱时,人老吕下了船,一手一个提上来,"嘿嘿"两声,说:"飘轻。"就这事,老徐对老吕感觉挺好,所以,大家说时就为老吕辩解,说:"老吕也没提钱啊!"小宋说:"那不是应该的。"老徐看了小宋一眼没吱声,小宋的心里,是大多数人的心里。

　　终于到了雾凇节开幕式,那天下午,还是老徐跟小宋去的,因为那天看一千个河灯也不算多,一个摆一个放,应该个把小时就完事了,而且所长跟老徐说补助二百,那么他跟小宋一人一百,不是挺好。

　　上了船,老吕已经把河灯码到传送机边上了。小宋见了,也是随嘴秃噜,说:"老吕,你挺能干啊!干脆这河灯你都放了把!给你五十块钱。"老徐听了,看了小宋一眼,老吕欢喜地"嗯哪,嗯哪"地答应。说完,把大衣一脱,丢在甲板上,说:"放心,这点活,玩一样。"小宋又说:"老吕,你要是放的好,再给你十块钱赏钱。"后面这话,就有点戏谑了,老徐心里不满了,心想两人的钱,你说给就给,脸阴了。小宋一瞧也觉得失言,小声对老徐说:"不用你拿我自己拿。"老徐心里更堵了,心想谁差那几个钱啊!说:"没事,一人一半。"说完,进了船舱,老徐的态度让小宋心里也塞了把草。心想,不就几十块钱嘛!这么计较。也进了船舱。在船舱吹着电暖风,小宋玩手机游戏,老徐歪在床上闭眼睛,可是床上的味道太大,他就把自己的帽子扣在脸上,没想到睡着了,小宋玩了一会儿,把脚蹬桌子边上,也迷糊了。

不知道过了多长时间，他们被外面杂乱的喊声惊醒了。跑出去一看，如同当头一棒，当时就呆傻了。

原来，老吕一个人放河灯时，江面指挥部的巡逻艇突突地过来，告诉老吕，把那些聚在船边，没顺水飘的河灯挑一下。老吕侧着耳朵听，就拿起杆子趴在船舷大弯腰地挑开聚在一起的河灯。挑散开了，老吕又接着放。就这样，放，挑，来来回回的好几次，一千个河灯见底了，老吕帽子和毛皮坎肩都脱了，头上还是如同蒸汽机般地冒着白气。他抹了抹额头，准备休息一会儿，可巡逻艇又突突地过来了，老吕要强，尤其是干活上，只要他干了就干好，不想让人说，这也是从小养成的。所以，他看见巡逻艇过来，立即站起拿起杆子，大弯腰趴在船舷想看看是不是又有河灯聚着，可能起来急，也可能累了，没稳住，"噗通"一声掉进江里。巡逻艇本来是要靠岸换班，一见有人掉江里了，立即开过来救人。老吕夏天在管理处做临时工的时候经常到江里游泳，水性不错。可现在是冬天，冰冷的江水电击一般把老吕一下子击晕了，他本能地扑腾几下，就觉得自己被石头坠着般地下沉。

老徐和小宋出来时，老吕已经被抬上岸。有人喊衣服，衣服赶紧盖上。他俩也不知脱羽绒服，如同木桩般站着。眼看着老吕身上的衣服如同爬一般，爬上了白霜。好在120到了，这时才醒过来，跟着120上车，到了中心医院。

老吕推进急诊室。老徐和小宋大眼瞪小眼，正傻呵的不知道干啥时，护士喊他们把老吕的衣服剪了。他俩这才像木偶般接过护士给的剪子。可却不知道从哪下手剪，护士一把夺下剪刀，从裤脚一剪子下去，裤子豁开了，露出里面的绑腿，露出了绑腿上的蝴蝶，那蝴蝶不在方正了，如同落汤鸡一般地耷拉着翅膀。小宋伸手解开蝴蝶，让它飞走，让它飞到温暖的地方。

终于，老徐和小宋像扒苞米似的把老吕从湿衣服里扒了出来，抱到一张有被子的床上，老吕整个人陷在白被子里，看上去瘦小得如同孩子。老徐和小宋站在那看着，脸色比墙还要白，那副绑腿和那两块兔毛围腿就搭在床边，水滴到地上，如同蛇一般蜿蜒地奔向那剪开的、泡在一摊水里的衣服，如同要重新投进那曾经承载它的怀抱一般。小宋和老徐此时也很狼狈，身上湿漉漉，头和脸上也都是汗，按照护士说的抱起滴水的衣服，往外走时，如同被重压一般，一寸寸地矮下去。到卫生间，把衣服丢在垃圾筐里的力气都没了，弄了一地，老徐用脚把衣服往边上弄。边弄边说："这老吕要是有点啥事，可怎办？"小宋一听，脸又白了。

此时此刻，所长正往医院赶。刚才接到电话说有人掉江里了，吓得心脏病差点没犯。撂下电话，往医院赶，忙三火四地赶到急诊室，见到老徐和小宋耷拉脑袋在急诊室门口，扑过去，问："还有谁？"边说边往里面看，看了一会儿，没看见认识的脸，回头问："谁掉江里了。"事情到了这个地步，不说是不行了，说不详细也不行了。于是，老徐把事情前前后后讲了个清楚。所长听完，用手点着他们说："可真有能耐，这么大的事，都能瞒着所里。"现在，生气没用，问题还是要妥善解决的。于是，所长转身进医生办公室。医生说："生命体征还平稳，现在没醒，等醒了再说。"所长问："没有生命危险吧？"医生说了句："不好说。"这句话没把所长吓死，出来不说话，用手点小宋，那副样子如同要把小宋碎尸万段一般，小宋吓得缩头，一副低头认罪状。

老吕是半夜醒的，醒来看了看周围，想起什么，腾地跳起来，这一跳把手上的针头拔掉了，血从针眼的汹涌地流出来，流在床单和地上，本来所长留小宋护理，可是小宋太困了，就到里面的床上睡了，老吕起来，他也不知道。老吕找他的衣服，怎么也找不着，在屋里转磨磨，之后又跑到走廊，凡是能推开门都进去，后来在卫生间看见他被剪开的衣服，心疼，一边叽咕一边翻。在卫生间惨白的灯光下，穿着病号服的老吕，蹲在那翻堆衣服，那副样子如同精神病患者一般。实际上，老吕在找一个扁扁的小铁盒，那个小铁盒是他的全部家当，他攒了钱就给儿子邮去，剩下的都是吃饭的钱，最大面值五十。还好，还在，他的家当还在，他把盒子贴在胸口，嘿嘿地笑了。

回到床上的老吕，实实在在地睡了十几个小时。醒来又是实实在在吃了十几个包子。对站在床前的老徐和小宋说："俺那河灯没放完。"这话语了还有些内疚，老徐说基本放完了，没剩几个。老吕听了，嘿嘿两声，很欣慰的样子。眼睛看看小宋，又看看老徐，想说什么，可看看包子没说。

那天晚上，所长跟老徐一起出的医院。俩人站在烟花璀璨夜空下的马路牙子上，研究怎办？老徐冷，可不敢说，听着所长说，可觉得所长想得多，老吕虽然对钱看重，但是这么长时间了，还没有贪小便宜什么不好的品行。可所长担心老吕通过这事狮子大开口。甚至想到了，如果老吕找类似广角民生这样的栏目记者，那么就不是你们个人问题了。老徐点头心里说，能不能明天再说。可嘴里说："是是是。"所长又说："你们偷摸雇老吕也行，但是到打听打听临时工最低工资啊！三十五块钱一天，你们倒好，二十块钱，谁想的啊！事情真扯出来，这一项就不符合劳动法。"这是重点，老徐也严肃了，一想所长想的也不是多虑，如果真弄大了，他们顶多挨批和扣点钱，可所长呢！可能是官职。说："所长，你放心，老吕这边我一定做好工作，尽量不给所里添麻烦。"所长说："不是怕添麻烦，而是把事情处理对，对谁都好。"

一连四五天，老徐和小宋都守在老吕床前，可以说对老吕照顾的无微不至。老吕也一切正常，脸色和精神都比以前好，而且老吕没提出任何要求，反倒对老徐说的话，表示同意和理解，而且还说自己的耳朵以前跟堵了块棉花似的，现在棉花被薅下去了，听话真亮。医生来查房，老吕还说谢谢大夫。小宋把老吕在船上的东西也拿来了，老徐也给老吕拿了件旧衣服，老吕穿上，拿出那个小酒壶放在上衣兜，在屋里走，之后把那兔毛围腿围上，开始打绑腿，那漂亮的蝴蝶又出现了，这次不是贴在腿上的，而是展翅欲飞的样子。老徐和小宋惊叹，老吕嘿嘿两声说："这是童子功，五岁就开始打绑腿了。"屋里两个要出院的病友也一起笑，此时，房间里充满了和谐的气氛。

笑了一会儿，老徐和小宋对视一眼，老徐从兜里掏出五百块钱，说："出了这事，大家过意不去，凑了点钱给他。"老吕说："这有啥过意不去的，是我自己掉下去的，又不是谁推下去的，俺不要。"老徐说："拿着吧！就当买车票了。"老吕说："俺有买车票的钱，俺不要。"就这样，钱在他们中间推来推去，如同在练太极。老吕的不要让老徐和小宋心里一咯噔,他们觉得不要这钱,是嫌钱少还有有别的阴谋,看看老吕的表情,又摸不透,老吕也有点欲言又止的样子。心里没底了,相互示意,出了门,站到走廊尽头商量,最后,小宋说:"一不做二不休,干脆直接说让他出院,看他怎么说?"

两人再进屋时,屋里有点暗,好像要下雪的样子。可是天气预报说今天没雪。老吕已经把绑腿打开了,把蝴蝶放飞了。不知道为什么,老徐看见老吕解了绑腿心里会有一种不祥的感觉。他看小宋,小宋看他,老徐想了一下,说:"老吕,医生说可以出院了,你看你还有什么不舒服的,如果没有就出院,你看呢?"这话说得很小心翼翼。老吕说:"都挺好,都挺好。"说完,顿了一下,看看他们,张张嘴,老徐和小宋立即屏住呼吸,胸腔里的心脏嘭嘭地跳,现在他们才明白,实际这几天,他们一直就等着这个时刻,在思维里老吕不会这么轻易出院,老吕那么穷,那么在意钱,肯定借机会狮子大开口,这在他们所有人潜意识里已经预想的事。所以,他俩如临大敌,看着老吕干裂的嘴唇。

老吕缓慢地说:"俺这是不是得算工伤啊?"果然,炸弹终于扔出来,嘭地炸响。预想和现实终于完美地结合了,事情终于是一直以来,所里所有人猜测的,老吕肯定要讹钱。从五百块不要上看,是要讹大钱。这不能不让小宋愤怒。这几天他所有的压力比老徐以及所有人都大,毕竟老吕是自己找到。他就想赶紧把事情处理好,别再受同事的三七嘎达话,别再提心吊胆老吕会提什么要求。现在,老吕提了,而且提了个难以接受的要求。如果老吕要钱,小宋都不会那么火,要钱,他宁可自己拿,只要解决了他都认。可是,工伤他解决不了。老徐也被工伤惊呆了,他觉得老吕已经不是狮子大开口了,而是要把下半生全都讹出来。

沉默了一小会儿,小宋的前额叶已经控制不了他胸腔那团烧得越来越旺的怒火。他觉得那一股股地往外窜的火,喷着黑毒液,让眼前变成了黑色,他扶了扶墙,站稳几乎吼道:"你这算什么工伤呢?"他的声音让老吕一怔,老吕看着他,又看看老徐,嘴里辩解道:"俺怎么不算工伤,俺在干活时受的伤,是不是就是工伤。"这话彻底把小宋激怒了，说："你这不是放讹嘛！耍臭无赖吗？"

老吕不明白这声音怎么这么铮亮，如同一把匕首刺进他的耳朵，而且是无遮拦地刺进来，这是以前从没有过的。这刺没有以前的障碍，就没有以前因为阻滞而减了痛，现在，老吕觉得很痛，很痛。这痛把以前所有的痛都挑了起来，这些痛如同被精灵咒语唤醒，在老吕的心里蠢蠢欲动，老吕黑瘦的脸上，一会儿青，一会儿白，一会儿黑，赤橙红绿青蓝紫换个遍，之后说："俺怎么放讹了？俺怎么无赖了？"这话说完，那些剑就冲了出来。老徐和小宋从没见过这个架势的老吕，脸上带着剑气，直逼小宋。小宋呆了一下，也不示弱，说："你不是放讹是什么，还工伤，你就是工伤也是偷猎的下场，想在这耍无赖，做梦。"小宋一句顶一句，老吕顶不上，脸色惨白，之后猛地上去给小宋一撇子。就这样，事情到了最糟糕的境地，被打的小宋往前扑，好在老徐一直在老吕和小宋边上，立即横在老吕前面，指着小宋说："你要是动手，后果你自己想。"这时，围过来的人越来越多，指指点点地说小宋的不是，说："你一个的小伙子跟病人吵什么。"老吕坐在床上"呼哧呼哧"喘气，脸是青的，嘴唇抖着，眼睛和眉毛几乎拧着。老徐急中生智，拉着小宋就走。

事情闹到这个地步，可以想象，所长会怎样暴跳如雷。此前，他一再交代要安抚，安抚。于是，他什么也不顾了，张口大骂，骂得老徐和小宋灰头土脸，小宋心里憋屈，坐在那儿就哭了。所长一看，心里叹了口气。不管怎么说，谁也不想出事，还是自己出面吧！怎么也要大事化小，小事化了。

去医院的路上，所长就把利弊想了个清清楚楚，如果老吕就不出院，就一口咬定自己工伤，那么事情会越扯越多，这些事扯出来对老吕来说，不算坏事，最起码在医院有住的有吃的，时间长了，有社会舆论一边倒，那不是太麻烦了，所以这事要立即解决。无非也就是钱，只要钱能解决的就不要耗费时间和精力。除了这，所长还想了，实在不行，就把老吕结成一对一帮扶，每年给一部分钱，这样也解决他的生活。

下午两点。所长，老徐和小宋站在老吕面前。老吕气还没消，听完老徐介绍，开口就说："俺觉得俺在工作受的伤，应该是工伤咋的了，怎么开口闭口说俺讹钱，耍无赖。"所长瞧着老吕脖子上鼓出的血管，暗青色的血如同要爆出一般。立即开口跟老吕道歉，说自己有责任，道歉的话说了一堆。之后让小宋道歉，在车上所长已经跟小宋说利害关系，所以尽管委屈，小宋还是说一堆道歉的话，再之后是老徐道歉。这把老吕弄得有些发傻，本来一肚子气，现在这一道歉也不好发作。低头，不吱声。屋里的其他几张床的病人和家属都往这边看。

屋里稍微亮了，看样子雪不会下了。所长又开口，说："老吕，你有什么要求，就说吧！"老吕抬起头说："俺就是觉得俺掉江里是因为放河灯，所以俺觉得是工伤。"所长心里冷哼，你知道什么是工伤吗？可表面没有变化，很认真地等老吕接着说，老吕说："跟俺一起干活的老王说在工作中受的伤，就是工伤，他就是工伤。"所长等着老吕接着说，老吕不说了，看着所长。所长觉得跟老吕达成共识很难，那么不如就顺着他，说："你这么说，是算工伤，算内部工伤怎么样？"老吕不管什么内部还是不内部，听所长承认自己是工伤。绷得很紧的情绪，表情一下子松了下来。接着说："那天晚上，答应俺给俺五十块钱，既然俺是工伤，那么钱就应该给俺，俺可以不要赏钱，但是五十块钱得给俺。"这话一出，所长气得看看老徐，看看小宋，咬牙切齿地想你们真能，还弄出赏钱了，这话传出去，成什么了？吸了口气，转过脸问："还有呢？"老吕说："就这，没有了。"这话让所长，老徐，小宋再次对视，一起问："没了，就这？"这次轮到老吕反问了："说没了，就这，要不还有啥？"

屋子更静了，这前后剧烈的反差，如同愚人节被愚，小宋脱口而出："给你五百你不要，折腾一圈要五十，你有病啊！"他这一出口，老徐立即站起来，挡在小宋身前，怕他们再次冲突。老吕挺了挺胸，不屑地说："五百块钱，比五百多得多的，铺了一炕的钱我都见过，俺是猎人，只拿该拿的，要该要的。"说完，直直地看着对面的墙，那目光如同要穿透墙，穿透距离，穿透时空，看见曾经的在记忆里的东西。

阳光出来了，看样子天气预报说的挺准，今天没雪。老吕收好小宋递过来的钱，取下搭在床头的绑腿，"啪啪"拍了拍。坐在那开始打绑腿，他打绑腿的样子看上去很严肃，如同在做一件神圣的事。屋里的人看着老吕一点一点地打好绑腿，让蝴蝶在绑腿上展翅欲飞。此时，阳光雀跃地照老吕身上，照在那蝴蝶上，那蝴蝶真的活了一般。忽闪着翅膀，仿佛在说它一直活着，就如同老吕从来就是猎人一样。

歌　剧

　　天还黑漆漆的，毛莉醒了。在与温暖的被窝进行几秒钟的恋恋不舍后，就一点点蹭出来，摸黑穿起衣服。

　　这是北方的冬季，凌晨三点，凛冽的风"呼呼"地刮着，糊在窗户上的塑料发出哆嗦似的"嘶喇"声。潜伏在屋角的寒气，如同受到了召唤，从四面八方扑上来，毛莉打了个大喷嚏。黑暗里传来丈夫姚金有些含糊不清，如同梦呓般的叮嘱她多穿点的声音。毛莉揉着鼻子，摸索着下了炕，走到外屋地。

　　外屋地是生火做饭的，但在当地却不叫厨房，因为这里还有储藏，放杂物，洗漱等用途。以前，有这么个说法，看女人是不是勤快，是不是贤惠，是不是过日子人，看一眼外屋地就一清二楚了。

　　如果现在依然是这个标准，毛莉显然是贤惠勤快的过日子人。

　　灯光下，外屋地呈长方形，因为是为了出租房子而后接的，所以相对地细窄。炉台砌在最里面，对着一排好看的木栅栏，栅栏里的柴禾和煤块摆放得如同陈列品似的一丝不苟。水缸和切菜台上蒙着边缘勾着粉色月牙边的纱布。擦得铮亮的锅碗瓢盆摆在墙壁柜里，柜子是干木匠活的姚金用边角余料做的，为了弥补色差以及长短的乱杂，刷上了大联合的油漆，乍一看，色彩缤纷得如同儿童乐园。水泥地面擦得泛着青光，如同镜子一般。每次房东来站在门口不进屋，说怕踩脏了地。

　　房东是个老头，肥胖，脸上挂着弥勒佛般笑容，晃动着没有头发的脑袋，"啧啧"两声说："从来没有租户把屋收拾得这么像样，你们两口子是这个。"说着竖起了大拇指。毛莉神情羞涩，眼睛里却雀跃得如同小鸟。

相对于毛莉，姚金是冷淡的。私下里说："夸也不给减房租。"说："拾掇屋子是为了自己住着舒服，跟他有啥关系。"跟姚金的粗壮，敦实，大脸盘大眼睛大鼻子，说话做事有着大大咧咧的性格比，毛莉小脸，小鼻子，小眼，尽管已经三十四岁了，可是从后面看，身体瘦小得好像还没开乍儿似的。因为从小失去生母，眉眼间总带着一丝生怕说错做错的担心，所以对于外界一丝一毫都极其敏感在意。一点一滴的好都会开心，而且会把这好持续下去。相反，一点一滴的不好也会忧虑，而且不由自主地往坏处想，不自觉的悲观绝望。

姚金说毛莉有病，自己吓自己玩。说："对付脑袋里的念头，得像玩打仓鼠游戏，蹦出一个打一个，蹦出一个打一个。"说这话时，姚金极得意，因为他最会的就是把这个打下去，再把那个打下去，所以，不管什么事，他都不会像毛莉似的，心神不宁，坐立不安的。毛莉不会玩游戏，自然也不会用游戏的办法，她用她自己的办法，干活。她把家里的炕面，台面，地面，犄角旮旯，锅碗瓢盆翻来覆去地擦，擦得到处都泛着光。

不过，干活也是有副作用的。一天晚上，迷迷糊糊要睡了。毛莉"噌"地跳起来，摸黑直奔外屋地。刚要睡着的姚金吓了一跳，以为出了什么事，连忙起来跟到了外屋地。借着月光看见毛莉正撅着屁股擦锅台。这把姚金气的，两眼冒火，上去就是一脚，"啪"地把毛莉踹趴在锅台上。

一声尖叫，穿透黑夜，直刺云霄之后，毛莉就丢了魂般痴痴呆呆了。

第二天晚上，陈姐来了。陈姐是跟姚金一起做工的老汪媳妇，五十四岁，高瘦，脸色暗黄，看上去有些凄苦，但是这凄苦中却带着慈善和温和。她们家是原住户，毛莉家的房子就是她帮找的。她有个儿子，得了抑郁症，几年前自杀了。为此，老汪总喝酒，总醉，又总是姚金送他回家。陈姐对姚金心怀感激，听老汪说了，就过来了。

坐在炕边，陈姐用民间的办法叫魂。叫了一会儿，毛莉依然如故。陈姐站起来在屋里转，也跟房东似的啧啧赞叹屋里的干净，夸毛莉勤快能干。里屋的门敞开着，在外屋地碴粥的姚金慢慢地搅着粥，粥的香气飘了满屋。陈姐走到门边说，这粥碴得不错，黏糊又不坨。姚金小声说："毛莉爱喝粥。"陈姐就问："好了没？"又说："好了给小毛盛一碗。"

姚金听话地盛了一碗热气腾腾的粥，陈姐就伸手接了过来。边往屋走，边吹着粥。那"呋呋"的吹气声让毛莉先动了眼珠，随即头也动了。她恍惚了，恍惚觉得眼前的人是自己的妈妈。霍地，酸了鼻子，满腔的委屈涌进眼睛里。陈姐慢慢把勺子送到她嘴边，她就像孩子似的张了嘴。旁边的姚金见了，高兴地来回搓手，转身出去，又盛了一碗粥，端进屋，站在炕边，傻了般看着。

这时，陈姐问毛莉愿不愿意到清扫队做清洁工。说："虽然活是脏些，累些，而且刮风下雪都要早起，每月一千三百块钱，可是，干满十五年就有退休金了。"陈姐轻柔的声音，如同春风吹开了水面，让毛莉心里泛了涟漪。

等到陈姐站起来，说要回去时，毛莉贴了两天封条的嘴终于吐出了声音，说："我去。"

就这样，陈姐解决了毛莉身上属于人的最本能的需求，工作。有了工作，那么仓鼠一般蹦的念头很长一段时间不出现了，毛莉觉得日子真是称心如意了。

可是，上周，这一切被打破了。事情出在儿子兜兜身上，原因是跟同学打架。放学的路上，毛莉薅着兜兜，问："为什么打架？"上小学四年级的兜兜不高，不壮，眉眼也像毛莉细小，但却很有脾气。他梗着脖子，气哼哼的不说话。进了家门，把书包一摔，嚷道："我再也不上学了。"毛莉拍了他一巴掌。兜兜立即如同呲着牙的小兽似的，咆哮地喊："就怨你，就怨你，我们班上的许冠豪说我的棉袄是从垃圾堆捡的。"我说不是。他说就是。说你是扫垃圾的，我的衣服都是你从垃圾堆里捡的，还要当着全班同学扒我衣服，看里面是不是捡的。最后这句说完，就是"呜呜"的哭声了，那声音里全是心灵备受折磨的痛苦。

这突如其来的,如同没有应急预案的突发事件,让毛莉懵了。感觉自己就像一艘被重重地击沉的船,全身心地往下沉,沉得她喘不上来气,头晕晕的,身体软软的,一股什么也顾不了,什么也顾不上的感觉让她瘫在炕边。

毛莉的手有残疾,右手的食指和中指被稻轮子绞掉了。稻轮子是收割机的一种,专门用来脱稻穗的。人工操作比较简单,先用夹棍夹起一捆稻子,握住两头,放进旋转的齿轮里,齿轮旋转时抽力极大,所以要使劲地托住,稍不留神,手就会被带进齿轮口。村里人管这口叫老虎口。那几年村里被老虎口咬掉手指的不止毛莉一个人,可是她最年轻,才三十岁。当时的情景恍如做梦,记得右胳膊好像被猛地往前拽了一下,眼见着雨滴般的鲜红洒在稻子上。也没觉得痛,没觉得怕,就是觉得困,就想睡觉,那种困是什么也顾不了,什么也顾不上的感觉。等拆了纱布后,看见右手食指和中指仅剩如同枝丫般的一点点时,才如梦初醒般惊了一身冷汗,倒吸了一口冷气。这气变成了无数把刀,插在心上,痛得她全身痉挛。

可以说,姚金萌生搬进城里,让兜兜在城里念书的想法符合了毛莉内心深处的想逃避、逃离的念头。只是,进了城才发现对于她这种三无人员,无学历无技术无沟通能力,性格内向还残疾的人找工作有多难。一而再再而三的碰壁,让毛莉怕见人,即使出门都发怵了。要不是陈姐,可能毛莉还在家待着,可能越来越痴痴呆呆,呆呆傻傻,可能真的会抑郁,跟陈姐的儿子一样。

这样,毛莉成了一名清洁工。从第一天起,站在空荡宽阔的街道上,看着宁静安详的城市,听着扫帚摩擦地面发出的"刷刷"声,就想起风吹稻穗的声音,想起乡下宽阔的院子,房前屋后的菜院子。仿佛听见了村里人夸她能干,羡慕姚金又打趣的话语,说:"姚金,你把自己变成摇钱树,摇来摇去,摇得也都是毛利。"姚金呵呵笑着说:"毛利也是利,我都兜着。"这也是他们儿子叫兜兜的原因。于是,眼前浮现出兜兜小时候走走路耍赖,横在她身前嚷着抱抱的情景。笑容就不自觉地荡漾在嘴角,看着笔直的大路,心里有了想象,想象上面种满玉米的样子。想着想着，仿佛眼前真的是玉米地了，风吹过来，玉米叶刷刷作响。

现在，因为她，儿子受到了欺辱，这是她难过、愧疚和恨不得杀死自己的原因。事后，她跟陈姐说："如果杀死自己能换回儿子的快乐，她会毫不犹豫的。"陈姐看着她，脸上愈加凄苦，心里说，如果能用她的命换回儿子的命，她也会毫不犹豫的。当然，这是后来的话。

当时，姚金收工回家，一进屋，见兜兜蜷成一团"呜呜"地哭，而毛莉瘫在炕边，眼睛像猫头鹰似的直勾勾地瞪着，吓了一跳，以为又出了什么事。不过，转念一想，就炕上那俩属于老幼妇孺的又能出什么事呢！对于姚金来说，只要不是世界末日，不是生死离别，不是妻离子散，都不算事。就故意用轻松的语气说："这是咋啦？世界末日不是过去了嘛！"见爸爸回来了，兜兜更委屈了，哽咽地把事情又说了一遍。字里行间流露的怨，以及嫌弃，让姚金不高兴，但还是淡淡地说："嘴长在别人身上，爱咋说咋说呗！说这说那的人多了，咱活咱自己的，不搭理他们。"爸爸的话，兜兜不满，嚷嚷地说："是他们都不搭理我，都不跟我玩了。"这次，姚金的声音里带了倔，说："不跟玩就不跟玩呗！咱自己玩！"紧接着，兜兜喊："自己没法玩。"说完，又呜呜地哭了。

毛莉觉得自己身体里好像长了牙，"咔嚓咔嚓"地啃着心肝脾肺。她痛得全身颤抖，往外走的步伐没了平衡般歪歪斜斜。踉跄到了外屋地，泪水满面。

耐心的思想工作对于姚金来说根本不可能，不会讲，也讲不出，他一贯的管教方式是，一吼二吓三动手。见毛莉出门的样子，就指着兜兜说："你再说怨你妈，看我揍你不！"兜兜"呜呜"哭，姚金说："你给我憋回去，没法玩想办法玩，不许再哭。"兜兜依然：姚金吼道，非让我揍你啊！"兜兜不敢哭了，可是抽抽搭搭好一会儿。

天黑了，阴影蒙在毛莉心头了，提心吊胆就这样如影随形地来了。

接下来的一周，不管白天晚上，毛莉都如同丢了什么似的心神不宁。满脑袋都是自己小时候被同学堵在放学的路上殴打的情景。她怕、担心、悲观绝望，仓鼠又在脑袋里蹦了，蹦得她如同有了如疟疾般的一会儿一打寒战。

连着几晚，她都蜷缩在被窝里哭。那天，姚金被她哭醒了，问："咋啦？"毛莉说："都怨我，都怨我。"那如同祥林嫂般的语气，姚金一下子明白怎么回事了，也是困，也是烦，口不择言地说："哭啥，就算像老汪的儿子似的不是也得挺着。"姚金是让毛莉往开想，可是，表达的不对。这下，毛莉如同兔子似的一惊，想到兜兜这两天蔫蔫的，放学回来坐在炕沿上，双手托着下巴，长吁短叹的，一张脸抽巴得如同揉皱的纸。猛地，抓住姚金的胳膊，颤着音说："咱儿子是不是抑郁了？"姚金气得手痒，抬起的手，可手在空中停了，之后慢慢落下，把瑟瑟发抖的毛莉搂到怀里。

就这样，家里的气氛不知不觉地沉默压抑了。毛莉没了以前的精气神，看着儿子的小脸也是小心翼翼的。兜兜要是神色正常，她松口气，神色阴郁，她的心如同吊起的水桶，忽悠忽悠的。晚上吃完饭，屋里静静的。毛莉在外屋地擦来擦去，兜兜写作业，姚金看卖房子的宣传单。

姚金梦想能在城里买房子，所以特别喜欢收集卖房子宣传单，而且对照觉得满意的户型想象着怎么设计装修。以前，想兴奋时，还会喊毛莉和兜兜过来，说："儿子这是你的屋。"说："媳妇这是咱俩的屋。"毛莉只是笑，不搭话，而兜兜会不自觉地加入这想象里，问："我的房间有电脑吗？"姚金说："那肯定啊！"兜兜问："我每天都能玩吗？"姚金很认真地说："这得问你妈。"对于子虚乌有的问题，毛莉觉得可笑。他们租住的北山下这片平房区是城市边最老的棚户区，房子依山坡而建，从下至上有一条不算短的坡路，毛莉家住在最坡上，不到二十平方米小屋，而房租还是相对便宜的，每月还要五百块。加上柴米油盐煤灯水电费，还有兜兜的学费，课外班费，英语一个月三百，作文一个月二百。前段时间，老师说兜兜的字不好，让学学书法练练字。还有兜兜一直想学乒乓球，一堂课八十块钱。毛莉跟姚金商量，可姚金不同意。有时，在学校门口听家长们聊天说自己的孩子上这课那班的。毛莉都觉得对不起孩子。她也知道姚金抠，一分钱掰两半花。当然了，姚金对自己更抠，身上穿的那条裤子还是结婚时买，毛莉好几次要给他买条裤子，姚金都急赤白脸的，说："也不上哪去，穿啥不一样。"这样的家庭情况，姚金和儿子又是那么认真地说能不能玩电脑，毛莉真的觉得可笑。但是，兜兜没完没了地缠问，毛莉不忍心扫了儿子的兴致，只能跟着说能。

以前觉得可笑的情景，现在不复存在了，毛莉叹气了，小小的脸上愁容满面。

昨天，老师把毛莉叫到学校，说："兜兜满操场追着好几个同学打，把一个同学的鼻子打出血了。"被打孩子的家长在一旁数落着兜兜。边说边把身边的男孩推过来。兜兜歪梗脖子，扬着下巴，斜抿着嘴，一脸愤愤的表情。跟这男孩比，兜兜过于黑瘦了，看上去如同非洲难民。而那男孩的白胖看上去有点营养过剩。毛莉拉过兜兜，责怪地说："你怎么能打同学呢？"兜兜一耸，喊道："谁让他们给我起外号的，谁让他们满操场喊我要饭兜的。"说到这，男孩，家长，老师忍不住噗嗤乐了。这一乐，让兜兜挥着拳头，如同愤怒的豹子。这让所有的人，不自觉地一躲。

瞬间，毛莉内心涌上来一股恨，咬牙切齿的恨。紧接着，这恨变成了莫名的快感，这快感传遍了全身，她仿佛听见自己每个细胞对儿子啧啧的赞扬，就如同别人赞扬她能干一样。那一刻，她觉得儿子也是能干的。一丝不易觉察的诡异笑容爬到了脸上，于是，她忽然有了一股冲动，什么冲动说不清，反正就是有一种冲动在她心里撞击着。毛莉看着前面的几个人，霍地明白了，自己内心充满了仇恨。明白了，之所以能干，是因为她把能干当成了武器。

兜兜也是，他把拳头当成武器，当成抵御防御甚至攻击的武器。这武器具有的杀伤力，表面是杀伤了别人，实际杀的是自己，伤的也是自己。这武器会让兜兜进入一个行列，被编入另一队列，在这队列里会被烙上烙印，随着时间的推移，属于他就会被隔离被排斥……倏地身上起了鸡皮疙瘩，吸了一口冷气。

毛莉蹲下身，抱住兜兜，神情惶恐地说："兜兜，答应妈妈，一定答应妈妈，以后不要动拳头了，不要动拳头了。"毛莉的样子，让兜兜脸上的愤愤变成了惊恐，喃喃地说："我爸说了，忍无可忍，无需再忍。"一口气堵在毛莉喉咙咽不下吐不出来。新的阴影覆盖了旧的，而这时担心彻底变成了忧心忡忡。

昨夜噩梦连连，现在太阳穴如同要挣脱一般地狂跳。回想昨晚，姚金对她的斥责，说："你能不能别靠瞎想给自己解闷玩。"又说："我不觉得儿子不对，唯一不对的就是打人不能打脸。"喊兜兜过去，说"儿子，爸爸教你几招。"兜兜脸上的神情让毛莉觉得陌生，在这陌生里，毛莉仿佛看见了一只老虎，一只愤怒咆哮的老虎关进了儿子心里。她怕得手脚冰凉。

钩了炉子添上蜂窝煤，热了热饭，简单地吃了一口，就穿上了工作服。太阳穴还跳，就嚼了片去痛片。出门时，嘴里苦成一片苦海，但不敢喝水，负责清扫的那个地段不好找厕所，万一尿裤子呢！再说了，她也不是没尿过裤子，去年冬天，走两条街也没找到让用的厕所，陈姐说给她挡着，让她赶紧尿，可就在解裤子的刹那间，就尿出来了。那一刻，毛莉才体会到，人有时候是控制不了身体的。

天气预报温度是最低零下三十度，最高零下二十四度。走在路上，毛莉觉得寒冷从脚底爬上来，身上的棉衣如同一层纸一般抵挡不了刺骨的风。毛莉能听见自己牙齿上下敲击的声音，实际，不是毛莉不听姚金的话多穿点。而是怕干活时出汗，出了汗就会结冰，贴在皮肤上又冷又潮，很容易生病。所以，尽管此刻冷的彻骨，但是一会儿干起活来，血液循环快了，身体就不冷了。

远远地看见站在路灯下，探着身子跺着脚的陈姐。就知道陈姐等了一会儿了。见毛莉过来，陈姐一边说冷一边挽毛莉的胳膊，两个身体紧紧地靠在一起，仿佛阻挡了凛冽刺骨，身体不抖了。

整个早晨乃至上午，毛莉的心没着没落的，大脑里如同下雪的荒野，空白一片。断指的右手血液循环不好，小臂麻木得如同木头，胳膊回不了弯，挥动着笤帚样子僵直得如同机器人。扫到早市的时候，可以短暂的休息了，每到这个时候毛莉和陈姐从市场头走到尾，买些便宜的菜。而今天，毛莉拄着笤帚像雕塑似的站在市场头，看着来来往往的人，听着此起彼伏的吆喝声，这一切表面跟以往一样，可毛莉觉得这里面掺杂了惨淡和暗无天日。等陈姐过来拽她时，毛莉的脚冻木了，走起路来，如同两根木头，镐了镐了的。

十点钟的时候，垃圾车满了，她们往转运站走。转运站的旁边有工厂，工厂的外墙围一圈常年温热的大管子。冬天，大家在大管子上用木板上搭个小棚子，等着的时候，大家就轮流进棚子里缓和的同时也聊聊天，所以，离很远就能听见小棚子里传出来的阵阵笑声。

此刻，正上演脱口秀，开转运车的陈师傅正在讲笑话。穿着橘色工作服的清洁工一个挨一个坐着，就如同满满一筐橘子。这筐橘子被陈师傅逗得前仰后合，来回摇晃，让人担心一不小心就会晃散。毛莉和陈姐在边上坐下，陈姐马上加入了大家，嘻嘻哈哈起来。而毛莉一脸愁容的默默坐着。陈师傅见了，问道："咋啦小毛，脸色这么不好，谁欺负你了？告诉哥哥，哥哥替你揍他！"这话要是从别人嘴里说出来，还有三分认真，可是从陈师傅嘴里说出来，怎么听怎么觉得全是说笑。毛莉也没言语，倒是一直笑呵呵瞧着陈师傅的老张傻儿子开口了，他弱智，说话就像刚学话的孩子，一个字一个字地蹦。他一边看着陈师傅，一边指着头上的疤说："揍，揍，疼，疼。"

那疤是夏天落下的。环卫监测大队对清洁工的质检考评是每平方米不能超过六个烟头，每平方米的地面不能超过三两土，不合格扣分扣钱。那天在广场，几个小伙子抽烟，把烟头丢得到处都是，又撕了一地纸屑。老张傻儿子过去扫，几个小伙子见他傻，说话又是一个字一个字蹦，觉得好玩，就一边逗他一边推搡他，结果把他推到了石台上，头磕在边角，流了一地血，缝了四针。从那以后，只要有人提"揍"字，他就指着额头，意思是自己挨揍了。

而陈师傅见了，夸张地抱过伸过来的头，"啪啪"在那疤上连着亲了两口，之后问："不疼了吧！"老张傻儿子满脸灿烂，一边晃头一边说："不，不了。"这滑稽的一幕，让大家再一次笑得前仰后合，东倒西歪。

外面喊装好车了，陈师傅收了笑，起身，弯腰，就在出门时，又想起什么回身，说："差点忘正事。"又喊了一声："小毛，说队长有事情找你，让你去一趟队里。"

原来，今年队里有一个市优秀的名额，队里考核选拔优秀的标准是出勤率和质检合格率，经过筛选毛莉被选上了优秀。这个消息从队长嘴里说出来时，毛莉和陪她的陈姐一下子呆了。队长又说今年的优秀跟往年不同，除了奖励一千块颁发证书以外，市里还准备在新年来临之际，请优秀先进到新落成的大剧院看歌剧。这时，陈姐反应过来了，笑得脸上的皱纹如同盛开的菊花，对毛莉说："小傻子，你当优秀了，一千块钱呢！"

毛莉也缓过神了，一下子眉梢挑了起来，难得的笑容出现在脸上了。等走到了大路上，听见钟声悠扬地响起来，路口的绿灯倏地亮了，毛莉才问陈姐是不是真的，陈姐掐了她一下，羡慕地说："一千块钱呢！姚金得高兴死。"

这是实话，姚金听说一千块钱，眼睛一下子亮了，兴奋挂在姚金脸上，想问问这钱，又怕毛莉笑话他见钱眼开。听毛莉说大剧院看歌剧，就把话转到这上面，说大剧院老大，老宽了，老高了。一边的兜兜被这几个"老"吸引了，眼睛瞪得圆溜溜的，对于从来不知道的事，从没去过的地方，他总是好奇和充满热情。立即问多大？姚金脑海里还是木架子的记忆。但他是木匠，木架可以让他发挥无边想象，于是稍微沉吟了一下，说："有好几个你们学校大。"兜兜"呀"的一声，又问："里面都有什么？"一切又回到了以前，姚金说："你问你妈，你妈不是要去看歌剧嘛！"兜兜转向了毛莉。

就这样，一直蔫蔫的兜兜，因为跟她们的生活毫无关联的歌剧和大剧院恢复了活跃。

更没想到的是第二天下午，一切忧心的局面有了好转。

第二天下午接兜兜放学，以前躲着毛莉的兜兜，老远就跑过来。没等到跟前，兜兜就噼里啪啦地，如同小鞭似的说起话来。

是这样的，今天下午上音乐素养课，下半节课音乐老师让同学自由提问。兜兜举手说他的妈妈要去大剧院看歌剧了，请老师讲讲歌剧。老师很是感兴趣，夸兜兜问题问得好。说歌剧在西方是社交活动之一，看歌剧男士要穿燕尾服，女士要穿晚礼服，演出中间休息，所有人在大厅喝鸡尾酒聊天等等。之后，又说到了新建的大剧院，说是我们这个城市的标志性建筑，也是全国最好的大剧院之一，说非常羡慕姚兜兜妈妈能上大剧院看歌剧，享受高雅的艺术。说同学们一定要像姚兜兜的妈妈一样，到大剧院看歌剧，感受艺术的魅力。

兜兜说的急，呼出的气在脸前形成一团团白雾。在这雾气里，声音高了，如同喊似的，说同学找我玩了，许冠豪还跟我玩画片了。毛莉的心啪嗒落下了，而在落下的同时一种被打捞的感觉传遍全身，感觉心肺复苏了，一口瘀滞的气吐了出来，被绑得紧紧的身心舒展了。

在这个租来的小屋里终于有了欢声笑语。毛莉给晚回的姚金热菜，从小窗户里看见兜兜和姚金说着话，爷俩一边说一边笑。毛莉内心突然升起一种得来不易，苦尽甘来的感觉，泪水溢了眼眶。

端菜进屋时，姚金正说"没有咱买啊！"话音一落，兜兜欢呼地喊道："妈妈，妈妈，我爸说要给你买裙子。"又显摆地说，"是我说看歌剧得穿晚礼服，我爸说晚礼服就是裙子，说给你买。"说完，在炕上蹦起来，毛莉赶紧喊："别蹦，别蹦，把炕蹦塌了。"毛莉高兴，除了儿子，还有能从姚金说出"买"这个字。尽管高兴，心里却不当真的。

姚金是当真的。周六中午，毛莉回到转运站，姚金和兜兜已经在小棚子里等她了。当初盖这小棚子，姚金和老汪过来帮忙盖的，大家念着好，把姚金和兜兜让到中间坐，老张还给兜兜买了两袋小食品。毛莉进来时，兜兜一边吃一边教老张傻儿子看画片。依然是满满橘色，但是这橘色里有了不同颜色的姚金和兜兜，看上去如同橘子有了把，更加紧密结实了。

毛莉进来，老大姐就："小毛，小毛，你家当家的说给你买裙子看歌剧去。"又说，"小毛穿像电视里那样的，"说着手在胸口的部位一抹，意思是露胸的。另一个人说那多冷啊！别把小毛冻感冒了。老大姐说要美丽就得冻人。这话题让女工们你一句我一句，从穿旗袍的，穿长裙的，说到穿超短裙，从穿什么颜色，说到化妆。这边说穿着打扮，那边的姚金跟几个男工说明年把这棚顶弄成尖的，省得来回进出碰头。陈姐捅咕一下姚金，说怎么舍得花钱了，太阳从西边出来了。

姚金脸红。

这时，有人问了歌剧到底是啥玩意？才解了尴尬。陈姐立即接了话，说："还啥玩意，没听说嘛那是艺术，没文化。"那人不服气，说："你有文化，你去看歌剧啊！"陈姐不示弱，说："小毛去看，就是代表我看。"说完，气人似的晃脖子。被气的人更不示弱，坐在那不管不顾地唱起二人转。嘶哑的嗓音温暖而又厚实，在毛莉听起来就如同温热的粥，实实在在的。

走的时候，兜兜送给老张傻儿子几张画片。老张傻儿子乐得如同小马一般连跑带跳。嘴里蹦着"来"，奇怪的是兜兜听懂了，告诉他等考完试再来。毛莉看着儿子，心里除了高兴，还有庆幸，庆幸在这个紧要关头，歌剧搭救了她以及他们一家。

那天，毛莉买了好几件衣服，这是第二次这样买衣服了。第一次是结婚。回到家，把东西摆在炕上，旗袍裙，红色羽绒服，一双靴子。这靴子薄，毛莉不想买，可姚金说，不是说美丽就得冻人嘛！

毛莉有些羞涩地说："花了这么多钱。"姚金半真半假地说："反正花的都是你奖金。"毛莉抬起手捶他，姚金握着她的手腕，故意说："小样，还动手呢！"轻轻一捏，毛莉："哎呀"地叫起来，兜兜立即像火车头似的冲过来，上去掰爸爸的手，嘴里说："妈妈，别怕，我保护你。"毛莉笑了，姚金笑了，兜兜也笑了，之后三个人在炕上滚成一团，笑成一团。

接下来，日子又恢复了平静，可是这平静跟以前不同，有了一股说不上的东西在流动。这东西如同新的生命力一般，让家的气氛变得生机勃勃的感觉。兜兜变了，比以前开朗了，爱学习了。周一的小考，兜兜的作文得了个优秀，题目是《我的妈妈》。老师在作文的后面写道：一篇好作文，要大家分享。这篇作文挂在了班级的墙上。毛莉奖励兜兜五块钱，没想到晚上放学，兜兜用这钱给毛莉买了一个发卡，说音乐老师就戴发卡。每天临睡前，兜兜还有个重要事情，就是在日历上画个圆圈。每天毛莉回来，也一定要看那些圆圈，心里却有一种说不出来的感觉，这感觉有喜有担忧。

天气预报，受冷空气的影响，最低温度将低到零下三十六度，伴随着降温，还会有大幅度降雪。

周三早上推开门，雪把天地间挂了个帘子。整个白天能见度极低，队里的老张被拐弯的车撞了，右肾破裂。毛莉和陈姐去看他时，老张指着旁边开心地吃着她们带来的东西的傻儿子叹气。毛莉和陈姐跟着叹气。

降雪的影响，毛莉的工作时间延长了，有时十几个小时。兜兜自己回家，但回家后跟邻居孩子从坡上往坡下放爬犁。每年冬天平房区孩子都这样玩，今年北山上冰雪大世界建好了，住在市中心的人来这滑雪，玩雪圈，上山的车多了，在坡路放爬犁就极度危险了。毛莉说："兜兜一直要上音乐老师的音乐班。"姚金说："一个月三百块钱，太贵了，再说升初中也不考音乐。"毛莉威胁姚金说孩子要是出事，她也死。姚金说毛莉总用死吓唬他，可是一次也没死。毛莉生气了，说："哪天死一次让你看看。"姚金看看媳妇神情，知道是动气了，就说"好吧！"

就这样，毛莉和兜兜胜利了，而且胜的彻底。不但上了音乐课，兜兜向往已久的乒乓球也上了。姚金心痛钱，牙痛般直嘶嘶。

腊八那天，毛莉到家八点多了。身上冻透，喝了两小碗姚金磕的粥才缓过来。说今天社区也给他们清洁工送了八宝粥，上面都插了吸管，她和陈姐舍不得扔，又没处放，就只能喝了。后来，没找到让用的厕所，最后她和陈姐进了路边满是积雪的灌木带，沾了一屁股雪，这一整天不但裤兜子里湿湿的，还总想上厕所。姚金说这帮没长心的玩意，还不如送尿不湿实际些。毛莉责怪地说人家也是好心。姚金说好心不等于好结果。正说着，陈姐来电话了，让毛莉明天自己走，她腰痛，恐怕要犯病。陈姐有肾盂肾炎。

撂下电话，毛莉也觉得身上冷，怕感冒，赶紧躺下了。

毛莉还是感冒了，不止她感冒了，队里好几个人都感冒。到了第三天，队里有好几个人上不来了。这茬感冒没有以往的流鼻涕，鼻塞，打喷嚏症状，而是肉痛，身上干冷干冷的。姚金让毛莉休息。想来想去，毛莉也没休，咬着牙上班。

晚上，姚金和兜兜进屋毛莉在炕上发抖，姚金摸摸她的额头，说了句："发烧了。"马上拽过棉被给毛莉盖上，又到外屋去磕粥。毛莉没来得及喝粥，吃了感冒药睡了。

凌晨三点的时候，又如闹钟似的醒了，摸黑穿衣服。姚金依然让她多穿点。毛莉一路抖着到了负责清扫的路段，拿起镐头吭哧吭哧的刨雪，组里的人说："小毛，不用这么干，你也够优秀先进了。"等见到毛莉呼呼喘出如同雾一般的白气时，觉得不对了，组里人抢过镐头，让她回家休息。毛莉想她要是回去了，就又少了个人。于是，坚持着没回。中午时候，接到队里通知让她去队里。

毛莉的担心还是应验了。领了一千块钱和一个大红证书后，没了下文。她拿着钱和证书站着，队长问她："还有别的事吗？"毛莉的眼睫毛上下急剧地忽闪着，队长又问了一句："还有事吗？"毛莉的表情如同要哭似的，小声问："不是上大剧院看歌剧吗？"队长"哦"了一声，说："这事啊！取消了。"毛莉一晃悠，感觉后背的骨头咔嚓断了似的，身体没支撑，瘫软得一寸寸地矮下去。

进了家门，把钱和证书放在桌子上。毛莉丢了魂般呆呆的了。

姚金和兜兜进来时，毛莉清醒过来。见到她，兜兜喊："妈妈，妈妈，我们明天期末考试，考完试音乐老师给我们几个人排练歌剧，说在家长会表演。老师还说，到时候让你给点评呢！"说完，有点担心地问，"妈妈，你什么时候看歌剧去啊？"

这时，看见钱和证书的姚金，眉飞色舞地过来说："给钱了"。兜兜看见了证书，两眼放光，说："妈妈，你要去大剧院看歌剧了吧？"

看着儿子，毛莉突然有了怕，怕这张脸失望，暗淡，哀伤，忧愁，怕一切恢复到以前的样子。这怕让她心惊胆战，脑袋里又有了打仓鼠的游戏盘，这边冒出一个，那边又一个。就在这冒来冒去中，一个灵感，一个念头就冒出来了。瞬间，有了决定，不能告诉儿子真相，她要把这件事继续编下去。

她微笑，轻松地说："妈妈明天去大剧院看歌剧。"兜兜跳起来，喊了好几遍："妈妈，去看歌剧了。"之后奔到柜子前，掏出旗袍裙，非让毛莉穿上。毛莉拗不过，穿上了裙子。姚金和兜兜一齐鼓掌，姚金拿起自己手机照相。手机像素不高，照出来看上去胖乎乎的，这样反倒比毛莉本人好看了。看着儿子和丈夫的笑脸，毛莉觉得自己做对了。

周五，毛莉回家做好饭，把饭菜摆在桌子上，又在菜盘下面压了个纸条，上面写：我去看歌剧了。做完这一切，看歌剧在思维里就成真的了。穿上新衣服，站在小板凳上看着镜子里的自己，毛莉觉得自己从来没这么好看过。舍不得下来，站在凳子上环视房间，房间干净得一尘不染，物品摆放的有序规整，脸上有了赞叹自己的笑意。目光缓缓滑动，落在画满圈的日历上，脑海里有了儿子的样子。她笑了，紧了紧鼻子，鼻子里如同有条火绳似的火辣辣地痛。

感冒一直没好，而且她总觉得身上冷，低头看看自己的裤子鞋子，心里想着会不会冷，脚却往门外移动。到了门口又回过身，拿起箱盖的感冒药吃了两粒，才出了门。

大剧院在东山，毛莉家在北山，要横穿城市，过两座江桥。路线姚金告诉她了，下了四十路，换乘五十五路。五十五路是郊线车，发车间隔时间长，毛莉在站桩等了将近二十分钟才上车，上车时脚都冻木了，车上人多，不怎么冷，毛莉把着扶手，就感觉困。

过了江，毛莉有了座位，坐着打起了瞌睡。越往东，人越下越少，车厢里也冷了，毛莉一迷糊，就被冻醒了。她怕坐过站，让司机到地方告诉她。司机说终点是东山村，大剧院是倒数第三站。而且还告诉毛莉，最后一班车六点半从市区发，快的话差不多七点四十到站桩，慢的话八点左右。

下车前，毛莉看了一下司机头上的石英钟，六点二十。这说明需要在外面等一个小时，对于毛莉来说，别说一个多小时，就是十个小时她也有过。毛莉心里觉得这个时间刚刚好，这个计划简直天衣无缝。

天已经黑透了，车轱辘卷着雪从身边开走，顺着坡路上行，一小会儿就没踪影。

现在，只剩下毛莉一个人了，江风贴着地面打着旋扑过来，倏地把身上热量吸走了，感觉身体从里到外迅速结了冰般的寒冷。她尽量地缩着身躯，尽量调整冻木的脚，一步一步地向前。

此时的大剧院好像一块从天上掉下的黑石头，压在地面。等过了道，下了两个台阶，到了广场，看清些了，大剧院像个趴着青蛙，微扬头，张着嘴，如同正在呱呱叫一般。不过，再仔细看一会儿，又不像青蛙，像一顶帽子，船型的帽子。毛莉咧咧嘴角想笑，发现口罩里的脸是僵硬的。

广场地面是大理石，很滑，走在上面，双腿更不听使唤了，摇摇晃晃，看上去要摔倒似的。中央旗杆上一波三折的旗子，配合着风发出呼呼的声音。四周的灯是黑的，只有正前面的两排灯亮着。

好不容易走到正门门廊，这里风小些了，大剧院的玻璃大门对着毛莉。在黑暗里泛出的光，极其怪异，看上去是又黑又亮的。就这短暂的一小会儿，冰冷从脚底一点点地爬上来，双腿的血液被冻住般的没了知觉。她赶紧摆动手臂，双脚有节奏地跺着。

空中零零碎碎飘起了雪花。周围没有建筑物遮挡，风几乎肆无忌惮的。毛莉一边摆臂跺脚，一边看玻璃门里面，那里面好像摆了一排又高又大朵的绢花。活动了一会儿，好些了，她开始来来回回走动着，从右边的门看到左边，除了贴玻璃门绢花，里面什么也看不见。头又晕，身上一阵阵地起鸡皮疙瘩，鼻子辣的不能呼吸，就只能张着嘴，口罩上结了冰，盖住嘴上又透不过气。没办法，把口罩摘下来，倚在门角，一边往墙上磕脚，一边叨咕着小皮球，香蕉皮，马莲开花二十一。可是，一小会儿，胸腔如同炸开般火烧火燎的干痛，是寒气进了肺。她低头，抵在玻璃门上，大口喘气。过了一会儿，气喘匀了，左手掏出手机，小小的屏幕上显示七点。"快了"，毛莉心里说。

雪不再零碎了，而是铺下来了。远处路灯暗淡，没有车的影子。毛莉趴在玻璃门上，里面一团黑，心里想回家怎么跟兜兜说，眼睛就使劲地盯着里面，盯着盯着，忽然觉得里面亮了起来，而且是灯火通明，就跟电视里一样。毛莉恍惚看见了自己走了进去，坐在软软的座位上，舞台也跟电视里一样，载歌载舞，五光十色。可就是听不清唱什么，毛莉使劲地往前探身，心里着急，越着急越听不清楚，越听不清楚越着急，身子就忽悠一下离开了座位。

这一忽悠，毛莉清醒了，意识到自己打了个盹。一惊，第一个反应就是错过末班车，之后就掏手机想看时间，左手插进兜了，可却拿不起来手机，手指头冻得像个木棍似的回不了弯。心里急，透过密网般的雪花往坡上看，隐隐约约好像是车灯光亮。她本能地身体向前倾，抬脚迈步。可是，两条僵硬如同木头的腿却听不了指挥了，"啪擦"一声，她摔倒在地上，那声音让毛莉觉得骨头碎了，嘴里嘶嘶地吸气。过了一会儿，看见自己胳膊腿都完好地躺在地上，使了全身力气，先用胳膊肘拄地，依靠墙角一鼓作气地起来。

终于站稳了，呼出口气。不敢停顿，努力地支配双腿往前走，奇怪的是两条如同木桩的腿居然走了。

好景不长，到了广场的地面，啪擦又摔倒了。这次却没有刚才幸运了，雪铺在地面就跟镜子般滑，站起来是不可能了。她就爬，可每爬一下，就出溜一下，再爬再出溜，那样子像蠕动的虫子，而且是冻僵的虫子。

现在，毛莉已经感觉不到下半身的存在，但依然能向前爬，她的全部意识就是爬到站桩。爬了一段，肺又撕裂般的痛了，停下来歇一会儿，尾随的风雪在她身上盖了一层雪白。这不算长的路就有了遥不可及的感觉。

东山的坡路确实有了像两只眼睛的灯光，而且越来越近。毛莉爬上了台阶，头刚露出路面，光亮嗖地一闪而过，随后，直奔下面。毛莉喊，喊声跟着车子卷起的雪跑到远处，最终还是落在地上。

车越来越远了，身上的雪越来越多了。这时，毛莉觉得不冷了，觉得盖了被子般暖，这暖让她全身心地舒服起来，不想再动了，就想这样舒舒服服的。于是，什么也顾不了的，什么也顾不上的困顿涌遍了全身。

与此同时，兜兜也困了，排练了一下午，实在是累了。一边问妈妈什么时候回来一边靠着姚金睡着了。姚金也困了，眼睛盯着墙上的石英钟，心里想着毛莉快回来了，眼皮却交战激烈地打架了。最后撩了一眼石英钟，指针指着七点五十，依然想着毛莉快回来了，就支持不住地闭了眼睛，挨着儿子睡着了。

睡着睡着，姚金恍惚听见毛莉起来的声音，下地穿鞋的声音，于是，他说了那句含糊不清的话，他说："多穿点。"

白月光

　　这次的事听起来比较严重。老师在电话里说齐思跟男生有不当接触，所以，立即，立刻，马上到学校来。语气中的刻不容缓，不容迟疑，让苏鲜花的心一颤，又一抖，之后如同万马奔腾般地狂跳。她把手放在胸口，死死地压着，憋住一口气，问道："怎么个不当接触？"老师沉默了一秒钟，没接她的话而是说："你到学生处就知道了。"说完，如同被人催促追赶一般撂下电话。于是，嘟嘟的忙音匕首般扎进苏鲜花耳朵的同时，她的嘴里不由自主地发出了："完了，完了"的喃喃。这致命的两个完了，一下子卸去她所有力气，她晃了晃，一股寒气不管不顾地从脚底传了上来，如同烧杀掳掠的强盗在身体里肆意横行之后，毫不犹豫地把剩余的热量卷走，让她顿时陷入冰河世纪的第三纪元，冰冻期。

　　而与此同时，她的女儿齐思对这一切浑然不知，她正关切地看着站在她身边，眯着眼睛，身体靠在墙上的男孩，这就是老师所说的不当接触的男生。这是间接待室，比一般的办公室大，比教室小，环形长桌和桌子前破旧的椅子配合着看上去热烈，但实际冷冷的阳光，再加上两个脸庞稚嫩的少男少女，会让人产生一丝心酸，甚至可怜。在接待室隔壁，学生处主任正在打电话，说话的声音透过敞开的门隐隐约约地传了进来。那声音让眯着眼睛的男孩把眼睛睁开些，看着齐思说："对不起，都怨我，都是我的错。"听到这话，齐思咧了咧嘴，做了个笑的动作。于是，愧疚呈现在男孩的脸上，又说了车轱辘话。

这次，齐思真的笑了，那纯真而又纯净的笑，仿佛盛开的百合。她说："不怨你。"之后，顿了一下，用安慰的语气说："没事的。"男孩半信半疑，他离开墙的依托，想站直，想直视齐思已经望向窗外的眼睛，来判断真假。可是，他像刚刚学会站的幼儿，站得晃晃荡荡的，那副样子让齐思收回目光，伸出手去扶男孩。

恰在这时，主任端着一杯水进来，看见这情景，对男孩说："不是让你坐着吗？"说完把水放到桌上，又说："喝点水。"男孩摇摇晃晃的摇头，身体重新倚在墙上，头半低，沉默着。就这样过了两秒，男孩想起什么似的，抬起头，嘴里急促地说："这事跟齐思没关系，都是我的错，要处理就处理我吧！"主任右手点着男孩，说："黄嘴丫没褪呢，喝酒，把你能的，等一会儿你们家长来了再说。"男孩听到家长几个字，身体再次离开墙，眼睛睁得大了，神色紧张，他的紧张不全都是自己而是来源于对齐思的担心。所以，脸上愧疚递进地强烈了，而齐思听到家长两个字时，她彻底失望了，刚才心存侥幸完全被击碎了，脸黯淡了。

说心里话，她不想让妈妈来，是真的不想给妈妈添麻烦，真的怕妈妈如同狮子一般，暴躁，疯狂，歇斯底里地跟她大吼大叫。于是，她往前蹭两步，小声地可怜巴巴地乞求："主任，能不能不让我妈来，我下次再也不违反纪律了。"这话说完，男孩又一次大包大揽，齐思看着男孩，眼睛里全是感动和敬佩。主任看看男孩，又看看齐思，说："现在后悔了，早干什么去了，晚了。"

的确晚了，苏鲜花已经看见学校大门了。一路上，她被"不当接触"四个字坠着，坠得她挺直的身躯一寸寸地矮下去，如同肩负千斤重担一般不能直腰。这矮里有害怕，有惊恐，有绝望。自从单独带女儿生活，这些始终贯穿在苏鲜花整个身心。她怕，这怕是内心中的不安全感，是对生活的恐惧，这怕让她时时刻刻处在惶恐之中，如同一条闻风而动的蛇，一点的风吹草动，她都会警觉，戒备，抵抗，甚至不惜以卵击石的代价来攻击以保全自己，这是一种因为怕而体现的强悍，是一种没有其他依靠而只能用怕减少怕的强悍，这种强悍里的心酸，心痛，无奈，只有她自己知道。没办法，真的没办法，她只能强悍，她不能不强悍，为了孤儿寡母的可怜局面，为了防备没有男人而被欺负，为了不让女儿因为单亲而产生自卑怯懦的心理。她用强暗示所有人，她苏鲜花是厉害的，不好欺负的，当然也告诉女儿，妈妈是保护伞。所以，离婚这么多年，苏鲜花在外人看来是强势的，女儿也安然地处在她强势的保护下。

可是，这些都是表面的，实际上她的强让女儿很抗拒，她们的矛盾不断，冲突也不断。女儿曾不止一次地抗议她管得太严。经常挂在嘴边的话是"我都大了，能不能不像看贼似的看着我。"苏鲜花不置可否，依然如故。从这学期开始，步入高三的女儿齐思，变得神神秘秘，手机不离手，不再跟她说话开始，她们母女的关系进入了硝烟弥漫阶段。女儿放学回家，基本上是躲进房间里不出来，苏鲜花找各种理由敲门，例如送水果，送饭，可回答是不吃，不饿。那扇门，那扇无一丝缝隙的门让苏鲜花恼怒，不止一次地举起拳头，可是最终只是做出砸的样子，还是没有落下。她也不止一次地把耳朵贴在门上，根本听不见翻书声和写字声，她就说好好学习，别玩手机。女儿回答，别磨叨了。之后任她说什么都如同石沉大海无声无息。苏鲜花怀疑女儿早恋，但这只是怀疑，她还安慰自己也许不是，也许只是青春期。

这种状态维持了一个月，终于一天晚上，证实了她的怀疑。这是苏鲜花最不愿面对的，也最不想相信，更惧怕发生的。尽管，她知道从医学角度讲，十七八岁正是体内的荷尔蒙增高，下丘脑活跃，身体处在旺盛期的时候，相互吸引，发生爱慕，都是自然而然的。可作为女人，作为妈妈，作为单亲，她惊恐女儿在这个阶段恋爱，她时常被电视和网上新闻报道吓坏了，脑海里的校园恋情，少女怀孕，堕胎，这如同连锁反应般的结果，让她担惊受怕，坐立不安。她怕学校早放学或放假，怕女儿回来晚。只要天一黑，女儿不回来，她就瞎想，从被人拐卖想到强暴，反正一堆让她自己把自己弄崩溃的乱七八糟的想法。于是，天每黑一寸，她就打一遍电话，就这样，她把女儿的手机打到从不接到关机。当然，这打电话的后果，就是女儿一进门跟她大吼大叫。有时候，她极想回到女儿天天缠着她讲故事的时候，那时候的累是踏实的累，现在的累是悬空无靠的累，是心累。可不管怎样，她不能让女儿脱离她的掌握或者说掌控。女儿打电话，她会条件反射地凑过去听，女儿说出去玩，她条件反射地不同意，女儿上网聊天，她又是条件反射地偷看聊什么。她说跟男孩要有分寸有距离不能单独在一起，要会保护自己。女儿的两片嘴像刀似的，飞快地跟她辩解，说："妈妈，你以为男孩都是狮子老虎，色情狂啊！"苏鲜花一定以自己的经验说关于男人。言而总之，总而言之，就是告诉女儿把男孩当成洪水猛兽，离远点。

争吵成了家常便饭，她还会动手，女儿挨了打不像小时候委委屈屈地哭而是仇视地说："怪不得我爸跟你离婚，你蛮不讲理，自以为是，你是好人，别人都是坏蛋。"这话引爆了苏鲜花心里的炸弹，她不管不顾地咆哮，话就难听，就偏激。事后，她后悔，觉得自己是不是灌输的过于灰暗了，可是，她没办法，内心中的悲情让她对一切充满了不信任，所以她把自己变成一条猎狗，嗅到一丝危险的端倪，她本能地要保护女儿，拼了命的保护。这些，女儿不领情，甚至很痛恨，痛恨她捕风捉影，小题大做，一惊一乍和歇斯底里。这些，她也不管，她只要女儿平平安安地步入大学，就可以松口气了。可是，注定不会如她愿。

一天晚上，大概十一点的时候，苏鲜花迷迷糊糊的刚要睡，被喊喊喳喳压低的说话声惊醒，声音从女儿房间传来的。她坐起来，伸长脖子，侧着耳朵仔细听，除了说话声还有叽叽的笑声，那笑声腻腻的，甜甜的，跟女儿小时候撒娇时一样。苏鲜花猎狗的警觉来了，竖起耳朵，蹑手蹑脚下床，贴到女儿的门上听。这一听不要紧，作为过来人的苏鲜花，心一咯噔，之后一直埋在心底担忧被钩了出来。女儿早恋了，这个念头冒出后，紧接着冒出第二念头，必须掐住，必须把这苗头掐死。于是，她一下子变成了大力水手，嘭地踹开门，大步跨到床前，忽地掀开女儿蒙在头上的被子，这突然的袭击让女儿"妈呀"一声尖叫，这尖叫让苏鲜花的手停了一下，可是看见手机屏幕闪着的亮光，愤怒让她用迅雷不及掩耳的速度夺下手机，然后向空中一抛，手机在黑暗中如同陨落的星星啪嚓摔在地上，四分五裂。

　　这一连串的动作太突然也太粗暴，让平常伶牙俐齿的女儿懵了，傻了，黑暗中瞪着眼睛，张着嘴，如同痴呆。夜开始神秘莫测了，透过窗帘的缝隙挤进来月光，闪着冷冷的寒气，如同一把剑竖在她们母女中间，冰冷和剑拔弩张的端倪随着寒气，一点点地弥散开来，最后终于笼罩了整个房间。于是，恶在这寒气里酝酿成熟了，它狞笑地扑到女儿身上，蛊惑着女儿猛地跳起来，拳头和歇斯底里大吼，一起向苏鲜花袭来，当拳头和吼叫重重地砸到她的身上时，她的心碎成了粉末，散落一地。她不能呼吸了，站立不稳了，如同一张纸，飘飘悠悠地落在地上，她看见自己的心肝脾肺全都被掏走了，于是，一种什么也没有，什么也顾不了的感觉让她晕了过去。

　　苏鲜花大病一场，一股急火使她喉咙一个星期不能发音。服了无数药，打了七天针，苏鲜花好了，也想明白了。这一切都是那个打电话的男孩造成的。是那个男孩教坏了女儿，是那个男孩的几句甜言蜜语让女儿忘记了十七年的养育之恩。是男孩迷惑了女儿。所以，她觉得自己更有责任拯救女儿脱离火坑。她开始动之以情晓之以理地说一些成人的经验，例如谁也靠不住，只有靠自己，例如考个好大学有个好工作才是重要的，别的都不重要，例如男人多变等等这些。女儿根本不听，反倒公开跟苏鲜花对抗，而苏鲜花呢！用卸门锁，控制零用钱，不许打电话，不许出去来控制女儿。女儿锁不了门，放学就上卫生间，任苏鲜花喊一遍再喊一遍，女儿就是不吱声。而且没有一个小时决不出来。苏鲜花气得要命，也企图没收女儿的手机，可这事没得逞，女儿强烈反抗，甚至威胁她，不活了。苏鲜花不敢了，但是心里觉得找男孩和男孩家长谈谈了。事情也是赶巧，就在她想找，还没找时，就遇见男孩了。

　　那是周一她跟往常一样站在校门口等女儿，放学铃声响半天了，一群一伙的学生也走得差不多了，她伸长脖子，左看右看都没有女儿身影。她急了，给女儿打电话，左打不接，右打不接。她一方面怕出什么事，一方面是气女儿不省心。心急如焚，想给老师打电话，又一想，万一女儿没什么事，不是等于间接告诉老师女儿放学不回家吗？

那么老师潜意识会觉得女儿不好,最起码,不省心吧!不管怎样,家丑还是要留在家里,不到万不得已不能扬的满世界都知道了。于是,她给女儿发短信,说:你在哪里,你要是再不回信,给你老师打电话了。这次,女儿回信了,说:马上出来。

果然,过了一会儿,女儿和一个男孩一前一后,从教学楼右侧树林方向走过来。可能,苏鲜花站在柱子后面,他们并没看见,所以,俩人边走边说笑。苏鲜花脑袋嗡的一声,莫名其妙地心慌如鼓,莫名其妙地握紧双手。女儿和男孩出了校门,走到马路边上,东张西望,显然是找她。这时,苏鲜花猛吸一口气,冲了过去,猛地抓住了男孩的胳膊,紧接着怒吼道:"你叫什么名字!你是不是不让齐思出来,你对她干了什么!"男孩吓了一跳,本能后退,这一退把苏鲜花向前拽了几步,险些摔倒,她脚下踉跄,可手上使劲,嘴上也不闲着,大吼:"你跑,我给你们老师打电话,把你父母叫来。"男孩立即不动了,稳了稳,小声乞求道:"阿姨,你别。"于是,在昏黄的路灯下,苏鲜花终于看清了男孩的面孔,如果说苏鲜花之前把男孩想象成十恶不赦的坏蛋,那么现在她看见的却是一个清秀的男孩和一双清澈、明亮的眼睛。这双眼睛让苏鲜花一怔,从男孩的瞳孔里,她看到自己眉毛高挑,眼睛和鼻孔张得大大,脸上的肌肉扭曲着,如同鬼魅的样子。她被自己吓坏了,条件反射松了手,男孩又说:"阿姨,下次不会出来晚了。"苏鲜花一听,还有下次,心又硬了,再一次想抓男孩手臂,但没有成功,男孩已经如同受惊的兔子落荒而逃。现在,想想这个情景,男孩还心有余悸,所以听到家长来,看看齐思,担心和焦虑跃然脸上。

除了担心焦虑,苏鲜花还有崩溃的绝望。自从跟男孩见过后,苏鲜花的心就悬着的,不落地,她害怕那双眼睛把女儿从她的身边夺走,害怕那双清澈的眼睛有一天伤害女儿,害怕女儿不懂保护自己。她要阻止,必须阻止,她跟女儿说得掏心掏肺,说得声泪俱下,说得肝胆俱裂。可是,女儿说:"妈妈,你紧张什么,他爸爸可不像你,还请我们俩吃饭,让我们好好学习。"苏鲜花一听气得七窍生烟,吼道:"你要是男孩,我也这么说,到什么时候都是女孩吃亏。"女儿不服:"你那是老观点了,什么叫女孩吃亏,这里面没有谁吃亏谁不吃亏的。"苏鲜花"哼"了一声,心想,你懂个屁,自古以来都是女人生孩子。静下来,她生男孩父亲的气,觉得男孩的父亲自私。找个空闲,给对方打了电话,可对方却不在乎,说只要不影响学习,一切都随孩子,还劝苏鲜花要给孩子宽松的环境。苏鲜花是气上加气,语塞。撂下电话,她大骂男孩的父亲的同时,明白了一个事实,男孩和女孩生理上不同,家长的担心度也不同,所以她跟男孩父亲不在一个思维层,所以不能达成共识。既然沟通不了,苏鲜花只能管女儿,明确地说,不许跟男孩来往。可是,没用,反倒愈演愈烈。烈到老师给苏鲜花打电话,老师是女的,孩子也是女孩,心思跟她一样,觉得这个时候是关键,孩子自控能力差,不说出别的什么事,就说影响学业也是得不偿失。

所以,有了之前的原因,听到老师说不当接触。苏鲜花怎能不崩溃,怎能不把所有属于不当接触的事,在脑海细细过一遍呢。越过越怕,坏,更坏,更更坏,这些坏让她瑟瑟发抖。进了学校,路过风纪镜前,苏鲜花在镜子里瞧见自己的惨白虚弱模样。这个模样几乎摧毁她勉强支撑的最后一点力气,她再也迈不动步了。于是,扶住楼梯,开始喘气,大口喘气,呼,吸,呼,吸,在这一呼一吸间,苏鲜花仿佛经历了生生死死。再次抬起头,直视自己的时候,心里涌出了悲壮的毅然决然和孤注一掷的奋不顾身。于是,强悍如同树一般地成长起来,顷刻间有了决心,不管女儿做了什么,她都要保护女儿,不能让女儿遭人嘲笑,转学,离开这个城市,哪怕是辞职都在所不惜。就这样,苏鲜花把自己变成了视死如归的战士,她长呼一口气,挺直腰身,大步上楼。

见到主任,寒暄了两句客气话,苏鲜花小心翼翼地把屁股搭在椅子的边缘,身体前倾,瞧着主任的样子如临大敌。主任说:"我调查过了。"话一出来,苏鲜花的心一下子提到喉咙,身体再次前倾,从侧面看如同要摔倒一般,她双腿使劲地支撑着身体的重量,等待下文。主任看着她,又说:"事情是这样的,下课的时候,我巡查到他们班,正好看见那个叫车旭的男生躺在你女儿怀里,当时，我气得够呛，心想大庭广众之下你们就敢这样，当时就给你们打电话，等到把他们俩薅到办公室才发现，男孩喝酒了，不但一身酒气，走路也不稳，站也站不稳，但脑袋还清楚，说是中午跟几个男生喝酒了，第一节课的时候睡了一节课，刚才下课，你女儿过去问他怎么样？他当时趴在桌子上，扭身跟你女儿说话，头晕，栽倒在你女儿身上。说本来刚要起来，可是被我抓住了。我也问其他同学了，大概是这个情况。刚才我给男孩倒杯水，那男孩还挺仗义，说不怨你女儿。说到这，不知是嘲讽还是赞赏还是什么地笑了一下。"

现在，冰冻期终于过去了，到了冰河世纪的第四纪元，解冻期。那种被打捞，濒临死亡的一瞬间被打捞，被救活的感觉涌上心头。苏鲜花觉得自己终于可以自由呼吸了，终于可以动动僵硬的身体了，终于可以让屁股和身子结结实实地贴在椅子上了。一切，一切，终于烟消云散了。这有点猝不及防，所以，她不敢相信，所以，她紧接着问道："男孩喝酒了，这么说不是不当接触了。"主任点头说："应该不算"，但是，说到这，主任看着苏鲜花一扫阴暗，舒展的脸又说："但是也不能掉以轻心。"显然，苏鲜花的庆幸的表情没逃过主任的眼睛，所以，及时地给她泼了一瓢凉水。说："男孩喝酒是前提，但是你女儿要是不到他的座位也不会发生这事。"现在，苏鲜花思维敏捷了，她说同学之间难道不应该互相关心吗？主任笑了，说："他们俩是什么关系，你比我清楚，为了他们俩的事上次老师把你找来谈过吧，利害关系我也不用重复了吧！就是耽误学习的结果你也不是不清楚吧！"苏鲜花清楚，太清楚了，刚刚解冻的心酸了，眼泪在鼻窦往上涌，低了头，可怜兮兮的样子。主任严肃的表情，松了，软了，刚要开口说什么。这时，门开了，一个魁梧而又高大的男人，冒冒失失地推门进来，冒冒失失地直奔苏鲜花，冒冒失失地说："不好意思，这么的，所有费用我都承担，我都承担。"这是男孩的父亲，本来就没什么好印象，现在听见这么说，苏鲜花愣了一秒钟，心酸和眼泪咽了下去，气愤让脸倏地红了，大声地说：

"说什么呢！会不会说话。"

这下轮到男孩的父亲愣了，僵僵地站在那不知所措，眼睛求救地看着主任，主任示意他坐下，男孩父亲不坐。主任想起刚才男孩的样子，笑了，不再勉强了，开口把刚才的话重说一遍。话音刚落，男孩的父亲一屁股坐在跟前的沙发上，抬手擦了一下额头，松口气，小声说："嗨！这点小事，害得我跑了趟银行。"主任说："这怎么是小事，学校不允许喝酒。"男孩的父亲说："是，是，该怎么处罚怎么处罚。"主任看了看苏鲜花，又看看男孩的父亲，说："今天这件事给我们敲了个警钟，如果哪天再有事情发生怎么办？"男孩的父亲立即说："我回去批评教育。"苏鲜花说："我也回去批评教育。"主任没接他们的话，而是说："上次的测验他们俩逃考，班主任问他们为什么不考试，当时他们回答是在树林里说话忘了时间，这事把老师气得够呛，把你们也找来了吧！"男孩父亲辩解道："孩子说考历史，他们是理科生，考不考没用。"主任说："怎么没用，学习和了解历史怎么能没用呢？"男孩的父亲说："高考也不考。"主任显然不满意男孩父亲的话，顿了一下，说："数学物理化学高考考吧！这次你儿子这三科都不及格，而且退步二十名，从全学年的八十名到一百多名。"这话，让男孩父亲紧张起来，说道："我告诉这臭小子，只要学习好，咋地都行，学习不好，咋地都不行。"提到学习，男孩父亲没了不在乎了，而是一副痛心疾首的样子。主任又说："如果这样下去，明年高考二本都考不上，你们想想吧！"顿了一下，说："你儿子可一直是一本的成绩啊！"这话显然是重型炮弹，高考是命门，说到高考就是扣住家长的七寸。男孩父亲再也不能像上次跟苏鲜花说给孩子宽松环境那样淡定了，一脸的急躁，自言自语叨咕着不怎么文明的话。

主任站起来，把外面的门关严，又把屋里的门关上。回过身，说："不说学习，就说他们那么大的孩子，什么事做不出来，万一哪天做出了冲动的事情你们家长后悔不？尤其女孩家长。"这又是一枚炸弹扔出来，这次砸在苏鲜花身上。苏鲜花担心的是女儿受到伤害多过学习，而男孩父亲是担心学习多过出什么事。尽管出发点不同，但是他们的共同目标就是孩子好。这个好让他们同时可怜巴巴问:"怎么办?"主任说:"通过这件事,学校的意见是把他们分开。"苏鲜花和男孩的父亲异口同声说:"分开,一定分开。"主任笑了,说:"你们同意就好。"他们俩又异口同声地说:"同意。"这个年级十四个班,理科班七个,其中两个实验班,一个艺术班,剩下四个普通班,而普通班里十班不错。于是,他们俩又异口同声地说:"转到十班吧!"

主任笑了,之后摇摇头,再之后一字一顿地说:"学校的意见是一个转走。"这是出乎意料的,于是,稍等片刻,俩人再又异口同声地说:"我没地方转。"主任被他们弄得想笑还忍着不笑,表情极滑稽,又说:"不用转学籍,到别的学校借读就可以了,高考再回来考,以前高三也这样处理过,效果不错,男孩女孩都考个不错学校。"这是一种用距离消耗情感的方式,不能说不对,可这方式过于简单,学校有推卸和不敢承担责任的嫌疑,有失关于教育的最基本方针,苏鲜花想。可是想归想,不能说出来,只能强调自己不能转走。这时,太阳的光线已经暗下去了,这个季节在东北是最难熬的,采暖还没到日子,可到处都冷飕飕的,让人没地方躲没地方藏。苏鲜花的手不知是冻麻了还是让紧绷的神经绷麻了,僵硬得屈伸不利。于是,她两只手来来回回地捂着取暖,丝毫不起作用,冷还是透过衣服直插心脏,腹部,大腿,甚至牙齿。在这安静里,牙齿和牙齿碰撞的声音如同捣蒜般响起来。那声音让苏鲜花觉得不好意思,她极力控制着,可越控制越响,主任看着苏鲜花,眼神有了一丝同情,苏鲜花就怕这个同情,这个同情好比一把匕首杀了她,她骂自己不争气,骂自己无能,骂着骂着,眼泪第二次涌到鼻窦,她又低了头。主任说:"以前的是男孩转走的,后来考个重点,还回来谢我,说要是不转走可能就考不上理想的大学。"说完,注视着男孩父亲,可男孩父亲把眼睛转向别处,不为所动。

沉默了一会儿,主任说:"你们把孩子领回去,这两天先别上课了,让孩子反省,你们也考虑一下,学校的意见也是为了学生好,说心里话,学校两千多名学生,都是初生牛犊不怕虎的年龄,不好管,你们家长要理解。"说完，主任站起来，往外走，苏鲜花实在没想到是这个结局，无奈地跟着进了接待室。看见她进来，女儿低了头，苏鲜花又心疼又生气。一脸怒气就射到男孩身上，因为有了之前的事，男孩条件反射地向后躲，眼神惊恐，嘴里磕磕巴巴地发出了声音："阿姨，你别生气，都怨我，不怨齐思，你别骂她，要骂就骂我吧！"转过脸对主任说："主任让齐思上课去吧！这事不怨她，你处分我吧！"男孩的这番话让苏鲜花很惊讶也很感动，心里的气消了些，但是脸上依然没有任何变化，本来想数落男孩两句，可是最后什么也没说。

回家的路上，女儿愤愤不平，说学校小题大做，说本来没什么事还不让上课。说……边说边偷看苏鲜花，而苏鲜花一反常态，默不作声，她没心思吱声，她得好好想想。回到家，苏鲜花进了房间，关上门，把自己扔在床上。实际上，转走是一劳永逸的办法，可现在是男孩的父亲不想转。苏鲜花也理解转学对家长来说是件多么难的事，花钱，求人不说，孩子也得有个适应，弄不好有了抵触情绪更糟，这也是他们都不想转学的原因。可不转，就等于埋下了火灾隐患，这次喝酒躺在女儿身上，下次呢？想到这，身上冒出汗来了，苏鲜花觉得自己被吓得更年期提前了，经常一阵阵地突然冒汗。辗转反侧一夜，第二天早上眼睛肿肿的，上午到单位犹豫再三给男孩父亲打了个电话，约好谈谈。

下午两点，苏鲜花和男孩父亲在财富广场的肯德基见面了，店里很安静。阳光愉快地在桌上，咖啡杯上以及他们看上去凝重的脸上跳跃。本来，苏鲜花觉得凭这件事的起因，凭自己这方是女孩，凭男孩主动承认自己过错的前提，她是占主动的，也是理直气壮要求男孩转走的。可是，出乎意料，事情出现了逆转，这个逆转让苏鲜花措手不及，男孩父亲说："喝酒是因为你的女儿，是你的女儿胡搅蛮缠跟我儿子吵架引起的。"说："要不是你女儿纠缠我儿子，他的学习能退步？"说："你女儿天天给我儿子发短信，回去好好管教管教你的女儿。"苏鲜花气得目瞪口呆，嘴唇哆嗦，心想半个月前还开明家长的嘴脸，一扭身就来个倒打一耙，恶人先告状，这是什么世道？可是，嘴上绝不示弱，如同手术刀一样，一刀深似一刀，显然，男孩父亲的嘴跟不上苏鲜花。于是，气急败坏地说："我们是不会转学的。"谈话谈到这个结果可以说是糟糕至极，男孩转走是不可能了，也许他们两个家长还会来一场竞技赛，各说各的理由。这样一想，苏鲜花开始衡量利弊，她忽地觉得自己也许不占优势，首先男孩学习好，老师要是选择当然选男孩，班级多一个进一本的，老师多一笔奖金，其次男孩家经济条件好，要是给主任和班主任送礼，那么女儿就更处在劣势了。想到这两个关键因素，苏鲜花气而又心灰意冷，全身被水泡过般湿冷。

可事情到这个份上，没有别的办法，想辙，替女儿想辙。叹气，再叹气，叹到脸色如灰垂头丧气，之后再叹到义愤填膺。一进家门听见女儿放的摇滚音乐，内心莫名其妙地有了愤恨。她走过去，没有预兆地拿起音响，啪嚓摔到地上。然后，怒视女儿，也许看惯了她的这副模样，女儿没动，懒懒坐到沙发上，不屑，甚至一丝冷笑挂在脸上。苏鲜花的愤恨突然变成了悲哀，于是，悲从心来，把自己堆在地上，哭了起来，哭得肝肠寸断，女儿坐不住了，扯了两张纸巾递给她，服软了，说："妈妈，别哭了，以后我不违反纪律了。"苏鲜花擤着鼻子，嘴里含糊地说："学校不让你上学了。"女儿一怔，盯盯地看着她，半晌，确定她不是说的气话时，怯怯地说"怎么了？"这怯怯的语气，使苏鲜花心里的恶，愤恨等等这些情绪涌了出来，她狠狠地说："这件事人家怨你，把责任都推到你身上了。"女儿急急地说："怎么怨我呢？是他喝酒了，头晕栽倒我身上的。"苏鲜花觉得自己心里有一条吐着毒液的蛇，她说："他怎不栽倒别人身上呢？你要是不过去，坐在你自己的座位能栽倒你身上，我平时告诉你，离男生远点，关键时刻，什么都是放屁，顾的都是自己。"女儿说："车旭不是说了，不怨我，都是他的错吗？"苏鲜花"哼"了一声："人嘴两层皮，咋说咋有理，你还信这个。告诉你吧！现在人家反悔了，人家说了喝酒是因为你胡搅蛮缠，成绩退步也是因为你纠缠人家，因为你天天给人家发短信。"在这里苏鲜花省略了第一人称，用了"人家"这两个字，这样一来，混淆了这话出自男孩的口还是他父亲的嘴。果然，这如同五雷轰顶，女儿气愤了，说："谁缠着他，是他缠着我，吵架，是要跟他分手，不想理他了，他跟我吵，然后找同学喝酒，现在赖上我了，不要脸。"女儿的样子，苏鲜花满意，她觉得这还不够，还得再来一击，说道："现在说什么没用了，学校也觉得是你引起的，让你走。"显然，这让女儿惊慌了，可又有点疑惑，说昨晚，车旭发短信告诉我：放心，没事的，写个检查就行了。苏鲜花又冷笑一声，说："这话是安慰你的，人家可到学校为自己辩解了。"女儿问道："他真的到学校说了？"苏鲜花说："不信你给主任打电话。也许人家明天就上课了。"女儿脸上苍白，无一丝血色，目光呆滞，如同点穴一般。过了好久，泪水随着眼角滑落，失望，绝望出现在脸上，随后变成了愤怒，愤恨。苏鲜花说："你要是不信妈妈，你给他打电话，看看他接不接你电话。"苏鲜花是让女儿死心，她知道男孩的手机被他父亲没收了。踌躇了一会儿，女儿打了，没人接，再拨，还是没人接，再拨，依然没人接，稍等片刻，再拨，关机。这时，夜悄无声息地潜了进来，一切笼罩在黑暗中，苏鲜花突然觉得自己和黑夜如此的残忍。

女儿哭够了，夜也黑透了，一切就安静了。苏鲜花开始跟女儿说："你要给自己辩解，这个时候不能抱有幻想了，一切没有你想得那么好，也没有你想的那么糟，还可以挽救，只要你咬住，他喝酒跟你没关系，千万不能提吵架的事，你要说你只把他当成好同学，所以才会到他座位关心他，别的什么也没想，至于其他的都是他一厢情愿，还要强调再也不跟他来往了，好好学习。"女儿一一点头。

第二天，苏鲜花领着女儿到了学生处，见到主任，苏鲜花示意女儿。女儿吐出一口气，然后开口，苏鲜花倒是没想到女儿语言表达能力那么好，句句都叨到关键，听起来，很无辜。女儿说完，苏鲜花马上说："齐思你关心同学是对的，但是也要保护自己，这次只是栽倒你身上，如果他失去理智，动手打你呢！所以，可得注意啊！"之后，又对主任说："这次的事虽然虚惊一场，可也给主任添了麻烦，还请您原谅。"又对女儿说："赶快认错，保证以后好好学习。"女儿按她的话重复一遍。主任看看她们母女，刚要开口反驳，苏鲜花眼泪就及时地涌出来，稀里哗啦地流了一脸，这样一来，女儿也哭了。女儿一哭，苏鲜花抱着女儿，说："昨天孩子哭一夜，我也一夜没睡，就怕出点什么事？"这话说完，主任立即说："我们学校也不是非要把那个学生怎样，也是为了学生能考个好学校，要不不是白上高中了吗？"苏鲜花立即点头，说："对对。"主任停了一下，说："齐思，以后你要好好学习啊！"女儿点头。主任说："那别哭了，我跟你们班主任说一下，你去上课吧！"

事情就在苏鲜花的软硬兼施下解决了。苏鲜花沾沾自喜，不管自己做的是不是过分，是不是欺骗了女儿，都不重要，重要的是女儿上课了。至于以后，女儿知道真相会不会跟她闹，她是不是会跟男孩父亲再次交锋，她都不管，现在是走一步看一步。

想是这样想，晚上，接女儿回家，她还小心翼翼看女儿的脸色。女儿倒没什么异常。一连几天，都是如此。苏鲜花暗自庆幸，可也不禁画魂，男孩上课没有。就这样过了一周，到了星期三晚上，沉默几天的女儿终于说话了，她说："车旭转走，今天来班级取东西，跟所有同学道别，可就是没跟她说话。"说到最后，话音哽咽了一下，鼻子吸了一下，问道："妈妈，车旭真的那么说的？"苏鲜花说："你可以问他啊？"女儿说："他不跟我说，我干嘛要跟他说。他还跟同学说，转走是因为要上更好的学校，就这破学校没有让他留恋的地方。"显然，男孩这个举动让女儿伤心了，可能心里还残存的一点好，被男孩击碎了。这样也好，最起码死心了。这么说，男孩父亲跟她一样，用了一种看不见摸不着的暴力，让男孩心如死灰了，苏鲜花想。

值得苏鲜花高兴的是，女儿比以前好很多，锋芒没了，小嘴也不像刀子辩解了，人安静文雅。苏鲜花说什么也不顶嘴，尽管学习不上心，但是苏鲜花觉得只要维持现在，二本没问题，一个女孩，也不指望有多好。只要平平安安，跟大家一样，上学的时候上学，恋爱的时候恋爱，结婚的时候结婚，这就让她很满足了。苏鲜花知道自己自私，可是不自私她能怎样？一晃到了月考，老师又给她打电话，说：

"齐思这次月考都不及格，尤其是化学打了十分，说就是瞎蒙也能打二十分，打十分是蒙都没蒙。又说齐思上课不违反纪律，看上去也听讲，几乎挑不出毛病，可是就是什么也不在意，好像高考跟她无关似的，这可不行啊！还有七八个月高考，按这个成绩连大专都上不了。"

苏鲜花听完，好久没有的心颤又回来了。这次跟上次不同，这次的心颤伴着一口气冲到喉咙，呛得她咳嗽起来，等到老师撂了电话，苏鲜花还在大咳不止，如同要把肺咳出一般。

晚上把女儿接回家，她问月考成绩，女儿说不知道。隐藏在喉咙的咳嗽又来了，她努力咽了咽，但还是呛着说："你怎么能不知道呢？不是发成绩单了吗？你化学打多少分，你知道吗？"女儿说："不知道，没看。"又说："爱打多少打多少。"苏鲜花像看怪物一样看着女儿，说："怎么爱打多少打多少啊！你不考大学了？"女儿说："考不考都行。"苏鲜花急了，说："你不考大学，怎么找工作，怎么挣钱，怎么找对象，怎么结婚。"一连几个怎么，差点没让苏鲜花说断气。女儿"哼"了一声，说："找工作就非得念大学，那些不念大学不是也挣钱也活着吗？"又说："找对象，结婚，不是还得分手，离婚嘛！费那劲干嘛！"这话说得冷漠而让苏鲜花全身发冷，她说："你怎么会这样想？你的人生还没开始，美好生活还在后面呢？怎么说这样泄气的话，你上大学碰上个好男孩，然后恋爱……"话没说完，被女儿打断了，说："我没看出来有什么美好，情啊！爱啊！都是假的，我算看好了，爱情都是书上说的骗人的鬼话，到头来还不是大难临头各自飞。"这话如此的熟悉，熟悉到苏鲜花口腔里干干涩涩的，她艰难地张口，想说什么，可是喉咙如同上次得病般地发不出音，在暗影里她一张一合的嘴，如同离开水濒临死亡的鱼。

这时，月光从窗帘的缝隙射进来，横在她和女儿之前，这光不怀好意地看着这一切，寒气再一次弥漫在空中，苏鲜花觉得冷，彻头彻尾地冷，这一次的冷是不能解冻的冰河末日。夜更加险恶了，在这险恶里光变成了利剑，直直地刺进苏鲜花的心脏，她看见她的心流血了，之后痛得要命。她忍着痛，说着，可说了什么，她不知道，她只是想说，不停地说，可她的语言空洞苍白慌乱，像受惊的麋鹿东一头西一头找不到方向。她绝望了，看着女儿依然冷漠的脸，绝望了。在这绝望里，她的心发出了狼一般的嚎叫，泪水随着这嚎叫夺眶而出，夜更深了，深到深不可测了。